Sangre cargada - Sangre de dragón, vol. 3

Lindsay Buroker

Sangre cargada

Sangre de dragón, vol. 3

Translated by Jesús Gómez Gutiérrez

Podium

Sangre cargada

Translated by Jesús Gómez Gutiérrez

Original title: Blood Charged

Original language: English

Copyright © 2014, 2023 Lindsay Buroker and SAGA Egmont

All rights reserved

ISBN: 978-1-0394-6163-5

1st edition

www.podiumentertainment.com

Sangre cargada - Sangre de dragón, vol. 3

Capítulo 1

Lᴀ ᴇsᴛᴀʙᴀɴ sɪɢᴜɪᴇɴᴅᴏ.

Sardelle aún no había visto a su perseguidor, pero sus instintos de hechicera le dijeron que la persona que acechaba en las empapadas callejuelas de Pinoth era una mujer. También le dijeron que iba armada. El enorme cuchillo de monte que llevaba al cinto no suponía una gran amenaza; pero el revólver de seis balas, sí. Estando sobre aviso, podía alzar un escudo mágico para protegerse de las balas; pero, si hacía eso entre docenas de testigos y en mitad de la capital iskandiana, donde la magia causaba terror… tendría problemas, aunque saliera físicamente indemne.

Sardelle aceleró el paso.

Tendrías que haberme llevado contigo, dijo Jaxi, su consciente hoja de alma, en su mente.

Como ya te he dicho varias veces, las mujeres no van con espadas por ahí. En esta época, sería una auténtica extravagancia, replicó Sardelle.

Durante las dos primeras semanas de su estancia en la ciudad, Sardelle había llevado a Jaxi bajo la capa; en parte, porque no quería arriesgarse a perderla después de lo que le había costado sacarla de aquella mina y, en parte, porque no se había dado cuenta de hasta qué punto habían cambiado las modas durante los trescientos años que había estado dormida en aquella cámara mágica. Los soldados seguían llevando espadas, pero las armas de fuego eran la norma, y las mujeres preocupadas por la seguridad de las calles preferían pistolas que cupieran en sus bolsos. Además, y gracias a su relación con el piloto más famoso de la ciudad, sino de toda Iskandia, ya era objeto de todo tipo de rumores. No necesitaba llamar más la atención por el procedimiento de no encajar con los locales. Afortunadamente, y siempre que no llevara a Jaxi, su aspecto era el de cualquier mujer iskandiana: cabello oscuro, piel clara, unas cuantas pecas en la nariz…

Y la capacidad de flambear a hordas de soldados enemigos con un simple gesto de tu mano.

Sardelle bufó y dijo:

La pirotecnia es tu especialidad.

Sí, y se me da fabulosamente bien. Jaxi guardó silencio un momento y añadió: *Tu sombra se ha subido a los tejados para poder seguirte sin que la veas. Y tiene el dedo en el gatillo.*

Soy consciente de ello.

Podrías encaramarte a un tejado, derribarla, dejarla sin aliento un rato para que sepa que vas en serio y luego, preguntarle por qué te está siguiendo.

Salvo que estés sugiriendo que la someta físicamente, únicamente serviría para confirmar lo que hasta ahora solo sospecha.

El sometimiento físico sería perfectamente aceptable; pero, por lo bien que salta de tejado en tejado, puede que te supere en ese aspecto.

Sardelle estuvo a punto de decir que ella también había saltado por unos cuantos tejados en su época, pero Jaxi era plenamente consciente de sus capacidades… y debilidades.

La última vez que saltaste por encima de un tronco, tropezaste y de desollaste la rodilla.

Gracias por recordármelo.

Sardelle tomó una calle lateral con intención de que su perseguidora se viera obligada a cruzar el ancho bulevar para subirse a otro tejado, lo cual ralentizaría su avance. Y entonces, se le encendió una esperanza en la cabeza:

No será de la Cofah, ¿verdad?

Es de piel pálida. Parece una nativa.

Sardelle suspiró. Le habría preocupado poco que una espía del imperio descubriera sus secretos. Estaba en Iskandia, y nadie daría crédito a las acusaciones de una mujer de la Cofah.

Justo entonces, un vehículo a vapor que llevaba armas pesadas pasó por la calle, traqueteando y retumbando sobre los desgastados adoquines. La zona del cargamento estaba cubierta, y Sardelle se dejó llevar por un impulso, saltó a la parte trasera y se aferró a la barra de la esquina.

Eso está bien. Ni siquiera te has desollado una rodilla.

Sardelle hizo caso omiso de Jaxi y miró por encima del hombro, esperando que su perseguidora se quedara rezagada en un tejado y desapareciera rápidamente de la vista. Pero no la vio.

El vehículo escupía un apestoso humo negro, y saltaba y temblaba tanto por culpa de los adoquines que los dientes de Sardelle repiqueteaban, pero avanzaba más deprisa de lo que ella habría ido caminando. Pasaron por delante de trabajadores, gente haciendo compras y mensajeros en bicicleta que desafiaban a las empapadas calles y zigzagueaban temerariamente entre caballos, carros tirados por burros y más vehículos a vapor. El puerto, de varios kilómetros de longitud, apareció ante ella con su mezcla de pesqueros, cargueros y buques de guerra en movimiento. Sardelle se giró hacia el otero que se alzaba en el extremo sur. Desde abajo, no se veía gran cosa de la base aérea, pero había estado arriba las suficientes veces como para imaginar sus pistas y hangares, llenos de dragones voladores mecánicos. El cielo estaba despejado sobre el mar, y había menos viento que de costumbre. Cabía la posibilidad de que los pilotos tuvieran maniobras.

¿No se suponía que tu adorado amante tenía una reunión esta mañana?

Ah, sí, es cierto. Aunque los dragones despegaran, Ridge no saldría a volar. Salvo que sonara una alarma y emplazaran a toda su escuadrilla.

Tu espía se está quedando atrás, pero aún te sigue. Puede que sepa adónde vas.

Desgraciadamente, era posible que lo supiera. Aquel era el tercer día que Sardelle iba a investigar al archivo público. Quizá la había visto otra persona el día anterior y había sospechado de ella; pero también podía ser que la recepcionista hubiera informado a alguien de su infatigable interés por el lugar… a juzgar por el polvo de las estanterías, el edificio del archivo no despertaba el interés de casi nadie.

Pues ni voy a darme la vuelta ni voy a volver a casa para llorar hasta la noche por mis amigos perdidos, mi familia y mi vida mientras espero el regreso de Ridge.

Sardelle ya había aguantado bastante durante sus primeras semanas en la ciudad. Cierto, no había estado perdiendo el tiempo, porque sus periodos de luto (su enfurruñamiento, según Jaxi) habían durado menos que sus periodos de trabajo en los dispositivos de comunicación para la escuadrilla de Ridge, pero ardía en deseos de hacer progresos en la misión que se había encomendado a sí misma: localizar a los de su clase, por muchas generaciones que hubieran pasado y buscar a otros iskandianos con sangre de dragón. Luego, enseñaría a usar sus poderes a los que estuvieran dispuestos a ello. Sería una misión de por vida. Y encontrarlos no iba a ser fácil, porque todas las personas con capacidades inexplicables se acostumbraban a esconderlas desde su más tierna infancia. Pero el edificio del archivo era el único lugar de la ciudad donde tal vez pudiera averiguar si su hermano o alguno de sus primos habían sobrevivido a la purga de los referati y habían tenido hijos que hubieran mantenido vivo su linaje a lo largo de los siglos. Estaba particularmente interesada en los descendientes de su hermano, porque quería asegurarse de que estuvieran bien. La había atormentado y le había tomado el pelo implacablemente desde su niñez, y no se habían visto muchas veces de mayores; pero ahora, cuando ya era demasiado tarde… cada vez que lo pensaba, se le hacía un nudo de tristeza en la garganta.

No estaba sugiriendo que abandones tu búsqueda ni que te dediques a tejer bufandas como la anciana de la casa de al lado. Pero podrías venir a casa a recogerme, para defenderte mejor.

Me defiendo perfectamente por mi cuenta.

Si llego a saber que me dejarías debajo de la cama durante días, sin más compañía que las pelusas, jamás me habría vinculado a ti.

Tengo la certeza de que debajo de la cama de Ridge no hay pelusas, dijo Sardelle, que saltó del vehículo cuando este salió de la calle principal y se vio obligado a frenar por culpa de un ciclista que se cruzó en su camino. *Además, un par de días de inacción no son gran cosa después de trescientos años de encierro en una montaña. Y no han pasado ni tres semanas desde que tuviste esa gran aventura con Tolemek.*

¿Te refieres a la gran aventura en que me usó de farol, porque mi brillo es bonito?

También achicharraste un arma mortal que estaba a punto de matar a miles y miles de personas.

Una vez más, Sardelle lamentó que Jaxi no hubiera destruido el arma antes de que ella se comprometiera a enseñar a la hermana de Tolemek a usar la magia y a rescatarla de un sanatorio que estaba a un océano y muchos miles de kilómetros de distancia.

Pero qué quisquillosa eres. Pensaba que querías alumnos nuevos.

Y los quiero, pero buscarlos aquí sería bastante más factible.

Quizá fuera egoísta por su parte, pero Sardelle estaba más interesada en enseñar a los suyos que en dar lecciones a alguien de un continente que llevaba varios siglos intentando conquistar Iskandia. Sin mencionar el hecho de que no estaba segura de que la hermana de Tolemek, una mujer presuntamente trastornada, fuera educable.

Se levantó la falda y avanzó por una calle llena de nieve derretida y humeantes excrementos de caballo, contenta de que sus botas forradas de piel mantuvieran casi toda la decoración de la calle lejos de sus piernas. Su destino, un grisáceo edificio de tres plantas que se alzaba en el siguiente cruce, tenía el atractivo arquitectónico de un tope de puerta. Tras el mostrador, estaba sentada la mujer de todos los días, leyendo un libro y frunciendo el ceño a los que dejaban charquitos de agua en el suelo del vestíbulo. Ella también tenía el atractivo de un tope de puerta.

—¿Otra vez usted? —preguntó la archivera al ver a Sardelle.

La mujer miró la puerta a continuación, como si esperara que apareciera otra persona interesante.

—Sí, aunque creo que mi investigación terminará hoy.

Sardelle firmó en el libro de registros con el apellido inventado, Sordenta, que estaba usando desde que despertó a esa nueva era. Solo habían firmado dos personas más desde su visita del día anterior, y aquel día era la primera.

—¿Volverá a mirar los libros rojos?

Sardelle se detuvo, con la punta de la pluma en el papel.

—¿Cómo dice?

—Tengo que informar al respecto, como ya sabe.

Sardelle pensó en los dos días anteriores. Había consultado libros de encuadernaciones rojas, pero sin imaginar que los colores significaran algo. También los había negros, azules y verdes, y parecían colocados de forma arbitraria.

—No, no lo sabía. ¿Qué significa el rojo? —preguntó, sintiendo un frío y húmedo manto de inseguridad sobre los hombros.

La recepcionista entrecerró los ojos.

—Está vinculado a los linajes ancestrales con sangre de dragón.

Sardelle tardó en reaccionar, pero cruzó dos dedos sobre el pecho, porque había descubierto que era el gesto supersticioso adecuado cuando alguien hablaba de brujas o magia.

—No tenía ni idea.

Para entonces, ya se había dado cuenta de que la recepcionista deambulaba por el edificio de vez en cuando y fingía limpiar el polvo y ordenar los libros, pero ni se le había ocurrido que estuviera espiando los textos que consultaba ni que unos libros de genealogía pudieran ser tan reprobables, ni para el lector ni para las personas que aparecían en ellos. ¿Sería posible que siguieran vigilando a los descendientes conocidos de unos hechiceros que llevaban varios siglos muertos? ¿O se limitaban a poner sus nombres en los archivos por si alguna vez llamaban la atención de la ley? La recepcionista debía de saberlo, pero Sardelle no se atrevió a hacer más preguntas sobre el tema.

—¿No? —replicó, mirándola aún con desconfianza—. La mayoría de las personas que vienen aquí buscan información sobre sus ancestros. Pero también hay quienes quieren ponerse en contacto con descendientes de brujas por motivos viles.

—Yo solo estoy buscando referencias relacionadas con el Referatu que me han aparecido en varios libros de historia —afirmó Sardelle—. Los militares tienen un creciente interés por los artefactos de aquella cultura.

La mujer miró su vestido y frunció el ceño.

—No parece militar —dijo.

Deberías haber llevado una espada.

Calla.

—Además, tampoco creo que a los militares les interesen las brujas —añadió la archivera.

—No están específicamente interesados en los usuarios de la magia, sino en los artefactos que esa civilización dejó.

Su afirmación era técnicamente correcta. De hecho, los dragones iskandianos volaban gracias a los dispositivos de iluminación de los referati, aunque nadie parecía saber lo que habían sido originalmente.

—En estos libros se mencionan personas, no artefactos.

—Lo sé, pero puede que consiga algunas pistas —respondió, preguntándose por qué intentaba darle explicaciones, si nunca se le había dado bien mentir—. Y, salvo que tenga intención de impedírmelo, me gustaría seguir con mi investigación.

Sardelle arqueó una ceja, casi esperando que la recepcionista insistiera en fastidiarla y le diera una excusa para provocarle un sarpullido en partes indecorosas.

No empieces otra vez con esas. Es casi tan sospechoso como desviar balas en espacios públicos.

Dudo que eso sea cierto.

La última vez te metió en un lío.

Eso sí que era cierto, aunque no habría sido un lío tan terrible si no hubieran descubierto un retrato suyo en aquel libro.

—No soy quién para impedir que investigue —dijo la mujer, que sacudió la mano para invitarla a pasar.

No, no lo es, pero informará a algún canalla de lo que estás investigando.

Esa es la impresión que me ha dado.

Sardelle entró en el archivo de la biblioteca, y se metió en uno de los corredores para que la recepcionista no la pudiera ver.

Avísame si la perseguidora de los tejados aparece en la puerta, ¿de acuerdo?

Puede que te avise si te comprometes a llevarme contigo la próxima vez que salgas. Quiero sentir el calor del sol en mi pomo.

Trato hecho.

Sardelle se dirigió al estrecho sótano que se encontraba en la parte trasera del edificio. Lo había descubierto el día anterior —al igual que la escalera que conducía a él—, cuando el archivo estaba a punto de cerrar. Tenía un montón de libros de tapas rojas.

Bajó los escalones de tres en tres, convencida de la necesidad de terminar su investigación ese mismo día. Si aparecía otra vez al día siguiente, cabía la posibilidad de que alguna persona más intimidatoria que la recepcionista la estuviera esperando.

Llevó una mano al pomo, y estuvo en un tris de estamparse la cara contra la puerta, porque no se abrió. El día anterior no estaba cerrada…

No necesitaba estarlo hasta que apareciste tú y te interesaste por esos libros.

Pero ¿qué es esto? ¿Una forma de atrapar a inocentes que solo sienten curiosidad por la genealogía?

Sardelle podía abrir la puerta sin demasiado esfuerzo, pero se sintió nuevamente insultada por aquella pequeña traición. Quizá, porque ya había sufrido demasiadas traiciones.

Por si no hubiera sufrido bastante con el descubrimiento de que todos sus conocidos y seres queridos estaban muertos, también había tenido que descubrir que los culpables de lo que llamaban *purga* habían sido los soldados iskandianos, su propia gente… Los referati habían trabajado codo a codo con los militares durante muchas generaciones, ayudando a defender el continente contra los invasores. Lo único que le permitía mirar a la cara a las personas de esa época y considerarlas normales y corrientes, en lugar de enemigos mortales, era que no eran responsables de aquel genocidio, porque habían pasado trescientos años desde entonces. O eso había pensado en su momento.

Efectivamente, por la genealogía de los hechiceros.

Por una vez, la réplica de Jaxi fue más sombría que sarcástica. Los referati también habían sido los suyos. Aunque hubiera vivido y muerto siglos antes de que se vinculara a ella, también tenía amigos en aquellos tiempos, desde hechiceros hasta otras hojas de alma.

Si no quieres entrar, puedo leer yo los libros, continuó la espada.

Son varios miles de textos.

Me leí toda la biblioteca de la prisión de las minas de Magroth.

Que tiene cincuenta volúmenes. Y tuviste trescientos años para leerlos.

No, al menos tiene sesenta, observó Jaxi. *Y, por suerte, solo llevan allí cincuenta años.*

Tardaré menos si los consulto en persona, pero agradezco el ofrecimiento.

Efectivamente, Sardelle se podía ahorrar el problema de que la vieran en público si Jaxi consultaba los libros desde la seguridad de la casa de Ridge; pero hacerlo *in situ*, ver los títulos y las encuadernaciones rojas en persona, le parecía mucho más eficaz. Además, aquella era su investigación, no la de Jaxi. Los nombres de sus familiares no significarían nada para alguien que había nacido siglos antes.

Para abrir la cerradura, creó un flujo de aire comprimido que levantó los pernos de la parte superior como habría hecho una llave. Acto seguido, giró el pomo de la puerta y accedió a la oscura estancia, que olía a cerrado. Después, se aseguró de que no hubiera nadie en su interior y se encerró en ella, quedando sumida en la más absoluta de las oscuridades. Sopesó la posibilidad de hacer luz mágica, pero había faroles de aceite junto a la puerta, así que provocó una chispa, encendió uno y se lo llevó. Sus pisadas del día anterior seguían en el polvo del suelo de piedra, pero había otras que no estaban allí cuando se marchó. No eran mucho más grandes que las suyas, y dedujo que serían de la recepcionista.

Sardelle sacó su libreta de la mochila y eligió unos cuantos registros con nombres y direcciones de familias de localidades de las Hojas de Hielo. Por supuesto, no encontró nada sobre la montaña de Galmok, la fortaleza subterránea donde ella se había formado y donde vivían y trabajaban muchos referati cuando la destruyeron. Pero, por otra parte, la gente no se mudaba a la montaña hasta que se demostraba que tenían el *don*. De hecho, ella se había criado en…

Problema, dijo Jaxi en su mente.

¿Viene alguien?

Sardelle se giró hacia la puerta, atenta a cualquier sonido de pisadas.

Alguien está mirando por las ventanas de aquí.

¿Te refieres a la casa de Ridge?

Efectivamente, salvo que me hayas abandonado debajo de la cama de la casa de otro.

¿No será otra vez la abuela del teniente coronel Ostraker?, dijo Sardelle, refiriéndose a su fisgona habitual, una mujer que siempre estaba dispuesta a hacer favores a Ridge y que no se abstenía de echar miraditas por las ventanas mientras recortaba los setos.

No, son dos mujeres de capas verdes, encapuchadas. Están husmeando por el jardín trasero, y con más entusiasmo que la nonagenaria de la casa de al lado.

Sardelle se dijo que quizá había cometido un error al dejarla en casa. Jaxi podía impedir que alguien se la llevara (y, si quería, de un modo mortífero), pero tanto ella como el propio Ridge estarían sentenciados si alguien encontraba una espada mágica en su domicilio. Desde luego, ella no tenía nada que perder, pero Ridge podía malograr su carrera, su reputación y a todos sus camaradas si se descubría que se estaba acostando con una hechicera a sabiendas de que lo era.

Como en otras ocasiones, se preguntó si no estaba siendo egoísta al quedarse allí, si no estaba poniendo en peligro todo lo que había conseguido Ridge a lo largo de los años por la simple razón de que le gustaba estar con él y de que él le importaba (o quizá, de que le amaba).

Una acaba de sacar una ganzúa y se dirige a la puerta de atrás. Intentaré pasar desapercibida. Por si la capa de pelusas no es camuflaje suficiente.

No hay ninguna capa de pelusas, puntualizó Sardelle, aunque estaba bastante más preocupada por las intrusas. ¿Qué debía hacer? ¿Volver corriendo para encargarse del asunto, cuando aquella podía ser su última oportunidad de acceder a los archivos? ¿Y qué haría si llegaba a la casa y seguían allí? ¿Debería plantarles cara?

Vale, pero la colección de jarras de cervezas de todo el continente es tan completa que quita el hipo.

Al menos, Jaxi no parecía preocupada por las intrusas. Pero eso no impidió que Sardelle reconsiderara de nuevo su decisión de vivir en la ciudad con Ridge en lugar de quedarse en su cabaña, junto a aquel precioso lago. El simple hecho de que no pudiera investigar en ese sitio ni vivir la vida de ninguna manera…

Ah, yo pensaba que tomaste esa decisión porque no estás dispuesta a renunciar a las largas noches de botes en la cama con tu cariñoso coronel.

No es así… del todo.

Acaban de abrir la puerta trasera.

Sardelle intentó recordar si había activado sus trampas por la mañana, después de que Ridge se fuera. Creía que sí, pero cabía la posibilidad de que, tras varios días de no tener ningún problema, se hubiera vuelto descuidada.

¿Están…?

Un crujido procedente de la escalera interrumpió sus pensamientos. Sardelle barrió la zona con sus sentidos. Efectivamente, alguien estaba bajando, era la archivera.

Sardelle redujo al mínimo la llama del farol. Estaba casi segura de que la luz no era tan intensa como para que se viera por debajo de la puerta, pero prefirió no arriesgarse.

El pomo traqueteó y, como Sardelle había echado la cerradura, supuso que la mujer llegaría a la conclusión de que no había nadie dentro. Sin embargo, era obvio que tenía la llave. Si decidía entrar a echar un vistazo…

Los escalones volvieron a crujir, y Sardelle soltó un suspiro lento. La mujer se alejaba.

¿Qué tal por ahí, Jaxi?

Sardelle consiguió los registros más prometedores y los metió en la mochila. Tendría que llevárselos prestados, tanto si estaba permitido como si no. Ya encontraría la forma de devolverlos después.

¿Te acuerdas de la enorme cacerola de cobre?

Sí, me acuerdo.

Pues se ha caído sobre la cabeza de una de las intrusas.

Impresionante, teniendo en cuenta que el estante de las cacerolas está sobre el fogón, y no en el pasillo de la cocina.

¿Lo dices en serio?

Sardelle se dirigió hacia la puerta, pero se detuvo junto a una caja llena de enormes pergaminos enrollados, de casi un metro de longitud. No los había mirado el día anterior, y se preguntó si podían ser representaciones gráficas de los linajes. Tres de ellos tenían los bordes pintados de rojo.

Los cogió para echar un vistazo rápido. Los pergaminos no cabían en su mochila, pero era posible que contuvieran algo importante, y no se quería ir sin mirarlos. Mientras desenrollaba el primero, pensó que de haber sabido antes lo del sistema de clasificación por colores, donde el rojo era sinónimo de malvada hechicería, habría limitado su búsqueda a esos archivos.

—Lección aprendida…

Sardelle soltó un ahogado grito de alegría al reconocer un apellido en la parte superior del primer pergamino: Maricoshin, la familia que había fundado el Referatu, una familia llena de hechiceros poderosos, incluso con los estándares de la época de Sardelle.

Se llevaría los pergaminos, aunque no cupieran en la mochila. Solo tenía que escabullirse sin que la recepcionista la viera…

Se oyó un clic en la esquina de la sala, junto a la puerta.

Antes de que Sardelle pudiera hacer algo más que preguntarse por el origen del sonido, vio una luz naranja y un estruendo retumbó en sus oídos. Una furia la golpeó, la despegó del suelo y la estampó contra una estantería, dejando todo su cuerpo dolorido.

Su farol desapareció bajo los muebles que se cayeron o quizá, bajo las vigas rotas y el techo, que se hundió.

La sala se quedó completamente a oscuras.

El coronel Ridgewalker Zirkander paseaba por el patio del castillo de Harborgard, dedicando sonrisas y asentimientos alentadores a los soldados de rostro taciturno que montaban guardia junto a las puertas de las torres, los vestíbulos y los dormitorios de los alrededores del acceso principal. Casi todos seguían con la vista clavada al frente, haciendo caso omiso (en algún lugar del reglamento había una norma que prohibía que los guardias del castillo interactuaran con nadie, salvo para atravesar a los intrusos con sus espadas), pero algunos respondían con sonrisas rápidas y saludos breves cuando pensaban que ninguno de sus impasibles correligionarios los estaba mirando.

El más taciturno de todos los taciturnos estaba frente a la gran entrada de mármol que llevaba a la cámara de audiencias del rey. Las puertas estaban abiertas, dejando entrar el sol (un cambio que se agradecía tras la lluvia y la nieve de las tres semanas anteriores), pero solo se podía entrar tras superar el escrutinio del guardia o exponerse a lo que implicaba el fusil que tenía entre los brazos. El arma era uno de los pocos inventos modernos que se podían ver en el castillo; la grúa a vapor que estaba junto al andamio erigido contra una de las torres era otra excepción. El castillo, de casi mil años de antigüedad, tenía la consideración de Hito Histórico Superimportante, lo cual significaba que todo cambio o adición arquitectónica se debía someter a la aprobación de un comité disfuncional de unas setecientas personas. Habían tardado veinte años en tomar la decisión de tapar los agujeros que había sufrido esa torre durante el último bombardeo. Por suerte para el castillo, y para el propio comité, la capital sufría muy pocos ataques desde que habían construido la base de dragones voladores en el otero del puerto.

El taciturno guardia de la puerta conocía a Ridge y sabía que el rey le estaba esperando, pero bajó el fusil y abrió la boca para soltar el preámbulo que tenían que soportar todos los invitados, es decir, nombre, motivo de la visita y declaración de lealtad imperecedera al rey y a Iskandia.

—No se ha abrochado la bragueta —dijo Ridge, señalando la entrepierna del guardia.

El guardia parpadeó y bajó la vista. Solo tardó un segundo en darse cuenta de que le había tomado el pelo; pero, para entonces, Ridge ya se había colado en el edificio, ahorrándose la perorata. De hecho, Ridge oyó el suspiro de don Taciturno en el mismo instante en que un familiar individuo de cabello gris salió de la antecámara que estaba junto a la puerta y alzó una mano. Su uniforme tenía un aspecto impecable; las rayas de los pantalones estaban tan bien planchadas que parecían imborrables, y sus botas brillaban tanto que cualquiera podría haberse afeitado mirándose en ellas. En la chaqueta, llevaba varias filas de ordenadas medallas y condecoraciones.

—General Ort, ¿también le han convocado a usted a la reunión?

Ridge lo preguntó a pesar de que era habitual que hubiera oficiales de alto rango cuando le invitaban al castillo. A fin de cuentas, él solo era el gatillo de la ametralladora que a su vez era su escuadrilla, no una persona con tanta influencia como para formar parte del proceso de toma de decisiones.

—Alguien tiene que cogerle de la mano e impedir que ponga los pies en los muebles del rey o haga chistes inapropiados sobre su forma de vestir.

Ort frunció el ceño al ver su chaqueta de cuero, su uniforme de piloto de color verde olivo y sus botas manchadas de barro. Cuando Ridge salió de la base las llevaba limpias, pero había charcos y fango por todas partes. Seguro que Ort llevaba un kit para limpiar calzado en el bolsillo.

—Nunca haría semejante cosa —replicó Ridge—. Todo el mobiliario del rey es de maderas de quinientos años de antigüedad y tapicerías ásperas. No hay nada tan cómodo como los sillones de cuero de su despacho.

—No le dejaron el tiempo suficiente en ese agujero helado de las Hojas de Hielo. Su sentido del decoro y la cortesía militar no ha mejorado ni un ápice.

Ort ladeó la cabeza hacia uno de los corredores de techos altos que se abrían a los dos lados de la entrada. El rey no estaba en el estrado ceremonial de la sala del trono, pero el general parecía saber dónde encontrarlo.

—No creo que nadie vaya a Magroth para mejorar nada —dijo Ridge.

Ridge siguió a Ort por el pasillo y una puerta lateral, hasta llegar a una terraza de techos y paredes de cristal que calentaban el espacio. Los jardines exteriores estaban cubiertos de nieve, pero dentro había plantas tropicales que se encaramaban a columnas y vigas y pájaros de todo el continente que trinaban con alegría desde las ramas de unos arbustos de hojas anchas y de varios limoneros y naranjos enanos. Algunas de las ventanas del exuberante lugar estaban abiertas, pero los pájaros no parecían sentir la tentación de escaparse.

El rey Angulus Masonwood III estaba sentado con dos hombres de uniforme junto a la cabecera de una mesa de hierro forjado sobre la que había un mantel y unas servilletas de motivos florales. Ridge prefirió creer que la decoración obedecía a la influencia de la reina, no a los gustos del rey, un hombre bajo y fornido de cara ancha, ceño fruncido y una afeitada cabellera de pelo marrón, que seguramente llevaba así porque sus entradas estaban retrocediendo como tropas que huyeran de una línea del frente rebasada por el enemigo. Sin embargo, y a pesar de las mencionadas concesiones a la edad, mantenía el porte musculoso de un soldado, aunque llevaba veinte años sin servir en el ejército. Había sido oficial de una de las pocas unidades de caballería que quedaban, y le solían representar a caballo en los retratos. Teóricamente, el rey solo tenía unos cuantos años más que Ridge, pero parecía más cerca de los sesenta que de los cuarenta. Indudablemente, el suyo era un trabajo estresante.

El rey alzó la vista cuando Ort y Ridge entraron en la estancia, pero sin dejar de lanzar miradas al pequeño papel enrollado que tenía entre sus fuertes manos. El general se detuvo delante de la mesa, chocó los talones y saludó.

—Majestad, se presentan el general Ort y el coronel Zirkander.

El coronel miró a Ridge; seguramente, para asegurarse de que él también se había cuadrado. Y lo había hecho. El rey siempre le había tratado con respeto, así que él respondía del mismo modo, aunque tenía la sensación de que Angulus no era amigo de la pompa y el boato, y de que habría preferido unas palmaditas en la espalda.

—Excelente —dijo el rey, quien señaló dos asientos cercanos—. Siéntense.

Por lo visto, tampoco era amigo de andarse por las ramas.

Los hombres que estaban junto al rey no se movieron de su sitio. Los dos llevaban uniforme y chaqueta de oficiales de infantería, y los dos lucían una insignia de plata con espadas cruzadas. Este distintivo era el símbolo de una de las unidades de élite del ejército.

El coronel de rostro pétreo y anchos brazos cruzados que estaba a la derecha del rey lanzó una dura y desafiante mirada a Ridge, quien apenas consiguió resistirse a la tentación de hacer el mismo comentario que había hecho al guardia de la entrada. El capitán que se encontraba a la izquierda del monarca tenía una cara insulsa y olvidable, de ojos marrones, cabello de color castaño oscuro y una piel morena que, teniendo en cuenta que era invierno, parecía indicar sangre mestiza.

El general Ort invitó a Ridge a sentarse en primer lugar y, tras acomodarse junto al otro coronel, Ridge acercó la silla a la mesa, le pegó un codazo y le dedicó una sonrisa desenfadada mientras le pedía disculpas. El otro coronel flexionó los dedos, como si estuviera calculando en qué lío se podía meter si estrangulaba a alguien en la mesa del rey. Ridge no sabía quién era, pero había conocido a bastantes militares de infantería que despreciaban a los pilotos y decían tonterías sobre los hombres auténticos, que en su opinión luchaban cara a cara y cuerpo a cuerpo. Como si las modernas tácticas de combate en tierra no incluyeran esconderse detrás de algo y disparar a la gente desde la mayor distancia posible.

—Caballeros —dijo Angulus con energía—, los hemos convocado para informarles sobre una misión secreta que llevarán a cabo en la patria de la Cofah.

Ridge se enderezó, olvidando todos sus pensamientos sobre su molesto vecino de mesa. Se había presentado en la reunión sin estar seguro de lo que se iba a tratar, aunque nunca había imaginado que fuera una misión (la nieve se estaba derritiendo ese día, pero seguían en pleno invierno). Además, llevaba varias semanas en un estado de semiparanoia, preocupado por la posibilidad de que alguien se diera cuenta de que Sardelle no era lo que le había estado diciendo a todo el mundo: una arqueóloga de la universidad de Charkolt, de la costa del este.

—Mi mejor espía pagó esta información con su vida —continuó Angulus.

El rey miró al capitán, que apretó los dientes sin decir nada y, a continuación, extendió el papel enrollado, revelando un mapa dibujado a toda prisa con dos frases en la parte superior.

Ridge torció la cabeza para intentar leer las palabras, pero era un mensaje codificado. El rey hizo un gesto al capitán y dijo:

—Nowon.

El oficial de cara insulsa juntó los dedos de las dos manos y descodificó el mensaje:

—«Los servicios de inteligencia de la Cofah han conseguido muestras de sangre de dragón. Están haciendo experimentos en una instalación secreta, y ya han creado prototipos viables».

—¿Sangre de dragón? —preguntó Ort—. ¿Y prototipos viables de qué?

Ridge se alegró de que fuera su oficial superior quien formulara esa pregunta. Últimamente, había oído demasiadas cosas sobre la magia, las hechiceras y la fuente de su poder, que era la sangre de dragón que circulaba por sus venas; pero, a pesar de ello, no quería dar la impresión de que tenía conocimientos al respecto, porque se suponía que ningún ciudadano medio de Iskandia los debía tener, pilotos incluidos. Y no los había tenido hasta conocer a Sardelle.

—Los dragones se extinguieron hace más de mil años —prosiguió Ort—. ¿Cómo es posible que alguien tenga sangre suya, ya sea viable o no?

El rey miró al capitán, pero Nowon sacudió la cabeza.

—Eso es todo lo que dice la nota. Sabemos desde hace tiempo que la Cofah está trabajando en proyectos científicos y armamentísticos financiados por los militares, pero esta ha sido la primera vez que conseguimos introducir a… a alguien en una de sus instalaciones secretas.

Nowon tensó la mandíbula durante la pausa anterior al pronunciar la palabra *alguien*. Al parecer, conocía al espía fallecido, y hasta era posible hubiera sido una persona cercana a él.

Ridge se echó hacia atrás y se llevó una mano a la barbilla. Por supuesto, sabía que el gobierno tenía espías, pero nunca le habían invitado a su mundo.

—Puede que su hombre estuviera equivocado, y que la Cofah solo esté intentando sintetizar sangre de dragón. Puede que hayan encontrado fósiles, o algo así —dijo Ort, frunciendo el ceño—. ¿La sangre se puede fosilizar? —preguntó, mirando a Ridge.

Ridge tragó saliva y cruzó los dedos para que no mencionara a Sardelle. El hecho de que estuviera viviendo con una arqueóloga no significaba que fuera experto en arqueología. Seguramente, Sardelle conocía la respuesta a esa pregunta, pero él no se iba a prestar voluntario para llevarla a esa reunión. Lo último que necesitaba era que el rey se fijara en ella.

—Nuestro hombre era muy bueno. Es improbable que se haya equivocado —dijo el capitán—. Y no solo sospecho que han conseguido sangre de dragón… Por los mensajes que hemos interceptado, creo que la Cofah está a punto de convertirla en un arma, aunque no sé cómo.

—Quiero un informe más completo —dijo el rey, alzando la endeble hoja de papel con un gesto de irritación en sus labios—. Y, si han conseguido sangre de dragón, quiero que se destruya o que se traiga a Iskandia, para que la analicen nuestros científicos.

La nada sutil mirada del rey se clavó en Ridge, quien se hundió en su asiento.

¿Por eso le habían llamado? ¿Por su dudosa relación con el nuevo… pirata de la teniente Caslin Ahn? Ridge no tenía ninguna duda de que Tolemek *Ejecutor* Targoson podía ser de ayuda en cuestiones científicas, pero Sardelle y su espada telepática le habían estado presionando para que le defendiera. Además, y a pesar de saber lo que había hecho Tolemek por la ciudad, le preocupaba que su lealtad no durara mucho más que su encaprichamiento con la teniente Ahn. Su laboratorio estaba vigilado todo el tiempo por una buena razón.

—Usted conoce al Ejecutor —dijo el rey—. ¿Hasta qué punto es de fiar?

¿Hasta qué punto? Tolemek parecía contento en su laboratorio, pero…

—No le conozco bien, majestad —respondió Ridge, encogiéndose de hombros—. Es… era el prisionero de la teniente Ahn. Y yo confío en ella.

El coronel de infantería entrecerró los ojos. No parecía saber nada sobre la situación, pero Ridge notó un juicio de valor en su gesto, y deseó que la misión no implicara trabajar con él. Por las canas de su pelo, tendría preferencia en el escalafón.

—Quiero que hable con él, Zirkander —dijo el rey—. Si no le considera un riesgo, podría ser útil para la misión.

—Majestad, debo protestar —dijo el otro coronel, cuyas narices se hincharon—. ¿El Ejecutor? ¿El pirata? No me importa a qué mujer se esté tirando ahora. Ha matado a miles de los nuestros.

Ridge apretó un puño. Y su expresión debió de ser terrible, porque el general Ort le pegó una patada por debajo de la mesa y ladeó la cabeza hacia el rey con sumo énfasis.

A duras penas, Ridge templó su enfado. Pero le molestó profundamente que el otro coronel (¿cómo se llamaba ese canalla?, a todo esto) le volviera a mirar con desafío.

—Coronel Therrik —dijo el rey con un tono de censura en la voz, aunque demasiado leve para los gustos de Ridge—. La teniente Ahn es una heroína de nuestra nación, al igual que todos los miembros de la escuadrilla de Zirkander; y un recurso incomparable para las fuerzas armadas. Tenga un poco de respeto.

Therrik, bah. Zirkander sabía de él por los comentarios de algunos oficiales jóvenes que acababan de salir de la academia. Llevaba varios años enseñando técnicas de combate, y tenía fama de humillar y pulverizar a los jóvenes; sobre todo, a los que no iban a terminar en las ramas combativas del ejército. Ridge no creía que siguiera en activo. Estaría allí en calidad de consejero.

—Por supuesto, majestad —replicó Therrik, aunque ni su expresión se suavizó ni se mostró arrepentido en modo alguno.

—Si hay alguien que pueda identificar la sangre de dragón y las cosas extrañas que se pueden hacer con ella —dijo el rey—, ese alguien es el Ejecutor.

A decir verdad, había grandes posibilidades de que Sardelle también pudiera. Y Ridge se dio unos golpecitos en el muslo, preguntándose si había alguna forma de sacar su nombre a colación sin revelar… nada. Solo habían combatido juntos una vez (y, técnicamente, no habían estado próximos, porque ella había luchado en tierra contra el chamán mientras él volaba), pero tenerla a su lado le pareció mil veces mejor que tener al Ejecutor o al matón torturador de pilotos jóvenes.

—Ese pirata no es leal a nuestro pueblo —dijo Therrik—. Cambiará de bando en cuanto tenga ocasión.

—Tampoco es leal a la Cofah. Ni estarían precisamente encantados con él —observó Ridge—. Tengo entendido que les reventó las letrinas… por usar la expresión de uno de mis rústicos pilotos.

—Qué elegante —musitó Ort con otra inclinación de cabeza presumiblemente dirigida a recordarle que estaban en presencia del rey. Aunque, si el rey había sido soldado, habría visto más de una letrina.

—Sospecho que tampoco puede volver con los piratas; al menos, con los de la Maldición Errante —siguió Ridge—. Su novia está aquí. Tiene más motivos para ser leal a Iskandia que para abandonarnos.

—Oh, claro —gruñó Therrik—. Seguro que la literatura romántica está llena de historias como esa.

A Ridge no le había agradado la idea de que su joven teniente tuviera una relación con un pirata asesino, pero estaba decidido a defender su derecho a estar con quien quisiera, y lo defendería incluso a puñetazos. Y aunque la paliza se la llevara él.

—Si es posible, súmenlo al equipo —dijo el rey.

—¿El equipo de qué exactamente, majestad? —preguntó Ort.

—Zirkander y los pilotos necesarios llevarán a Therrik y a dos de sus mejores hombres —el rey señaló al capitán Nowon con la cabeza— a territorio de la Cofah, donde se infiltrarán en esa instalación científica. Quiero que destruyan la sangre de dragón o la traigan a Iskandia; quiero que destruyan cualquier progreso que la Cofah haya podido hacer, y quiero saber de dónde procede esa sangre.

—¿Quién estará al mando de la misión? —intervino Therrik, que miró a Ridge con frialdad.

—Usted, coronel.

El rey sacó un papel doblado del bolsillo, lo empujó hacia Ridge y añadió:

—Estas son las coordenadas de la instalación secreta. Llevará al coronel Therrik y a sus hombres adonde tengan que ir, y esperará a que regresen.

Ridge frunció el ceño (¿le habían asignado un servicio de transporte?) en el mismo instante en que Therrik sonrió por primera vez. Y fue una sonrisa alarmante, como de lobo.

—Me parece aceptable, majestad —dijo Therrik.

Ridge abrió la boca. Ort le volvió a pegar una patada por debajo de la mesa, y él entrecerró los ojos. Aquello era peor que estar cenando en casa de los padres de una novia que pegara pataditas una y otra vez para asegurarse de que no dijera nada inconveniente. Por desgracia, el general Ort carecía de las cualidades femeninas que habrían hecho soportable dicha situación.

—No obstante, debo rechazar respetuosamente la presencia del Ejecutor, majestad —continuó Therrik—. No es de fiar. Es mejor que estudie la sangre de dragón cuando la traigamos a Iskandia, porque le aseguro que nosotros nos bastamos y sobramos para traerla.

El capitán arqueó ligeramente las cejas al oír la palabra *nosotros*. Ridge no supo si su gesto indicaba una duda sobre la capacidad del coronel (probablemente, no) o una duda sobre la necesidad de que formara parte de la misión. Era posible que la idea original fuera de Nowon. A fin de cuentas, era él quien sabía lo del espía y había decodificado el mensaje.

—Si se topan con más problemas que ampollas de sangre de dragón, es posible que necesiten la ayuda de ese pirata —replicó el rey, que se giró hacia Ridge.

Ridge había sido el encargado de explicar que Tolemek había salvado la ciudad al destruir un dispositivo con una toxina venenosa; pero no había podido mencionar el papel de Sardelle (o más bien, de su espada), así que Tolemek se había llevado todo el crédito. Y, aunque eso no molestaba especialmente a Ridge, le irritaba no poder hablar abiertamente de lo que Sardelle había hecho en defensa de su patria. Sobre todo, ahora, después de enterarse de que las infames capacidades científicas del pirata no eran del todo mundanas.

—Hablen con el pirata y lleguen a un acuerdo previo si es necesario, pero inclúyanlo en su plan —declaró el rey, mirando fijamente a Therrik.

—Sí, majestad; comprendido —replicó Therrik, que flexionó los dedos y apretó un puño.

¿Tenía intención de convencer a Tolemek a puñetazos? Sí, seguro que terminaría bien.

—Zirkander, llévese a tres buenos pilotos con usted. Volarán en los aparatos de dos plazas, para poder llevar al equipo de Therrik y a Ejecutor, si se presta a ello. Therrik, la decisión de llevar o no llevar al pirata a la instalación científica es enteramente suya, pero le insto a llevarle con usted, para que pueda identificar lo que merece o no merece la pena.

—Lo que le puede matar al instante y lo que no —susurró Nowon. Obviamente, sabía más de lo que pasaba en el complejo de la Cofah de lo que indicaba la nota.

—Mientras ustedes llevan a cabo la misión, los pilotos esperarán en una zona segura, con sus aparatos camuflados —prosiguió el rey—. Supongo que huelga decirlo, pero preferiría que entren y salgan sin que los vean. Las repercusiones serán menos graves si la Cofah no puede demostrar que hemos tenido algo que ver con la desaparición de esas muestras.

—Por supuesto, majestad —dijo Therrik.

Ridge asintió, aunque odiaba la idea de que Therrik estuviera al mando. Sin embargo, supuso que el coronel no se comportaría de un modo completamente estúpido, porque no podría volver a casa sin sus pilotos.

—Retírense —dijo el rey.

Ridge echó su silla hacia atrás, al igual que Ort y Nowon.

—¿Puedo hablar con usted en privado, majestad? —dijo Therrik, mirando a Ridge.

El rey asintió. A Ridge no le gustó la rápida mirada de Therrik, pero se fue con los demás. Aunque eso no impidió que perdiera algo de tiempo por el procedimiento de detenerse tras uno de los grandes arbustos y apoyar una bota en el tiesto para atarse los cordones.

—¿Y bien? —dijo Angulus.

—La gente del capitán Nowon se encarga de los servicios de inteligencia externos, pero mi antigua unidad se encargaba de los internos, y he descubierto un par de cosas interesantes últimamente —declaró Therrik.

Ridge pensó que por eso se había enterado de la relación de Ahn y Tolemek, porque no creía que la noticia hubiera sobrepasado el ámbito de la escuadrilla. Alzó la otra bota y se ajustó los cordones.

—¿De qué se trata?

El rey se alejó de la mesa, y Ridge casi no pudo oír sus palabras, así que apartó las ramas del arbusto. Los dos hombres se alejaban hacia una de las cristaleras que daban al jardín.

—De la bruja de Zirkander —dijo Therrik, provocando que a Ridge se le encogiera el corazón—. ¿Está seguro de que no deberíamos…?

—Coronel —susurró Ort desde la puerta—. ¿Qué está haciendo?

Ridge quiso acallarlo y quitárselo de encima para poder oír el resto de la conversación, pero el rey y Therrik ya estaban fuera del alcance de sus oídos. Maldita sea. Necesitaba saber de qué estaban hablando.

Corrió hacia la puerta y dijo, a punto de llevarse a Ort por delante: «Nos vemos en el hangar, general. Tengo que mear».

Ridge se giró un momento, y vio que Ort estaba mirando el tiesto con preocupación. Siguió por el pasillo; pero, en lugar de correr hacia la entrada principal, corrió en dirección opuesta y bajó por una estrecha escalera que terminaba en una puerta que daba a los jardines. Creía recordar que había letrinas en esa dirección, lo cual le daría una excusa razonable; y, aunque no se la diera, tampoco le importaba que Ort le impusiera una sanción. Tenía que saber lo que estaban diciendo sobre Sardelle. No le sorprendía que el servicio de inteligencia hubiera atado cabos (que él no hubiera mencionado su papel en la batalla de las minas no significaba que no hubiera habido testigos ni que la verdad no se terminara sabiendo), pero si alguien como Therrik sabía lo de Sardelle, ¿cuántos más lo sabían? ¿Y qué pensaría el rey?

Por suerte, la puerta no estaba vigilada. Ridge salió, saltó la valla y entró en los jardines. Era un día soleado, pero todo seguía bajo siete centímetros de nieve. Corrió por la blanca capa, siguiendo el lateral del edificio, y bajó el ritmo en cuanto se acercó a la primera ventana de la terraza del invernadero, que estaba arriba. Luego, se apretó contra la pared para que nadie le pudiera ver. Los cantos de los pájaros flotaban en el ambiente, pero no oyó ninguna voz, así que se acercó a la ventana siguiente. Una sombra se movió detrás de los cristales. ¿Sería el rey? Captó un leve susurro de conversación, pero no entendió lo que decían.

El esqueleto de una parra trepadora, cuyas ramas cubiertas de nieve habían perdido las hojas meses atrás, se encaramaba por la pared del edificio, sobrepasando la ventana y llegando al tejadillo del invernadero. Ridge no sabía si soportaría su peso (el tronco tenía ocho centímetros de ancho, aunque no parecía muy robusto bajo la nieve), pero la desesperación le empujó a intentarlo.

Se agarró a la planta y empezó a escalar. El tronco tembló y lanzó nieve sobre sus hombros, pero ni se rompió ni se separó de la pared. Ridge esperaba que los dos hombres de arriba estuvieran tan enfrascados en su conversación (¡sobre Sardelle, maldición!) que no notaran el temblor de la parra en un día sin viento.

Se detuvo antes de que su cabeza llegara a la parte inferior de la ventana. El tronco había pasado de tener ocho centímetros a tener cinco, y se empezaba a combar; además, y por mucho que apretara las botas contra él, se estaba resbalando, por no mencionar que la nieve y la madera seca magullarían sus dedos. Tendría que haberse puesto los guantes antes de subir.

Sin embargo, su esfuerzo se vio recompensado, porque esta vez oyó algo más que los trinos de los pájaros.

—… me lo contaron —estaba diciendo Therrik—. A los oficiales de mi antigua unidad no se les escapa casi nada.

—Supongo que todo el mundo lo sabrá dentro de poco —dijo el rey, que suspiró.

—No alcanzo a entender por qué permitió que llegara a la ciudad, majestad. ¿Por qué no le pegaron un tiro en cuanto ataron cabos?

Ridge apretó los dientes; en parte, porque la parra se acababa de soltar de uno de los anclajes de arriba y, en parte, porque ardía en deseos de atravesar la ventana y estrangular a Therrik.

—Tengo entendido que le dispararon varias veces durante la batalla con la Cofah —dijo el rey con frialdad—. Matar a una hechicera no es tan fácil.

Hechicera. No la había llamado *bruja*. ¿Sería posible que el rey lo supiera todo? Los del servicio de inteligencia debían de haber interrogado a ese feliz investigador de Magroth, el capitán Heriton.

—No, cuando está despierta, seguro que no —dijo Therrik—. Sin embargo, tenemos francotiradores. Uno de nuestros hombres la podría eliminar mientras duerme.

A Ridge no le había gustado nada el coronel Therrik, pero ahora estaba dispuesto a arrojarlo a un volcán. Relajó los hombros y se sorprendió ascendiendo un poco más con la idea de atravesar el cristal sin preocuparse por las consecuencias. Por desgracia, la parra se soltó de otro de los anclajes de arriba, y terminó a pocos centímetros de la ventana.

Apretó de nuevo los dientes y miró la cornisa. Si lograba alcanzarla...

—Sería una pobre recompensa por todos los años de lealtad de Zirkander —dijo el rey, con tanta frialdad como antes.

Therrik bufó.

—Si quiere recompensar a ese hombre, dele una medalla, no una bruja. ¿Sabemos siquiera si está con ella voluntariamente, majestad? Puede que le esté utilizando, que le esté manipulando sin que él lo sepa.

Otra vez ese estúpido argumento. Todo el mundo parecía creer que su mente era más débil que la de un octogenario con amnesia.

—He leído su historial —dijo el rey—. Si hubiera sido una de las rebeldes de su siglo, ya estaría muerta. Pero era una sanadora que trabajaba para el ejército.

Vaya. Por lo visto, el rey había investigado más a fondo que Heriton.

—¿Su... siglo, majestad? —preguntó Therrik.

—Olvídelo.

—Escúcheme, majestad, se lo ruego. No creo que Zirkander sea un perro guardián adecuado para una bruja; sobre todo, si se acuesta con ella. Además, no está aquí ni la mitad del tiempo, y ella se mueve a su antojo.

—Tengo gente vigilándola. Si llega a ser un problema, me replantearé la situación.

¿Gente vigilándola? Ridge tragó saliva. Y pensar que se había reído de Sardelle cuando dijo que no se sentía a salvo trabajando en la base… Hasta era posible que la abuela de la casa de al lado fuera una espía.

—Es una bomba a punto de estallar, majestad. Si no hace nada al respecto, puede estar seguro de que otro lo hará. Hay mucha gente que teme la magia.

—Soy consciente de ello, coronel —replicó el rey, con más frialdad que antes.

¡Sardelle está en peligro!

La voz, y una imagen del viejo archivo de la ciudad, irrumpieron en la mente de Ridge con la intensidad de una sirena de niebla, sobresaltándole tanto que perdió el agarre.

Intentó recuperarlo. Se aferró a una rama, y hasta pensó que iba a tener éxito, pero la rama se quebró y él se precipitó al vacío. Antes de llegar al suelo, dobló las piernas para suavizar el impacto y no hacer demasiado ruido, pero uno de sus talones chocó con algo resbaladizo y su pierna salió disparada hacia delante, haciendo que cayera de espaldas.

Rápidamente, rodó hacia un lado y se puso de cuclillas, preparado para huir antes de que le vieran desde la ventana. Sin embargo, se topó con el general Ort en cuanto dio el primer paso.

—¿Se ha vuelto loco? —susurró el general.

Ort miró la ventana, le agarró del brazo sin darle ocasión de contestar, le arrastró hasta la puerta de la valla y añadió, también en voz baja:

—¿Qué pretende? ¿Tirar por la borda sus veinte años de carrera?

—No, señor —replicó Ridge, aunque sus pensamientos estaban en otra cosa.

Lo que había irrumpido en su mente era la espada de Sardelle. Tenía que ser ella. Era la primera vez que le hablaba, pero sabía que se comunicaba con ella y que también se había comunicado con Tolemek. En otro momento, la intrusión telepática habría hecho que se sintiera tan incómodo como si tuviera hormigas por todo su cuerpo, pero el contenido de su mensaje era más importante que el hecho en sí.

¿Qué quieres decir?, preguntó en su mente, sin saber si la espada le escucharía. *¿Qué tipo de peligro?*

—No me diga que estaba buscando un sitio para mear en el jardín —gruñó Ort—. Estoy seguro de que el reglamento prohíbe en alguna parte que se deje amarilla la nieve en los jardines del castillo.

Ridge sacudió la cabeza, esperando una clarificación de la espada, pero no llegó.

—No sabía lo que hacía, señor. Eso es todo. Si la misión se pone en marcha mañana, tendré que correr al hangar, elegir al equipo y asegurarme de que todo y todos estén preparados hoy mismo.

Para entonces, el general y él ya habían llegado al patio principal, lleno de guardias. Aunque hubiera querido, Ridge no habría podido espiar más. Sin embargo, eso carecía de importancia. Sardelle estaba en peligro, así que aceleró el paso.

—Le informaré al final del día, señor.

Ridge salió corriendo, sin esperar a que el general le diera permiso.

—Más le vale —gritó Ort.

Ridge salió por la puerta del castillo sin hacer mucho más que despedirse con la mano y corrió por la helada calle —haciendo caso omiso de las miradas de sorpresa de los viandantes— hacia el edificio del archivo.

Capítulo 2

Sardelle se puso de cuclillas en una esquina y apoyó las manos en el suelo mientras los pedazos del techo seguían cayendo sobre el escudo mágico que había conseguido formar a su alrededor. Su farol estaba sepultado bajo los escombros, y no podía ver nada, pero notó que había dos personas en lo alto de la escalera que daba al sótano. Y llevaban armas. No parecían clientes del archivo que se hubieran acercado por curiosidad. Pero la puerta se había quedado bloqueada, y no podrían entrar de inmediato.

A pesar de ello, ahogó un golpe de tos para no hacer ruido (había aspirado polvo del sótano antes de poder formar el escudo). Lo mejor era hacerse la muerta.

Cuando el último libro de las estanterías cayó al suelo, se arriesgó a bajar el escudo para crear una luz. Un suave destello naranja llenó el espacio, pero amortiguado por la neblina del ambiente. Estaba tranquila. Sus otros sentidos ya le habían puesto al corriente de la situación. Estaría atrapada hasta que despejara la salida… o hasta que otros lo hicieran. Sin embargo, salir de ese modo no era nada recomendable, así que tocó la pared que tenía a su espalda y extendió su mente en esa dirección, preguntándose si habría algo más que polvo y tierra detrás. En una ciudad tan antigua como aquella, habría capas y más capas de distintas civilizaciones.

Ah, sí, había una galería; o más bien, un túnel de alcantarillado. En cualquier caso, podía ser una salida alternativa. La argamasa que unía los viejos y desgastados ladrillos ya se había desmoronado. Arrancarlos no sería un gran problema.

Apagó la luz (mantener dos formas de energía al mismo tiempo era un desafío en cualquier situación) y volvió a levantar el escudo por si su deconstrucción arquitectónica provocaba nuevamente otro derrumbe.

Podría haber tirado la pared con un simple y rápido movimiento, pero no quería hacer ruido. Los de la escalera seguían allí, esperando como francotiradores y, si pensaban que intentaba huir, podían sentir la tentación de acercarse. Sardelle no sabía quiénes eran, pero prefería no vérselas con ellos.

Los ladrillos se soltaron sin más sonido que unos cuantos golpes sordos. Pero, por supuesto, había otra pared detrás, y el tiempo fue pasando mientras ella retiraba una a una las piezas del rompecabezas.

Se oyó un traqueteo, procedente del otro lado del montón de escombros. Alguien intentaba abrir la puerta. Sus francotiradores se habían cansado de esperar. Pero la puerta solo se abrió un poco, de donde ella dedujo que tardarían un rato en entrar.

—No —bramó alguien desde la escalera, a más distancia—. No hay que accionar más explosivos, al menos en este edificio.

Sardelle reconoció la voz de la archivera, y comprendió que podía estar a punto de quedarse sin tiempo.

Empezó a arrancar los ladrillos con más vigor, estremeciéndose cuando se le escapaban y resonaban al caer. Al cabo de unos instantes, notó una brisa fresca y un aroma a moho. No olía como una alcantarilla. Eso era prometedor.

—La oigo —dijo alguien al otro lado de la puerta.

La habían oído. Y sabían que era ella, no otra persona. No tenían ninguna duda sobre la identidad de su retenida presa. Pero no iba a estar atrapada mucho tiempo.

Cuando el agujero le pareció suficientemente ancho, se empezó a meter; y se detuvo cuando ya tenía la mitad del cuerpo dentro, con los ladrillos clavándosele en el estómago, porque se acordó de los pergaminos con árboles genealógicos.

Volvió a crear una luz y se abrió paso entre los escombros, hasta llegar al lugar donde los había visto por última vez. Estaban junto a una mesa rota. Apartó los objetos que tenían encima, sin preocuparse ya por no hacer ruido, y alcanzó los marcados de rojo.

—Rápido —dijo alguien al otro lado de la puerta.

Sardelle no oyó ni sintió a la archivera. Se la habrían llevado de allí. ¿Quién sería esa gente? ¿Espías del gobierno con órdenes de eliminarla? Durante las semanas anteriores, había notado que estaban vigilando la casa de Ridge o, más concretamente, a ella; pero no se habían acercado.

En cualquier caso, era una pregunta para otro momento.

Con los rollos encajados en su mochila sin contemplaciones, donde ya estaban los libros de registros que había cogido antes, se volvió a meter en el agujero. Y ya estaba a punto de llegar al espacio del otro lado, que resultó más estrecho de lo previsto, cuando oyó una explosión. Al parecer, a sus perseguidores no les importaba destruir un edificio público.

Sardelle aprovechó el estruendo para arrancar más ladrillos y tapar el agujero que había hecho. Terminarían por encontrarlo, pero tardarían un tiempo. O eso esperaba.

Ya en el túnel, se puso de pie y descubrió que no podía caminar por él sin arañarse las caderas y los hombros hasta destrozárselos. El suelo estaba desnivelado, y lleno de piedras, palos y otros objetos que no se molestó en identificar. Tampoco quiso encender una luz. No sabía si había tapado bien el agujero, y no se podía arriesgar a que los del sótano vieran un destello.

Se puso de lado y empezó a avanzar, pero su pesada mochila chocaba con las paredes y la ralentizaba. Cuando quiso ver si había algún tipo de sala al final del angosto túnel, solo encontró varios metros de tierra. Al menos, avanzaba hacia la calle.

La mochila se enganchó en algo, y ella intentó apartar el obstáculo, pero se salió de la pared. Luego, se inclinó y tanteó a su alrededor, intentando averiguar si el obstáculo había bloqueado el túnel o podía pasar por encima o por debajo de él. Y entonces, se le enganchó otra cosa en el pelo.

Sardelle refunfuñó e intentó retroceder. Sus nudillos rozaron la pared, y se dio cuenta de que ya no era de ladrillo, sino de tierra. El objeto que bloqueaba su camino parecía ser una rama o tal vez, la raíz de un árbol. ¿Se habría equivocado de dirección? Quizá no avanzaba hacia la calle.

Sardelle se arriesgó a encender una pequeña luz y, tras soltar un grito ahogado, dio un paso atrás. No esperaba descubrir la pierna de un esqueleto, y se llevó tal susto que estuvo a punto de caerse al tropezar con una de las piedras. La estrechez del pasaje le ahorró el golpe, porque extendió los brazos al instante y se aferró a la pared. Pero no se había tropezado en una piedra, sino en un trozo de cráneo. Había bastantes a su espalda, y ella había pasado por encima, pegándoles patadas para apartarlos. Sobresalían huesos por las paredes de tierra.

Necesitó unos momentos para ralentizar su acelerado corazón… y para darse cuenta de que estaba en lo más profundo de un viejo cementerio o catacumba. Los huesos eran tan viejos que estaban amarillos y quebradizos. Llevaban mucho tiempo reposando en aquel sitio.

—Mi investigación está resultando de lo más extraña —se dijo.

Atrás, en el sótano, alguien movió piedras o ladrillos, recordando a Sardelle que esperaban encontrarla en la derrumbada sala. Siguió avanzando, gateando como pudo sorteando los obstáculos del osario. Oyó unos ruidos por encima de su cabeza, claqueteos y golpes que sonaban de un modo extraño en el pequeño pasaje. ¿Serían cascos de caballos? ¿En una calle adoquinada? Pensó que encontraría la forma de salir a la calle, pero el túnel continuó bajo tierra y giró. Sardelle tropezó de nuevo con más objetos; esta vez, con restos de cerámica rotos. Tocaba la pared aquí y allá, intentando palpar alguna abertura u otro sótano. Al final, se encontró con lo segundo. No había nadie dentro, y la pared también estaba en malas condiciones. Arrancó los ladrillos con cuidado, sintiéndose mal por su acto de vandalismo, pero no tenía intención de estar todo el día en aquel laberinto subterráneo.

Se introdujo a duras penas por el agujero hecho y salió a una bodega llena de viejos artefactos de destilación. Después, subió por una escalera de madera que la llevó al corredor de la planta baja de un edificio. De uno de los lados llegaban ruidos y olor a comida, pero tomó la dirección opuesta y descubrió una puerta que daba a una callejuela. Ya afuera, se apoyó en la pared, aliviada de volver a estar bajo la luz del sol. Por la cercana calle circulaban caballos y carretas.

Desorientada, Sardelle avanzó hasta el final de la callejuela para ver dónde estaba y, al verlo, soltó un bufido. Le había parecido que llevaba mucho tiempo bajo tierra, pero la entrada principal del archivo estaba al otro lado de la calle, a solo un edificio de distancia.

Asomó la cabeza, miró a izquierda y derecha y se volvió a meter en la calleja. Dos personas esbeltas, vestidas con capas, vigilaban el archivo. ¿Serían las mismas que habían usado explosivos para llegar al sótano? No, tuvo la sensación de que no era así. Curiosamente, las dos eran mujeres.

Sardelle retrocedió, y estuvo a punto de gritar cuando se tropezó con alguien.

—La mayoría de la gente tiene que entrar en el archivo para poder investigar; pero claro, tú tienes tus poderes especiales.

Ella se sintió aliviada al oír la familiar voz.

—Ridge…

Sardelle se giró hacia él con intención de darle un beso apasionado, pero no quería estar mucho tiempo de espaldas a la calle y a las espías. Las mujeres seguían en el mismo lugar, vigilando la puerta delantera como un par de estatuas.

—¿Qué estamos mirando? —preguntó Ridge, pasándole los brazos alrededor de la cintura y abrazándola por detrás.

Sardelle nunca sabía cuándo estaba preocupado, porque hacía comentarios frívolos en cualquier situación; pero, en esta vez, notó su preocupación con tanta claridad como sus brazos, de los que disfrutó durante unos segundos, admirando la atractiva línea de su mandíbula por encima del hombro. Llevaban un mes viviendo juntos, y seguía sintiendo como un mareante placer cuando estaba con él.

Justo entonces, se preguntó qué estaba haciendo allí a esas horas. Y por qué respiraba con dificultad. Y por qué le caían gotas de sudor por la cara.

¿Habría llegado corriendo?

Le apretó el brazo para hacerle saber que agradecía sus cariños y respondió a su pregunta antes de formular las que ella tenía.

—A esas dos mujeres con capas. Hay más personas dentro, y han intentado atraparme en el sótano. ¿Cómo has sabido que estaba en un aprieto?

—Tu espada ha elegido un momento de lo más inoportuno para meterse en mi cabeza —respondió Ridge, que apartó un brazo para frotarse la espalda.

—¿Jaxi? Le dije que no hiciera eso contigo. No sé… ¡Jaxi! Me había olvidado de ella.

—¿También está en peligro?

—En peligro de que la encuentren. Alguien se ha metido en nuestra casa.

¿Jaxi? ¿Habéis conseguido las jarras de cerveza y tú has espantado a los intrusos?

—¿Más mujeres con capas?

—No lo sé. No me contesta. ¿Tienes tiempo de pasar por casa antes de volver al trabajo?

Él dudó, y ella se estremeció. Seguro que ni siquiera tenía tiempo para ir a rescatarla, pero había ido de todas formas.

—Sí —Ridge se apartó y le quitó una telaraña del pelo—. Pero, por el camino, tendré que contarte lo de mi nueva misión. No estás herida, ¿verdad?

—No, no lo estoy.

Ella se limpió el polvo del vestido, y Ridge frunció el ceño, como si no supiera que estaba diciendo la verdad. Pero, a pesar de ello, no la presionó. Solo señaló el edificio del archivo.

—Sé que no necesitas de mi varonil y resuelta ayuda, pero ¿quieres que interrogue antes a esas mujeres y les saque alguna información?

—No estoy segura. ¿Se la sacarías por la fuerza? ¿O con tu encanto?

—Seguiría el patrón que ya he establecido hoy, y me caería de una parra encaramada a una ventana.

—Parece una historia de las que me gustaría oír.

—Y, por extraño que parezca, no me siento inclinado a compartirla.

Ridge sonrió y ladeó la cabeza hacia la calle, repitiendo en silencio su pregunta.

Quizá fuera una esperanza vana, pero Sardelle no quería arrastrarlo a sus problemas. Podía perder mucho si la gente se enteraba de que protegía a una hechicera. A una bruja, como decían ellos.

—No, dejémoslo estar —contestó—. Limitémonos a desaparecer.

Durante un instante, Sardelle tuvo la impresión de que él iba a protestar, pero dijo:

—Como desees.

Ridge puso fin a su abrazo, pero la tomó de la mano y se giró hacia la otra salida de la callejuela. No había dado más de un paso cuando se detuvo.

—Ah, ¿a qué te refieres con lo de desaparecer? ¿A volver rápidamente a casa y ver cómo está tu espada? ¿O a algo más…?

Ridge sacudió una mano en el aire y arqueó las cejas.

Sardelle sonrió y empezó a caminar a su lado. Algún día, tendría que darle la lista completa de lo que estaba a su alcance y lo que no, porque la idea de que podía hacer cualquier cosa con su magia le crispaba. Necesitaba tiempo para acostumbrarse a sus habilidades. Si es que tenían el tiempo necesario y ella se quedaba en la ciudad.

Antes de salir a la otra calle, Sardelle lanzó una larga mirada por encima del hombro.

—¿Cuánto tiempo estarás fuera? —preguntó Sardelle cuando el guardia les abrió la puerta de las instalaciones.

Estaba tan preocupada por Jaxi que caminaba a toda prisa, pero el anuncio de que Ridge iba a ir a Cofahre para lo que solo podía ser una misión peligrosa la preocupó doblemente.

—¿Sería terriblemente inapropiado que encuentre la forma de estar en el continente al mismo tiempo? —continuó—. Le prometí a Tolemek que ayudaría a su hermana, y…

Sardelle intentó encontrar un modo de sugerir que su presencia le podía ser útil sin insinuar que él necesitaba su ayuda.

Ridge la miró de reojo.

—Tolemek vendrá con nosotros, siempre que al coronel Culo de Hielo no le ofenda terriblemente que abandone el país antes de tiempo. Además, no vamos en busca de su hermana.

—¿También irá la teniente Ahn?

Ridge asintió.

—No estoy seguro de que todo el mundo esté dispuesto a volar con el Ejecutor en el asiento trasero del aparato. Hasta yo me estremecería.

—Ah, no me extraña.

Sardelle pensó que era una tontería, porque ni formaba parte de su mundo ni contaba con la confianza de los militares, así que no podía esperar que la invitaran, pero se sintió sola al pensar que los pocos amigos que tenía se iban a ir. Su tristeza por la pérdida de sus camaradas y su linaje no se había reducido con el transcurso de las semanas, sino todo lo contrario. Al principio, se había sentido como si estuviera viviendo una aventura en tierras extrañas y su familia le esperara en casa; pero las cosas se habían tranquilizado últimamente, y al final, se había visto obligada a asumir que nadie la estaba esperando en su casa. Ya no tenía hogar.

—No me agrada la idea de ir al continente por nuestra cuenta. Preferiría tenerte con nosotros —dijo Ridge, que se mordió el labio al salir a la calle donde vivían—. Y tampoco me entusiasma la perspectiva de dejarte sola en este momento, cuando has despertado tanto interés.

—Supongo que esos aparatos no tendrán un compartimento de equipajes donde me pueda meter, ¿no?

—No están hechos para viajes largos. Pregunta a Ahn sobre el tubo.

—¿El tubo?

—Olvídalo. Ya lo descubrirás cuando te montes en uno.

Ridge escudriñó la calle. Su casa estaba frente a ellos, y seguía de pie. No salía humo por las ventanas rotas.

—Si te prestas a hacer el trabajo de mis ametralladoras, te podría montar en la parte delantera de la carlinga.

Sardelle ya se estaba preguntando si eso era posible (hasta entonces, solo había visto los dragones voladores desde tierra) cuando vio su sonrisa.

—Ah, esa una broma.

—Deja que lo medite. Puede que se me ocurra algo.

—No te metas en líos por mi culpa, por favor —replicó Sardelle, ya preocupada por lo que podían encontrar en la casa.

Ah, hablando de la casa... será mejor que no entres ahora mismo con su propietario.

¡Jaxi! ¿Por qué no me hablabas? ¿Y qué esperas que haga con Ridge? Estamos a media manzana de distancia.

Mantenerme oculta me ha costado gran parte de mi energía. Esas mujeres tienen un dispositivo que puede detectar la magia, y he tenido que encontrar la forma de estropearlo. No me gustan nada esos avances tecnológicos nuevos. Este siglo es complicado. Y, en cuanto a tu guapo piloto, dale unas cuantas vueltas por la manzana.

No es un perro, Jaxi.

Vale, pero la culpa no ha sido mía. Solo intentaba defenderme. Estoy casi segura de que esas mujeres me estaban buscando a mí, específicamente. Hablaban de espadas todo el tiempo.

—Jaxi dice que puede que la casa no esté como la dejamos —declaró Sardelle, siguiendo a Ridge por la acera—. Está intentando limpiarla. Las intrusas no han sido pulcras.

Ridge se detuvo, con la mano ya en la puerta.

—¿Sabes lo raro que suena eso?

—¿Te refieres a que Jaxi haga algo tan útil como limpiar? ¿O al hecho de que pueda limpiar?

—A todo eso, sí.

Sardelle le puso una mano en el brazo, por si necesitaba un poco de afecto cuando entraran. Él abrió la puerta, y el marco de un cuadro pasó volando a escasos centímetros de su cara, cruzó la habitación y se colgó solito de la pared, encima de la estufa. Ridge parpadeó lentamente, cerró los ojos y respiró hondo.

Sardelle se estremeció, y entró a echar un vistazo.

¿Este caos es cosa tuya? ¿O de las intrusas?

Es de ellas. Aunque es posible que no empezaran a lanzar cosas hasta que yo las enfadé por el procedimiento de tirarles cacerolas a la cabeza.

El espantoso sillón verde y amarillo no resultaba más bonito estando tumbado, con sus cojines por toda la estancia. Las sillas y las mesas habían corrido la misma suerte, y toda la colección de cuadros de Ridge estaba en el suelo, manchada de algo blanco. Ah, era por un paquete de harina, que se había caído y había extendido su contenido por todos los sitios. Además, el suelo de la cocina era un muestrario de cazos y sartenes. Y había algo sospechosamente parecido a una mancha de sangre en una de las encimeras.

Una ráfaga de aire frío sacudió el vestido de Sardelle. Ridge abrió los ojos, pero sin apartarse de la puerta, atónito.

Ella hizo una mueca.

—¿Te has quedado boquiabierto por el desastre? ¿O porque tus cuadros se están colgando solos?

Ridge cerró la puerta, se quitó la gorra y se pasó una mano por el pelo.

—Por todo eso, efectivamente.

Ridge le dedicó una de sus sonrisas. No parecía forzada (de hecho, él parecía más sorprendido que perplejo), pero eso no impidió que Sardelle se sintiera mal. Aquello era culpa suya.

—Deja que eche un vistazo a Jaxi. Quiero asegurarme de que sigue acurrucada junto a tu colección de jarras.

—¿Mi qué?

—Hay unas cuantas jarras de cerveza bajo la cama. Jaxi y yo… bueno, hemos hablado al respecto.

—Ah, me preguntaba dónde estarían. La gente me las regala cada vez que la escuadrilla ayuda en otras zonas del país y está en tierra el tiempo suficiente para tomarse una copa. Me empecé a preocupar por mi reputación cuando recibí la décima o duodécima. Es cierto que bebo de vez en cuando, pero ¿todos los habitantes de Iskandia tienen que pensar que estoy perpetuamente borracho?

Ridge levantó el sillón con un ruido seco. Era el primero en admitir que era espantoso, pero se tumbaba a leer en él todas las noches. Sardelle se preguntó si merecía la pena decirle que era la primera cosa que había enderezado.

—Si te han visto volar, seguro que no —contestó, sacando a Jaxi de debajo de la cama y metiendo al mismo tiempo los pergaminos robados detrás de las jarras—. No podrías hacer tantas piruetas y rizos chiflados si estuvieras borracho.

Ya era hora. Esto no habría pasado si me hubieras llevado contigo.

Tú sigue agobiándome y ya verás si te llevo a algún sitio.

Oh, por favor, en cualquier caso, sabes perfectamente que puedo agobiarte, estés donde estés.

—¿Rizos… chiflados? Tendré que asegurarme de que nadie te meta en un comité para poner nombre a las cosas.

—¿Es que existe ese comité?

Sardelle había conocido a algunos de sus pilotos, y siempre se preguntaba a quién se le había ocurrido la brillante idea de apodar con el Espinillas, el Pato o la Comadreja a unos jóvenes que se jugaban la vida todos los días.

Alguien llamó a la puerta, y Ridge no contestó a su pregunta.

¿Son las mismas personas, Jaxi?

No, es un desconocido. Lleva dos pistolas y varios cuchillos ocultos bajo la chaqueta.

Sardelle salió corriendo del dormitorio y entró en el salón en el preciso momento en que Ridge abría la puerta y llevaba una mano a su pistola, que también llevaba debajo de la chaqueta. Ella se puso en guardia, preparada para defenderle.

El hombre que estaba fuera no era ni alto ni ancho de hombros ni musculoso, pero llevaba pantalones negros, un jersey de cuello alto negro y una chaqueta negra. Era un rubio de rasgos finos y glaciales ojos verdes. Tenía un hoyuelo en la barbilla, y llevaba el pelo corto, peinado hacia un lado. Aunque medía varios centímetros menos que Ridge, su intimidante porte le hacía parecer más alto.

Ridge no retrocedió, pero puso los hombros de tal manera que Sardelle tuvo la impresión de que quería retroceder. El hombre miró el desordenado salón y la miró a ella con una leve mueca de desdén.

—Ahnsung —dijo Ridge—. Me fingiría sorprendido de que los guardias te hayan dejado pasar si no supiera que entras donde te da la gana.

—No saben que estoy aquí.

—Parece que últimamente se les cuela todo el mundo. Tendré que hablar con alguien para que mejore su formación.

Ni Ahnsung sonrió ni dio indicación alguna de que apreciara el humor. Más bien al contrario, porque entrecerró los ojos como si estuviera sopesando la posibilidad de pegar un puñetazo a Ridge en la nariz, o algo peor. En otras circunstancias, Sardelle habría supuesto que era un oficial superior, teniendo en cuenta que Ridge solía tener problemas con ellos; pero, si aquel hombre hubiera sido militar, ¿no habría llevado uniforme? Además, estaba allí en horario de trabajo.

—¿Has venido a amenazarme otra vez, Ahnsung?

—No —respondió, con sus ojos verdes convertidos en poco más que unas ranuras—, aunque tuviste suerte de que no me presentara el mes pasado. Te habría pegado un tiro.

Sardelle se quedó boquiabierta. Ridge se limitó a gruñir y a decir:

—No me sorprende.

¿El mes pasado? ¿Qué había ocurrido? Ridge y ella todavía estaban en la fortaleza.

—La vas a volver a meter en un lío —dijo Ahnsung.

Súbitamente, todas las piezas del rompecabezas se pusieron en su sitio. A ella la vas a meter en un lío. Ahnsung. El mes pasado, cuando todos pensaban que la teniente Ahn estaba muerta.

Debía de ser un familiar. ¿Su padre? Nadie le había hablado de él; pero, al margen de unos cuantos fines de semana en la cabaña de Ridge, donde daba clases a Tolemek, Sardelle no había pasado mucho tiempo con Ahn. Y sí, por su edad, podía ser su padre. Parecía de cuarenta y muchos años.

—Es curioso que las noticias sobre las reuniones secretas del rey se extiendan como la pólvora —comentó Ridge.

¿Cómo sabía aquel hombre a quién pretendía llevar Ridge a la misión? Ella era la única persona a la que se lo había contado, ¿no? Salvo que Ahnsung estuviera espiándoles mientras hablaban. En ese caso, era muy buena noticia. Ella no había notado nada. Y Jaxi tampoco se lo había advertido.

Estaba ocupada recogiendo cacerolas y cuadros. Y, por cierto, ¿puedo decir que es una tarea lamentablemente mundana para alguien de mi talento? Ni que fuera la aprendiz de alguien.

Venga, seguro que todos esos años de tareas degradantes están frescos en tu memoria. Acababas de terminar tu formación cuando te metiste sola en la hoja de alma.

Por favor, ya era una hechicera veterana para entonces.

Miré tu historial antes de que nos uniéramos, observó Sardelle. *Ni siquiera habías hecho el trabajo de fin de carrera.*

Porque me enteré de que me estaba muriendo. Y no iba a perder mis últimos meses de vida redactando ese trabajo cuando había enemigos a los que achicharrar.

Ah, te pido disculpas.

Sardelle siempre había tenido la impresión de que Jaxi había superado el dolor de morir tan joven mucho antes de que se conocieran; pero, de vez en cuando, un fondo de nostalgia o tristeza escapaba a su sarcástica irreverencia.

—Si te la llevas a Cofahre, te haré responsable de lo que le pase —dijo Ahnsung.

—Me considero responsable de todos mis pilotos.

—Pues también te considero responsable de que andes por ahí con ese… pirata —replicó Ahnsung, con una mueca más despreciativa que la anterior.

Sardelle no necesitó su talento telepático de hechicera para saber que *pirata* no era la primera palabra que le había venido a la cabeza.

—No sé cómo puedo ser responsable de las personas con las que sale.

—Si no hubieras permitido que la derribaran, nunca habría terminado de prisionera de guerra —dijo Ahnsung, señalándole con un dedo—. Y no habría conocido a ese animal.

—No estaba allí cuando la derribaron. Mis órdenes me habían llevado a otro sitio. Y, aunque hubiera estado allí, nuestro trabajo es peligroso, y puede que algún día le pase algo, algo que yo no pueda evitar. Será mejor que lo asumas de una vez. O, si quieres un consejo, ¿por qué no hablas con ella sobre su trabajo y las personas con las que se acuesta?

Ridge estaba tenso; Ahnsung, aún más.

Sardelle bajó las barreras que solía alzar alrededor de su mente, tanto para mantener la cordura como para respetar la intimidad de los demás. Necesitaba saber si Ahnsung iba hacer algo más que fruncir el ceño. ¿Era verdaderamente peligroso?

Ahnsung tenía una mente mucho más disciplinada de lo que Sardelle había deducido por su expresión glacial, y no averiguó gran cosa; al menos, en una lectura superficial. Sin embargo, vio que la cara de Tolemek flotaba en sus pensamientos, y supo que su actitud no estaba tan relacionada con la nueva misión de Ridge como con el nuevo amigo de Cas.

En cualquier caso, Sardelle no se atrevió a profundizar. Además de los aspectos éticos del asunto, algunas personas podían sentir a los hechiceros cuando hurgaban en su mente.

Es un francotirador, y no dudaría en pegarle un disparo a tu amante en el pecho... tienen un largo historial de discusiones, dijo Jaxi.

Aunque Jaxi fuera joven y no hubiera terminado el trabajo de fin de carrera, era una telépata con más talento del que ella tendría nunca, y podía entrar en la mente de cualquier persona sin llamar su atención, incluso tratándose de hechiceros. Aunque, últimamente, no se encontraban con muchos.

Sin embargo, parece que no mata de forma arbitraria, continuó. *Solo cuando le pagan por ello. Y ha sopesado la idea de pagar a alguien para que mate al coronel Zirkander.*

Sardelle apretó un puño. Era consciente de que Ridge no agradecería que una mujer le ayudara en una pelea, pero le apoyaría de todas formas si corría peligro.

¿Por qué?

Porque Ridge fue quien animó a su hija a meterse en el ejército y quien la apoyó cuando decidió entrar en la academia de vuelo. Ahnsung quería que ella siguiera sus pasos, que siguiera en el negocio familiar.

¿El negocio familiar? ¿Disparar a la gente?

Al parecer, tiene muy buena fama como asesino.

Vaya, todo un encanto.

—Sospecho que no has hablado con ella desde hace años —dijo Ridge, tras mirarse el uno al otro durante un rato—. Puede que le gustara verte —añadió con una sonrisa, como si la helada mirada de Ahnsung le importara poco—. Deja que te presente a su pirata. Incluso es posible que te lleven a cenar. Aunque quizá no sea una buena idea. Según me han contado, tiene un montón de pociones extrañas que podría echar en la comida de un hombre.

Ahnsung siguió echando humo durante unos instantes; pero, al final, bajó el dedo.

—Te gusta pasear por el borde de los acantilados, ¿verdad?

—Intento estar a la altura del mote que me puso mi padre.

Ahnsung soltó un bufido.

—Nos vamos mañana por la mañana, así que esta noche estará haciendo el equipaje. Tienes tiempo de pasarte a verla y decirle unas cuantas palabras —comentó Ridge—. Dale algún consejo paternal sobre la forma de mantenerse con vida en territorio enemigo.

Ahnsung cruzó las manos a su espalda. Había recuperado la compostura, y no reaccionó al comentario de Ridge. Volvió a mirar la desastrada estancia y a estudiar a Sardelle.

—Tu casa está hecha un asco —dijo.

—Veo que son tus dotes de observación las que te has convertido en un francotirador tan bueno.

Ahnsung se metió una mano por debajo de la chaqueta. Ridge se puso tenso otra vez, y Sardelle se dio cuenta de que estaba preocupado por la posibilidad de haber presionado en exceso al padre de Cas. Pero se limitó a sacar una tarjeta, que le ofreció.

—¿Y esto qué es? —Ridge frunció el ceño, pero no aceptó la tarjeta.

—Por si necesitas mis servicios.

Ahnsung dejó la tarjeta en la volcada estantería que estaba junto a la entrada y se marchó sin pronunciar otra palabra.

Sardelle esperó a que Ridge cerrara la puerta y dijo:

—¿Ese hombre se acaba de prestar a matar a las intrusas en tu nombre?

—Eso parece. Por el precio adecuado, claro —contesto Ridge, quien se pasó una mano por el pelo y se lo dejó tan revuelto como el salón, aunque le quedaba bien así, a diferencia del salón—. No sé cuánto cree que ganamos los oficiales en la actualidad, pero dudo que me lo pudiera permitir.

Sardelle pasó por encima de un tiesto cuya tierra se había esparcido por la alfombra y cerró los brazos alrededor de la cintura de Ridge. Él le devolvió el achuchón sin dudarlo, y apretó la mejilla contra su cabello.

—¿A qué viene esto?

—A que he arrastrado tu vida al caos.

Ridge rio suavemente contra su pelo.

—No tengo nada contra el afecto derivado del sentimiento de culpabilidad, pero debo informarte de que mi vida ya era bastante ajetreada antes de conocerte. De hecho, algunos colegas han llegado a sugerir que mi singular personalidad y mi original forma de encarar la existencia es un imán de personas interesantes y situaciones heterodoxas. Supongo que, si tú eres una especie de repositorio de caos, era inevitable que nos encontráramos.

—¿Esos colegas son personas que te respetan? ¿O solo intentaban enfatizar un defecto de tu carácter?

Sardelle agradeció su intento de hacerla sentir mejor, y se lo hizo saber con una caricia en la mejilla y una sonrisa cariñosa, pero no podía esquivar su sentimiento de culpabilidad con tanta facilidad.

—Sí, eso creo —dijo Ridge, que suspiró y la soltó a regañadientes—. No tengo más remedio que ir al hangar. El general Ort ya se estará preguntando por mi paradero. Tengo que elegir el resto del equipo y, por si eso fuera poco, hacer una visita al pirata de Ahn.

A Sardelle le pareció divertido que Tolemek siguiera siendo «el pirata de Ahn» para Ridge, teniendo en cuenta que los cuatro habían pasado varios días en la cabaña y que ella había empezado a dar clases a Tolemek para que controlara su talento y lo aplicara en algo más que la invención de pociones. Por supuesto, Ridge hacía todo lo posible por fingir que no pasaba nada de naturaleza mágica, aunque eso implicara salir a pescar, hacer un agujero en el hielo y sentarse en un montón de nieve en días gélidos.

—Tengo que convencerle de que se una al grupo —añadió Ridge.

—Dile que pasarás cerca del sanatorio de su hermana.

—Sí, ya lo había pensado. Pero es un continente grande, y puede que nuestro destino y el suyo estén a miles de kilómetros de distancia.

—Vuestros aparatos son rápidos. Si voláis de noche y no os ven…

Sardelle se encogió de hombros. No quería presionarle demasiado. Ciertamente, le convenía que Ridge encontrara la forma de recoger a la hermana de Tolemek; pero, si no podía ser, ya la encontraría ella. Podría ver el mundo y cuánto había cambiado durante su largo sueño. Sería interesante. Desde luego, su complexión iskandiana sería un problema en Cofahre, pero se las arreglaría.

—Hay dos problemas —dijo Ridge—. El primero, que aún tenemos que encontrar sitio para un pasajero extra y el segundo, que no estoy al mando de la misión. Solo soy... el servicio de transporte.

—¿No hay ninguna posibilidad de convencer al oficial al mando para que se desvíe?

—Si alguien puede convencer a ese hombre de alguna cosa, tendría que ser alguien mucho más atractivo que yo.

Él le dio un beso, abrió la puerta y añadió:

—Siento dejarte con este lío. Volveré esta noche, y te ayudaré a limpiar.

Ridge se despidió con la mano y se alejó por el sendero que daba a la calle a un paso tan rápido que Sardelle se arrepintió de haberle hecho perder el tiempo al llevarlo allí. Además, tampoco quería desperdiciar su última noche limpiando; aunque, si encontraba la forma de poder ir con él, no sería su última noche juntos.

¿Nos vamos de viaje?, dijo Jaxi, entusiasmada.

No estoy segura. ¿Estás dispuesta a ir pegada a un aparato como si fueras una ametralladora?

La vista sería mejor que la que tengo debajo de la cama. Y tú te escaparías de las que intentan volarte por los aires y robarme a mí.

Sí, pero prefería solventar el problema en lugar de huir. ¿Me puedes describir a las personas que han estado en la casa, tirando cosas?

Mujeres que llevaban unas capas. No tenían uniforme, pero no llevaban vestidos, sino pantalones.

¿Como la mujer que me ha estado siguiendo?

Efectivamente.

Sardelle se preguntó si tendría tiempo de investigar un poco antes de que Ridge volviera del trabajo.

Eso depende. ¿Vas a limpiar la casa? ¿O se lo vas a dejar a él?

Podrías limpiar la casa mientras voy a la biblioteca.

Sardelle sonrió. No tenía intención de volver a dejarla sola, porque había gente que la estaba buscando, pero le gustaba tomarle el pelo de vez en cuando.

¿Sabes una cosa? No estoy obligada a mantenerme fuera de tus pensamientos cuando tú y tu viejo Ridge os dedicáis a disfrutar de vuestros encuentros atléticos. Podría hacer comentarios sobre tu técnica.

Sardelle puso mala cara.

Teniendo en cuenta que afirmas haber fallecido antes de tener experiencia alguna en ese campo, no creo que seas quién para juzgar.

Ah, pero he leído un montón de libros, y he estado con hechiceras que eran mucho más libidinosas que tú. He visto mucho.

¿Qué te parece si arreglamos juntas este desastre y nos vamos juntas a la biblioteca?

Me parece una idea maravillosa.

Capítulo 3

Ridge supo que se había retrasado demasiado cuando descubrió que el general Ort (de entrecejo tan fruncido como siempre) y el insulso capitán Nowon le estaban esperando en la puerta del hangar en compañía de un tercer oficial, que llevaba la insignia de plata de las tropas de élite en el uniforme. Pero el tercer oficial era una mujer, lo cual provocó que Ridge parpadeara y la mirara dos veces. Las unidades de infantería no admitían mujeres y, aunque las unidades de élite eran un cuerpo distinto, porque sus miembros recibían formación de espionaje además de combate, nunca habría imaginado que alguna consiguiera pasar las rigurosas pruebas físicas. Sin embargo, era más alta que el capitán Nowon (estaba a un par de centímetros del metro ochenta y seis de Ridge), y tenía el larguirucho y fibroso cuerpo de los corredores de larga distancia. En su etiqueta identificadora ponía Kaika, y llevaba barras de capitán en el cuello del uniforme.

Ridge pensó que se cuadraría rígidamente y le dedicaría un saludo enérgico cuando se girara hacia él, suponiendo que no la habrían aceptado en la unidad de élite sin ser todo un ejemplo de profesionalidad militar, pero el saludo fue de compromiso y, a continuación, le estrechó la mano y le ofreció una sensual sonrisa que le pareció fuera de lugar en una cara enjuta y sin maquillaje que suavizara sus rasgos.

—Coronel Zirkander, es un verdadero honor que me hayan elegido para servir con usted y formar parte de su equipo.

A pesar de su tórrida sonrisa, ni mantuvo el apretón de manos más tiempo de lo apropiado ni hizo nada tan atrevido como mirarle de arriba a abajo, cosa que le hacían bastantes mujeres. Sin embargo, había algo en la inclinación de sus labios y el destello de sus ojos grises que indicaba que sabía divertirse los fines de semana. Llevaba el pelo lo suficientemente corto como para ser reglamentario, sin horquillas; pero se las arregló para que oscilara coquetamente cuando giró la cabeza hacia su camarada. El capitán Nowon estaba en mitad de un gesto parecido al del alzar los ojos al cielo, pero el movimiento fue tan leve que quizá formaba parte de su perpetuo escrutinio de todo lo que estaba a su alrededor… y por encima de él.

—Bueno —dijo Ridge a Ort, cuyo ceño fruncido se dirigía definitivamente a él, no al resto de los que estaban en el hangar—, ella me gusta más que Therrik.

—No me diga.

—No se puede decir que sea un gran elogio —susurró Kaika a Nowon, adoptando la posición de descanso, con las manos en la espalda.

—¿Dónde se había metido, Ridge? —bramó Ort—. Como puede ver, su unidad de élite ya está preparada —continuó, señalando el par de macutos que estaban junto a la pared, y que no parecían contener ropa, sino armas—. Pero usted aún no ha elegido a su equipo.

—Lo siento, general. Alguien ha entrado en mi casa. No he tenido más remedio que ir; y a la vuelta, me he parado a hacer una compra necesaria —dijo, sacudiendo la bolsa de papel marrón que llevaba en la mano.

—¿Que han entrado en su casa? ¿Qué quiere decir con eso?

Ridge se encogió de hombros. Le habría encantado que todo el peso de las fuerzas armadas recayera sobre las intrusas, pero no estaba dispuesto a explicar que alguien iba en busca de Sardelle y su espada. Habría provocado demasiadas preguntas sobre el motivo.

—No sé quién ha sido, pero voy a tener unas palabras con el general Domhower sobre la seguridad de las instalaciones. Mi casa está destrozada, y todavía no sé si han robado algo.

El ceño de Ort se relajó un poco, sustituido por una expresión de esperanza leve.

—¿Su sofá ha sufrido daños irreparables, quizá?

—No, solo estaba caído.

—Es una pena.

Ridge arqueó las cejas.

—Me refiero al allanamiento —continuó Ort.

—Cuidado con lo que dice, general. Si se burla de mi sofá, no le invitaré a mi próxima fiesta veraniega de cerveza, sangre y balón prisionero. No podrá quitarse la camisa y flexionar los músculos para impresionar a la abuela del teniente coronel Ostraker.

—Aún tengo una cicatriz de su última fiesta —gruñó Ort.

—Así aprenderá a jugar borracho. La oficialía de tierra es muy peleona.

—Pues yo creo que solo aprovecharon la oportunidad de pegar un codazo a las costillas de un general.

—Eso es lo que *peleón* significa, ¿no? —dijo Ridge.

Ort hizo una mueca y se frotó el costado.

—¿Qué hay en la bolsa? —preguntó la capitana Kaika con curiosidad, mirando la bolsa marrón.

—Algo para vigilar la casa mientras estoy fuera.

Ridge no abrió la bolsa. Como estaba ante dos capitanes, no era probable que se rieran de él en su cara, pero quería aumentar su fama de extravagante entre las unidades del servicio de inteligencia.

—Allanamientos aparte, necesito que elija a su equipo y se prepare —dijo Ort—. Tendrán que despegar dos horas antes del alba para llegar a Cofahre tras la puesta de sol y con casi toda la noche por delante. Esa es la razón de que haya pedido a Therrik que envíe a su equipo antes de tiempo, para que todo esté listo hoy mismo.

—Sí, sí, ya lo he entendido —dijo Ridge, que se giró hacia los capitanes haciendo caso omiso del habitual enfado de Ort ante la falta de honores y cortesía militares—. Antes de nada, deben saber que la mitad de todo eso —dijo, señalando los macutos— se tendrá que quedar aquí.

—Son herramientas esenciales para la misión, señor —replicó Nowon.

Su expresión facial no cambió demasiado, pero sus palabras brotaron con rapidez. Quizá fuera su forma de indicar que era importante para él.

—Aunque pesaran la mitad de lo que parece, la carga ya sería excesiva. Hasta los aparatos biplazas o, más bien, especialmente los aparatos de dos plazas, tienen una capacidad de carga limitada. Si la superamos, no llegaremos volando a Cofahre, sino a nado. De hecho, tendré que retirar la mitad de mi munición para poder cargar con los músculos de Therrik.

Ridge miró a Ort con resentimiento antes de entrar en el hangar.

—Pues que le lleve un piloto menos pesado —replicó Ort.

Ridge sacudió la mano a modo de respuesta, aunque no estaba seguro de querer torturar a ninguno de sus pilotos con semejante individuo. Ya tenía intención de reclutar a la teniente Ahn, la persona que pesaba menos de toda la escuadrilla, pero le iba a asignar a Tolemek. No estaba bromeando cuando le dijo a Sardelle que ninguno de los otros pilotos podría cruzar el mar de Targenia con el Ejecutor en el asiento de atrás sin sufrir dieciséis horas de hombros tensos y un progresivo y sofocante terror.

Como era un día de mantenimiento y no se había previsto ninguna práctica, todos los dragones voladores de las escuadrillas Lobo y Tigre estaban en el hangar. Sin embargo, los miembros de la escuadrilla Tigre estaban de pruebas físicas, así que los pilotos de Ridge tenían el edificio para ellos solos. Sus hombres y mujeres estaban inspeccionando los motores y cableados con las listas y manuales técnicos a mano, aunque todos se giraron hacia la puerta cuando le vieron hablando con el general. Indudablemente, se estarían preguntando por la presencia de los capitanes y por la posibilidad de que la escuadrilla tuviera una misión nueva. Ridge no supo si sentirse bien o mal por los que se iban a quedar en tierra. Habría estado entusiasmado con la aventura si hubiera estado al mando, pero Therrik le daba mala espina.

No, no era eso, se confesó a sí mismo. Era que Therrik le disgustaba, y que ni quería trabajar con él ni mucho menos, a sus órdenes. Seguramente, sería un oficial competente y muy profesional en lo tocante a infiltrarse tras las líneas enemigas y poner bombas o lo que fuera que hicieran los suyos.

Ridge miró hacia atrás y vio que Nowon y Kaika habían abierto los macutos y estaban discutiendo sobre su contenido. En el suelo había varias armas y cajas de municiones, y de los macutos sobresalían cables y artefactos voluminosos. Sí, parecían explosivos.

—Buenos días, señor —dijo la teniente Ahn cuando él se le acercó.

Ahn miró la arrugada bolsa de papel marrón, pero no dijo nada al respecto. Ridge la habría dejado junto a la puerta, pero no quería que los capitanes miraran dentro.

—¿Aún es por la mañana? —preguntó Ridge, quien tenía la impresión de llevar muchas horas despierto.

—Eso creo, señor.

—¿Preparada para ir a Cofahre en misión especial?

Ella dudó y, acto seguido, asintió con firmeza.

—Siempre, señor.

Ridge reflexionó brevemente sobre su duda. Ahn no había dicho ni una palabra sobre lo que había sufrido durante las semanas que estuvo presa, pero no habría sido una experiencia agradable. Él también había estado en una prisión de la Cofah, años atrás, y dudaba que los guardias se hubieran vuelto más corteses. No obstante, había demostrado su capacidad en tres batallas desde su vuelta, y sabía que podría afrontar cualquier pesadilla residual.

—Si todo va bien, llegaremos de noche, soltaremos nuestra carga —Ridge hizo un gesto hacia los dos capitanes— y regresaremos la noche siguiente sin entrar en batalla en ningún momento. De hecho, el rey espera que no nos veamos envueltos en ninguna refriega. Es algo así como una misión de espionaje, y solo seremos un puñado de personas.

—¿En serio? —dijo Ahn, claramente intrigada. O tal vez, satisfecha de formar parte de un grupo de élite.

—Sí, y me han pedido que convenza a Tolemek de que nos acompañe. He pensado que quizá me puedas echar una mano.

La expresión de Ahn se volvió algo irónica.

—Bueno, pensaba que me había elegido a mí por mis habilidades únicas y no por la persona con la que me acuesto, pero supongo que querré estar presente si Tolemek va, para impedir que se meta en líos.

Ridge estuvo a punto de poner mala cara con el comentario de marras. No podía negar que Tolemek se estaba portando como un ser humano perfectamente decente, pero Ridge se sentía en la necesidad de protegerla; probablemente, porque la había conocido cuando era poco más que una niña, y nunca había querido que se enamorara de un famoso pirata. Sin embargo, la decisión no era suya; y el hecho de que a Ahnsung le molestara la idea casi hacía que defendiera esa relación. De todas formas, eso carecía de importancia en ese momento.

—Oh, puedes estar segura de que tengo muy presentes tus habilidades únicas. Llévate tu Mark 500 y munición suficiente. Se supone que debemos entrar y salir sin plantar batalla, pero eso no significa que podamos. Ya sabes que los planes están muy bien hasta que se ponen en marcha. Y, si nuestros amigos tienen problemas, es posible que los tengamos que rescatar —dijo, pensando lo mucho que le gustaría ver la expresión de Therrik si eran sus pilotos los que le sacaban de alguna prisión de la Cofah—. Haz el equipaje, porque saldremos dos horas antes del alba. Pero quiero verte en el laboratorio de Tolemek después de comer.

—¿No cree que quiera venir? ¿O teme que lo quiera demasiado, por liberar a su hermana? —dijo ella, bajando la voz—. Tolemek es feliz en Iskandia, señor. Solo quiere asegurarse de que su hermana no siga en el ese lugar más tiempo del necesario.

—Lo sé, y lo comprendo. Por desgracia, no soy yo quien está al mando de la misión. Pero averiguaremos dónde está y, si se encuentra cerca y es posible…

Ridge se encogió de hombros, porque no podía prometer nada.

—Gracias, señor. Tolemek agradecerá su interés. Yo se lo agradezco.

Ridge asintió a modo de despedida y se dirigió hacia el siguiente piloto que tenía en mente. La gratitud de Cas hizo que se sintiera culpable, porque no se habría prestado a ayudar a Tolemek si no hubiera sido por Sardelle y la promesa que le había hecho al pirata.

Ridge pasó por delante del Espinillas, el Linearrecta y Crash, que le miraron esperanzados. Les saludó, pero no se detuvo. Solo podía llevar a dos pilotos más, y no había estado halagando a Ahn… era cierto que necesitaba personas con habilidades que fueran más allá de su capacidad de pilotaje. Competencias que pudieran ser útiles, llegado el caso. Además, tenía que dejar pilotos buenos al mayor Pennith, quien dirigiría la escuadrilla en su ausencia.

—Pato y Ápex —dijo a los dos hombres que estaban al final de la línea de dragones—, venid conmigo.

Una ancha sonrisa iluminó la cara de Pato, que dio una palmada a Ápex cuando pasó a su lado. Tenía veinticinco años, y sería un buen capitán cuando sentara cabeza; pero, de momento, el teniente Wasley *Pato* Antilon estaba más cerca de ser un adolescente que de ser un oficial. El Espinillas y él eran algo mayores que Ahn, pero ella siempre había parecido la mayor del grupo de tenientes jóvenes.

Pato estuvo a punto de resbalarse en sus prisas por plantarse delante de Ridge y cuadrarse.

—¿Sí, señor?

Casi demasiado alto para ser piloto, era de orejas grandes, pies enormes y una gran sonrisa que siempre refrenaba a duras penas, aunque en ese momento no lo consiguió.

Ápex se acercó con paso más tranquilo y una expresión de curiosidad, no de entusiasmo, como la de Pato. Aunque también era teniente, tenía treinta y pocos años, porque había llegado tarde al ejército, tras ocho años de clases universitarias y dos de estudios de campo de paleontología que concluyeron cuando los piratas destruyeron su ciudad natal, Tanglewood; o, más específicamente, cuando el agente biológico del Ejecutor la destruyó.

Ridge le había estado vigilando desde la llegada de Tolemek, pero Ápex sabía ocultar sus pensamientos. Parecía más tenso que antes cuando estaba con Ahn; pero, hasta donde él sabía, no había tenido altercados con ella ni había causado ningún problema. Si las circunstancias hubieran sido distintas, nunca se le habría ocurrido la estupidez de ponerlo en un equipo con Tolemek, pero Ápex lo sabía todo sobre la historia de los dragones. Sardelle también conocía mucho de historia y dragones (Ridge aún no había averiguado si siempre había tenido esa inclinación académica o si, sencillamente, los niños del Referatu recibían mejor educación que los demás), pero aún no había encontrado la forma de incluirla en la misión; sobre todo, no estando al mando.

—¿Señor? —dijo Ápex, deteniéndose junto a Pato.

Ridge abrió la bolsa marrón y se la ofreció.

—El vendedor me ha asegurado que es un auténtico dragón peruvashiano de la prosperidad, tallado en la mejor madera de secuoya. Me ha garantizado que me traerá suerte. ¿Qué opina usted?

Ápex miró el contenido de la bolsa.

—Que el vendedor le ha visto llegar y sabe que los coroneles ganan mucho dinero.

Ridge bufó.

—Solo me ha costado diez nucros.

Ápex clavó la vista en el dragón volador que estaba al principio de la fila de aparatos, en cuya carlinga estaba el amuleto de Ridge.

—Parece pesado. No lo va a cambiar por su amuleto actual, ¿no?

—No, es para mi casa. Últimamente, ha sufrido un par de allanamientos.

—Lo comprendo perfectamente.

Ápex cruzó las manos a la espalda; como buen chico, se abstuvo de decir que su coronel era un cretino supersticioso.

—¿Alguna idea de para qué puede servir la sangre de dragón? —preguntó Ridge.

Ápex arqueó las cejas.

—La sangre de dragón era muy difícil de conseguir. Había espadas que se mancharon con su sangre durante las Guerras de los Jinetes, y se recogieron algunas muestras para poder estudiarla, pero han pasado quinientos años desde entonces, y la ciencia era bastante primitiva en aquella época. Había conjeturas de todo tipo, desde que la sangre de dragón podía tener propiedades curativas hasta que podía ser una fuente de energía. Se demostró que la descendencia de los que se habían apareado con dragones podían acceder a poderes sobrenaturales o quizá mentales que les estaban vedados a los seres humanos normales y corrientes. ¿Se refiere a eso? ¿A la sangre humana mezclada con sangre de dragón? Porque, si es así, han pasado casi cincuenta generaciones desde que se vio al último dragón, y el factor de disolución implica que en la actualidad habrá poca diferencia entre las personas que tuvieron dragones entre sus ancestros y las que no.

—Sí, siempre he sentido curiosidad por esos apareamientos —dijo Ridge; aunque, a decir verdad, no la había sentido hasta que conoció a Sardelle y le explicó que todas las hechiceras tenían un antepasado dragón en algún lugar del árbol genealógico—. Pero lo que pregunto no es eso, sino qué se podría hacer con sangre de dragón pura, porque parece ser que la Cofah ha conseguido unas muestras.

—No creo que eso sea posible, señor. Será propaganda —dijo Ápex, que lanzó un vistazo a los capitanes de la unidad de élite—. Ahora bien, si tenemos algún tipo de prueba, me gustaría examinarla. No puede ser sangre viva, viable, pero puede que hayan encontrado moléculas de sangre en un mosquito fosilizado o algo así… si es que estos animalitos podían penetrar las escamas de la piel de los dragones. Soy escéptico al respecto, pero sé que en otras épocas hubo insectos más grandes que también chupaban sangre.

—La impresión que saqué de la reunión es que se trata de sangre viable —dijo Ridge.

—Eso es imposible. Salvo que tengan un dragón vivo.

—Eso es… una idea interesante. O perturbadora —replicó Ridge—. Si alguien ha de tener dragones de su lado, prefiero que seamos nosotros y no la Cofah. Sin embargo, si quedara algún dragón en el mundo, supongo que se habría manifestado de vez en cuando durante el milenio anterior.

—La hipótesis científica es que se extinguieron por los cambios que sufrió la atmósfera con la creciente presencia humana en el mundo —comentó Ápex—. Los botarates dicen que los dragones se cansaron de este mundo y emigraron a otro, aunque no hay pruebas de que pudieran volar por el espacio o fundar comunidades en otros planetas.

Sin duda alguna, eran un botarates.

—¿Es posible que la Cofah haya descubierto la forma de crear sangre de dragón por medios científicos o mecánicos? ¿Como si hubieran encontrado restos fosilizados?

—Nosotros no podemos hacer sangre, y estamos científica y tecnológicamente tan lejos de ello como la Cofah.

Pato se rascó la cabeza. Para entonces, cabía la posibilidad de que Ápex ya supiera por qué le habían elegido para la misión, pero Pato parecía desconcertado.

—¿Se está preguntando sobre su papel en la misión, Pato? —se interesó Ridge.

—No, señor. Bueno… sí, señor —dijo Pato, que bajó la mano—. Pero me he quedado atascado en la idea de que los dragones y las personas se aparearan como burros y yeguas.

Ápex ladeó la cabeza.

—Es un símil inadecuado, porque la camada de un burro y una yegua es estéril, y los seres humanos nacidos de esos apareamientos eran perfectamente viables, como demuestra el hecho de que personas con sangre de dragón nacieran siglos después.

La cara de Pato era un canto a la confusión.

—Pero ¿cómo…? Es decir… Los dragones eran… —Pato extendió los brazos al máximo—. Y las personas son… —Pato acercó las manos para indicar algo mucho más pequeño.

Ridge sonrió, pero también miró a Ápex. Él también sentía curiosidad. Suponía que Sardelle lo sabría, pero no se le había ocurrido preguntárselo. Hablar de magia y de los orígenes de la magia le ponía nervioso. Debería haber puesto fin a la conversación y haberles mandado a hacer el equipaje.

—Según la leyenda, los dragones podían adoptar forma humana. Como sucedía con otras muchas especies, siempre había muchos más dragones macho que dragones hembra, y solo se apareaban los dragones más fuertes y deseables. Los que querían tener descendencia, o simplemente estaban cachondos, cambiaban de forma y se apareaban con otros seres vivos, no exclusivamente humanos —explicó Ápex—. Pero eso pasó hace tanto tiempo que es difícil de demostrar, aunque se cree que otras especies más raras y estrafalarias, con atributos inexplicables que bordeaban lo mágico, también tenían sangre de dragón… por ejemplo, los unicornios, los tigres alados y los monos luminosos. De la mayoría de esas criaturas ya no queda otra cosa que recreaciones disecadas en los museos, bien porque se extinguieron o bien porque su sangre se fue diluyendo durante generaciones hasta perder dichos atributos, pero aún se oyen historias de vez en cuando; sobre todo, en las zonas más agrestes y menos exploradas del mundo.

—Mi padre volvió de uno de sus viajes con el asta de un unicornio —dijo Ridge.

—Pues ahora estoy imaginando dragones y caballos y… —Pato sacudió la cabeza—. Bueno, no importa.

—Ápex, sus conocimientos pueden ser importantes para la misión. ¿Está preparado para vivir una aventura en Cofahre? —preguntó Ridge.

—Sí, señor.

—¿Y usted, Pato? ¿Puede encontrar comida y sobrevivir en las tierras de Cofahre con tanta facilidad como aquí?

—Ah… —dijo Pato, comprendiendo por fin su papel.

El chico se había criado prácticamente con los lobos (por lo menos, según lo que él contaba), antes de que su familia se uniera a una comunidad agrícola para que sus hijos recibieran una educación apropiada. El año anterior, durante unos ejercicios militares, él y tres soldados más se habían estrellado en las ciénagas de Temeron Keys, y Pato se las había arreglado para dar de comer y mantener a salvo a todo el grupo hasta que los localizaron.

—Sí, señor —continuó—, puedo encontrar comida y sobrevivir en cualquier sitio. Siempre hay formas de averiguar qué es o no comestible, incluso en zonas desconocidas.

—Espero que no necesitemos de sus habilidades —dijo Ridge. No tenía intención de internar a su gente en territorio enemigo, pero habría sido un mal oficial si no hubiera hecho planes para cualquier contingencia—. Pero quiero contar con ellas si llega el caso.

—De acuerdo, señor, estaré encantado de ir.

—Bien, saldremos mañana. La dotación de tierra está preparando los biplazas. Cada uno volará con un pasajero —les informó Ridge, asintiendo hacia los dos capitanes.

—Somos cuatro pilotos, señor —observó Ápex—. ¿Quién más viene?

—Un coronel de las tropas de élite, que dirigirá a los suyos. Y una cuarta persona que… será mejor que vaya a hablar con él, porque aún no sé si estará disponible.

Ridge se despidió y se fue antes de que Ápex pudiera preguntar de quién se trataba. No tenía sentido que se preocupara por los conflictos personales e incluso históricos que podía desatar la presencia de Tolemek sin saber antes si estaba dispuesto a acompañarlos.

Aun así, Ridge notó que Ápex le siguió con la mirada mientras cruzaba el hangar.

La recepcionista del edificio apretó los labios en gesto de clara desaprobación al ver el barro que Ridge había dejado en el suelo de mármol al entrar; o quizá, al verlo a él. Ni su uniforme de vuelo ni su chaqueta de cuero eran prendas poco comunes en la ciudad, pero todos los que entraban y salían o subían y bajaban por el vestíbulo llevaban batas blancas de laboratorio o pulcras indumentarias civiles. Sin barro en las botas.

La teniente Ahn estaba apoyada en un extremo del mostrador de recepción. Sus botas estaban tan embarradas como las de él, pero no había dejado huellas. La recepcionista suspiró y pulsó un botón que estaba debajo del mostrador, provocando un ruido seco. Una puerta se abrió en el pasillo, y salió rodando algo vagamente parecido a un cubo de fregona bocabajo. Unas esponjas húmedas salieron de entre las ruedas, y limpiaron el suelo. Ridge se apartó al darse cuenta de que se movía por una especie de circuito y de que no se detendría ante inocentes transeúntes.

—El laboratorio de Tolemek está por ahí, señor —dijo Ahn, que señaló el pasillo.

Ridge miró el artefacto de limpieza durante unos segundos antes de seguirla.

—¿Debo sentir envidia ante el hecho de que un famoso pirata que además es enemigo de la nación trabaje en un edificio mucho más refinado que el nuestro?

—Por lo que he visto, esos juguetes mecánicos son simples distracciones. El otro día, llegué cuando Tolemek estaba usando su centrifugadora mecánica, y una especie de gas convirtió la leche en helado.

—No me extraña que el rey arda en deseos de que sea aliado nuestro.

Ridge volvió a mirar la máquina limpiadora con curiosidad y, a continuación, tomaron una escalera y empezaron a subir.

—Si le gusta tanto, hable con Wrench o Dantalos, de la escuadrilla Tigre, y pídales que le fabriquen una fregona autopropulsada, señor.

—No estoy seguro de que las mentes que crearon un dispensador de cerveza ambulante para la sala de descanso sean las más adecuadas para crear algo tan útil como un dispositivo de limpieza.

—Llevas razón, puede que no.

Ahn le llevó a la segunda planta, hasta una puerta donde montaba guardia un extraño soldado de ceño fruncido. Tenía los hombros hundidos, casi de terror. ¿Tendría miedo por la reputación de Tolemek?

El guardia se puso recto en cuanto los vio.

—Coronel Zirkander, señor… ¿Hay algún problema con el Ejecutor, señor? —dijo, mirando la cerrada puerta.

—No lo sé. ¿Se niega a compartir su helado?

El ceño fruncido del soldado se convirtió en un gesto de perplejidad.

—Lo desconozco, señor. Lo decía por el otro oficial… Creo que el Ejecutor puede estar en peligro —dijo, frunciendo el ceño otra vez—. Estoy informado sobre su pasado, pero es amable conmigo y no creo que haya hecho nada que…

Ahn pasó junto al guardia, que también arrugaba el entrecejo. Abrió la puerta, y salió un hilo de humo. Ridge dudó, pensando que algún experimento había salido mal y que estaba envenenando el aire, pero el guardia no tenía miedo de Tolemek, sino de lo que le pudiera pasar. Ahn entró sin dudarlo, y a Ridge se le encogió el corazón cuando oyó un ruido tan seco como un disparo.

Desenfundó la pistola y siguió a la teniente. A izquierda y derecha se alzaban armarios y equipamientos mecánicos, pero se concentró en el extremo más alejado de la estancia, intentando averiguar qué había causado ese ruido. Por desgracia, el ambiente estaba lleno de humo, que atenuaba el sol que entraba por la solitaria ventana y reducía el alcance de los faroles de gas de las paredes.

—¿Tolemek? —dijo Ahn.

—Atrás, mujer —bramó un hombre. No era Tolemek, pero Ridge reconoció su voz—. Deje de esconderse, pirata cobarde. Enfréntese a mi como un hombre, no como un niño con un montón de artimañas.

—¿Coronel Therrik? —dijo Ridge, bajando la pistola.

Ahn también había desenfundado la suya, pero no la bajó, así que Ridge dio un paso adelante y le puso una mano en el brazo.

—Está al mando de nuestra misión. Si le pega un tiro, nuestros superiores se llevarán un disgusto.

—¿Te encuentras bien, Tolemek? —preguntó Ahn, tensa.

Ella bajó la pistola, pero no la enfundó.

—Eso depende de que esa… persona renuncie a agredirme —dijo el pirata desde una esquina. Parecía estar escondido detrás de una mesa.

—¿Qué está haciendo aquí, coronel Therrik? —preguntó Ridge, endureciendo su voz.

Sabía que Therrik no se sentiría intimidado por él, pero quería una respuesta seria, y que le hiciera caso. Therrik era perfectamente visible entre el humo, y tenía los hombros hacia atrás, como si hubiera estado corriendo… o peleándose. Su cara estaba llena de hollín y chorretones de sudor; o tal vez, de lágrimas.

—Sacando información a este perro homicida —bramó Therrik.

—Ha irrumpido en el laboratorio con intención de interrogarme —dijo Tolemek.

—No necesitamos estrujarle —dijo Ridge lentamente, sin estar seguro de comprender las intenciones de Therrik—. Nos acompañará porque puede ser un recurso útil; si quiere acompañarnos, claro. Sus métodos de persuasión dejan bastante que desear.

Ahn se alejó de Ridge y se dirigió hacia el lugar de donde procedía la voz de Tolemek, sin apartar la vista del coronel. Todavía no había enfundado su pistola.

Ridge quiso advertirle que no hiciera nada que pudiera poner en peligro su carrera, pero Therrik volvió a hablar.

—No voy a llevar a ese gorila peludo a ninguna parte. Nos dirá lo que sabe sobre la sangre de dragón, aunque tenga que arrancárselo a golpes.

—Siga acercándose a mí, y la siguiente granada que lance hará algo más que irritar sus lacrimales —dijo Tolemek.

Therrik cambió de posición, y Ridge vio que llevaba un cuchillo de monte en la mano.

Por los siete dioses, ¿qué estaba haciendo ese tipo?

—Si quiere un experto en sangre de dragón, le sugiero que hable con Ápex, uno de mis pilotos. Estudió arqueología y dragones antes de entrar en el ejército. Se supone que el trabajo de Tolemek consiste en analizar el laboratorio de la Cofah y averiguar qué están haciendo. Dudo que pueda hacer nada hasta que vea el laboratorio en cuestión.

Por supuesto, si Therrik y los suyos se negaban a que Tolemek los acompañara, sería una ocasión perfecta para que Tolemek se fuera en busca de su hermana. Ridge no habría querido entrar en el laboratorio de un científico enemigo sin un científico amigo que descubriera las posibles trampas, pero Therrik no parecía compartir esa opinión.

—No vendrá con nosotros ni en mi equipo ni en mi misión —insistió Therrik—. No estoy dispuesto a cargar con ese animal, y usted es un necio si lo está, Zirkander. En cuanto llegue a su patria, nos traicionará más deprisa que una cobra escapándose de su cesta.

—¿Alguien me va a decir algo sobre esa misión de la que puedo o no puedo formar parte?

Tolemek se puso en pie con un dispositivo oval, de cerámica, en la mano. Hizo un gesto a Ahn para que se acercara a él, como si quisiera protegerla —además de protegerse a sí mismo— si Therrik atacaba.

Ridge no creía que el otro coronel estuviera tan desequilibrado; pero, de todas formas, dio unos pasos hacia él, alzando una apaciguadora mano.

—Eso es lo que he venido a hacer —dijo Ridge a Tolemek—. Coronel, ¿por qué no me deja el interrogatorio a mí? Sus capitanes ya están en el hangar, y no se ponían de acuerdo sobre el equipo que deben llevar. Quizá necesiten de su consejo.

Therrik miró a Ridge con furia, aún con el cuchillo en la mano.

—Oh, sí, dejaré que usted y él conspiren y luego nos iremos juntos a Cofahre. Eso no sería una locura, claro que no.

Ridge no supo si responder a su sarcasmo con retintín o intentar llegar al fondo del asunto. ¿Qué le preocupaba tanto a ese cascarrabias? No era como si Tolemek hubiera estado trabajando para la Cofah hasta el mes anterior. Llevaba años lejos de su tierra natal. Y demás, estaría rodeado de oficiales del ejército cuando llegaran.

Therrik señaló a Ridge con un dedo.

—Puede que se haya metido al rey en el bolsillo, pero algunos sabemos la verdad, y no vamos a permitir que siga libre mucho tiempo, sometido al control de una bruja.

¿Cómo era posible que estuvieran hablando otra vez de Sardelle? ¿Qué había dicho Therrik al rey antes de que él pudiera escuchar su conversación? Y, en todo caso, ¿qué tenía eso que ver con Tolemek y la misión?

—Usted ya no es de fiar, Zirkander. No es culpa suya que sea tan débil como para dejarse engañar por las artimañas de una bruja, pero ese problema va a durar bien poco.

—¿Qué significa eso? —susurró Ridge, clavando la vista en sus ojos—. No tendrá nada que ver con el allanamiento que he sufrido esta mañana, ¿verdad? Ni con la explosión, eso espero.

Ridge no creía que fuera responsable; pero, de repente, había muchas personas buscando a Sardelle. ¿Sería posible que formaran parte de la misma organización?

Therrik consiguió parecer confundido y enfadado al mismo tiempo.

—Ya lo descubrirá —replicó.

Ridge apretó los puños. Podía tolerar que le amenazaran; no habría sido la primera vez. Pero ¿amenazar a Sardelle? La sabía capaz de defenderse; pero, si un grupo de personas (¿colegas de Therrik, del servicio de inteligencia?) habían descubierto lo que era, podían haberse preparado y haber encontrado la forma de hacerle daño. A fin de cuentas, y por poderosos que hubieran sido los hechiceros, un grupo de soldados con bombas habían destruido a los suyos trescientos años atrás.

Therrik miró los puños de Ridge y le dedicó una sonrisa tensa. La expresión de desafío había vuelto a sus ojos. Ridge sabía que pelearse con él sería una estupidez, aunque se sintió profundamente tentado cuando el otro coronel se le acercó. Sin embargo, abrió los puños y bajó las manos. Therrik sería un imbécil, pero Ridge no creía que se atreviera a golpear a otro oficial sin provocación previa; excepto a piratas retirados.

Tal como sospechaba, Therrik no alzó la mano cuando dijo:

—Nos vemos por la mañana, Zirkander.

Therrik pasó a su lado, rozándole el hombro, y se dirigió a la salida. Pero, a pesar de haber sido un simple roce, Ridge notó la masa de músculos que ocultaba la camisa del coronel y se tuvo que echar a un lado para no perder el equilibrio.

—Espero no ver a esa cosa junto a nuestro aparato —añadió Therrik, señalando a Tolemek con el pulgar.

El guardia del corredor, que indudablemente había sido testigo de la escena, se apartó del camino para dejar pasar al coronel. Luego, la puerta se cerró de golpe.

—No, estará junto al aparato de la teniente Ahn —dijo Ridge.

Quizá fuera una cobardía lo de replicar después de que Therrik se marchara, pero Ridge no quiso enseñar sus cartas antes de estar preparado.

Tolemek abrazó a Ahn y salió de su escondite. Había perdido casi toda su ropa pirata, desde el colgante de diente de tiburón hasta las muñequeras con pinchos, pasando por el chaleco que llevaba cuando Ridge le conoció, pero no se había afeitado la perilla ni cortado las anchas rastas de pelo negro que le llegaban a los hombros. Sin embargo, la bata blanca y la ropa negra y gris de civil que llevaba debajo le daban un aspecto presentable, o casi presentable. Tenía un labio roto, y una gota de sangre cayó sobre su bata. Además, parecía que le dolía el ojo izquierdo.

Al parecer, se había llevado un par de puñetazos. ¿En qué estaba pensando Therrik? ¿Era posible que estuviera tan desequilibrado? Resultaba difícil de creer que un oficial con veinte años de experiencia militar se comportara de un modo tan errático.

Ahn se acercó a una pila y mojó un paño.

—¿Dónde está la pomada curativa? —preguntó.

—Hay unas cuantas ampollas en ese armario —dijo Tolemek, señalándoselo.

Ridge se apoyó en una mesa, dejando el asunto en manos de Ahn.

—Bueno, Tolemek… ¿le interesa ir a Cofahre?

—¿Para liberar a mi hermana?

—Para analizar el laboratorio secreto de la Cofah que nuestros espías han descubierto. Se supone que tienen sangre de dragón y que quieren hacer armas con ella.

—Sí, ya estoy al tanto del problema con la sangre de dragón —dijo Tolemek, frunciendo el ceño hacia la puerta—. ¿Quién era ese tipo, a todo esto? No ha querido darme su nombre. Se ha limitado a lanzarme contra las paredes y los muebles.

Ahn volvió a su lado con el paño y un vial con un mejunje de color gris verdoso que parecía tan apetecible como una barrita de racionamiento de treinta años de antigüedad. Sacudió un dedo, y Tolemek bajó la cara.

—Ese tipo es nuestro oficial al mando, si es que decide unirse a nosotros —contestó Ridge.

Tolemek arrugó los labios en gesto de desagrado.

—Quizá sea mejor que me quede aquí.

—Ahn viene.

—Quizá sea mejor que vaya.

Ridge sonrió con suficiencia.

—Haría un chiste sobre la docilidad de los enamorados, pero…

—Pero es tan dócil con Sardelle que no tiene tiempo de hacerlo… señor —replicó Ahn.

Ridge se dio cuenta de que estaba aplicando la pomada a Tolemek con una suavidad que solo dedicaba a sus armas.

—Oh, lo mío va más allá de ser dócil. Estoy a punto de hacer algo verdaderamente estúpido para asegurarme de que esté a salvo.

Ridge estaba preocupado por las palabras de Therrik y por lo que le había pasado a Sardelle aquella mañana. La seguían personas que parecían saber quién y qué era. Dejarla allí mientras él se iba a una misión larga… no era capaz. Y tampoco la podía mandar a su cabaña; en primer lugar, porque existía la posibilidad de que no quisiera ir (y, desde luego, ni él se creía con derecho a darle órdenes ni pretendía ser su dueño) y, en segundo, porque esa gente sabía que mantenían una relación. Su cabaña no era un secreto, y tampoco estaba lejos de la ciudad. Irían a echar un vistazo.

Pero, por otro lado, si Sardelle estaba interesada en ir a Cofahre…

—Esa mujer sabe cuidarse sola —dijo Tolemek—. Si cree que necesita cometer una estupidez en su defensa, está mal de la cabeza.

En cualquier caso, por su forma de arquear las cejas, Ridge supo que Tolemek le consideraba un chiflado. Bueno, no era el primero que opinaba eso.

—Es posible, pero también estoy pensando en el éxito de nuestra misión. Me preocupa un poco el líder de nuestro equipo. Puños es imprevisible —dijo Ridge, dando golpecitos en la fría superficie de granito de una encimera—. Tolemek, ¿tiene alguna pócima que pueda dejar inconsciente a alguien durante un buen rato?

—¿Una pócima? No soy una bruja mezclando brebajes en un caldero.

—¿Eso es un sí? ¿O un no?

—Es experto en quitarse a la gente de en medio —dijo Ahn, sonriendo cariñosamente a Tolemek.

Ridge intentó no estremecerse ante la implicación doble de la expresión. Al fin y al cabo, sabía que Ahn no se refería a Tanglewood ni a ninguna persona que Tolemek hubiera podido matar con sus pociones, porque jamás se habría enamorado de un hombre que se enorgulleciera de esas cosas. Además, ella también desaprobaba la carrera de su padre; aunque, en general, solo mataba a ladrones y asesinos que lo merecían.

—Si me pudiera dar algo con forma de píldora, creo que funcionaría… extremadamente bien —dijo Ridge, sonriendo. Se le acababa de ocurrir una idea.

—¿Una píldora? ¿Le parece que esto es una farmacia?

—Sí, definitivamente, una píldora —declaró Ridge, haciendo caso omiso del sarcasmo de Tolemek—. Y, si consigue que tenga buen sabor, mejor todavía.

Tolemek soltó un suspiro de exasperación, y Ahn miró a Ridge con desconfianza.

—¿Qué está tramando exactamente, señor?

—Ya lo averiguaréis por la mañana, si estáis en el hangar antes del alba.

Ridge volvió a sonreír y se dirigió a la salida.

—¿Y mi hermana? —preguntó Tolemek.

Ridge se detuvo con la mano en el pomo y miró por encima del hombro. Tolemek solo se había sumado a la misión porque Ahn se lo había pedido, pero sería un aliado mucho más fiable si sacaba algo de todo aquello.

—¿A qué distancia está de Brandenstone? —preguntó, citando la ciudad más cercana a las coordenadas que le habían dado.

—A unos doscientos cincuenta kilómetros.

Ridge odiaba hacer promesas que no podía cumplir; pero, si el plan de la píldora funcionaba, mantener la promesa no sería un gran problema. Ahora bien, ¿mantendría su trabajo cuando volvieran a Iskandia? Eso era más dudoso.

—La liberaremos —afirmó Ridge, y salió por la puerta.

Capítulo 4

Sardelle enseñó su pase temporal de visitante, atravesó rápidamente el portalón del fuerte del ejército y se dirigió a las cada vez más oscuras calles de la zona residencial donde estaba la casita de Ridge. Caminaba con un pesado libro apoyado en la cadera, un tomo de Historia que contenía información sobre órdenes secretas del pasado. A decir verdad, no tenía ni idea de si las mujeres que la estaban espiando pertenecían a algo tan siniestro o refinado como una *orden secreta*, pero el hecho de que vistieran de forma casi idéntica parecía indicar que había una organización involucrada. Le habría gustado verlas con sus propios ojos, por si llevaban insignias o emblemas que delataran su identidad, pero solo las había sentido.

¿Crees que los miembros de una orden secreta se pondrían en evidencia? No serían menos secretos, aunque anunciaran su existencia con tatuajes y broches brillantes.

Jaxi, ¿he mencionado ya lo adorable que es tu lógica?

No, pero eres joven e irracional. Aún no has aprendido a apreciar mi infalible pragmatismo.

Ya, claro. ¿Ridge está en casa?

Sardelle había pasado un rato enfrascada en la biblioteca y, desde luego, tenía intención de leer a fondo el libro que llevaba, pero quería pasar unas horas con él antes de que se marchara. Aún no sabía si se iba a quedar en la ciudad o se iba a ir a Cofahre por su cuenta; pero, en cualquier caso, no se verían durante una temporada.

El sentimiento de soledad que siempre acechaba en los márgenes de sus pensamientos amenazó con apoderarse de ella, pero no lo consiguió. Lo que sí se adueñó de ella fue una imagen de Ridge en la cama, con el pelo revuelto y las sábanas, arrugadas sobre su pecho desnudo.

Sí, contestó Jaxi. Aunque no creo que esté pensando en atenciones amorosas.

¿Por qué no?, preguntó Sardelle. Hasta entonces, Ridge nunca se había opuesto a hacer realidad las fantasías románticas que ella tenía en la cabeza.

Que sí, que sí, que está tan salido como tú... pero, ahora mismo, está en el jardín trasero, poniendo alforjas a un caballo.

¿Cómo?

Sardelle llegó a la calle de su residencia, pasó por delante de la fuente y atajó por el espacio que había entre la casa de Ridge y la de los vecinos. La aguanosa nieve que se aferraba a la hierba lamió sus botas y el dobladillo de su vestido, pero no le prestó atención. Después, dio la vuelta a la esquina y se encontró ante la escena que Jaxi acababa de describir. Ridge estaba cerca de la puerta trasera, apretando unas alforjas a una recia yegua.

¿A qué vendría eso? En la ciudad había muchos caballos, pero los establos estaban en otra zona del fuerte, y nadie los solía llevar a la zona residencial.

—¿Me vas a echar porque mi espada y yo nos hemos ido a investigar en lugar de limpiar la casa? —preguntó Sardelle, cruzando el jardín en diagonal.

Mientras avanzaba, echó un vistazo al interior de la casa por la ventana de la cocina. Ridge lo había limpiado casi todo. ¿Cuánto tiempo había pasado? Tendría que haber salido antes de la biblioteca.

—Si te fuera a echar, no te proporcionaría un caballo.

Ridge dio una palmadita en el cuello a la yegua y, a continuación, se apartó del animal para saludar a Sardelle. Le dedicó una de esas pícaras y encantadoras sonrisas que hacían que se derritiera por dentro como la nieve bajo el sol. Luego, alcanzó su mano libre y bajó la cabeza para besarla.

Tras la advertencia de Jaxi, Sardelle no esperaba ningún tipo de atención amorosa, y estuvo en un tris de dejar caer el libro; pero se apoyó contra él y le devolvió el beso, encantada. En comparación, la noche era tan fresca y sus labios estaban tan calientes que enseguida se olvidó de la yegua y se quedó con un solo pensamiento en su mente: arrastrarlo a la casa.

Ridge se apartó después, pero no abrió la puerta de su domicilio. Se limitó a pasarle las manos por la espalda y a clavar la vista en sus ojos, a pocos centímetros de su cara.

—Sí —dijo, como si acabara de tomar una decisión—, quiero que vengas conmigo a Cofahre.

Ya no le importaba lo que el rey le hubiera ordenado. Y, aunque no lo dijo en voz alta, estaba tan cerca de ella y sus pensamientos bullían de tal forma en sus ojos que Sardelle lo oyó en su cabeza.

—Ridge, adoro que un simple beso te empuje a llevarme a una de tus aventuras, pero ya he desequilibrado bastante tu existencia —susurró ella, acariciándole la mandíbula con el pulgar—. No me perdonaría que pusieras en riesgo tu carrera. Yo…

Sardelle se acordó de sus cavilaciones anteriores, de que su vida sería mucho más sencilla si ella se marchaba, pero solo quería llevarlo al dormitorio. Y desde luego, no se quería marchar. Quería hacer exactamente lo que Ridge hubiera planeado, fuera lo que fuera. Quería ir con él.

—Lo del beso está bien, pero también está el hecho de que me estás clavando un libro y la empuñadura de tu espada en la barriga, animándome a llevarte por ahí —susurró Ridge con una sonrisa, ajeno a sus preocupaciones—. Y no es una combinación que me ofrezcan muchas mujeres.

Mientras hablaba, la miró a los ojos con tal ternura que a ella se le encogió el corazón.

—Yo…

Vaya, veo que no es tu suave y talentosa lengua lo que tu amante ha excitado.

Calla.

Ridge carraspeó y dio un paso atrás, aunque solo apartó un brazo, porque el otro parecía reacio a alejarse de su cintura. El calor de su mano atravesó la tela del vestido de Sardelle cuando la acarició.

—Te he preparado una yegua. Si estás dispuesta a confiar en mí, necesito que cabalgues casi toda la noche hacia el norte, por la carretera de Pin-Kanth. Estará oscuro, pero es un buen camino, y la yegua no tendrá problemas. Sigue hasta la bahía de Monomy, a unos treinta kilómetros de aquí, y espera hasta que pase a recogerte. Ya dormirás mañana, durante el vuelo. De hecho, hay quien dice que la experiencia de volar conmigo es más soportable si te duermes.

Sardelle no pudo pensar en la aventura que le acababa de proponer hasta al cabo de unos segundos; probablemente, porque estaba distraída con lo que su mano le estaba haciendo.

—¿Y por qué tenemos que encontrarnos allí? ¿Porque tus superiores se enfadarían si te vieran colándome en tu aparato?

—Entre otras cosas —dijo, sonriendo de lado—. ¿Estarás allí? Necesito que vengas. Sé que estarás espléndida y, además, le he prometido a Tolemek que liberaremos a su hermana… Puede que necesite ayuda para conseguirlo. No nos la podremos llevar en nuestros aparatos, porque no habrá sitio.

Sardelle no supo si Ridge estaba pensando en alguna solución de carácter mágico o si solo quería que acompañara a la joven y la llevara de vuelta en un carguero civil, pero no le importó. Quería que fuera con él, y ella quería ir.

Esperando no arrepentirse después, se acercó a Ridge para recibir otro beso.

—Iré —musitó al cabo de un instante—. Gracias.

—Bien —susurró Ridge al borde sus labios, con casi todo su cuerpo pegado contra ella.

—Solo tardaré unas pocas horas en llegar a esa bahía.

—Supongo que alrededor de seis, teniendo en cuenta la oscuridad.

Sardelle pensó que iluminar el camino para que la yegua pudiera ir más deprisa no sería ningún problema para ella.

—¿Cuándo te vas tú?

—A primera hora de la mañana.

Ridge se dio cuenta entonces de lo que realmente había querido decir y, tras dedicarle una sonrisa, dijo:

—Faltan ocho horas. Hay tiempo de sobra para…

Sardelle le interrumpió con otro beso.

—Excelente.

Faltaban casi tres horas para el alba y soplaba un viento helado, procedente del mar, cuando Ridge salió del teleférico en lo alto del otero. Sin embargo, las sombrías y gélidas condiciones atmosféricas no atenuaron su sonrisa, un gesto que aún lucía cuando entró en el hangar a buen paso y dijo «buenos días, tropa» a los cuatro oficiales que habían llegado antes que él. Los capitanes Nowon y Kaika estaban sentados contra la pared, junto a las cartas; Ahn y Pato cargaban sus equipos en los aparatos biplazas, que habían llevado a la parte delantera del hangar. Todos se giraron o se levantaron para cuadrarse, pero él sacudió una mano para que siguieran con su trabajo.

—Últimamente, estás más contento que un gallo por la mañana. ¿No crees, Rapaz? —preguntó Pato, sin molestarse en bajar la voz.

—Su arqueóloga le pone de buen humor —replicó Ahn.

Ahn lo dijo sin taimados guiños ni énfasis especial en la palabra *arqueóloga*. No se solía sumar al cotorreo de la escuadrilla; pero, cuando se sumaba, sus comentarios tendían a ser irónicos. Terminó de instalar su fusil de francotiradora en la carlinga y se bajó del aparato.

—¿Dónde está el que te pone de buen humor a ti? —se interesó Ridge, quien había supuesto que Tolemek y Ahn pasarían la noche y llegarían juntos al hangar.

—No le he visto desde anoche. Estaba intentando hacer una píldora con sabor a uvas.

Ahn siempre estaba enfurruñada cuando se tenía que presentar antes del alba, pero esta vez le dedicó una mirada particularmente cargada de irritación. Y se la merecía.

—Ah. Bueno, al menos podréis estar todo el día juntos.

—Claro, conmigo mientras piloto y él, en el asiento de atrás. Será divertidísimo. Quizá pueda hacerme una coleta —dijo ella, tirándose de uno de los cortos mechones que enmarcaban su cara—. Ya hemos cargado la comida y el agua en los aparatos, señor. Hemos tenido cuidado con el peso, porque tenemos más cosas que cargar —añadió, señalando a los dos capitanes—. Solo hemos cogido lo justo para cruzar el mar y un poco más. Tendremos que encontrar agua cuando lleguemos a Cofahre.

—Tengo entendido que eso no es un problema.

Ridge hizo ademán de marcharse, pero se detuvo porque se le ocurrió que el malhumor de la teniente podía tener otro motivo.

—Por cierto, ¿su padre pasó a verla anoche?

Ella frunció el ceño.

—No. ¿Tendría que haber pasado?

—Puede que yo se lo sugiriera. Sabe que esta misión es potencialmente peligrosa.

Ridge prefirió no mencionar que Ahnsung también estaba enterado de su relación con Tolemek.

—Entonces, eso significa que fue a verle a usted —replicó Ahn, arreglándoselas para mirar el techo con tristeza y dar la impresión de querer golpear algo al mismo tiempo—. Lo siento, señor. No sé por qué no se decide a hablar conmigo o a marcharse para siempre.

—No se preocupe. Esta vez, ni siquiera me amenazó.

Ridge solo intentó hacer una broma, pero ella volvió a fruncir el ceño y él deseó no haber dicho nada. Le dio una palmada en el hombro y se dirigió al primer aparato de la fila, con intención de asegurar su macuto y comprobar las ametralladoras y la munición. La mundana rutina sería buena para sus nervios. Estaba de buen humor cuando salió de su dormitorio, pero tenía un nudo en la garganta por culpa de un pequeño cambio de planes: Sardelle no se había puesto en marcha hasta dos horas antes, aunque le había prometido que llegaría a tiempo a su punto de encuentro sin permitir que la yegua se hiciera daño en la oscura carretera. Ridge tenía la sensación de que, si hubiera quedado con ella en mitad del territorio de la Cofah, también habría encontrado la forma de llegar antes que él.

Al pasar por delante de los dos capitanes, captó un fragmento de la conversación que Kaika y Nowon mantenían, aunque recaía casi exclusivamente en ella. Nowon no parecía hablar mucho; salvo que estuviera informando en una reunión.

—… totalmente desapasionado. Aquí estoy yo, dirigiéndome a una misión peligrosa en territorio enemigo, y él se ha comportado como si estuviera pensando en otra persona —dijo, jugando una carta—. Yo lo estaba, desde luego. ¿Te has fijado en el rubio que trabaja en el salón de té y masajes que está al otro lado de la base, el que siempre lleva la camisa desabrochada? ¿Crees que tiene tantos músculos por masajear a la gente?

Ridge se habría quedado boquiabierto, pero se abstuvo; no por el carácter de la conversación, sino porque le pareció asombroso que alguien eligiera a Nowon de confidente de aventuras sexuales. De hecho, el capitán se limitó a echar una carta sin decir nada. Eso no impidió que Kaika saludara a Ridge con la mano y siguiera con la partida… y su historia.

Tras cargar el macuto, Ridge trotó hasta su dragón volador, se encaramó a la carlinga y descolgó su amuleto de madera. Aquella semana iba a necesitar tanta suerte como pudiera gorronear. Sardelle había mirado con cachondeo (o quizá, desconcierto) el enorme dragón de la prosperidad que ahora decoraba uno de los estantes que estaban encima de la estufa, aunque no había hecho ningún chiste al respecto. Por supuesto, Ridge se había dado cuenta de que sonreía ocasionalmente cuando lo miraba, pero nada más.

La puerta lateral del hangar se abrió, y el coronel Therrik entró con unos cuantos copos de nieve sobre los hombros. Su mirada barrió el hangar, y se detuvo un segundo en Ahn (¿estaría buscando a Tolemek?) antes de clavarse en su equipo. Los capitanes abandonaron su partida de cartas, se levantaron al instante e hicieron lo que Therrik esperaba, cuadrarse con energía. Les devolvió el saludo con concisa precisión, llevándose dos dedos a la visera de la gorra. Después, lanzó una mirada desafiante a Ridge, mientras esperaba que también se cuadrara ante él.

—Tenemos el mismo rango, tontolculo —musitó Ridge.

Ridge le dio la espalda y se subió al biplaza para colgar su amuleto de dragón. Lo hizo deprisa, para no darle tiempo a soltar ninguna observación irónica, aunque seguramente era inevitable, teniendo en cuenta que iban a volar en el mismo aparato.

—¿Su gente no saluda, Zirkander?

Ah, luego ese era el problema. Ahn estaba cargando cajas de raciones de combate, y Pato estaba bocabajo, mirando el motor de su aeronave, así que era improbable que hubiera visto a Therrik.

—Cuando están trabajando, no —contestó Ridge.

—Tiene una forma interesante de ejercer el liderazgo.

—Sí. ¿Puede traer sus cosas, para que las carguemos? —preguntó, aunque no se podía decir que las necesitara.

Ridge sonrió con amabilidad y bajó por la escalerilla de la carlinga.

Therrik soltó su macuto a los pies de la escalerilla, esperando aparentemente que Ridge lo subiera. Pero, antes de que Ridge pudiera decidir si quería hacer algún comentario al respecto, la puerta lateral se abrió con una ráfaga de viento y dio paso al teniente Ápex, cuya cara estaba más pálida que el cielo invernal. La razón de su aspecto se hizo patente cuando Tolemek apareció a sus espaldas. Ápex se dirigió directamente a su aparato, saludando por el camino a los oficiales superiores y al coronel Therrik. Sin embargo, no entabló contacto visual con ninguno hasta que llegó a la altura de Ridge, a quien saludó y dirigió una mirada de angustia que parecía decir: «me ha traicionado, señor».

Ridge abrió la boca para darle una explicación, pero se descubrió estampado contra el costado del aparato, con los pies en el aire y las manos inmovilizadas, porque las tenía dentro de los bolsillos de la chaqueta. Therrik le miró fijamente. Sus ojos no estaban a más de cinco centímetros de distancia.

—¿Qué está haciendo ese hombre aquí, Zirkander?

—¿Ápex? Es un buen piloto, y sabe mucho sobre dragones.

—Sabe a quién me refiero —dijo, empujándole otra vez contra el aparato.

Ridge era tan alto y fuerte que casi nunca se veía zarandeado y levantado del suelo, pero Therrik frustró fácilmente su intento de zafarse y escapar. Eran más o menos de la misma altura, pero se notaba que el coronel llevaba toda la vida zamarreando a la gente. Su sonrisa de superioridad y su bufido de desprecio dejaron claro que necesitaría algo más que un retorcimiento de muñeca para librarse de él. Probablemente, también estaba preparado para ataques a la entrepierna y a los ojos.

Consciente de que los demás oficiales los estaban mirando, Ridge no lo volvió a intentar. No quería terminar con la cara contra el suelo de cemento y Therrik sobre su espalda.

—El rey quiere que vaya —dijo Ridge—. Usted estuvo en esa reunión. Lo sabe de sobra. Si tiene algún problema con la elección del personal, hable con él.

—Yo soy quien está al mando de esta misión.

—No se lo he discutido en ningún momento —dijo Ridge. Quizá lo hubiera pensado, pero no lo había dicho.

—Señor —intervino la capitana Kaika, acercándose—. Ya hemos cargado todo el equipo. ¿Necesita algo más, al margen de su macuto?

El capitán Nowon se le unió, pero no habló a su oficial superior, sino a Ridge.

—Señor, la técnica Ramisen de apalancamiento de brazos sería una forma adecuada de sacarle de su actual situación. Si lo desea, se la puedo enseñar durante la misión.

—Gracias —dijo Ridge con frialdad. ¿De qué le servía eso en ese momento?

Sin embargo, Therrik gruñó y le soltó.

—Solo el macuto, Kaika.

Therrik se alejó, dejando a Ridge en el suelo. Tolemek se había mantenido a distancia, sosteniendo dos bolsas y mirando a Therrik con desconfianza. Había dejado la bata blanca en el laboratorio, y volvía a lucir el chaleco que llevaba cuando Ridge le conoció, aunque esta vez llevaba una camisa marrón de manga larga por debajo. Sus pantalones también eran distintos, una prenda oscura, de aspecto resistente, con muchos bolsillos. Llevó una mano a uno de esos bolsillos, pero Therrik salió por la puerta sin dirigirse a él.

—Supongo que no tiene sentido que me ilusione con la posibilidad de que decida no venir —dijo Ridge.

Kaika alcanzó el macuto de su coronel.

—¿En qué aparato lo pongo, señor?

—En el mío —respondió, señalando el asiento trasero con el pulgar.

—O es muy noble de su parte o tiene una veta masoquista.

Kaika subió por la escalerilla para amarrar el macuto.

—Las dos cosas —opinó Nowon.

Quizá fuera un simple reflejo de lo que él deseaba, pero Ridge tuvo la impresión de que su tono de voz y su cercanía física implicaban que no eran fanáticos del coronel Therrik.

—¿Le echarían de menos si no viniera?

Ridge no era de los que incitaban a los oficiales a hablar mal de otros, pero necesitaba saber si los dos capitanes le causarían muchos problemas en el caso de que Therrik… desapareciera. También necesitaba saber si el coronel era verdaderamente importante para la misión. ¿La pondría en peligro si seguía adelante con su plan? Le costaba creer que Sardelle no estuviera a la altura de lo que Therrik pudiera ofrecer al equipo, pero aun así…

—Yo, no —contestó Kaika, que se había arrodillado en el asiento de atrás para poder atar el macuto—. Hemos tenido nuestras diferencias.

Nowon miró el contoneante trasero de su compañera antes de alzar la vista al techo.

—Kaika ha tenido diferencias con muchos hombres. En cuanto al coronel, es altamente superfluo. Nos lo han asignado porque el rey cree que necesitamos un oficial de más rango y experiencia —dijo Nowon, arrugando la nariz—. He estado una temporada en Cofahre, y conozco su cultura, su historia. Puedo entrar en cualquier ciudad y desaparecer sin llamar la atención y consiguiendo información por el camino. Hemelt, el hombre que resultó mortalmente herido mientras obtenía la localización y los detalles del laboratorio de la sangre de dragón, era mi hermano. Murió en mis brazos. Hicimos la instrucción juntos, y ascendimos a la vez en el ejército. Esta misión debería ser mía. Yo debería estar al mando.

Durante un momento, su inexpresiva cara se volvió pétrea, y sus ojos ardieron con la intensidad de un volcán.

Kaika se descolgó del aparato a su lado, y él recupero su olvidable insipidez.

Teniendo en cuenta lo que acababa de oír, Ridge comprendió que el rey no hubiera querido ponerle al mando. En el mejor de los casos, a Nowon le habría costado ser imparcial con la misión y, en el peor, podría haber arriesgado la vida de los suyos con tal de vengar a su hermano.

—¿Cuál es su papel en el grupo? —preguntó Ridge a Kaika.

Kaika apoyó un codo en el hombro de su camarada.

—Soy la amante de Nowon —declaró. Y no siguió hablando hasta que Ridge arqueó las cejas—. Su amante, su esposa, su hermana, su traficante de armas, su guardaespaldas, su esclava (aunque intento olvidar eso) y, ah, una vez actuamos juntos en el circo. Fue divertido. He trabajado con otros equipos y, alguna vez, por mi cuenta; pero me gustan los proyectos colectivos.

—Se distrae demasiado cuando está sola.

—Sacar información a los lugareños no es una distracción.

—¿Aunque se la saques en sus dormitorios? —preguntó Nowon.

—Especialmente en estos casos.

—Coronel Zirkander, la capitana Kaika también está familiarizada con la cultura y las costumbres de la Cofah. Sabe defenderse en combate, pero su verdadera especialidad es colocar y desarmar explosivos.

La teniente Ahn estaba ayudando a Tolemek a cargar sus bolsas en su aparato, situado detrás del de Ridge, pero se giró al oír el comentario de Nowon. Con un poco de suerte, Kaika y ella se harían amigas y podrían charlar sobre todas las formas que conocían de matar gente.

«¿Y Therrik?», se interesó Ridge, aunque bajó la voz porque el coronel de infantería, que acababa de abrir la puerta, tiró una colilla al suelo y entró en el hangar. «¿Cuál es su especialidad?» Además de comportarse como un mandril.

—Hacer que la gente muera —dijo Kaika.

—Interrogatorios y combate —declaró Nowon—: lo que le falta de inteligencia, le sobra de vigor físico.

Kaika hizo una mueca al oír lo del «vigor físico». Ridge decidió no imaginar lo que habrían hecho esos dos en la cama.

«Ya nos podemos ir, señor», dijo Ápex desde el último aparato de la fila. Sin embargo, no miró hacia el sitio donde estaba Ridge, porque también habría tenido que mirar en dirección a Tolemek. Vaya, el grupo que había elegido se iba a llevar de perlas.

Como Kaika sacaba alrededor de cinco centímetros a Nowon, Ridge supuso que pesarían más o menos lo mismo, así que asignó sus puestos de forma arbitraria: Kaika, con Pato y Nowon, con Ápex, imaginando que los dos hombres mantendrían conversaciones interesantes o se dedicarían insultos mutuamente. Los ojos de Pato se iluminaron cuando Kaika se dirigió hacia él, pensando quizá que la capitana era una gratificación imprevista.

Ridge se acercó a Ahn y Tolemek.

—Espero que tengan algo para mí.

—¿Además de miradas de odio por haber obligado a Tolemek a estar despierto toda la noche? —preguntó Ahn.

—Eso ya me lo ha dado, teniente.

—Tome.

Tolemek le puso algo en la mano, interponiendo su cuerpo para ocultar el intercambio. Ridge pensó que el pirata no era idiota. Debía de saber lo que había planeado.

—Buen viaje —les dijo, y regresó a su aparato.

Ridge hizo un gesto a su compañero de vuelo, y Therrik avanzó a grandes zancadas. No habría gratificaciones imprevistas para él.

—Vamos a buscar unas nubes —añadió antes de encaramarse a la carlinga y arrancar el motor.

A Ridge se le volvió a hacer un nudo en la garganta. Los demás no necesitaban preocuparse hasta que se acercaran al espacio aéreo de la Cofah, pero él no iba a tener ese lujo. Tenía treinta kilómetros para sojuzgar a un hombre famoso por «hacer que la gente muera», y si fracasaba… Therrik no estaría muy contento con él. Y si no fracasaba, tampoco lo harían ni Therrik ni el rey.

Capítulo 5

Ridge no notaba el aliento de Therrik en la nuca, pero le parecía que sí.

Tras dejar atrás el otero, viró hacia el oscuro cielo del puerto. El frío viento sacudía las alas, pero era poca cosa en comparación con el vendaval que había sufrido la noche del combate con los piratas. Se subió un poco más el pañuelo y se ajustó las gafas para que las ráfagas no le irritaran los ojos. Mientras ascendía hacia las nubes, tocó el cristal montado en el lateral de la palanca de vuelo. Los que cuestionaban el invento de Sardelle (sobre el que él había mentido, diciendo que era un descubrimiento arqueológico, similar a los cristales de energía que impulsaban los dragones voladores), dejaron de cuestionarlo en cuanto vieron la utilidad del dispositivo de comunicaciones intraescuadrilla.

—Informen —dijo Ridge—. ¿Hay algún problema?

Los tres «no, señor» sonaron en la carlinga.

—De acuerdo, volaremos hacia el norte siguiendo la costa, para comprobar cuevas y otros escondrijos de los piratas antes de virar al oeste.

Nadie cuestionó la orden. No era una decisión tan extraña. Por lo que los demás sabían, podía haber recibido la orden de comprobarlo. Pero la desviación de la ruta normal aumentó el nerviosismo de Ridge. Si Sardelle no le estaba esperando en la costa, tendría que cambiar de planes. Quebrantar las normas no era algo nuevo para él, pero solo las quebrantaba cuando estaba seguro de tener razón y para salvar vidas. En este caso, no estaba seguro en absoluto. Como mínimo, iba a actuar contra los deseos del rey, y tendría que responder por ello.

Mientras volaban hacia el norte, descendió y alabeó un poco, bajando y subiendo las alas. No sería ninguna sorpresa para nadie…

tenía fama de hacer esas cosas «para practicar»; aunque, como bien sabían casi todos los miembros de su escuadrilla, era su forma de decir que era divertido. Y, además, no hacía daño a nadie.

—¿Qué está haciendo, Zirkander? —gruñó Therrik.

No parecía que Therrik se estuviera divirtiendo. Magnífico. A Ridge le había preocupado la posibilidad de que le encantara volar, y esperaba que hubiera rehuido una carrera en la Marina porque se mareaba terriblemente, tanto en el mar y como en el aire.

—Solo estoy probando el biplaza —dijo con su tono más profesional, nada parecido a su tono de lo hago por molestar—. No son tan maniobrables como los aparatos más pequeños, y hace tiempo que no vuelo en uno.

Ridge esperaba una réplica sarcástica, pero Therrik no dijo nada. El que calla otorga, ¿no es así?

Sonrió contra el pañuelo, a sabiendas de que Therrik no le podía ver la cara y tocó el cristal.

—Creo haber visto humo. Me acercaré al cañón de la Locura para asegurarme de que no hay embarcaciones en las caletas del río. Mantengan el rumbo. Los alcanzaré después.

—Sí, señor —dijeron Ápex y Pato.

Ahn, que volaba a babor de Ridge, le miró y trazó un círculo con el pulgar y el índice, el gesto que utilizaban para dar su aprobación y decir que todo iba bien. Siempre costaba interpretar la expresión de los pilotos cuando llevaban las gafas puestas, pero Ridge tuvo la sensación de que la teniente sabía lo que estaba haciendo. Hasta era posible que todos lo supieran. Bueno, no la parte de sustituir a Therrik por Sardelle, pero sí la de conseguir que el coronel se vomitara encima.

Ridge echó la palanca hacia atrás para hacer un rizo. Su acompañante y él se quedaron bocabajo y, antes de completar la maniobra, hizo un tonel en dirección al cañón de la Locura. Salió del tonel justo delante de la boca del río, y viró bruscamente a la derecha para seguir su curso. Se movió de un lado a otro, siguiendo las escabrosas paredes del cañón, ascendiendo sobre árboles y pasando bajo los arcos de las formaciones naturales que cruzaban el río. Estaba más oscuro que un pozo, y Ridge apenas podía ver el río, pero había volado tantas veces por aquel cañón que podría haberlo hecho con los ojos vendados. Era un circuito habitual de entrenamiento.

—Zirkander —dijo Therrik sonando más enfermo que una víctima de la peste.

—¿Sí? —preguntó animadamente.

—Voy a… —Therrik dejó de hablar con una bocanada y un gorjeo sospechosamente parecidos a los de alguien que intentara no vomitar—. Voy a arrastrar su culo por una zarza cuando aterricemos.

—No debería decir cosas tan desagradables al piloto que tiene su vida en sus manos.

Un acantilado apareció súbitamente en la oscuridad. Ridge ascendió en vertical, con las ruedas casi rozando la pared. Uno de los impresionantes arcos del cañón se abrió por encima de ellos, formando un pequeño hueco entre las rocas. Ridge apuntó el morro hacia él, inclinando las alas lo necesario. Pasaron por los pelos.

No necesitó mirar a Therrik para saber que se había agachado, porque todo el mundo lo hacía.

—¡Que los dioses le maldigan, Zirkander! Voy a…

La frase de Therrik terminó en una abrupta arcada.

Ridge se volvió a poner bocabajo, pasó por encima del arco y regresó al cañón para volver a la desembocadura del río.

—Estaba equivocado —anunció Ridge—. Todo está tranquilo. No hay humo.

Quizá hubiera un montón de vómito, pero no había humo. Y estaría encantado de limpiarlo con sus propias manos y dar la mañana por bien empleada.

—Me alegro, señor —dijo Ahn con indiferencia.

—Le voy a matar —declaró Therrik con un hilo de voz cuando salieron del cañón.

—¿Hablas en serio? Pero si la misión acaba de empezar… Normalmente, la gente no me amenaza de muerte hasta que lleva un rato conmigo.

Ridge forzó el motor al máximo para alcanzar a los otros.

Therrik gimió.

—Mire, coronel, le propongo un trato. Usted deja de amenazarme y yo le doy algo que le hará sentirse mejor.

—¿De qué tipo? —preguntó con desconfianza.

Eso no era bueno, pensó Ridge. ¿Se habría mostrado demasiado entusiasta?

—No todo el mundo ha nacido para volar. Tenemos pastillas para el mareo.

Ridge resistió la tentación de hacer unas cuantas acrobacias más para vender mejor la píldora de Tolemek. Para entonces, era probable que Therrik se sintiera mal hasta volando en línea recta.

—Vale —gruñó el hombre.

Ridge bajó la vista y fingió que buscaba algo a tientas en el botiquín metálico de primeros auxilios que tenía debajo del asiento. Después, pasó un brazo por encima del hombro y le ofreció la píldora. Tolemek era un manitas, y hasta se había molestado en envolverla en un papel plateado, para que no pareciera salida de un laboratorio, sino de una tienda normal y corriente.

Therrik la cogió. Ridge se forzó a no girar al cuello para ver si se la había metido en la boca, pero hizo que el aparato oscilara más de la cuenta cuando volvió a la formación y tomó la posición de vanguardia. Solo faltaban ocho kilómetros hasta el lugar donde había quedado con Sardelle. Ridge no creía que la píldora de Tolemek hiciera efecto tan deprisa, pero podía inventarse una excusa, volver atrás y alcanzar otra vez a su escuadrilla.

Durante los dos minutos siguientes, lo único que se oyó fue el rumor de la hélice. Ridge dio unos golpecitos en la parte superior de la palanca de vuelo. Ardía en deseos de girarse, pero tenía miedo de que Therrik le estuviera mirando y sospechara de él.

Justo entonces, Ahn miró en su dirección, y Ridge se devanó los sesos buscando una forma de preguntarle si a su pasajero le pasaba algo. O Ahn adivinó lo que quería o lo comentó por casualidad, pero dijo:

—Creo que el cañón del Locura no ha estado a la altura de su nombre, señor. El coronel Therrik parece aburrido. De hecho, parece que se está echando una siesta.

Ridge se giró. Ah, sí, había funcionado. El destello del cristal de energía, montado en la parte trasera del aparato, mostró a un Therrik desplomado en su asiento, con la cabeza contra el costado de la carlinga. Puaj, se había puesto perdido de vómito. Ni siquiera había hecho como la mayoría de las personas, que intentaban vomitar a un lado.

—Se ha mareado —dijo, deseando que el dispositivo de comunicación permitiera que Ahn fuera la única que escuchara el mensaje. Pero todo el mundo podía oírlo, empezando por los dos capitanes de Therrik, de modo que tenía que sonar verosímil—. No creo que tenga estómago para aguantar la travesía oceánica. Lo llevaré a tierra. Sigan adelante, todos. Ya los alcanzaré.

Tocó el dispositivo otra vez para reducir su destello… y apagarlo. No quería que Kaika o Nowon tuvieran la oportunidad de preguntar nada hasta que fuera demasiado tarde y ya no pudieran hacer nada al respecto.

Ridge salió de la formación y viró hacia tierra firme. Supuso que Pato, Ahn y Ápex estarían pensando que su coronel se había vuelto loco. Y quizá fuera así. Si Sardelle no hubiera estado en su vida ni se hubiera ofrecido como interesante alternativa para aquella misión, probablemente habría aceptado que Therrik estuviera al mando. Bueno, tal vez, quizá habría buscado la forma de dejarlo accidentalmente atrás. Trabajar con una persona tan volátil era peligroso para todo el mundo.

—Claro, Ridge, sigue repitiéndote eso.

Suspiró y viro hacia la oscura costa de la bahía de Monomy, contra la que rompían las blancas crestas de las olas. Aún faltaba un rato para el amanecer, pero contaba con sus luces de vuelo. Podía aterrizar en la carretera por muy oscura que estuviera.

Una luz naranja brilló abajo, y él se estremeció, alarmado por la presencia de personas en la carretera que había elegido. Alguien podía ser testigo del intercambio. Pero la parte lógica de su mente interrumpió sus frenéticos pensamientos: si Sardelle podía vencer a un chamán, seguro que podía encender una luz para facilitar su aterrizaje.

Descendió hacia la lisa carretera, cuyos adoquines negros estaban mojados por la intermitente lluvia. Su aparato habitual necesitaba un espacio para aterrizar y despegar; pero los biplazas se habían diseñado para llevar a personas importantes por el continente y, como tenían propulsores verticales, se podían encaramar en azoteas, en acantilados y hasta en barcos.

Activó los propulsores y aterrizó suavemente junto a la fuente de luz, que resultó ser una bola naranja de fuego, cuyo suave destello iluminaba los alrededores: a un lado, praderas de hierba que terminaban en precipicios y, al otro, la playa y el mar. Si alguien estaba mirando en la distancia, le parecería una antorcha; una antorcha particularmente eficaz.

Ridge se levantó las gafas. La familiar yegua estaba junto a Sardelle, que sostenía las riendas del animal para impedir que se asustara del aparato y huyera.

Apagó el motor, se desabrochó el arnés y echó un vistazo a su pasajero. No sabía cuánto tiempo duraría el efecto de la pastilla de Tolemek, pero afortunadamente Therrik seguía dormido. No buscaba una confrontación; ni mucho menos, una que no podía ganar. Seguramente, Sardelle le habría podido salvar con un simple gesto de su mano, pero necesitar ayuda para sacar los huevos de las fauces de un dragón no era una forma de impresionar a una dama. Bajarlo del aparato ya iba a ser bastante difícil, teniendo en cuenta que pesaba noventa y tantos kilos.

—Buenos días, Sardelle.

Ridge se quitó la gorra, se la apretó contra el pecho y le dedicó una pequeña reverencia antes de girarse a desabrochar el arnés del coronel. No se quitó los guantes, porque estaba cubierto de vómito. Hablando de formas de impresionar a una dama…

—Buenos días, Ridge. Hacía tiempo que no nos veíamos.

—Sí, muchísimo. ¿Te has sentido sola?

—A decir verdad, mucho.

El ruido de la hélice se estaba desvaneciendo, y Ridge oyó un sonido distinto. Era la yegua, mordisqueando la manzana que Sardelle tenía en la mano. Ni echaba espuma por la boca ni parecía acalorada por el rápido viaje hacia el Norte.

—Apoya el peso en tus piernas, no en tu espalda —se dijo Ridge, y sacó a Therrik de su asiento.

Lo dejó apoyado en el borde del aparato, con el tronco y la cabeza hacia abajo, pero agarrándolo del cinturón para que no se cayera. Tensando la espalda, bajó al voluminoso hombre. Resultó que hasta su culo era puro músculo. Quizá fuera eso lo que había gustado a la capitana Kaika aquella vez.

Ridge siguió aferrado al cinturón hasta donde le dieron los brazos, que fue a unos diez centímetros del suelo. Entonces, soltó al coronel, haciendo lo posible para que no cayera de cabeza sobre una roca, aunque pensó que unas cuantas grietas en el cráneo podrían haber mejorado su personalidad. Luego, bajó del aparato y rodó el cuerpo de Therrik hasta la cuneta de la carretera, para no arriesgarse a darle un golpe cuando despegara y para que no le atropellara ningún tempranero carro tirado por burros. Therrik ya iba a estar bastante enfadado sin necesidad de que le despertaran los cascos de alguna acémila.

—¿Necesitas ayuda? —se interesó Sardelle.

—No, gracias. Aunque, ahora que lo pienso, ¿podrías traer a la yegua? Quizá haya algo donde podamos atar las riendas. Puede que el instinto criminal del coronel se atenúe un poco si tiene una montura esperando para llevarle a casa.

—La yegua esperará.

—¿Sin atarla?

Era una yegua del ejército, y Ridge no tenía tanta experiencia con sus caballos como para saber si les habían enseñado a esperar. Además, estaba seguro de que Sardelle no había visto a la yegua hasta aquella noche.

—Sí.

—Ah, que lo habéis hablado… —Ridge dejó al coronel, volvió a la carretera y se limpió la humedad y la hierba que tenía en las manos—. No sabía que fueras una de esas hechiceras que estaban especializadas en trabajar con animales.

A decir verdad, Ridge no había sabido que existieran hechiceras de ese tipo hasta que conoció a Sardelle; pero, por lo visto, las especializadas en animales hablaban con ellos de forma telepática, o algo similar.

—No lo soy, pero esta yegua tiene un alma razonable.

Sardelle la llevó hasta el lugar donde estaba Therrik, le acarició el cuello varias veces y clavó la vista durante unos instantes en sus grandes y oscuros ojos.

Ridge optó por decidir que era una situación bonita, y nada espeluznante.

Sardelle soltó las riendas y se plantó junto a su amante con las alforjas que él había llenado. En lugar de llevar uno de sus vestidos habituales, Sardelle se había puesto prendas de negro cuero, adecuadas para merodear de noche por bosques y ciudades. Se ajustaban a su cuerpo, y enfatizaban su atractiva figura incluso con tan poca luz. También llevaba botas, su espada y una capa forrada de piel, perfecta para el gélido clima. En cuanto a su pequeña mochila, destruía el mito de que las mujeres no sabían ir con poco equipaje. Quizá pudiera crear más cosas con su magia si llegaba a necesitarlas.

—Es una pena que se tenga que quedar aquí, con un alma tan poco razonable —comentó Ridge.

—Espero que me expliques eso cuando estemos volando.

—Explicar el alma de ese hombre sería bastante difícil.

Ridge señaló el aparato, se puso de cuclillas y entrelazó los dedos a modo de estribo, para que apoyara el pie.

—Pues yo siento más curiosidad por la forma en que ha llegado a la cuneta —dijo ella.

Sardelle apoyó el pie, y él la empujó hacia arriba. Pesaba mucho menos que Therrik. Y su trasero era mucho más atractivo. Definitivamente, no había cometido un error. No lo había cometido y, aunque lo hubiera cometido…, encontraría la forma de enmendarlo.

—Ridge… ¿eso del asiento es vómito?

—Sí, posiblemente —respondió, preguntándose por qué no lo había limpiado.

—Sabía que volar contigo sería toda una aventura.

—Intentaré que tengas un vuelo menos accidentado que el de Therrik.

Ridge saltó, se agarró al borde de la carlinga y se encaramó.

—Bueno, bueno, no hagas promesas que no puedas cumplir.

Sardelle se sentó detrás, pero no antes de que Ridge se diera cuenta de que su asiento estaba más limpio que cuando Therrik se sentó en el hangar. Hasta el arnés lo estaba.

—No, señora.

Ridge tocó un par de interruptores. Momentos después, habían despegado.

—Me alegro de que haya vuelto, señor —dijo la teniente Ahn por el cristal de comunicación.

Sardelle sonrió en el asiento de atrás, contenta de que los pilotos estuvieran usando sus dispositivos. Al menos, alguien agradecía que estuviera en la ciudad, o lo que podía hacer.

Salvo por el hecho de que no saben que los hiciste tú, ¿recuerdas?

Lo sé, pero puede que algún día se conozca la verdad.

Ojalá que sea antes de que ahorquen, te ahoguen o te maten de otra manera.

Ese es el plan, Jaxi.

¿Es que hay un plan? No tenía ni idea.

Está en su fase preliminar.

—El coronel Therrik se ha vuelto mucho más guapo durante su ausencia, señor —dijo uno de los pilotos varones, con acento rural.

Sardelle pensó que debía de ser el teniente Pato. Ridge le había dado los nombres de los pilotos que iba a llevar, y sabía que Ápex era un intelectual que, además, estaría tan molesto con la presencia de Tolemek que no se mostraría muy hablador.

Ridge no respondió inmediatamente, y Sardelle se preguntó si tenía intención de hacerlo. Como oficial al mando, no estaba obligado a dar explicaciones; pero, por otra parte, si los suyos pensaban que estaba incumpliendo las órdenes y haciendo algo que podía comprometer la misión, tenían derecho a saber lo que pasaba. No estaba segura de lo que decía el reglamento de aquella época. En sus tiempos, los miembros de la Guardia de Iskandia debían obediencia absoluta a sus jefes, en cualquier situación; pero Ridge había comentado en más de una ocasión que los soldados tenían el deber de desobedecer las órdenes ilegales. Aunque quizá fuera una forma de justificar su costumbre de cuestionarlo todo.

—El coronel Therrik está tan enfermo que he tenido que sustituirlo por una experta civil —dijo Ridge por fin, sin mencionar en qué era experta.

—¡Qué curioso!, la gente siempre enferma cuando la llevan por el cañón de la Locura a toda velocidad —dijo Pato.

Tras sus palabras, se oyó una risa sofocada; seguramente, por su pañuelo. Al menos, uno de los pilotos no parecía preocupado por el cambiazo.

Sardelle extendió sus sentidos hacia el resto de los aparatos, intentando averiguar los sentimientos de los demás. Como ya conocía a Ahn y Tolemek, le resultaron tan fáciles de identificar como de interpretar: al parecer, Tolemek había adivinado las intenciones de Ridge, y no estaba ni sorprendido ni alarmado; en cambio, a Ahn le preocupaba que los actos de Ridge pudieran poner fin a su carrera, pero no tenía intención de decir nada al respecto, porque ya la había arriesgado una vez para protegerla a ella.

Sardelle llegó entonces a la burbujeante personalidad del piloto del siguiente aparato, el teniente Pato y, aunque sus pensamientos no fueran precisamente respetuosos, le pareció una especie de alegre perrito, encantado de vivir una aventura y no demasiado preocupado ni por el sitio adonde iban ni por lo que pudiera pasar. Su pasajera era una mujer (sin duda, uno de los dos soldados de élite que Ridge había mencionado) y, además de llevar un montón de armas encima, tenía un macuto con más armas, unas cuantas herramientas y varios dispositivos incendiarios a sus pies. El viento azotaba las páginas del libro que llevaba en el regazo, pero no estaba leyendo, sino mirando el cielo, que se empezaba a aclarar. Parecía estar sopesando la situación para poder emitir un juicio.

En el último aparato volaban el teniente Ápex y, en principio, el otro miembro de la unidad de élite. El capitán era un hombre cauteloso, y Sardelle no habría podido leer sus pensamientos sin presionar un poco más, de modo que se abstuvo. Pero el teniente era cuestión aparte. Cuando Sardelle rozó su aura, la encontró tan llena de odio que tuvo que retroceder. No era odio hacia Ridge, ¿verdad? Por lo que había visto, todos sus pilotos le adoraban.

Mira mejor, sugirió Jaxi. Su familia es de Tanglewood.

Ah. Ridge no era el objeto de las miradas de ira que lanzaba de vez en cuando. Miraba el aparato de Ahn, hacia Tolemek. Intentaba parecer tranquilo, pero su aura exudaba un asesino sentimiento de venganza.

Está buscando el modo de conseguir que Tolemek no vuelva de esta misión.

Sí, ya lo he visto. Sardelle se apartó el mechón de pelo que el viento había empujado contra sus ojos, y se alegró de haber sido previsora y haberse recogido el cabello en una tensa coleta. *Ridge no lo sabe, ¿verdad?*

Lo sabe. Pero Ápex es experto en dragones.

Sardelle se hundió en el asiento. Ridge se estaba arriesgando mucho con esa misión. ¿Apreciaría el rey sus esfuerzos? ¿O le condenaría por haberse librado del coronel Therrik y haberla llevado a ella en su lugar?

—¿Piensa asumir el mando de la misión terrestre, coronel? —preguntó la capitana, cuya voz sonó distante y baja por culpa del viento, porque solo había cristales de comunicación frente al asiento de los pilotos.

—No, Kaika —replicó Ridge—, esa misión es suya y de Nowon. No obstante, y por si necesitan más personal, gente que pueda reemplazar a Therrik en combate, he elegido a personas cuyas habilidades pueden ser útiles y que, en mi opinión (perdón si le parece sesgada), son seguramente más versátiles que su coronel. Además, Tolemek les puede ser muy valioso si hay trampas en ese laboratorio.

Durante unos instantes, nadie dijo nada. Pero los dos capitanes se miraron fijamente desde los asientos traseros de sus respectivos aparatos.

—Creo que Kaika y yo preferiríamos afrontar esa misión por nuestra cuenta —dijo Nowon, con la voz igualmente distorsionada por el viento—. Hemos trabajado juntos varias veces, e incorporar a otra persona podría ser más problemático que beneficioso. Ya lo discutiremos cuando lleguemos a nuestro destino.

—Comprendido —dijo Ridge—. Cuando aterricemos, les hablaré de las habilidades de cada uno, por si cambian de opinión.

Creo ser el único de los presentes que sabe a la vez volar y disparar con tino.

—Gracias, coronel.

Esta vez fue Tolemek quien lanzó una larga mirada a Ridge, aunque este no estaba mirando en su dirección. Indudablemente, Tolemek quería ir a buscar a su hermana, y Sardelle pensó que, si la unidad especial no quería que fuera con ellos, le darían la ocasión perfecta para marcharse.

Tampoco parecía ni que los capitanes la quisieran a ella ni que estuvieran al tanto de su poder, lo cual le hizo preguntarse si estaba incluida en esa intención de aprovechar las habilidades de cada uno. No era reacia a ayudar a los militares iskandianos, a los que ya había ayudado una vez, pero implicaba revelar lo que podía hacer; aunque quizá carecía de importancia a esas alturas, teniendo en cuenta que un grupo de personas —empezando por las mujeres que la estaban espiando y las que habían intentado enterrarla viva— lo habían descubierto de algún modo. Sin embargo, quería hablar con Ridge antes de que revelara sus aptitudes y la enviara con dos desconocidos. Su prioridad era cumplir la promesa que había hecho a Tolemek.

Se lo podrías haber dicho anoche si no hubierais estado botando en la cama como un par de chimpancés en celo encaramados a los árboles.

Sardelle creía haber llegado a un punto en que los comentarios de Sardelle ya no la podían avergonzar, pero se sorprendió ruborizándose y hundiéndose un poco más en el asiento. Tal vez, porque tenía razón.

Por supuesto que tengo razón. Siempre tengo razón. Llevo mucho tiempo en esta espada, y me ha hecho venerable y sabia.

Hablas como un dragón. O como alguien que se cree un dragón.

Siempre quise conocer a un dragón. Pero llevaban mucho tiempo desaparecidos cuando yo nací.

Puede que no todos. Si es verdad que la Cofah tiene sangre de dragón, la habrán sacado de algún sitio.

Sardelle sonrió, recordando el día en que Jaxi le confesó que, de niña, había leído montones y montones de historias románticas de humanos que se enamoraban de dragones y viceversa. Habría sido mucho antes de que inventaran la imprenta, pero los referati hacían copias de libros con su magia, y las bibliotecas de la montaña de Galmok siempre habían tenido una buena cantidad de obras de ficción y no ficción. Hasta cabía la posibilidad de que esa obsesión de Jaxi hubiera sido la razón de que no mantuviera relaciones con ningún joven humano antes de que fuera demasiado tarde.

No... Tenía espinillas y cola de caballo, además de ser precoz. Los chicos no querían saber nada de mí. Y, por si eso fuera poco, les podía freír las pelotas con un simple pensamiento. Creo que intimidaba a unos cuantos.

Quizá, porque se lo hacías saber... con frecuencia.

Sardelle no había estado allí, pero la conocía lo suficientemente bien como para pensar que su suposición era correcta. Y el altivo resoplido de Jaxi se lo confirmó.

—¿Vas bien? —gritó Ridge, mirándola. Todo un desafío, porque Sardelle estaba justo detrás.

Solo estaban a unos pocos centímetros de distancia, pero el constante zumbido del motor dificultaba la conversación, y el viento se habría llevado sus palabras si hubiera hablado en voz más baja. De hecho, también intentaba robarle su pañuelo o, al menos, la punta del pañuelo, que tenía tendencia a escaparse y ondear libremente a su espalda. En un par de ocasiones, había estado a punto de metérsele en un ojo.

Definitivamente, no era el lugar ideal para hablar con franqueza, pero Sardelle tenía la sensación de que la misión empezaría en cuanto aterrizaran, y debía formular las preguntas que no había pronunciado la noche anterior por el motivo apuntado por Jaxi.

—Sí —respondió.

Ridge se tocó el oído, y ella se inclinó hacia delante y repitió el monosílabo.

—¿Quieres un pañuelo? ¿O unas gafas? —dijo él—. Tengo más.

—No, estoy bien.

Hundiéndose en el asiento, cerrándose la capa y usando a Ridge como escudo contra el viento, Sardelle había conseguido que el incesante vendaval le resultara tolerable. Hacía un frío increíble; en parte, por el viento que provocaba el aparato y, en parte, por la altitud. La inmensa anchura del océano le impedía calcular la altura, pero era obvio que no corrían ningún peligro de que les dispararan desde abajo si pasaban por encima de algún buque de guerra enemigo. Se preguntó si los iskandianos habían considerado alguna vez la posibilidad de cerrar las carlingas con cristal, pero quizá fuera demasiado frágil para la presión del vuelo y las necesidades de combate.

—¿Cuándo falta para llegar a Cofahre?

—Llegaremos a primera hora de la noche.

Sardelle pensó que iban a una velocidad impresionante, teniendo en cuenta que un barco habría tardado varias semanas; pero sintió curiosidad por lo que pasaría cuando sucediera lo inevitable y tuviera que usar un cuarto de baño, y se imaginó encaramada al costado de la carlinga, con sus partes traseras fuera del aparato. Sería de lo más engorroso.

—¿Qué pasará cuando tenga que aliviar ciertas necesidades corporales?

Ridge miró hacia atrás y se volvió a tocar la oreja. Sardelle se inclinó y encorvó hacia delante.

—¿Quieres mear? —preguntó él.

Aquella forma de hablar era frustrante; sobre todo, porque ella tenía una forma alternativa. ¿Estaría dispuesto a comprenderla?

Esta vez, Ridge sonrió cuando la volvió a mirar.

—Hay un tubo debajo del asiento. Los pilotos procuramos no comer ni beber demasiado cuando estamos volando.

¿Un tubo? No era una solución muy adecuada para las mujeres. Sardelle había resuelto muchos problemas con su magia, pero jamás habría imaginado que ese pudiera ser uno.

—¿Ridge? —Sardelle le puso una mano en el hombro, y se aseguró de que el cristal de comunicaciones no estuviera transmitiendo—. Sé que la magia te incomoda, pero…

Hum. ¿Cómo se lo podía decir? Estaba segura de que Ridge entendería el término *telepatía*, pero quizá lo rechazara por una cuestión de principios.

—Sabes que hablo mentalmente con Jaxi, ¿no? —continuó—. ¿Te sentirías cómodo si lo intentamos? ¿Podrías llegar a acostumbrarte? En situaciones como esta, sería muy conveniente. También lo sería cuando queramos hablar en privado estando con otras personas.

Sardelle se mordió el labio para no ampliar la lista de ventajas.

Ridge no volvió a mirarla, y como no había nada interesante delante del aparato que pudiera llamar su atención, Sardelle dedujo que se lo estaba pensando, que estaba buscando un modo de rechazar la oferta o que no la había oído bien. Pero no; si no la hubiera oído, se habría vuelto a tocar la oreja. Seguro que lo había entendido.

—¿Qué tendría que hacer? —preguntó por fin.

—Nada, salvo… no asustarte y hacer que nos estrellemos.

Él hizo un gesto circular con la mano y dijo algo que sonó a «yo no me estrello ni cuando me disparan».

Sardelle esperó unos segundos para que se acostumbrara un poco más a la idea, sin apartar la mano de su hombro.

Gracias. Aquí estaremos más tranquilos.

Ridge echó un vistazo hacia atrás, como si estuviera a punto de responder en voz alta; pero cerró la boca y la miró, pensativo.

Si crees eso, es que no llevas mucho tiempo aquí. Ridge arqueó las cejas. *¿Me has oído?*

Ella le apretó el hombro.

Sí, te he oído.

Oh.

Solo te podré oír si te estoy monitorizando, para saber cuándo quieres hablar… pero lo único que tienes que hacer es pensar lo que me quieres decir. Sé que te incomoda la magia y cualquier cosa relacionada con las hechiceras, así que podemos reservar esta opción para casos de urgencia o para cuando estemos volando, si quieres.

No te preocupes, dijo. No sonó precisamente a aprobación entusiasta, pero añadió: *Quiero estar cómodo contigo, con lo que puedes hacer. Pero necesito acostumbrarme a las cosas, y a veces me cuesta. No soy tan joven como finjo ser, ya sabes.*

Puede que no, pero he notado que tus oficiales superiores son los únicos que tienen canas.

Algún día, tendré que dar órdenes a alguien tan detestable como yo, y el pelo se me pondrá blanco de la noche a la mañana.

Seguirás siendo atractivo.

Puaj, dijo Jaxi. *Eso ha sido tan empalagosamente dulce que voy a vomitar.*

Sardelle pensó que el comentario de Jaxi solo había sonado en su mente, pero los hombros de Ridge se tensaron.

¡Jaxi!, protestó.

¿Qué?

Como le empieces a hablar de chimpancés, te tiro al mar.

Lo dudo mucho.

Eso es... la espada, ¿verdad? No habías mencionado que ella también me fuera a hablar.

Por suerte, Ridge solo sonó vagamente alarmado. O quizá, vagamente ofendido.

No la he invitado a hablarte, pero es una grosera.

Jaxi hizo un ruido grosero en su mente y dijo:

Como no le digas que deje de llamarme «eso», le chillaré toda la noche como un chimpancé la próxima vez que estéis en celo.

Sardelle clavó la vista en la nuca de Ridge, temiendo que Jaxi hubiera extendido el ofensivo comentario a su mente, pero ni Ridge se giró ni la miró con incredulidad.

No soy tan insensible; por lo menos, no en el primer contacto. Aunque, técnicamente, no es la primera vez que le hablo. Le informé de que había gente que quería hacerte volar por los aires.

Ridge, para futuras referencias, recuerda que Jaxi es una mujer, y que me ha amenazado con mostrarte su lado verdaderamente grosero si la vuelves a llamar «eso». Por lo demás, te pido disculpas por la interrupción. Estoy acostumbrada a que se mueva a sus anchas por mi cabeza, pero sé que puede ser inquietante para los demás. Si quieres, puedes comparar notas con Tolemek.

Pasaron unos segundos, y Ridge no dijo nada. Sardelle dobló sus enguantados dedos, deseando que aquello no hubiera sido demasiado a él. Habría preferido esperar antes de invitar a Jaxi a una de sus conversaciones. Aunque también era posible que no la hubiera invitado nunca.

Vale, vale, quédatelo para ti sola. ¿Sabes con cuánta gente me atrevo a comunicarme? Con casi nadie. Mi existencia es de lo más solitaria.

Cuando lleguemos a nuestro destino, puedes hablar con algunos de nuestros enemigos de la Cofah. Sobre todo, si tienen intención de dispararnos.

Supongo que, si Tolemek soporta hablar con una espada, yo también lo puedo aguantar, pensó Ridge. Pero... me sobrecoge un poco que sea como una persona real, y que sepa lo que estoy pensando y lo que te estoy diciendo, aunque no la conozca de verdad.

¿Pensar y decir? Dile que mis habilidades van lejos. Hasta sé lo que hace con su lengua, eso que te gusta tanto.

Sardelle bajó la cabeza y soltó un gemido, apretando la barbilla contra su pecho. Y pensar que durante su noche de amor con Ridge y el posterior viaje a caballo había llegado a creer que podría dormir cuando despegaran…

No pienso decirle eso. Y será mejor que tú tampoco se lo digas.

De acuerdo. Entonces, dile que le estoy agradecida por haberme elevado a la categoría de «como una persona real». Es todo un avance, teniendo en cuenta que me llamaba «eso» hasta hace treinta segundos.

Si no te importa, me gustaría terminar mi conversación con Ridge en privado, y sin tener que hablar de ti. Te prometo que, cuando encuentres al dragón de tus sueños, me mantendré al margen de vuestra relación.

Una promesa hueca, teniendo en cuenta las posibilidades que tengo de encontrar uno.

Bueno, puede que encuentres una hoja de alma que se quede prendada de tu centelleante personalidad. Tiene que haber alguna por ahí.

Sardelle desconocía si las hojas de alma podían tener una relación que tuviera algo que ver con bocas y lenguas; pero, si eran dos almas poderosas, cualquiera sabía lo que podían hacer. Por lo visto, los dragones tenían la capacidad de cambiar de forma, y hasta recordaba leyendas sobre hojas de alma que tenían esa misma habilidad, aunque no había visto ningún caso parecido en su época. ¿Serían solo eso, leyendas?

Tendré que investigar un poco. No es algo que estudiara o sobre lo que leyera mucho cuando era niña, dijo Jaxi, vagamente intrigada.

Sería excelente. Así, tendría algo en lo que pensar mientras ella terminaba su conversación original.

—¿Has oído lo que he dicho? —preguntó Ridge, mirando por encima del hombro.

Sí, lo siento, es que intentaba mantener una conversación más privada.

Sardelle buscó una forma suave de decirle que Jaxi formaba parte de ella y que las cosas eran como eran; pero había cometido el error de no decírselo de entrada, y pensó que soltárselo entonces sería injusto. Además, no quería arriesgarse a que fuera demasiado para él. Con el tiempo, quizá se acostumbraría a la idea. Pero ya no estaba segura de haber hecho bien. Aquello le debía resultar de lo más extraño, incluso demasiado extraño.

Deberías confiar más en él, sugirió Jaxi.

Puedo entender tu incomodidad —dijo Sardelle a Ridge—. *Siempre he sabido de las hojas alma; pero, cuando Jaxi y yo nos unimos, tardé mucho en acostumbrarme a que alguien viviera prácticamente en mi cabeza. Sobre todo, hace comentarios, desde mi vida sexual hasta mis gustos culinarios, pasando por mis experiencias en las letrinas.*

¿Hablas en serio? ¿Y qué piensa del tubo?

Sardelle estaba verdaderamente preocupada por lo que Ridge pudiera pensar de aquella experiencia, pero soltó una carcajada sin poder evitarlo. Esperaba que la reaparición de su sentido del humor significara que no estaba particularmente incómodo.

Por raro que sea, no ha dicho nada al respecto. Estará esperando a que me ponga en una situación comprometida cuando intente usarlo.

En efecto, dijo Jaxi.

Puede que la experiencia te inspire y te empuje a inventar más dispositivos arqueológicos antiguos para mi escuadrilla. Los tuyos solían volar en dragones, ¿no? Seguro que tenían algo más refinado que un tubo.

Tengo entendido que sus vuelos eran cortos.

Sardelle apartó la mano del hombro de Ridge y se atrevió a acariciarle la mejilla. Como llevaba guantes, no sería un gesto muy cálido, pero quería que supiera… en realidad, no sabía qué. Que le importaba. Que comprendía que aquello le resultara extraño.

¿Tu broma sobre las letrinas significa que ya hemos superado lo de la telepatía y las espadas vivas? ¿O solo que prefieres hablar de cosas más ligeras para rehuir el asunto?

Él lo sopesó un momento antes de contestar.

¿No pueden ser las dos cosas?

Claro que sí.

Ridge le agarró la mano unos segundos y, a continuación, se la soltó.

Sardelle se recostó en su asiento y dijo:

He sacado este tema porque me estaba preguntando si tienes intención de usarme durante tu misión.

Ridge la miró, y ella notó su confusión.

Cuando has hablado con los capitanes… cuando has mencionado lo que tu gente puede hacer y cuando les has preguntado si querían que alguno los acompañara, ¿estabas pensando en mí? ¿En decirles quién soy y lo que puedo hacer?

No, por supuesto que no. Nunca hablaré con nadie de tus secretos. Te podrían matar.

Pensé que, como ya me están persiguiendo, podrías haber decidido que… han dejado de ser secretos.

Quizá, pero no del todo. Y no, no se trata de eso. Quieres cumplir la promesa que le hiciste a Tolemek, ¿no? Quieres encontrar a su hermana. Por eso te he traído, y también le he traído a él. Sí, claro, espero que tus recuerdos y tus conocimientos nos sean útiles si los capitanes vuelven con algo raro e inexplicable, o con algo tan peligroso que no lo podamos llevar a Iskandia en nuestros aparatos… pero tenía intención de enviaros a Tolemek y a ti a buscar ese sanatorio en cuanto aterricemos, aprovechando que Nowon y Kaika estarán infiltrándose en ese laboratorio. Deberíais tener tiempo de sobra.

Esta vez fue Sardelle quien tardó un rato en digerir las palabras de Ridge.

¿Insinúas que te has librado de ese coronel y has puesto en riesgo tu carrera para que podamos encontrar a la hermana de Tolemek?

Sardelle pensó que ella podría haberlo hecho sin necesidad de que él se sacrificara. Cierto, llegar a Cofahre por su cuenta habría sido difícil, pero jamás le habría pedido que se metiera en semejante lío.

Mentiría si te dijera que no pensaba también en las ventajas de teneros a ti y a tu mordaz y brillante espada a mi lado por si a una bandada de pájaros le da por estrellarse contra la hélice durante la misión. Sospecho que va a ser más complicada de lo que el rey y Nowon piensan. Y, además, tenía un mal presentimiento con Therrik; no solo porque fantaseara con la idea de meter mi cabeza en una picadora de carne, sino porque parecía... no sé. Me pareció extraño que se presentara en el laboratorio de Tolemek y le amenazara; tan extraño como que supiera de ti. No estamos en la misma unidad, y no habíamos hablado nunca hasta que coincidimos en la reunión con el rey. Reconozco que soy muy conocido en la ciudad y en el ejército, pero no te conozco desde hace tanto tiempo como para que te asocien a mí, excepto los amigos y los colegas más cercanos.

¿Compartiste esas preocupaciones con el rey o el general Ort antes de tomar la iniciativa de drogar a ese hombre y dejarlo en tierra?

Claro que no. ¿Es que los niños de los referati no se guiaban por la misma norma que los niños de Iskandia?

Sardelle entrecerró los ojos.

¿Qué norma es esa?

Que es más fácil que te perdonen después si no pides antes permiso y te lo niegan.

Ah, me suena vagamente familiar. La lógica de los niños de diez años.

Y también de los pilotos. Y ahora, recuéstate y disfruta del vuelo. Si quieres dormir, te avisaré cuando estemos llegando a Cofahre.

Ella apoyó la cabeza en el respaldo del asiento, decidida a seguir su sugerencia, aunque se sorprendió preguntándose si no debía hacer algo más que ayudar a Tolemek a localizar a su hermana cuando llegaran al continente. ¿No sería mejor que encontrara una forma de demostrar su valía? No creía que necesitara demostrarle nada a Ridge; pero, si el rey iskandiano —que aparentemente ya sabía de ella— descubría que podía ser valiosa… quizá, poco a poco, podría limpiar la imagen de los referati y abrir camino al resto de las personas con habilidades mágicas que hubiera en el país. Encontrar alumnos nuevos y formarlos resultaría mucho más fácil si ni ella ni ellos se veían obligados a ocultar su talento hasta el fin de sus días.

—Paso a paso —se dijo en voz baja.

CAPÍTULO 6

RIDGE BOSTEZÓ Y deseó haberse tomado un café. El sol había desaparecido tras el horizonte, y la oscuridad regresaba. La escuadrilla había virado hacia el noroeste, siguiendo la costa de Cofahre a mucha, mucha distancia. Volaban alto, entre las nubes; y, cuando se abría algún claro, la tierra parecía una mancha difuminada. La inminente noche los camuflaría tan bien como las nubes, pero lo último que necesitaban era que un farero excesivamente diligente o un marinero encaramado a una cofa los divisara.

Se giró hacia atrás y dijo:

—¿Sardelle?

Sardelle había seguido su consejo y, tras dormir casi toda la mañana, leyó un poco por la tarde y se volvió a quedar dormida, con el libro que había sacado de la biblioteca en el regazo. Al menos, ella estaría despejada cuando llegaran; en cambio, sus pilotos y él tendrían que encontrar un sitio donde poder descansar del madrugón y el largo vuelo. Se habían desviado un par de veces para evitar a los cargueros y aeronaves piratas que habían divisado. Ridge no creía que los hubieran visto, pero bastó para que se mantuvieran en constante alerta.

Desde su posición, solo alcanzaba a tocar las rodillas de Sardelle, salvo que se quitara el arnés. Sin embargo, fue suficiente. Ella abrió sus azules ojos y los clavó en él de inmediato.

—Casi hemos llegado.

Ridge se preguntó si le respondería en su mente. Su conversación mental no le había resultado tan perturbadora como había imaginado (seguramente, porque era Sardelle y no una desconocida), pero que la espada se entrometiera en sus pensamientos… eso sí que le había resultado chocante. Sardelle le había dicho que tenía algún tipo de relación con ella, pero jamás se le habría ocurrido que la espada fuera una mujer ni que tuviera la personalidad, la inteligencia y el sarcasmo de un ser humano.

Sardelle escudriñó las nubes del oeste.

¿Vamos a entrar por las estepas de Alteron?

Por algún motivo desconocido, Ridge no esperaba que estuviera familiarizada con la zona. Había trabajado con el antiguo ejército de Iskandia, y seguro que había estado allí. Quizá fuera porque hablaba tan poco de su antigua vida que no sabía gran cosa de su pasado.

«Sí, en efecto…», empezó a decir él, pero se detuvo y empezó a hablar telepáticamente porque supuso que era lo que ella esperaba:

Es el lugar más lógico, porque las montañas están al norte y el desierto, al sur. No es una zona muy poblada.

Efectivamente, nunca lo ha sido. La tierra no es buena y, además, se producen unas terribles tormentas de arena. Pero habla conmigo como te sea más cómodo.

Ella se frotó la cara se secó la boca, temiendo haber babeado mientras dormía. Ridge todavía no la había descubierto en semejante situación, aunque tampoco le habría importado mucho… habría sido una ofensa leve en comparación con lo que Therrik había hecho en ese asiento.

Bien. Viraremos hacia tierra firme dentro de poco. Solo te lo quería decir por si…

Súbitamente, Sardelle se puso una mano a modo de visera y escudriñó la costa con el ceño fruncido. Las nubes eran más densas, así que no parecía posible que hubiera visto nada; por lo menos, con los ojos. Pero Ridge siguió su mirada de todas formas.

Las nubes se movían rápidamente, y las primeras estrellas aparecieron en el horizonte. Ridge se estremeció bajo su chaqueta. Su ruta los había alejado aún más del ecuador, y hacía mucho más frío allí que en la costa de Iskandia, lo cual hizo que se acordara de la mina donde había conocido a Sardelle.

Hay ocho aeronaves esperando sobre la costa, dijo ella, clavando la vista en sus ojos. Están situadas en línea, a la distancia justa para poder mantener contacto visual, como si quisieran cubrir todo el territorio posible.

¿Estás segura?

Sí.

Ridge dio un golpecito en el cristal de comunicación.

—¿Está todo el mundo despierto? Bien. Cubran los cristales de energía y tapen cualquier luz que tengan en las carlingas. Nos estamos acercando. Vamos a cambiar la ruta prevista, para no ser previsibles. Volaremos sobre las montañas.

—¿Se refiere a esas montañas blancas con esas nubes de tormenta, señor? —dijo Pato.

—Sí —respondió Ridge, preguntándose si Pato tenía mejor vista que él o si solo había estado prestando más atención—. Permanezcan juntos, y tengan cuidado.

—Sí, señor.

Ápex y Ahn repitieron esa última frase. Los dos sonaron tan cansados como él; y, por si el cansancio fuera poco, los iba a llevar por una ruta aún más complicada. Pero existía la posibilidad de que el enemigo estuviera vigilando, y era lógico que se arriesgaran un poco para impedir que los detectaran.

Ahora bien, ¿cómo sabía el enemigo que la escuadrilla Lobo se acercaba? ¿Era una suposición derivada de la fuga de unos espías? ¿O alguien les había informado de su plan y les había dicho que llegarían esa noche? Ridge no creía que el rey hubiera hablado de la misión con demasiadas personas, pero no había duda de que el viejo castillo tenía un montón de criados yendo y viniendo, por no mencionar un sinfín de rincones y recovecos ideales para escuchar a escondidas.

Ridge estuvo tentado de volar más cerca de tierra firme, para asegurarse de virar al oeste en el momento preciso y entrar directamente por las cubiertas montañas, pero no quería que un dirigible enemigo los viera u oyera por internarse en el continente demasiado pronto. Además, las nubes reducían mucho la visibilidad.

Sigue un poco más. Hay una aeronave directamente a nuestra izquierda, y otra sobre las estribaciones meridionales de las montañas, a unos seis kilómetros de distancia. Pero es la última.

Gracias.

Ridge miró el reloj del panel de control, comprobó el indicador de la velocidad del aire y se dedicó a calcular kilómetros. Esperó hasta el octavo y, a continuación, bajó el morro del aparato y sacudió la cola en señal de que iba a virar. Podría haber usado el cristal de comunicación, pero seguía acostumbrado a las viejas señales.

Todo está despejado. La Cofah no debería vernos.

Ridge confiaba en Sardelle, pero sus hombros se pusieron de todos modos en tensión cuando viró hacia el oeste, con el irregular viento azotando sus alas. Podía estabilizar el aparato con facilidad, y así lo hizo. Aún sentía la necesidad de impresionar a Sardelle, porque estaba en su ambiente y, además, era la primera vez que ella volaba con él. Quería darle un vuelo tan tranquilo por encima de todo.

Las nubes se abrieron durante unos instantes, permitiéndoles ver el sur y el oeste. Ridge divisó las estepas y las montañas que se alzaban ante ellos antes de que el frente nuboso se los volviera a tragar. También creyó divisar la aeronave situada más al norte, pero tampoco tenía encendidas sus luces, así que no estuvo seguro.

—Ha sido asombroso, señor —dijo Pato, casi sin aliento—. ¿Cómo lo ha sabido?

—¿Saber qué? —preguntó Ápex.

—Lo de la aeronave —intervino Ahn.

Excelente. Dos de sus tres pilotos tenían mejor vista que él. Se estaba haciendo viejo.

—Ha sido un presentimiento —replicó.

Odiaba apuntarse los tantos de la clarividencia de Sardelle, pero no les podía hablar de sus habilidades mágicas de esa manera ni de ninguna otra. No tenía derecho a desvelar un secreto ajeno.

Te puedes atribuir el mérito. No me importa. Es bonito ver cómo te miran. Es obvio que lo has conseguido sin ayuda mía, pero me alegro de poder contribuir a tu extraordinaria leyenda.

Ridge bufó.

Es tan extraordinaria como un calcetín, pero gracias por tu ayuda. Ya nos has sacado de un lío, y eso que aún no nos hemos adentrado en territorio de la Cofah.

Ridge no sabía cómo funcionaba la telepatía, pero intentó añadir un sentimiento de gratitud a sus pensamientos. No tenía palabras para explicar lo aliviado y contento que estaba de tenerla a ella detrás, en lugar de al coronel Matón. Y tampoco las tenía para explicar lo mucho que significaba para él que alguien ayudara a los suyos y evitara que sufrieran daño alguno.

Sardelle le apretó el hombro y le volvió a acariciar la mejilla antes de recostarse en el asiento para permitir que siguiera pilotando. Ridge pensó encantado que había captado su intención.

Poco después, cruzaron la línea de la costa, pasaron sobre las levemente nevadas estribaciones y empezaron a sobrevolar las cumbres cubiertas de nieve. Las nubes de tormenta que Pato había observado se volvieron más densas y oscuras, y unos cuantos copos se pegaron a las gafas de Ridge. Se los limpió con el pañuelo.

¿Detectas algún problema más?

De momento, no. No hay nada en el aire en nuestras inmediaciones. Pero hay unos cuantos pueblos junto a los torrentes de las montañas, así que yo no volaría demasiado bajo. Tu motor hace mucho ruido.

Ya. Es una de las cosas que los dirigibles piratas pueden hacer y no nosotros, no: volar en silencio.

—Nos dirigimos a las estepas —anunció Ridge cuando la costa desapareció su espalda—. Volaremos por el norte de Brandenstone y seguiremos ochenta kilómetros hacia el oeste, hasta llegar a nuestras coordenadas. Buscaremos un lugar donde aterrizar y dejaremos que nuestras abejas obreras ejecuten su misión.

—¿Mientras nosotros descansamos al sol como cigarras, señor? —preguntó Pato, a punto de bostezar.

—Mientras hacemos turnos para camuflar los aparatos, montar guardia y registrar la zona con toda profesionalidad, esperando atentamente a que vuelvan nuestros aliados.

—Yo puedo dormir mientras hago eso.

—Una vez, se quedó dormido en el campo de tiro —dijo Ápex.

Era una de las primeras cosas que decía en todo el día que no fuera una respuesta a una pregunta directa. Ridge tenía intención de apartarle de Tolemek en cuanto aterrizaran.

—Lo vi con mis propios ojos —continuó—. Sonaban explosiones tremendas por todas partes, pero no se despertó.

—No estaba durmiendo. Estaba practicando el acto de fingirme muerto, como las serpientes de morro de cerdo. Así, si el enemigo nos desborda algún día en mitad de una gran batalla, pasarán de mí y se meterán con otro… quizá, con un bocazas lleno de grandes palabras.

—Si te refieres a la tanatosis, el truco con el que algunos animales evitan a los depredadores, creo que se hace sin roncar.

Ridge sonrió, contento de que Ápex volviera a hablar. Solo esperaba que también hablara con él en algún momento, y que no le vendiera al enemigo por haber llevado a Tolemek.

—Veo las luces de un pueblo —declaró Ahn—. Y algo más grande y brillante en aquella torre.

Ridge lo vio. Era un haz cónico, procedente del tejado de un edificio de piedra de cuatro o cinco plantas. Se habían internado demasiado en el continente para que fuera un faro. ¿Sería posible que la Cofah tuviera focos para detectar a posibles intrusos nocturnos? Había sobrevolado muchas veces el mar que separaba Iskandia y Cofahre, pero el rey no solía encargar misiones que implicaran cruzar las fronteras enemigas.

—¿Alguien sabe qué es eso? —preguntó Ridge.

No estaba ahí la última vez que estuve en Cofahre, pero eso no significa gran cosa, contestó secamente Sardelle. Parece un molino convertido en torre de vigilancia. *Solo hay una persona en la habitación de arriba.*

—Nowon dice que la Cofah tiene torres de vigilancia en todos los pueblos situados a menos de ochenta kilómetros del océano —intervino Ápex—. Su carácter de agresiva nación conquistadora les ha ganado enemigos en todo el mundo, pero están particularmente preocupados por los dragones voladores de Iskandia, y pueden girar esas luces para escudriñar los cielos.

Tras una pausa, Ápex añadió:

—También dice que algunas de las torres tienen defensas.

—¿Defensa de qué tipo? —se interesó Ridge. Estaban a cientos de kilómetros de altura, y no creía que unas armas terrestres les pudieran incomodar.

—Nowon solo se atreve a hacer conjeturas. Dice que siempre viene a Cofahre por mar, y que sigue por tierra. Hasta donde él sabe, somos el primer grupo que hace una incursión aérea.

—Vaya, sí que somos como un conejillo de indias en el laboratorio de... alguien, ¿eh?

Ridge estuvo a punto de decir «en el laboratorio de Tolemek», y pensó que quizá se había corregido demasiado tarde. Cualquier referencia a un laboratorio haría que Ápex se acordara de su indeseado aliado.

—Eso parece, señor.

Sí, el tono de Ápex se había vuelto varios grados más frío.

Puede que hacer que trabajen juntos y se conozcan un poco sea preferible a separarlos, observó Sardelle. A pesar de su reputación y sus errores pasados (y no, no me tomo sus actos a la ligera), solo hay que hablar con él para darse cuenta de que no es un tirano despiadado y megalómano. De hecho, es un hombre agradable y simpático, lo cual me sorprendió. Puede que Ápex encuentre la forma de, si no perdonarlo, olvidar su pasado casi todo el tiempo y aprender a valorarlo como lo que es, un compañero de trabajo.

¿Agradable y simpático? Ridge no habría descrito precisamente así al pirata.

La teniente Ahn opina lo mismo.

¿Estás segura de que Ahn no utilizó las palabras «atractivo» y «leal a ella» para explicar su atractivo?

El comentario que he hecho es mío, no suyo. Pero estaré encantada de hacer saber a Tolemek que te parece atractivo.

Ridge gruñó.

Venga, aprendiste a tolerarle durante los fines de semana que hemos pasado juntos, añadió Sardelle, más seria.

Sí, por el procedimiento de evitarle, habría dicho Ridge, pero dijo:

Yo no le recomendaría que se enfrasque en una batalla de bolas de nieve con Ápex. No es tan juguetón como yo.

Sabes que esa pelea la empezó Ahn, ¿verdad?

Lo sospechaba. Conozco bien a mis pilotos.

—Definitivamente, esa luz está explorando el cielo —dijo Ahn—. Es potente para ser un fanal de gas... ¿Cómo dices? Ah.

Ridge estuvo a punto de preguntar qué había pasado, pero llegó a la conclusión de que Tolemek estaba diciendo algo a la teniente.

El haz cónico de la torre se había alzado hacia el cielo, y estaba barriendo las nubes. A Ridge no le hizo ninguna gracia que girara hacia ellos.

—Tolemek afirma que las torres usan quemadores de aceite, iguales a los que usan en los faros, además de un sistema de lentes destinado a concentrar la intensidad del haz de luz. Están sobre artefactos móviles que se pueden inclinar y girar.

Tolemek dijo algo que Ridge no pudo oír. Probablemente, fue algún tipo de puntualización, porque Ahn añadió: «o algo así».

—Pues esa luz se mueve hacia nosotros —dijo Pato.

—Viremos —dijo Ridge—. Volaremos sobre las montañas hasta que ese pueblo quede atrás. *¿Puedes amortiguar el ruido de nuestros motores, Sardelle?*

Puedo, pero los tuyos se darán cuenta. ¿Quieres que lo haga de todas formas?

Él frunció el ceño, porque no quería revelar sus poderes. Si solo se hubiera tratado de su escuadrilla, quizá se lo habría pensado, pero no conocía bien ni a Nowon ni a Kaika. Y Therrik había estado de lo más amenazador cuando descubrió lo de Sardelle, independientemente de cómo y cuándo hubiera sido el procedimiento.

No, olvídalo.

Ridge los volvió a llevar hacia las montañas, aunque no le gustaban nada las pesadas nubes que las cubrían, oscureciendo riscos y cumbres. Estaba nevando hasta en las estepas, y por delante de ellos había algo parecido a una ventisca persistente. Confiaba en que sus pilotos sabrían afrontar el viento y la escasa visibilidad; pero, por otra parte, estaban muy lejos de casa y, si necesitaban hacer reparaciones, no tendrían ni mecánicos ni las piezas necesarias. Apenas habían pasado unas cuantas semanas desde la batalla aérea sobre el puerto, donde la escuadrilla Tigre perdió dos dragones y un piloto. Sardelle podía curar a seres humanos, pero ¿podría arreglar un aparato y dejarlo en condiciones de hacer un viaje de mil seiscientos kilómetros? No podía contar con ello.

Algo se acerca.

Ridge se limpió las gafas y examinó los árboles, las rocas y la nieve de las laderas de las montañas.

¿Qué me dices? ¿Por dónde?

Por detrás y desde abajo. Dos artefactos, pero no sé lo que son. Solo sé que son mecánicos.

Ridge se aflojó el arnés y miró por ambos lados de su aparato. La nieve caía en diagonal, con anchos copos que ocultaban el terreno. Aun así, todavía pudo atisbar el haz de la torre de vigilancia, y creyó ver una sombra al contraluz, algo que volaba, tal vez a medio camino entre el pueblo y su posición; pero, en cuanto salió de la negrura de la torre, dejó de verlo. Además, la distancia y la nieve impidieron que pudiera calcular su tamaño, aunque estaba seguro que era más pequeño que un dirigible. ¿Quizá otro tipo de aeronave, parecida a sus aparatos? Sabía que la Cofah estaba trabajando en esa tecnología, pero aún no había aparecido nada de esa índole en el espacio aéreo de Iskandia.

—¿Ve algo, señor? —preguntó Pato.

—Es posible. Voy a girar para echar un vistazo. Los demás, que sigan su rumbo. Si nos separamos, nos reencontraremos en nuestras coordenadas.

—¿Necesita ayuda, señor? —preguntó Ahn.

Ridge la imaginó dando una palmadita al fusil de francotirador que llevaba en la carlinga.

—Antes, quiero ver a qué nos enfrentamos. Recuerden que llevan a tres pasajeros que tienen que llegar al punto previsto de aterrizaje. Si tenemos problemas y llegamos con retraso… no habrá problema alguno.

Los murmullos y susurros que oyó no parecían estar de acuerdo. Bueno, qué se le iba a hacer.

Ridge empujó la palanca hacia delante para situarse por debajo del resto de los aparatos y, acto seguido, giró hacia la torre de vigilancia.

Definitivamente, no son dirigibles. Pero tampoco son algo natural, pensó Sardelle. *Son como una versión pequeña de vuestros dragones voladores, pero sin pilotos.*

¿Cómo es eso posible? ¿Será algún tipo de magia?

Ridge buscó una respuesta mientras sus ojos miraban a uno y otro lado, escudriñando el nevoso cielo nocturno. Los iskandianos no habían podido crear aparatos no tripulados ni con los cristales de energía.

No noto nada parecido a vuestros cristales, pero hay... algo.

Ese algo apareció a toda velocidad, y no por debajo, sino por arriba, dirigiéndose directamente hacia la carlinga. Era un artilugio negro de estructura cilíndrica y tres juegos de alerones paralelos, colocados uno encima del otro.

Ridge se sobresaltó, pero mantuvo la calma y viró suavemente, alejándose. Sin embargo, su calma se vio amenazada cuando oyó el sonido de una ametralladora.

No procedía del primer artilugio, sino del segundo, que también apareció por arriba, siguiendo el rumbo que acababa de trazar. Pero no tenía piloto ni carlinga. Si los hubiera tenido, los habría visto. ¿Quién demonios le estaba disparando?

—Agárrate —dijo a Sardelle.

Ridge inició un rizo como el que había hecho en el cañón de la Locura y, tras ponerse bocabajo, lo concluyó para salir detrás de los artilugios.

Sardelle se metió en sus pensamientos y habló con rapidez; probablemente, porque no quería romper su concentración.

Puedo impedir que sus balas nos alcancen, pero no podrás disparar mientras mantenga alzado el escudo mágico.

No quiero escudos.

Ridge no pudo añadir nada más porque ya podía ver el primer artilugio. No había cambiado de rumbo. Lo tenía de costado, y apretó el gatillo. Las balas salieron disparadas, con una incendiaria cada cinco. Una de ellas alcanzó su objetivo, y un destello naranja iluminó momentáneamente el cielo. Ridge alabeó y descendió, por si el segundo artilugio los tenía en el punto de mira, pero lo vislumbró a su izquierda, siguiendo el mismo rumbo que el primero.

Como ahora veía el rompecabezas desde fuera, en lugar de verlo desde dentro, Ridge cayó en la cuenta de que volaban en tándem. Resultaba interesante. Si hubieran estado juntos, habrían sido un objetivo fácil, pero no esperaba que hicieran eso. Aunque no sabía qué eran ni qué debía esperar.

El primero estaba dañado, pero seguía volando y se dirigió hacia él igual que su compañero. Esta vez, Ridge hizo un picado en lugar de un rizo y, mientras lo hacía, viró hacia atrás y niveló el aparato para echarles un vistazo al pasar por debajo de ellos.

Los artilugios volvieron a disparar, pero Ridge pensó que estaba a salvo porque sus partes delanteras no apuntaban ni hacia el sitio donde estaba ni hacia el sitio al que se dirigía, sino hacia el lugar donde había estado antes. Pero, como no veía casi nada, estuvo a punto de descubrir demasiado tarde que podían disparar en otras direcciones.

Justo a tiempo, más por instinto que por otra cosa, volvió a ascender. Las balas atravesaron el espacio que acababa de abandonar.

Vio una luz por detrás, pero hizo caso omiso y se concentró en sus extraños enemigos. Hizo otro rizo y ajustó la caída para abalanzarse sobre ellos. No tuvo piedad con el gatillo, y ametralló la parte trasera del más cercano. Tenían hélices delante, como su aparato, pero no sabía dónde llevaban el motor. ¿Tal vez lo llevaras detrás? ¿O más adelante, bajo algún tipo de blindaje? Si hubieran tenido piloto, podría haber disparado a la persona…

Esperando tener suerte, siguió ametrallando el artilugio, que alabeó y osciló intentando zafarse; pero Ridge siguió pegado a él como una garrapata al rabo de un perro. Por fin, una de las balas alcanzó algo vital. Una nube de humo negro surgió de la parte trasera, y el artefacto perdió la sustentación y cayó en barrena, haciendo espirales hacia la montaña.

Ridge no perdió el tiempo admirando su trabajo, y aceleró en pos del segundo. Los artilugios eran tan rápidos como su aparato, y más maniobrables gracias a su pequeño tamaño y a la ausencia de pasajeros, pero quien fuera o lo que fuera que los controlaba estaba acostumbrado a los movimientos horizontales, y no pensaba en las tres dimensiones que el vuelo ofrecía.

El último artilugio intentó volver a su base, pero Ridge lo interceptó y lo ametralló de nuevo. Esta vez, estalló de una forma espectacular, iluminando tanto el cielo nocturno que él tuvo que taparse los ojos con un brazo.

Eso no ha sido mi bala incendiaria, pensó Ridge.

Jaxi quería ayudar. Se ha animado, pensando que podríamos desviar algunas balas o quemarlas en el aire, pero estás demasiado versado en el arte de hacer picados y evitar que te alcancen.

Ah, eso explicaba la luz que había visto. Sardelle había desenvainado como la noche en que se enfrentó al chamán y a sus guardaespaldas de la Cofah, cuando su espada mágica derritió las balas en pleno vuelo, antes de que llegaran a ella.

Lo siento, intentaré ser menos eficaz la próxima vez.

No es necesario. Para la siguiente ocasión que entremos en batalla, te ruego que me avises si puedo hacer algo por ayudar.

Ridge sonrió, satisfecho con su tranquila reacción. Era la primera vez que Sardelle volaba, y no se había quejado ni de los rizos ni de que les dispararan. Seguramente, el coronel Matón le habría clavado las uñas en el hombro.

Durante unos instantes, Ridge se entretuvo con la idea de reclutarla para su escuadrilla, pero tendría que cambiar un montón de normas y creencias para que eso fuera posible. Entre tanto, tenían otras preocupaciones.

Puedes ayudarme intentando averiguar qué eran esos artefactos.

Desde aquí es difícil saberlo. ¿Podemos bajar y echar un vistazo a uno?

—¿Señor? ¿Va todo bien? —preguntó Ahn.

Ridge no sabía cómo funcionaba el dispositivo de comunicación, y alzó la vista esperando ver el aparato de la teniente en las cercanías, pero Sardelle y él estaban solos en el cielo.

—Dos artefactos mecánicos sin piloto han salido de la oscuridad y nos han intentado derribar —le informó Ridge.

—¿Sin piloto?

—La Cofah no tiene este tipo de tecnología —dijo Ápex—. Nosotros, tampoco; y llevamos más tiempo volando que ellos.

—Los hemos derribado, y vamos a echar un vistazo —dijo Ridge—. Salvo que Nowon sepa lo que son y quiera compartir esa información.

—No sé nada de eso —dijo Nowon, que indudablemente se había inclinado sobre el hombro de Ápex para que Ridge le pudiera oír—. Deben de ser extremadamente nuevos. Le quedaré agradecido si puede rescatar muestras y me las da.

Había algo raro en el hecho de un capitán pidiera a un coronel que recogiera muestras para él, pero Ridge se limitó a decir:

—Veré lo que puedo hacer. Encontrar sus restos en la nieve va a ser todo un desafío.

Yo te puedo llevar a uno.

¿Sí? Ridge se acordó de la avalancha de la fortaleza de las minas, cuando Sardelle salvó a unos cuantos soldados, empezando por él. *¿Porque has visto dónde han caído y tienes una fórmula matemática?*

No exactamente.

Ridge redujo velocidad conforme se acercaban a tierra. La nieve daba resplandor al paisaje, pero no veía gran cosa, y lo último que quería era sobrevivir a un ataque enemigo para quedar enterrado en un banco de nieve por prestar atención.

Está en una ladera, a sesenta metros de distancia y diez grados a babor.

Ridge tomó la dirección indicada, y Sardelle añadió:

¿Los pilotos usan las definiciones náuticas?

Normalmente, emplean las manecillas del reloj.

Ridge se inclinó hacia delante, con el arnés clavándosele en los hombros. ¿Sería el objeto negro que estaba sobre la nieve, detrás de un tronco caído?

Un destello naranja apareció en la dirección hacia la que estaba mirando. Si no hubiera visto ese mismo efecto en la carretera al norte de Pinoth, se habría alarmado, pero se limitó a decir: «gracias». La luz de Sardelle iluminaba el suelo, pero no sería visible en la distancia. Y eso era bueno, porque tampoco estaban tan lejos de ese pueblo. Por lo que él sabía, cabía la posibilidad de que hubieran enviado un pelotón en busca de los artilugios estrellados.

Aún no hay rastro de soldados, pero te avisaré si hay algún cambio.

¿Hasta dónde alcanzan tus sentidos?

Con la luz, Ridge pudo observar que la masa oscura que estaba sobre la nieve no era un tronco, sino los propios restos del artilugio. Se acercó a él y empezó a volar en círculos, buscando un sitio donde aterrizar entre los árboles de la escarpada ladera.

En general, unos cuantos kilómetros. Pero Jaxi llega hasta ochenta, y se puede comunicar conmigo a distancias aún mayores.

¿En serio? ¿Es más poderosa que tú?

Hasta su conversación de aquella mañana, Ridge pensaba que la espada era una simple herramienta, no un ser vivo; y, por supuesto, tampoco habría imaginado que fuera tan poderosa.

La respuesta a esa provocaría que Jaxi perdiera toda su timidez y se volviera de lo más petulante.

Oh, lo siento.

Ridge localizó una zona lisa a unos ochocientos metros del artilugio, donde el viento había barrido casi toda la nieve que cubría el rocoso saliente. Le habría gustado aterrizar más cerca, pero las montañas no solían tener muchos claros donde aterrizar.

Aún contaba con la ayuda de la luz de Sardelle, así que se dispuso a tomar tierra. Aunque el aparato se había mostrado poco manejable durante la escaramuza aérea, se alegró de que tuviera propulsores en las alas. Si hubiera estado en su dragón volador no habría podido aterrizar en ninguna parte, salvo en una carretera o quizá una pradera de las estepas.

Jaxi nació trescientos años antes que yo. Está muchas generaciones más cerca de los seres humanos que se atrevieron a aparearse con dragones y pasaron parte de su poder a sus hijos. Como la sangre de dragón se fue diluyendo con los siglos, los hechiceros fueron perdiendo poder. Un hechicero débil de la generación de Jaxi habría sido un usuario de la magia moderadamente fuerte o incluso muy poderoso en la mía. Creo que el chamán contra el que combatí en la montaña de Galmok es un ejemplo de hechicero poderoso de la generación actual. Le derroté, pero a mí no se me consideraba poderosa en mi generación. En cuanto a Jaxi, no puede hacer todo lo que hacía cuando era una mortal, pero sigue siendo muy competente.

Ridge aterrizó en la plataforma de piedra, derritiendo la nieve de sus grietas con los propulsores y el calor del motor. Se desabrochó el arnés, bajó del aparato y se giró con intención de ofrecer una mano a Sardelle, pero ella saltó a tierra y cayó a su lado.

—Veamos lo que hemos venido a buscar —dijo ella, con una sonrisa.

—Sí, señora.

Después de sus conversaciones mentales, hablar en voz alta casi parecía extraño; pero, como el motor estaba parado y el viento había pasado a ser una simple brisa, que la nevada suavizaba, no había necesidad de usar la telepatía.

Ridge escudriñó las estepas durante unos instantes, en busca de posibles perseguidores y, a continuación, empezó a subir por la pendiente.

—Creo que el pueblo es exactamente lo que nos ha parecido —dijo Sardelle—, un lugar sencillo y rural que tiene una torre de vigilancia por casualidad. Es posible que solo tenga uno o dos soldados.

—Uno o dos soldados pueden convocar a todo un pueblo, con sus arcos y horquetas.

Ridge puso mala cara al ver que sus botas se hundían y que la nieve les llegaba a las rodillas. Aquello iba a ser difícil, y era posible que tardaran más de lo que había imaginado. Definitivamente, no iba a poder gozar de la noche de sueño (o de montar guardia con profesionalidad) que ansiaba.

Sardelle no le discutió su afirmación. Ascendieron en silencio, aunque de un modo tan esforzado que no tardaron mucho en empezar a jadear. Ridge no estaba mal de forma, pero aquello era duro. Miraba constantemente hacia arriba, con la esperanza de divisar el trasto, pero no vieron sus restos hasta al cabo de media hora. Los tres juegos de alerones habían salido despedidos, y se habían esparcido por la ladera. El resto de la maltrecha estructura estaba semihundida en la nieve.

Ridge se secó el sudor de la frente y apretó el paso.

—Espero que Nowon agradezca sus muestras. Aunque, ahora mismo, solo me apetece cargar con un tornillo.

Sardelle aumentó la intensidad de la luz que les servía de guía, pero se apartó y dejó que fuera él quien investigara.

—Mis conocimientos de ingeniería son rudimentarios —dijo.

—Y yo que creí que era tu pasión secreta cuando me resumiste las *Teorías de Denhoft sobre aerodinámica y vuelo aerostático*...

La luz era tan potente como para que Ridge pudiera notar el rubor de sus mejillas. Y no le pareció que se debiera exclusivamente al esfuerzo físico.

Se acercó a los restos, deseoso de tocar el casco para ver si el color negro era pintura o algún metal extraño con el que no estaba familiarizado; pero, cuando ya se disponía a tocar el fuselaje, se detuvo.

—No activaré ninguna trampa o alarma mágica si lo toco, ¿verdad?

—Yo no noto nada.

—Antes no te pareció que fuera de carácter mágico. ¿Sigues pensando lo mismo?

—Bueno... no estoy segura. Noto algo que no es del todo mundano, pero no se parece a las herramientas y fruslerías que hacen los hechiceros.

Sardelle sacudió sus enguantadas manos, como si intentara encontrar el término adecuado para describir lo que sentía.

Ridge tocó el fuselaje con un dedo sin consecuencia alguna.

Envalentonado, toqueteó la estructura cilíndrica, buscando un panel. No había carlinga, pero el artilugio tampoco habría podido soportar el peso de una persona. Apenas tenía un tercio del tamaño de un dragón volador. Hasta las ametralladoras eran más pequeñas, aunque no tuvo ninguna duda de que habrían dañado su aparato si las balas hubieran alcanzado su objetivo. Sin embargo, el fuselaje parecía estar pintado, lo cual demostraba que su tesis sobre un metal extraño carecía de fundamento.

—He encontrado algo —dijo, pasando los dedos por una ranura lateral.

Sacó su cuchillo y, tras hacer palanca con él, el panel se abrió. Ridge esperaba ver un destello, algo parecido a la luz que emitía el cristal de energía de su dragón volador, pero no vio nada parecido. Había ruedas, palancas y cables que terminaban en una pequeña caja. Esta se había abollado con el impacto contra el suelo, pero consiguió sacarla, haciendo caso omiso de los cables que rompió. Luego, la abrió y se acercó a la luz de Sardelle.

En su interior, había un cristal semicircular. Era del tamaño de una uña de pulgar, y estaba montado sobre algo que le recordaba a las tarjetas perforadas que se utilizaban en algunas máquinas de Iskandia. Sin embargo, resultaba imposible de creer que la tecnología que conocía pudiera servir para dirigir esos artefactos.

Ladeó el cristal hacia la luz y se llevó una sorpresa al ver que tenía una burbuja de aire en su interior.

—Vaya.

—¿Contiene un líquido? —preguntó Sardelle.

—Un líquido rojo —Ridge se lo acercó—. ¿Es el origen de esa sensación no del todo mundana?

Sardelle asintió con asombro, mirándolo con los ojos muy abiertos.

—¿Sangre de dragón? —dijo él.

—Creo que… deberíamos analizarla antes de llegar a esa conclusión. Tu rey no mencionó nada parecido a esto en vuestra reunión, ¿no? —preguntó, extendiendo una mano hacia los restos del artilugio.

—No —dijo Ridge, guardándose la pequeña pieza. A Nowon le iba a parecer de lo más interesante—. Esperemos que Tolemek haya traído algo que sirva para analizarlo. Pero yo puedo afirmar una cosa, ahora mismo.

—¿Cuál?

—He examinado esa cosa desde el morro hasta la cola, y no tiene nada parecido a un combustible. O al menos, nada que yo pueda imaginar.

—No tengo noticia de que la sangre de dragón se usara alguna vez como combustible. Hasta la propia idea de que un dragón permitiera que usaran su sangre para algo así me deja pasmada… para algo así, o para cualquier otra cosa. Las leyendas afirman que eran los seres más formidables del mundo, además de ser arrogantes y quisquillosos por naturaleza. Dicho esto, no sé de nadie que intentara crear máquinas voladoras hace mil años. Puede que tu piloto arqueólogo sepa algo más, pero en aquella época había que estar bastante avanzado para usar lámparas de aceite de ballena en lugar de velas.

Ridge pensó que, si los espías del rey habían descubierto eso, los motivos y la urgencia de la misión estaban más que justificados.

En cualquier caso, se estaba quedando helado, así que hizo un gesto para indicar que volvían al aparato. Cuando la escuadrilla aterrizara, no se encontraría con una noche precisamente agradable; pero esperaba que la temperatura fuera varios grados más alta en los llanos de al pie de las montañas.

Mientras Sardelle y el volvían sobre sus pasos, echó varios vistazos prolongados por encima del hombro, hacia los restos del artilugio.

—¿Te preocupa algo? —preguntó ella.

—No, solo estaba pensando que nos enfrentamos a algo mucho más avanzado de lo que la Cofah haya usado nunca contra Iskandia. Si hay más máquinas como esas, podríamos tener problemas.

Mientras Ridge intentaba sofocar un bostezo tras otro, Sardelle le miraba y se frotaba los brazos, estremecida de frío. Quería mandarle a la cama o, más exactamente, al saco de dormir; pero la nieve seguía cayendo y él seguía agachado junto a Nowon y Kaika, estudiando un mapa, señalando puntos y discutiendo el plan de extracción. El resto de los pilotos estaban comprobando los aparatos, en busca de desperfectos o realizando tareas de mantenimiento. Las alas del aparato de Ridge habían recibido un par de impactos de bala durante la escaramuza con los artilugios de la Cofah.

Tras aterrizar, Sardelle había echado su primer vistazo a fondo a los capitanes de la unidad de élite, pero ellos se habían limitado a dedicarle unas cuantas miradas de curiosidad y leve desconfianza. Los pilotos también la miraban con recelo. Ridge había encargado una misión a Pato, así que no estaba presente, pero Ápex no dejaba de fruncir el ceño hacia ella. Todo el mundo se estaría preguntando en qué estaba pensando el coronel cuando decidió llevarla; sobre todo, teniendo en cuenta la poco ortodoxa forma en que se había sumado al grupo. Sardelle había reflexionado sobre el modo de demostrar su valía al rey de Iskandia, pero tal vez fuera mejor que empezara con ellos.

¿Sin revelar lo que eres?

No sé, Jaxi.

Mientras Ridge y los demás trabajaban, Sardelle se puso a deambular cerca de Tolemek, porque quería conocer su opinión sobre el líquido atrapado en el cristal. Era curioso que el pirata fuera la persona con la que más cómoda se sentía, descontando a Ridge. Unas semanas antes, jamás habría creído que establecerían algún tipo de relación; pero, como era el único civil del grupo, se sentía cerca de él... aunque también podía ser porque las miradas que le lanzaban Ápex y los capitanes eran aún más oscuras que las que recibía ella. Ahn era la única persona que no lo asociaba al Ejecutor.

En ese momento, Tolemek estaba arrodillado en una zona de tierra desnuda, con un farol a su lado. Había estado buscando algo en una de sus bolsas, y empezó a ensamblar un objeto.

—¿Es un microscopio? —preguntó Sardelle cuando ya había encajado algunas piezas.

—Sí, uno muy pequeño y con poca potencia. Habría traído otro tipo de equipo, pero cierta persona me impuso unas restricciones severas por el problema del peso —replicó Tolemek, que no miró a Ridge, sino a la teniente.

—No es culpa mía que tus músculos pesen tanto —declaró Ahn—. Deberías alegrarte de que el motor no se sobrecargara. Nos habríamos estrellado en Hariti.

—Sí… mi descomunal musculatura es una sempiterna carga. Me extraña que pueda entrar por las puertas sin tener que ponerme de lado.

—Bah, solo está de mal humor porque no se ha podido traer todos sus matraces, tubos de ensayo, crisoles y serpientes.

—¿Serpientes?

—Y arañas. ¿No ha visto sus terrarios?

—No, no he estado en su laboratorio.

—Mi ayudante me ha asegurado que cuidará de mis bichos —dijo él, sacando una platina de una caja—. Lo que más echo de menos en este momento es el quemador Micon. Sirve para esterilizar, quemar y calentarme las manos cuando tengo frío —Tolemek hizo una mueca y dobló los dedos. Se había quitado los guantes para poder montar el microscopio—. Zirkander, ¿puedo romper el cristal?

Tolemek alzó la placa donde estaba montado.

—¿Nowon ya ha examinado la pieza? —preguntó Ridge.

Antes de que Tolemek pudiera responder, el capitán se presentó al trote y se arrodilló junto al microscopio. Tolemek le dio el cristal con el encerrado líquido, y manipuló los ajustes del aparato mientras Nowon estudiaba el objeto a la luz.

—Parece interesante. Si esto es lo que están haciendo con la sangre de dragón, no tiene nada que ver con lo que mi hermano creía. Lo que sí mencionó es que querían hacer armas con ella; pero la última vez que hablamos al respecto, estaba convencido de que la Cofah pretendía inyectársela a seres humanos para mejorar sus aptitudes y, tal vez, darles el poder de los hechiceros de antaño.

—Puede que lo intentaran y fracasaran —dijo Tolemek.

El pirata recuperó la pieza, clavó una aguja en la parte de atrás y extrajo parte del líquido del cristal sin romperlo.

—O puede que sigan teniendo los mismos prejuicios contra los hechiceros que tenían sus ancestros —comentó Sardelle—. Gracias a mis investigaciones, he descubierto que la Cofah hizo una… purga parecida a la de Iskandia.

Sardelle tragó saliva para deshacer el nudo de emoción que se le había hecho en la garganta, recordándose a sí misma que eso era historia antigua para aquellas personas, y que ninguno podía saber lo reciente que le parecía a ella. Ninguno, menos Ridge, a quien sorprendió mirándola desde el otro lado del campamento, con ojos llenos de cariño y comprensión.

—Suponiendo que sea posible que un ser humano consiga poderes con una inyección de sangre de dragón, aunque no sé si el sistema inmune aceptaría semejante sangre —prosiguió Sardelle—, es posible que la Cofah tenga miedo de crear hechiceros y provocar su propia destrucción… o quedar sometida a ellos.

Nowon la miró con intensidad y dijo:

—¿Cuál es su especialidad?

El quién era ella y qué estaba haciendo allí estaba implícito en su pregunta.

—Soy estudiante de Medicina e Historia.

Sardelle miró al teniente Ápex, quien la tenía por lo que Ridge le había dicho, una arqueóloga. ¿Desconfiaría más de ella tras saber que también era sanadora e historiadora?

Sin embargo, Ápex no la estaba mirando a ella. Miraba el microscopio, con el ceño fruncido.

—¿No estamos dando por sentado demasiado pronto que eso es sangre de dragón? No veo de dónde la habría haber sacado la Cofah, salvo que hayan encontrado dragones, algo altamente improbable.

Sardelle pensó que sus arqueólogos o mineros habrían desenterrado algún tipo de ánfora sellada. Pero, aunque una persona de doce siglos atrás hubiera encontrado un dragón muerto y le hubiera sacado la sangre por algún motivo, era imposible que la sangre siguiera siendo viable.

—Voy a echarle un vistazo, aunque confieso que desconozco si la sangre de dragón es distinta a la sangre humana a nivel microscópico —dijo Tolemek—. Ni la he visto nunca ni he encontrado descripción alguna en los manuales. Los dragones son anteriores a la ciencia moderna, y puede que también fueran anteriores a la primitiva.

Sardelle se sorprendió mirando por encima del hombro de Tolemek mientras él miraba por el microscopio. Nowon hizo lo mismo que ella. Y hasta Ridge se acercó, aparentemente más interesado en el resultado que en su mapa.

—Qué interesante, las células siguen vivas —anunció Tolemek—. No tienen núcleo, así que no puede ser ni sangre humana ni de ningún mamífero. Son grandes, aunque eso no significa necesariamente nada. Las ranas tienen células de mayor tamaño que las humanas.

—¿No hay nada que apeste a magia? —preguntó Ahn.

—Hay anomalías. Para contestar a tu pregunta, tendrías que explicar qué entiendes por magia.

—Mejunjes raros de destello macabramente azul que sigue brillando de noche cuando se apagan las luces.

Tolemek entrecerró los ojos.

—Te aseguro que no hay nada mágico en el Emplasto de iluminación n.º 4. Brilla porque lleva plancton bioluminiscente. Capturé los dinoflagelados en vuestro propio puerto.

Nowon y Ridge cambiaron de posición, incómodos, y Ápex frunció abiertamente el ceño; tal vez, por la conversación sobre la magia o, tal vez, por el recordatorio del talento científico de Tolemek y de lo que había hecho con él en el pasado. Pero Ahn notó sus reacciones, y deseó no haber sacado el tema.

—Es como un tarro lleno de luciérnagas —intervino Sardelle.

A pesar de lo dicho, Sardelle sospechaba que Tolemek había añadido algo mágico sin ser consciente de lo que hacía (había encontrado pruebas de ello en varios inventos suyos), aunque solo fuera para que el plancton viviera indefinidamente. Al igual que ella, tenía que andar con pies de plomo en el mundo moderno.

—Ah —dijo Ridge—, pues sería una luz de lo más útil.

Tolemek volvió a hurgar en su bolsa.

—Analizaré la sangre en busca de corrientes eléctricas o cargas de algún tipo que puedan sugerir la presencia de... propiedades mejoradas.

—Ya las hemos visto en los artilugios que nos han disparado —le recordó Ridge—. ¿O no cree que eso sean propiedades mejoradas?

—Es posible que alguien usara la magia para controlar los artilugios desde lejos —replicó Tolemek, que sacó un dispositivo similar en aspecto y tamaño a una brújula grande, pero con pernos para enganchar cables.

Ridge miró a Sardelle a los ojos. Ella sacudió la cabeza una vez. Si alguien hubiera controlado los artilugios por medios mágicos, lo habría notado.

Tolemek conectó unos cables al artefacto.

Es un galvanómetro, dijo Jaxi.

¿Cómo lo sabes? ¿Te has metido en sus pensamientos?

Por supuesto que no. Simplemente, soy una estudiosa de la ciencia.

Y de máquinas que no estaban inventadas la última vez que vagamos por el mundo.

Hace semanas que nos liberamos de nuestro encierro. No es culpa mía que no te hayas molestado en ponerte al día y recibir una educación moderna.

¿Por qué será que no te creo, Jaxi?

No tengo ni idea, pero eso es sangre de dragón. Es tan indiscutible como que yo soy una poderosa hechicera que reside en una espada... Si tenéis alguna duda sobre esas cosas, preguntadme a mí. Y, por cierto, deberías impedir que siga trasteando con eso.

¿Qué me dices? ¿Por qué?

Antes de que Jaxi pudiera contestar, una de las terminaciones metálicas de los cables de Tolemek rozó la sangre que estaba en el portaobjetos del microscopio. Se oyó un chisporroteo, el ambiente se cargó de electricidad y Tolemek salió disparado a varios metros de distancia, derribando a Ridge antes de caer de espaldas. Su ya revuelto cabello se le había puesto de punta en todas las direcciones, como si le hubiera alcanzado un rayo. Tenía los ojos muy abiertos, como si estuviera pasmado.

Pasmado… o muerto.

Temiendo que el corazón se le hubiera detenido, Sardelle corrió a su lado y le puso una mano en el pecho. No se le había detenido, pero los latidos eran rápidos y erráticos. Sardelle no era precisamente experta en curar a personas electrocutadas, pero hizo lo posible por relajar el músculo y devolver sus latidos a la normalidad. Por suerte, el cuerpo de Tolemek demostró que se podía recuperar sin demasiada intervención externa. Soltó un grito ahogado y parpadeó varias veces.

—¿Se encuentra bien, señor? —preguntó Ápex.

Ápex y la capitana Kaika se habían acercado a Ridge, y los dos le ofrecieron una mano para ayudarle a levantarse. Ahn, que ya estaba al lado de Tolemek, frunció el ceño con preocupación y le agarró una mano al mismo tiempo.

—Sí, perfectamente, gracias.

Ridge echó los hombros hacia atrás, se sentó y apoyó un codo en una rodilla. Luego, esperó a que Tolemek levantara la cabeza, demostrando estar vivo, y añadió:

—¿Debería sentirme celoso? Te has acercado a él antes de acercarte a mí.

Sardelle pensó que Ridge no habría tenido muchas oportunidades en la vida de sentirse celoso; por lo menos, por mujeres que eligieran a otros hombres en lugar de elegirle a él.

—Por lo que me has contado tú mismo, y por lo que he oído a tus oficiales superiores, si me cayera a tu lado cada vez que alguien te derriba y acabas sobre tu pompis, tendría las rodillas completamente desolladas.

—Sí, puede que sea cierto —dijo Ridge.

—¿Pompis? —dijo Kaika, sonriendo con incredulidad—. ¿Quién dice eso?

—Es muy educada —observó Nowon.

—Se llama tener modales y educación —dijo Ridge, levantándose—. A diferencia de casi todos los soldados que conozco.

Sardelle arqueó una ceja. Estaba acostumbrada a los soldados, y sabía que solían utilizar términos anatómicos diferentes a los suyos, pero era la primera vez que se burlaban de ella. Se preguntó si eso significaba que empezaban a admitirla en el grupo o si solo habían encontrado otro motivo para considerarla una aberración.

—Mis modales son perfectamente adecuados —afirmó Nowon.

—Los míos, no —dijo Kaika.

—Eso es verdad.

—¿Te encuentras bien? —susurró Ahn a Tolemek.

Sardelle pensó que Ahn no parecía ser de la clase de mujeres que se arrojaban a los brazos de un hombre para demostrar alivio o amor (por lo menos, cuando había otras personas delante), pero aún sostenía la mano de su amante.

—Creo que sí —dijo Tolemek, rascándose la cabeza. Toda la zona donde estaba olía a chamusquina.

—Bueno, ¿qué hemos aprendido de esta experiencia? —dijo Ridge, sacudiéndose la nieve de las manos y de su... pompis—. Además de que meter una varilla de metal en una muestra de sangre rara no es una buena idea.

—Que sea lo que sea eso, su potencial energético es tremendo —contestó Tolemek.

Vaya, la marca distintiva de un científico, pensó Sardelle. Tolemek aún no estaba dispuesto a admitir que fuera sangre de dragón. Los científicos siempre necesitaban varias toneladas de pruebas antes de pasar de una hipótesis a una teoría; y aun entonces, la escribían con tiza y no con tinta.

Porque no tienen espadas listísimas que puedan decirles la verdad.

¿Cómo puedes estar tan segura de que es sangre de dragón? Podría ser algún tipo de líquido nuevo, creado por medios mágicos o tecnológicos.

Lo noto, de la misma manera que percibo si una persona tiene un ápice de sangre de dragón en sus venas. Y tú también lo podrías notar si abrieras la mente y prestaras atención.

Sardelle ya había notado algo; pero, al igual que Tolemek, no tenía prisas por aferrarse a la posibilidad de que la Cofah hubiera encontrado la forma de adquirir una sustancia que había desaparecido mil años antes.

Y tengo otra información para ti, que puedes compartir con tus nuevos amigos. Que nosotras sepamos, esa sangre de dragón no está mezclada con sangre humana.

Entonces, ¿no es el producto de la unión de un humano y un dragón?

No.

En ese momento, se oyó ruido de cascos en la oscuridad.

—Pato —dijo Ridge, incluso antes de que Sardelle pudiera extender sus sentidos en esa dirección.

Ridge corrió hasta el borde del campamento y sacudió una mano. Las oscuras formas de cinco caballos aparecieron de repente, evitando las matas de hierba seca que sobresalían en el nevado suelo. Todos tenían sillas de montar, pero solo uno llevaba un jinete.

El teniente Pato desmontó y saludó a su oficial superior. Sostenía las riendas de su montura, pero el resto de los animales se habían limitado a seguirle.

—Le traigo lo que quería, señor.

—¿Son caballos robados? —preguntó Sardelle.

En principio, no parecía posible que el teniente de grandes orejas y enorme sonrisa hubiera ido a un mercado de ganado a comprar caballos (tenía un aspecto tan iskandiano como el de ella) y, además, no eran horas de mercado.

—Prestados, señora —puntualizó Pato, muy serio—. He estado de visita en una granja de por aquí, con un par de manzanas en el bolsillo, y me he hecho amigo de este paisano —añadió, dando una palmadita al oscuro garañón—. Supongo que eso le ha empujado a seguirme cuando he abierto la puerta de su cercado. Y algunos de sus amigos le han seguido. Habrán oído lo de las manzanas.

—Y, por lo que veo, se han ensillado a sí mismos —comentó Sardelle—. Verdaderamente, resulta impresionante.

—Los caballos adoran acicalarse y tener buen aspecto cuando van a salir, señora.

—No deberías desconfiar tanto de tu regalo, Sardelle —intervino Ridge.

—¿Regalo?

—Esos tres son para ti, para Tolemek y para la persona a quien queréis rescatar.

—¿Saldremos esta noche? —preguntó Tolemek.

—Será un trayecto largo, y supongo que Sardelle y usted se tendrán que subir a un tren en algún momento —dijo Ridge—. No nos podemos arriesgar a ir volando. Esta región está muy poblada en la zona del río —Ridge señaló el mapa, que seguía extendido sobre la nieve—. Además, tendrá que encontrar el modo de llevar a Iskandia a su hermana, porque no tenemos sitio en los aparatos. Si la quiere acompañar, me parece bien, pero necesito a la teniente Ahn en el campamento, para que vuelva a casa en su aparato. No vamos a dejar ninguno en el patio trasero de la Cofah.

Tolemek se frotó la nuca. Parecía estupefacto, y Sardelle se preguntó si la descarga eléctrica había dañado algo más que su corazón.

—Señor, ¿va a permitir que se marche? ¿Y que vuelva a Iskandia cuando le parezca oportuno? —dijo Ápex—. Podría ir a un cuartel de la Cofah y contarles todo lo que sabe.

—Si intentara hablar con la Cofah, le arrojarían a un calabozo —dijo Ahn.

—Si no nos lo quitamos de encima, se quedará en el campamento, seguirá experimentando con esa sangre y nos volará a todos por los aires —comentó Ridge.

La cara de perplejidad de Tolemek desapareció, pero parecía tan sorprendido como Ápex de que le permitieran marcharse; quizá, porque no se le había ocurrido que Sardelle le estaría vigilando.

A decir verdad, ella no creía que tuviera intención de volver con los suyos (quería a Ahn, y le habían dado la oportunidad de hacer su adorado trabajo en Iskandia); pero, si se veía obligada a hacerlo, le pararía los pies.

Y, si no se los paras tú, se los paro yo, dijo Jaxi, animada.

—Cogeré lo que necesitamos —dijo Tolemek.

—Señor, me gustaría ir con ellos —dijo Ahn, señalando uno de los caballos como si estuviera a punto de correr hacia él y saltar a su grupa.

—Lo sé, teniente, pero moveremos los aparatos en cuanto el resto de marche. Hay demasiados caminos que llevan adonde estamos —replicó, refiriéndose a los caballos robados y quizá, a los dos artilugios que habían derribado—. La necesito aquí.

—Pero después, nos limitaremos a esperar a que los demás vuelvan de sus misiones, ¿no? —dijo Ahn—. Podría ayudar a mover el campamento y alcanzarles luego.

—Teniendo en cuenta que la Cofah ha conseguido tecnología nueva —dijo Ridge, haciendo un gesto hacia el sitio donde Tolemek había examinado la sangre—, no creo que podamos quedarnos varios días en el mismo sitio sin que nos detecten. Es posible que tengamos que mover el campamento todas las noches.

Ahn apretó los dientes, pero no insistió. Miró a Tolemek mientras él guardaba sus cosas y, a continuación, subió a su aparato y sacó su macuto.

Durante un momento, Sardelle pensó que Ahn desobedecería a Ridge, cargaría sus pertenencias en uno de los caballos y se alejarían al galope, pero se limitó a sacar algo del macuto y a saltar a tierra. Luego, se acercó a Tolemek, quien se echó sus rastas hacia atrás y la miró.

—Toma —dijo ella, y le ofreció un revólver con su funda—. Es un Maverick del ochenta y ocho. La pistola más certera del mundo, casi tan buena como el mejor de los fusiles de francotirador, y excelente en distancias cortas.

—¿Crees que tendré que abrirme paso a tiros para llegar a ese... hospital? —dijo Tolemek, al darse cuenta de que un par de los otros estaban escuchando.

—Podrías tener todo tipo de problemas por el camino; sobre todo, con ese pelo. Ya no pareces precisamente un soldado de la Cofah.

—Quizá debería cortármelo. Me lo has recomendado unas cuantas veces.

—He sugerido que te lo recortes, no que te lo rapes. Si estás calvo cuando vuelvas, te pondré ese emplasto lumínico en la cabeza. Venga, cógelo.

Esta vez, Tolemek aceptó el revólver.

—¿Ridge? ¿Puedo hablar contigo? —ladeando la cabeza hacia un oscuro y solitario sitio, justo detrás de las aeronaves.

Él asintió, pero tuvo que dar unas cuantas órdenes antes de unirse a ella:

—Nowon y Kaika… también hay caballos para ustedes. ¿Están seguros que no quieren que los acompañe ninguno de mi grupo?

—¿Se está ofreciendo voluntario, señor? A fin de cuentas, ha sido usted quien ha expulsado a nuestro coronel.

Kaika lo dijo en tono de broma, pero Sardelle miró a Ridge porque le desagradaba la idea de se dirigiera a una instalación secreta e indudablemente bien vigilada de la Cofah mientras la mandaba a ella a otra misión.

Nowon alzó los ojos al cielo.

—No tengo las habilidades especiales que tienen los demás —contestó Rige—. Solo vuelo y disparo a objetivos concretos.

—No necesitamos ayuda extra —dijo Nowon, y Kaika no se lo discutió.

—Es su misión —declaró Ridge, aunque miró a Sardelle con expresión pensativa.

¿Quieres que vaya con ellos? Supongo que Tolemek puede liberar a su hermana por su cuenta.

Ridge se sorprendió un poco al oír su pregunta telepática, pero se recuperó enseguida.

Me gustaría que fueras con ellos, pero no parece que quieran ayuda. Además, puede que no se sintieran cómodos con la ayuda que tú les puedes proporcionar. Hasta yo tardé en acostumbrarme a la idea, y eso que soy un hombre de mente deliciosamente abierta.

Sí, claro que lo eres. Estuviste a punto de desmayarte cuando te mencioné la posibilidad de que nos comunicáramos por telepatía.

Desmayarme no es lo estaba en mi mente aquella noche. Ridge le guiñó un ojo. *Pero volviendo a este asunto... Sé que Ahn confía en Tolemek, pero no me agrada que se marche solo. Tú eres la única persona a la que no se atrevería a traicionar si sintiera esa tentación.*

No soy yo, sino Jaxi. Ya le ha amenazado un par de veces. Es de lo más educado con ella.

Tampoco te traicionaría a ti. Te mira con respeto y con cautela.

Mientras Sardelle se preguntaba si estaba o no de acuerdo con su afirmación, Ridge se volvió a dirigir a los capitanes:

—Estaremos esperando dentro de tres noches en las coordenadas que he señalado en el mapa; salvo que el lugar se vea comprometido, en cuyo caso esperaremos en el río Miarga. Pero, si también nos vemos obligados a abandonar esa posición, lancen una bengala cuando lleguen al río. Estaremos atentos, y les iremos a recoger.

—Comprendido, señor —dijeron Kaika y Nowon al unísono.

Los capitanes recogieron rápidamente sus macutos. Nowon salió del campamento como una silueta oscura y silenciosa, sin hablar con nadie; en cambio, Kaika dio unas palmadas a Ahn y Pato cuando pasó ante ellos, y dijo:

—No echéis demasiadas siestas mientras esperáis en retaguardia, niños.

—¿Niños? ¿Siestas? —Pato se levantó y se puso muy recto—. He tenido que recorrer media campiña, buscando como un mapache de caza, para conseguir los caballos. Y te he traído en mi aparato mientras tú dormías en el asiento de atrás.

Kaika siguió andando, y se limitó a despedirse con la mano, sin hacerle caso. Pero se detuvo delante de Ápex, que estaba entre las sombras, de pie, lanzando furtivas y amenazadoras miradas a Tolemek.

—¿Siempre eres tan cascarrabias, teniente? Llevas la jeta de mi abuelo desde que te conocí. Él tiene colitis. ¿Cuál es tu excusa?

Ápex abrió y cerró la boca un par de veces. ¿Aturdido, quizá? Sardelle no había visto que Kaika y Ápex hablaran demasiado. Pato parecía ligeramente encaprichado de Kaika, pero una de dos: o Ápex no había notado que Kaika era una mujer con algunas curvas bajo su uniforme, o no le importaba.

—No soy un cascarrabias. Solo estoy… preocupado.

—Pues tranquilízate un poco, anda.

Kaika le dio un beso en la mejilla y se fue hacia donde estaban los caballos.

Esta vez fue Pato quien abrió y cerró la boca un par de veces antes de balbucear:

—¿Qué acaba de pasar?

—Que a la capitana Kaika le gustan más los gruñones que los caballos —dijo el coronel.

Ridge se dirigió entonces hacia Sardelle, dando la espalda a los dos tenientes. Pato daba la impresión de querer estrangular a Ápex, y Ápex seguía sumido en la confusión.

—¿Aún quieres hablar conmigo? ¿O ya lo hemos hecho? —preguntó Ridge en voz baja, señalando primero sus ojos y luego, los de Sardelle.

Sardelle le cogió de la mano, consciente de que estaba tan oscuro que nadie se daría cuenta, aunque a Ridge nunca le había molestado que le demostrara afecto delante de los suyos.

—¿Qué quieres que haga si Tolemek encuentra un transporte alternativo para volver a Iskandia con su hermana? ¿Quieres que me quede con ellos? ¿O que vuelva contigo?

Ridge se giró hacia los caballos, donde Tolemek estaba terminando de guardar sus cosas. Los capitanes ya se alejaban en la distancia.

—Si tuviéramos alguna forma de comunicarnos… el alcance de esa cosa mental es corto, ¿no? Creo recordar que dijiste eso.

—En mi caso, sí; aunque Jaxi puede comunicarse conmigo a trescientos kilómetros de distancia, por lo menos.

—¿Podría hacer lo mismo conmigo?

No, salvo que tenga sangre de dragón en sus venas y consiga que su recepción mental sea vagamente superior a la de una piedra.

—Jaxi dice que lo duda.

Jaxi hizo un ruido ofensivo en su cabeza, a medio camino del resoplido y un episodio de flatulencia.

¿Un episodio de flatulencia? La capitana tiene razón. Eres demasiado fina.

Kaika no dijo eso.

Pero lo estaba pensando.

—Podría dejarte a Jaxi —dijo Sardelle, proponiendo una idea que en ese momento no le resultó nada repulsiva.

¿Cómo? Te vas a meter en territorio enemigo con un pirata. Puede que me necesites.

Ridge frunció el ceño, tan dubitativo como Jaxi.

Estoy segura de que sabré defenderme sola con mis escasas habilidades. Y, por otra parte, si la Cofah descubre a Ridge y a los suyos, solo se podrán defender con armas mundanas.

—De ese modo, nos podríamos comunicar a través de Jaxi y, si tienes algún problema, me podrías avisar —Sardelle pensó que, en ese caso, volvería a su lado inmediatamente—. Es posible que los artilugios de esa torre de vigilancia no sean sino un ejemplo de lo que están haciendo con la sangre de dragón.

—Bueno, a mí no me importaría, pero odio dejarte sin ella —dijo Ridge.

Sardelle se desabrochó el cinturón de la espada y se lo dio. Y estuvo a punto de reír, porque le había parecido gracioso que Ahn diera a Tolemek su arma preferida. ¿En qué se diferenciaba lo suyo?

En que yo podría partir el revólver preferido de Ahn con un simple pensamiento.

Ahora era Jaxi quien parecía de mal humor. Lástima que Kaika no estuviera allí para besarla.

Oh, qué miedo me das.

—¿Alguna instrucción especial? —dijo Ridge, aceptando el cinturón con desconfianza.

—Sí, que no la dejes debajo de una cama.

—¿Tengo que ponerme el cinturón, o le parecerá ofensivo? Si lo prefiere, puedo dejarla en la carlinga de mi aparato.

—Llévala contigo adonde vayas, por favor. Como ya has visto, Jaxi sabe cuidar de sí misma… por lo menos, lanzando cacerolas y cuadros.

Discúlpame, pero solo fui responsable de dos cacerolas. Y no tiré ningún cuadro. El resto fue cosa de las ladronas. Será mejor que te lleves ese libro y averigües quién es esa gente antes de volver a Iskandia.

No estoy segura de que vuelva. O de que me quede mucho si vuelvo.

Sardelle sonrió a Ridge, intentando que su sombrío pensamiento no se reflejara en su rostro:

—Me llevaría un disgusto si perdieras a Jaxi.

Ridge cerró sus manos sobre las de ella.

—Lo sé.

¿Qué quieres decir con eso de que no estás segura de que vuelvas?

Aún no lo he decidido, pero es lo que hablamos antes. Tengo miedo de haber complicado la vida de Ridge, y de un modo positivo.

—La mantendré a salvo.

Ridge bajó la cabeza y la besó con suavidad, envolviéndola con su cariño como un manto en una noche fría. Hizo que el corazón se le encogiera, y que los ojos se le llenaran de lágrimas.

Temiendo que Ridge lo notara, Sardelle rompió el contacto y dio un paso atrás.

—No quiero retrasar a Tolemek. Viajar de noche será más fácil.

Sardelle dio un paso, pero se detuvo, alzó una mano y le acarició la mejilla, como grabando el contorno de su cara en las yemas de sus dedos.

—Que tengas buen viaje, Sardelle.

Ridge lo dijo con un fondo de preocupación, y ella se dio cuenta de que no era solo por el viaje que tenía por delante, sino porque su comportamiento le parecía extraño.

—Tú también —replicó en voz baja.

Ya se lo explicaría después. Aquel no era el momento adecuado.

CAPÍTULO **8**

La primera luz del alba entró por las grietas de los tablones del tren de mercancías. Era la segunda mañana desde que Sardelle y Tolemek habían dejado a Ridge y los demás. Ella estaba apoyada en la pared, con los ojos cerrados y los sentidos, abiertos. Habían dejado el campo atrás, y ahora se encontraban en Mason Valley, una ciudad muy poblada, el lugar donde estaba el sanatorio.

El vagón estaba lleno de ganado y, durante las horas que llevaban allí, Tolemek se había quedado atrapado un par de veces entre las peludas bestias. La culpa era suya, por intentar pasear en un espacio tan abarrotado. Sardelle no se había movido de su sitio, y los animales la dejaban en paz, pero él iba de un lado a otro, mordiéndose los nudillos. Estaba tan distraído que hasta pedía disculpas a las grandes reses cuando se tropezaba con alguna de ellas. O quizá fuera más educado de lo que Sardelle creía.

En cualquier caso, con ella no hablaba tanto. Y, aunque estaba encantada de concederle un poco de intimidad, necesitaba conocer sus planes, si es que tenía alguno.

—¿Nos dejarán entrar si olemos a vacas? —preguntó contra el traqueteo de las ruedas del tren.

—¿Cómo? —dijo Tolemek, alzando la cabeza de tal manera que sus oscuros mechones de pelo le ocultaron parcialmente la cara.

La luz era tan escasa que Sardelle no pudo ver su expresión, pero captó el nerviosismo que emanaba su cuerpo y algunos pensamientos que se dejaban entrever. ¿Seguiría allí su hermana? Hacía tres años que no la veía. ¿Les dejarían entrar? ¿Quería marcharse con él si seguía estando allí? Si su padre la había estado visitando, podría haberle contado todo tipo de mentiras sobre él. De mentiras, o de verdades; era igual de malo. ¿Se acordaría de él? La última vez que la había visto tenía algunos momentos de lucidez. ¿Qué pasaría si había empeorado desde entonces?

—Has pisado al menos tres boñigas de vaca durante tus paseos —dijo Sardelle, pensando que agradecería una distracción entre tantas cavilaciones—. Y los dos olemos que da gusto.

Él se la quedó mirando, aparentemente inmune a su intento de distraerle. A ella no le sorprendió. Nunca había sido la chistosa de la clase cuando estudiaba.

—No tengo intención de plantarme ante el mostrador de recepción y pedir permiso para verla —replicó Tolemek.

—Ah, ¿no?

—Hay unas cocinas en la parte trasera del edificio. He pensado que podemos entrar por su puerta, subir a la segunda planta, localizar su habitación y…

—¿Raptarla? —sugirió Sardelle.

—Solo será un rapto si ella no quiere venir —dijo, alzando los ojos hacia el techo de madera del vagón—. Y me temo que es posible.

—Creí que os llevabais bien.

Sardelle comprendía sus preocupaciones, pero pensó que se sentiría mejor si las expresaba en voz alta.

—Y es cierto. Cuando mi hermano murió… —Tolemek suspiró—. Bueno, eso ya carece de interés. Lo que importa ahora es encontrarla y ver cuánto queda de… de ella.

Sardelle supo que había estado a punto de decir «de su cordura».

—Por si sirve de algo, no conozco muchos casos de personas que se hayan vuelto locas por tener capacidades mágicas. Puede causar cambios de humor, y también sé de gente que se suicidaba… sobre todo, cuando no habían recibido formación; pero los trastornos de personalidad y los desórdenes mentales son poco comunes o, por lo menos, no más habituales que entre los mundanos.

—¿Se supone que eso debe animarme? —bramó él.

Ella retrocedió, sobresaltada por su ira. Y entonces, se dio cuenta de que solo se había quedado con una de sus afirmaciones: la de los suicidios.

—Lo siento —continuó Tolemek, bajando la cabeza para enfatizarlo—. No tengo derecho a ni a ladrarte ni a cuestionarte.

Sardelle sacudió una mano.

—Por supuesto que sí. Solo soy una persona.

Él sacudió la cabeza.

—No, no lo eres. Sin embargo, agradezco que hayas venido conmigo. Y que Zirkander lo organizara. Francamente, no me lo esperaba.

—Cuando salvaste la ciudad, te di mi palabra de que te ayudaría.

—Lo sé, pero estabas desesperada. Y la mayor parte de la gente no mantendría una palabra dada al enemigo; sobre todo, tratándose de…

Tolemek extendió una mano hacia ella.

—¿Insinúas que, como soy una hechicera, no cumplo mis promesas?

—Bueno, nadie te podría hacer nada si las incumplieras.

—La integridad es particularmente importante en esos casos, ¿no crees?

Sardelle frunció el ceño. Le molestó que tuviera tan mala imagen de ella, aunque quizá fuera de las hechiceras en general. ¿Habría hecho algo para merecérselo? Sabía que, a veces, la gente malinterpretaba su actitud reservada y la tomaba por indiferencia o desinterés, pero se equivocaban.

—No soy la persona más adecuada para juzgar la integridad de otros —replicó con frialdad.

Ah, quizá fuera eso lo que estaba detrás de sus afirmaciones… sus errores pasados. ¿Se creería indigno del afecto de nadie?

—Fue la magia lo que desequilibró a mi hermana —dijo Tolemek—. Estoy seguro de ello. Le hice todas las pruebas que conozco, y no encontré ninguna razón normal que explicara su cambio.

—La mente es un órgano complicado. Puede que la ciencia haya avanzado mucho en los últimos siglos, pero creo que tienen que pasar muchos más antes de que el cerebro se entienda por completo.

Tolemek se movió para evitar a una vaca inquieta que le podría haber aplastado un pie con un simple paso en falso.

—¿Cuándo cambió tu hermana? ¿Fue una niña normal?

—Poco convencional, pero esencialmente normal, sí.

Sardelle habría apostado cualquier cosa a que su familia también le habría descrito a él como poco convencional.

—Fue después de que muriera nuestro hermano mayor, y de que yo renunciara a mis sueños y me alistara en el ejército para satisfacer a mi padre. Volví de permiso cuando tenía… no sé, veintiún años más o menos. Como nos sacamos doce años, ella tenía nueve para entonces. Se acordaba de mí, pero hablaba sola cuando no había nadie cerca. A veces, parecía que estaba hablando con alguien. Ya tenía algunos poderes… cuando se enfadaba, podía tirar cosas con la mente, y mis padres se empezaron a asustar. Mi madre tenía miedo de ella, pero mi padre tenía más pánico de lo que los vecinos pudieran decir.

—Parece un hombre encantador.

Sardelle se preguntó si Ahn y Tolemek habrían compartido historias de sus respectivos padres. De ser así, quizá había facilitado su relación.

En ese momento, sonó el silbato del tren. El vagón se estremeció cuando la locomotora redujo velocidad.

—Deberíamos bajarnos antes de que se detenga. Será menos probable que nos vean.

Tolemek miró la puerta corredera del lateral del vagón. Entre ella y él había cinco o seis reses, pegadas las unas a las otras. Era extraño que un científico que había inventado un sinfín de astutos dispositivos y mejunjes pareciera asustado de unos animales; pero no se podía negar que eran grandes y que tenían tendencia a lanzarles miradas tan intensas como poco amistosas.

Ella las acarició suavemente con el pensamiento, y las reses se apartaron para dejarla pasar. Tolemek siguió sus pasos.

Sardelle abrió la puerta, revelando los almacenes y fábricas de la parte inferior del valle y las laderas salpicadas de casas. Aún no había amanecido del todo, y las farolas de la ciudad seguían encendidas, aunque la gente ya había empezado a salir a la calle, por donde caminaba o montaba a caballo. Los vagones del mercancías no tenían luz, y Sardelle pensó que era poco probable que alguien viera la puerta abierta. En cuanto la velocidad del tren se redujo lo necesario para no romperse ningún hueso al saltar, Tolemek se lanzó a la grava de las vías. Sardelle saltó después, y cerró la puerta con un chispazo de su mente, para que las reses no se escaparan; y, justo entonces, se alzó una voz sobre los resoplidos del tren:

—¡Polizones!

Un perro soltó un ladrido ronco que debía de significar algo parecido.

—Corre —dijo Tolemek.

Tolemek corrió por la grava, hacia una verja coronada de alambre de espino. Al parecer, los de la Cofah se tomaban muy en serio lo de impedir que sus reses se escaparan.

Como era más alto y más atlético que ella, trepó hasta lo alto de la verja y la saltó sin que el alambre de espino le supusiera un gran problema; pero, cuando Sardelle llegó al pie de la verja y se dispuso a imitarle, se oyeron los primeros disparos. De hecho, una bala rebotó a escasos centímetros de sus pies.

—Al infierno el trepar —se dijo en voz baja.

Sardelle extendió una mano y rajó la red metálica con su mente, alzando un escudo mágico a su alrededor por si le volvían a disparar.

Sin embargo, el tiro siguiente sonó a un metro de distancia: era Tolemek, quien disparó hacia el guardia que corría hacia ellos. No le alcanzó (la bala resonó al impactar contra el lateral del tren, que seguía en movimiento), pero el guardia titubeó, comprendiendo quizá que no se enfrentaba a un par de niños desarmados.

Sardelle se metió como pudo por el agujero de la verja y corrió hasta una callejuela. Para entonces, Tolemek ya la estaba esperando allí, pero empezó a andar en cuanto ella llegó a su altura, y sus zancadas eran tan grandes que Sardelle tuvo que esforzarse para seguir su ritmo.

—¿Eso ha sido porque ha visto mi piel pálida? ¿O es que siempre disparan a los polizones? —preguntó ella.

—Viajar sin pagar billete es un delito. Supongo que solo intentaba asustarnos, pero no estoy seguro.

Avanzaron tres manzanas más y, a continuación, Tolemek tomó una ancha calle residencial flanqueada de farolas de gas. En realidad, no eran de gas, sino de queroseno, pensó Sardelle. Aparentemente, la iluminación por gas aún no era tan común en las ciudades de la Cofah como en las de Iskandia.

Una carreta tirada por un burro pasó por delante de ellos, y Tolemek redujo el paso, enfundó su pistola y la disimuló bajo el abrigo.

—La teniente Ahn estaría decepcionada contigo —dijo Sardelle, intentando recuperar el aliento.

—¿Por haber disparado a alguien con su revólver? Creo que me lo dio para eso.

—No, por haber fallado.

—Ah, ha sido a propósito. Preferiría que esta misión no acabe con un montón de cadáveres. Mi hermana siempre fue un alma gentil, aunque de vez en cuando, en sus momentos de locura, hiciera daño a algunas personas. No le gustaría ser liberada por medios violentos.

—Me alegro —dijo Sardelle. Siempre había sido enemiga de la Cofah, pero no estaba enemistada con sus ciudadanos, sino con su Gobierno y sus militares—. Y agradezco que me cubras las espaldas.

Sardelle habló en voz baja, porque había gente en la calle y se quedarían indudablemente extrañados si oían un acento de Iskandia en su localidad. Además, se había puesto la capucha de la capa, y llevaba guantes para ocultar sus claras manos.

Tolemek la miró de reojo.

—Sospecho que te habría ido bien sin mi ayuda. De hecho, he notado que… has hecho algo —dijo él, con un tono raro de voz.

Sardelle le había dado unas cuantas lecciones en la cabaña de Ridge para que empezara a desarrollar su talento mágico, pero Tolemek aún no se había acostumbrado ni a usar dicho talento ni a la propia idea de que tuviera talento. Habilidades mundanas al margen, claro.

—He cortado la verja y he creado una barrera invisible para protegerme de las balas y no pincharme con la red metálica —le explicó ella.

Tolemek sonrió y alzó una mano. No había luz suficiente para distinguir los detalles, pero Sardelle creyó ver una mancha oscura en su palma. ¿Sería sangre? Al parecer, no había saltado sobre el alambre de espino con tanta soltura como creía.

—El sanatorio está ahí, en esa colina.

Tolemek señaló un edificio de piedra gris que estaba encaramado en lo alto de la colina, al final de la zona residencial. Dos oscuras torres se alzaban como gárgolas que vigilaran el valle.

—Tiene más aspecto de prisión que de hospital.

—Ahora sabes por qué odiaba la idea de que mi hermana acabara ahí.

La mente de Tolemek se volvió a llenar de pensamientos sobre su padre, incluida una violenta disputa que terminó a golpes. Sardelle lo notó y derivó su atención, concentrándose en la gente que pasaba. Necesitaba saber si alguna de esas personas había visto algo raro en ellos. Mason Valley no era una ciudad pequeña, pero tampoco ofrecía el anonimato de una metrópoli. Sin embargo, la mayoría estaba más preocupada por llegar al trabajo que por mirar a un par de desconocidos.

Subieron por un camino de tierra que ascendía por la pendiente en zigzag. Las calles de la ciudad estaban limpias de nieve, pero allí no la habían retirado, y los únicos sitios que estaban libres de ella eran las embarradas rodadas que habían dejado los carros.

Sardelle miró las torres. No notó que hubiera nadie; pero, a pesar de ello, formuló la pregunta que rondaba su cabeza:

—¿Habrá alguien de guardia? ¿Nos verán llegar?

—Lo dudo. Antiguamente, era un castillo, y tiene espacios para guardias… pero nunca vi a nadie ahí arriba. Los guardias están dentro, vigilando los pasillos. El peligro de que alguien intente entrar sin permiso es inferior al de que los pacientes intenten escaparse.

En lugar de dirigirse a la entrada principal, Tolemek se salió del camino, atajó por la nieve y siguió la pared del gran edificio de piedra hasta llegar a la primera esquina. Había ventanas aquí y allá, pero muy estrechas, más parecidas a las aspilleras que a otra cosa destinadas a dejar pasar la luz y el aire. Sardelle imaginó que las habitaciones (¿celdas?) no serían precisamente cómodas, y empezó a sentir un furor interno, indignada con la suerte de aquella niña, a quien su padre había encerrado en ese lugar porque le preocupaba lo que los vecinos pudieran pensar de sus inexplicables arrebatos.

Peor es que te aten piedras y te lancen a un lago para que te ahogues.

La voz de Jaxi sonó más débil de lo normal en su mente. A fin de cuentas, habían recorrido doscientos cincuenta kilómetros en el mercancías, a los que había que sumar los quince que habían hecho a caballo antes de llegar a una localidad con estación de tren.

No estoy tan segura de eso, replicó Sardelle, mirando el apagado edificio mientras Tolemek giraba en otra esquina. *¿Cómo está Ridge?*

Llorando por tu ausencia.

Sardelle bufó.

Me refería al campamento. ¿Han tenido algún problema desde que cambiaron los aparatos de lugar?

Tu viril amante ha despertado a sus tropas para que hagan ejercicio. Cuando vuelvas, su pecho estará tan duro y musculoso como siempre. Tendrías que ser tonta para no volver.

O sea, que no, que no ha habido ningún problema.

Correcto. Y en mi tiempo libre, he estado leyendo el libro que afanaste en la biblioteca.

Lo tomé prestado.

Tolemek giró al llegar a la siguiente torre, y señaló lo que debía de ser la puerta de las cocinas que había mencionado. Sardelle pensó que necesitaba concentrarse, lo cual pasaba por interrumpir su conversación con Jaxi.

Sí, igual que los caballos del teniente Pato; hay que ver cuánto cambian las definiciones de las palabras con el paso de los siglos. Por cierto, he seleccionado tres congregaciones que podrían ser las que te están causando problemas.

Ah, ¿de qué congregaciones se trata?

La Orden de las Madres de Alabastro lleva varios siglos pendiente de los soldados. Puede que tu influencia sobre Ridge haya irritado a alguna agostada madre o abuela.

Sardelle se acordó del oficial de la casa de al lado y de su entrometida abuela, pero le costaba creer que aquella mujer fuera algo más que una cotilla inocente.

¿Y las otras dos?

Tolemek se detuvo ante la puerta, sacó una ampolla y le quitó la tapa, que tenía cuentagotas.

Las Hermanas de Duramen protegen a los jóvenes de las viles insinuaciones de las dragonas desde la fundación de la orden, hace más de mil años.

Oh, por favor, como si eso hubiera sido un gran problema.

Tolemek echó algo en la cerradura de la puerta, que empezó a humear. Sardelle podría haberla abierto sin más, pero Jaxi la había distraído. Siempre convenía que los hombres se creyeran importantes, ¿verdad? Era preferible a que se sintieran innecesarios.

Al parecer, muchos hombres se iban de expedición con la esperanza de conseguir el amor de alguna dragona, dejando solas a muchas jóvenes en sus pueblos; y muchos se topaban con dragones que adoraban asar brochetas de carne humana. Eso dejaba a un montón de mujeres casaderas sin hombres con los que casarse, y también faltaban hombres para sembrar y recoger las cosechas. Ah, los dragones... menudo montón de agitadores.

Jaxi, ¿esa orden existe de verdad? ¿O me estás tomando el pelo?

Claro que existe. Es la séptima orden que aparece en el libro. Me he limitado a sintetizar lo que pone.

O sea, que lo de asar brochetas de carne humana no se menciona literalmente en el texto.

Eso forma parte de mi resumen.

Tolemek giró el pomo y abrió la puerta. Después, prestó atención a los ruidos metálicos que se oían, entró en el edificio y esperó a Sardelle. Los sonidos procedían de la parte delantera de las cocinas, y no vieron nada salvo encimeras, cacerolas enormes y neveras.

Tras abrirse camino entre cajas de patatas, manzanas y cebollas, Tolemek y Sardelle se alejaron de la zona de los ruidos, donde ahora también se oían voces. Tolemek encontró otra puerta y salió a un pasillo sin que nadie lo notara... hasta que se dio la vuelta y se chocó con alguien que estaba a punto de entrar.

—¿Quién...? —empezó a decir el hombre.

Tolemek le estampó la palma de la mano en la nariz, y el hombre retrocedió y se dio de espaldas contra la pared. Tolemek se abalanzó sobre él, sacó un pañuelo de alguna parte y se lo puso en la cara. El hombre reaccionó y empezó a lanzar puñetazos, pero sus golpes se volvieron cada vez más débiles e ineficaces. Pocos segundos después, cerró los ojos y cayó al suelo como una muñeca de trapo.

Tolemek se inclinó sobre él y le quitó el manojo de llaves que llevaba a la cintura. Sardelle no lo había visto hasta entonces. También tenía una pistola y unas esposas.

Tolemek arrastró a su inconsciente enemigo por el pasillo, pasó por delante de tres puertas y abrió la cuarta, que resultó ser el cuarto de las escobas.

—Tengo la sensación de que te has colado en muchos sitios a lo largo de tu vida —susurró Sardelle.

—En unos cuantos. Y no es la primera vez que me cuelo en este.

Tolemek echó un vistazo a su alrededor, buscando un sitio al que poder esposar al guardia. Por desgracia, no había tuberías ni barras de ninguna clase y, al final, tuvo que esposar al pobre hombre al cubo de la fregona.

Consciente de la inutilidad de lo que acababa de hacer, hizo un gesto de desdén y dijo:

—Ha respirado tanto inhalante que no se despertará hasta dentro de media hora.

Salieron del cuarto y cerraron la puerta. Sardelle inutilizó el mecanismo de cierre, con intención de ganar más de tiempo. Por si liberar a la hermana de Tolemek no era una simple cuestión de entrar y salir.

—Aún no me has dicho cómo se llama tu hermana —dijo, mientras subían por las escaleras.

—Tylie.

Tolemek se detuvo en el rellano de la segunda planta, donde escuchó y miró a izquierda y derecha. Las estrechas ventanas no dejaban entrar demasiada luz. Había lámparas de aceite en las paredes, y todas habían dejado marcas de hollín en la piedra, pero solo una de cada tres estaba encendida. Las habitaciones de aquella planta estaban muy pegadas, sin demasiado espacio entre sus recias y desnudas puertas de roble. Todas tenían un número, pero nada que identificara a sus ocupantes.

Tolemek avanzó silenciosamente por el corredor, con un vial de su mejunje anticerraduras en la mano. Entonces, oyeron un largo gemido, y Sardelle se detuvo delante de una de las puertas y puso los dedos en la madera. Sus sentidos le dijeron que el confundido y abandonado hombre del interior estaba sentado en una esquina, con las rodillas contra el pecho, meciéndose. Su mente parecía perturbada por algo más que su enfermedad, y Sardelle pensó que sus difusos pensamientos eran consecuencia de algún tipo de droga.

De repente, se le ocurrió la posibilidad de liberar a todos los pacientes del sanatorio. Pero ¿de qué habría servido? Ni podrían escapar ni cuidar de sí mismos, no en ese estado y, desde luego, ella no podía instalar un puesto de sanadora al pie de la colina.

No puedes ayudar a todo el mundo.

Lo sé.

Sin embargo, Sardelle se preguntó si podía hacer algún bien en la media hora que tenían, hasta que el guardia se despertara.

Ayuda primero al pirata. Y, por cierto, no me has preguntado por la tercera orden que podría ser responsable de la voladura del sótano del archivo. Es incluso mejor que la segunda.

Supongo que lo de «mejor» significa que es más ridícula todavía.

Qué bien me conoces.

Tolemek se detuvo ante la última puerta a la derecha y se inclinó sobre la cerradura. Jaxi siguió hablando mientras Sardelle caminaba hacia él.

La Trinidad de Daravan, fundada por tres brujas, se ha dedicado a mantener la magia en secreto a lo largo de los siglos, conscientes de que los demás las temerían. Puede que la hayan tomado contigo porque vas tranquilamente por una ciudad, agarrada a un soldado, en lugar de arrebujarte en una choza de los bosques y echar sanguijuelas y ojos de rana a un caldero.

¿La Trinidad de Daravan? Sardelle se detuvo delante de la puerta, cuya cerradura seguía echando humo. *Me suena de algo.*

Claro, porque ninguna de las autodenominadas brujas tenía ni un ápice de sangre de dragón en las venas. Creían tenerla, e hicieron todo tipo de pociones para hacer daño a la gente. Esa clase de locas son parte de la razón de que la gente tenga una imagen tan poco halagadora de las hechiceras.

¿Estás segura de que esas órdenes son las principales sospechosas de las que aparecen en el libro? ¿No las menos?

Son las únicas fundadas por mujeres y exclusivamente para mujeres. Y de las tres, la única que sigue existiendo (según se rumorea) es la Trinidad de Daravan; o, por lo menos, aún existía cuando se publicó el libro, cuya fecha de edición es de hace cincuenta años.

Que solo hayamos visto mujeres no quiere decir que no formen parte de una organización donde también haya hombres, observó Sardelle.

La mayoría del resto de las órdenes son hermandades o cofradías que únicamente admiten varones. Por lo visto, las mujeres y los hombres son incapaces de crear organizaciones comunes de carácter clandestino.

Bueno, ya lo averiguaremos después.

Sardelle tocó la puerta y preguntó:

—¿Estás seguro de que es la habitación correcta?

—No —dijo Tolemek—. Es donde estaba la última vez, pero han pasado años desde mi última visita, porque me prohibieron volver cuando irrumpí en el sanatorio y me la llevé con intención de curarla…, aunque luego descubrí que estaba fuera del alcance de mi poder.

Tolemek frunció el ceño y apretó un puño.

—No noto a nadie dentro —dijo ella.

Tolemek asintió como si pensara lo mismo.

—Nos tendremos que colar en la sala de los historiales y buscar el número de su habitación.

Sardelle no fue consciente de haber puesto una cara de extrañeza, pero debió de haberla puesto, porque él preguntó:

—¿Qué pasa?

—Nada, es que mi experiencia reciente con las salas de archivos es bastante mala.

Sardelle estaba pensando en lo que había pasado en las minas, cuando intentó convencer a Ridge, que entonces dirigía la fortaleza, de que era una prisionera de verdad; pero Tolemek asintió con solemnidad.

—He oído lo de la explosión en el edificio del archivo. Si necesitas investigar algo a partir de ahora, dímelo y lo haré en tu nombre. Puede que mi reputación se olvide con el tiempo; pero, de momento, es bastante útil cuando se trata de convencer a la gente de que me deje en paz —dijo con sorna.

La oferta sorprendió a Sardelle, pero consiguió decir «gracias» antes de que él abriera la puerta, revelando una oscura habitación que olía a pintura, a pintura fresca. Qué extraño. ¿Habrían cambiado de sitio a su ocupante para pintar después, por algún motivo?

—Tenías razón. No hay nadie.

Tolemek suspiró. La minúscula aspillera daba al norte, y la luz era tan escasa que no se veía casi nada.

Justo entonces, oyeron un estruendo en la escalera.

—Cuidado, Moshi, o me vas a tirar los huevos encima.

—Pues apártate de mi camino. Y preocúpate de tu bandeja, pedazo de patán.

—Entra —susurró Tolemek, metiéndose en la habitación.

Sardelle le siguió. Algo sonó y rodó por el suelo. Tolemek gruñó, y ella cerró la puerta rápidamente, temiendo que los guardias oyeran el ruido. Con un poco de suerte, pensarían que procedía de otra habitación.

—¿Qué es eso? —refunfuñó Tolemek—. ¿Botes de pintura?

Sardelle creó una suave bola de luz naranja, que no brillaba lo suficiente para que se pudiera ver desde el pasillo; y se quedó tan sorprendida que soltó un grito ahogado. Hasta ese momento, suponía que estaban en una habitación recién pintada, y que la habrían pintado del mismo y aburrido gris claro que decoraba las paredes del corredor, pero no.

Boquiabierta, giró sobre lentamente sobre sí misma, mirando los coloridos campos, cielos, lagos, montañas y dragones que lo llenaban todo, techo y suelos incluidos. Por lo menos había veinte dragones, que volaban, caminaban o nadaban en escenas de lo más variopinto. Todos eran plateados, y de rasgos similares: colas largas, torsos potentes, patas con garras reptilianas y alas muy parecidas a las que había visto en las ilustraciones antiguas y las pinturas de las cuevas, figuras magníficas hasta en dos dimensiones.

Pero, por bellos que fueran, el simple hecho de verlos allí le provocó un escalofrío, porque Ridge tenía la misión de encontrar sangre de dragón. Por supuesto, esa misión no tenía nada que ver con la de Tolemek y ella y, además, el rey nunca llegaría a saber lo de Tylie, pero en cualquier caso le pareció una coincidencia extraña.

La gente lleva siglos pintando dragones.

Lo sé.

Al menos, ahora sabemos que la muchacha no es de las Hermanas de Duramen. Si lo fuera, todos los dragones tendrían clavada una pica en el corazón.

Gracias, Jaxi. Eres de lo más útil.

Sardelle tocó uno de los dibujos, donde un enorme dragón la miraba desde el paisaje como si pudiera ver su alma.

—Esto es increíble. Jamás habría imaginado que tu hermana, o ningún otro paciente de este agujero inmundo, tuviera acceso a botes de pintura.

Sardelle miró a Tolemek, preguntándose si se había quedado tan sorprendido como ella o sabía lo que iban a encontrar.

—Mi padre no es tan cretino —dijo, mirando los botes de pintura con el ceño fruncido—. Le envía libros y pintura. A Tylie siempre le ha gustado el arte.

—¿Y siempre ha estado tan…? —Sardelle estuvo a punto de decir «obsesionada», pero se refrenó—. ¿Siempre ha estado tan interesada en los dragones?

—De niña, no; pero, de adolescente, sí. Ya había pintado un par de ellos la última vez que estuve de visita.

Ella apartó la vista del dragón que la miraba. Tolemek siguió escudriñando los botes, y Sardelle olisqueó el ambiente, preguntándose si serían la fuente del olor a pintura; pero no parecía que los hubieran abierto.

—Se la han llevado —dijo él, sin emoción.

—Sí, pero podemos comprobar los historiales y ver a dónde, como tú mismo has dicho.

Él empezó a sacudir la cabeza antes de que ella terminara de hablar.

—No la han trasladado a otra habitación. Se la han llevado del sanatorio. Por eso han traído botes nuevos de pintura, para tapar los murales de mi hermana. Seguro que se la han llevado.

—No puedes estar seguro de eso. La habrán cambiado a otra habitación por razones… administrativas.

Sardelle pensó que su argumento sonaba patético. Era obvio que la hermana de Tolemek había estado muchos años en esa habitación, tantos años como para pintar todo eso; y también lo era que contaba con la aprobación de su padre. Entonces, ¿por qué la iban a trasladar a otra?

—¿Crees que sabían que vendrías a buscarla? —preguntó ella.

—¿Por qué se la habrían llevado si no?

—No lo sé, pero deberíamos mirar los historiales antes de sacar conclusiones.

Él la miró un momento y asintió.

—De acuerdo.

Tolemek pasó por encima de los botes de pintura y llegó a la puerta, pero se detuvo cuando ya se disponía a poner la mano en el pomo. La madera de roble estaba pintada de un color tan vibrante como los del resto de la habitación. Y lo que había ante él era un retrato… de sí mismo.

En la imagen, llevaba el chaleco sin mangas, el colgante de diente de tiburón y las muñequeras con pinchos que llevaba la primera vez que Sardelle le vio, así como las mismas rastas negras que le caían ahora sobre la cara. Estaba contra un paisaje distinto a los demás, una densa y enmarañada selva como las del sur de Cofahre, las islas del ecuador o las de Daguboor, el gran continente del hemisferio sur.

—Tu vestimenta no ha cambiado mucho a lo largo de los años —observó ella.

Sardelle le estaba tomando el pelo, y se llevó una sorpresa cuando Tolemek se giró hacia ella con los ojos desorbitados. Su moreno rostro estaba casi blanco.

—Pero... —dijo en voz baja—. La última vez que nos vimos, yo tenía el pelo más corto, y no llevaba... —Tolemek se quedó pensativo un momento, mirando el techo—. Tenía el colgante, pero nada más.

—Ah. Algunas de las personas que tienen el don son videntes, y pueden sentir lo que pasa incluso a cientos o miles de kilómetros de distancia. Sobre todo, tratándose de seres queridos.

—¿Y qué me dices de esto?

Tolemek dio un paso atrás y señaló una zona de la puerta que, hasta entonces, estaba tapando con su cuerpo.

En la parte inferior del dibujo había frase pintada en rojo: «Socorro. Me van a llevar aquí».

El demacrado sol de la mañana se filtraba por la red de camuflaje que los pilotos habían extendido sobre sus aparatos y clavado al nevado suelo. Ridge se dedicaba a mirar el juego de sombras y luces sobre su enguantada mano mientras hacía flexiones con solo un brazo.

—Siete —dijo.

Ridge bajó el cuerpo hasta casi tocar el suelo con el pecho y, a continuación, volvió a subir.

—¿Siete? Por lo menos, diecisiete —se quejó Pato.

Pato, Ahn y Ápex estaban en semicírculo, haciendo el mismo tipo de duras flexiones.

—Las ocho que hicimos en el otro lado no cuentan —replicó Ridge.

Ridge odiaba las flexiones de un brazo como el que más, pero las de dos les resultaban más fáciles que tomar cerveza, y la escuadrilla tenía un examen físico al mes siguiente. Además, habría pecado de negligente si hubiera obviado la instrucción teniendo oportunidad para ponerse en forma; y, desde su punto de vista, tenían demasiado tiempo libre. Odiaba estar cruzado de brazos, esperando. Habían trasladado el campamento y camuflado los aparatos el día anterior. Y ahora, estaban esperando otra vez.

—Nueve, diez, once...

—¿Once? —gimió Pato—. ¿No ha dicho que solo haríamos diez?

—Doce, no recuerdo haber puesto límites. ¿Qué tal va?

Su brazo estaba empezando a temblar, pero ¿qué tenía eso de particular? Cuando hacían sesiones físicas colectivas, siempre iba más allá de lo que su cuerpo consideraba sensato. El líder de una escuadrilla no se podía permitir el lujo de quedar mal delante de sus jóvenes pupilos.

—Está tan ocupado quejándose que no puede seguir el ritmo, señor —replicó Ápex—. Y es de lo más patético, teniendo en cuenta que Ahn no se está quejando.

La teniente Ahn tenía el ceño tan fruncido que sus cejas estaban a punto de juntarse, pero no dijo nada.

—Ahn pesa cuarenta kilos —dijo Pato—. ¿Por qué se iba a quejar? Ponedle un par de ametralladoras en la espalda, y veamos si puede hacer flexiones con ese bracito.

—¿Bracito? —dijo ella. Esta vez, sus cejas se juntaron.

—Está muy delgado. Te he visto con las mangas subidas.

—Es un brazo proporcionado. Y peso más de cuarenta kilos.

Ápex dobló la espalda. No se estaba quejando, pero su brazo también temblaba.

—Pato, ¿nunca por qué te has preguntado cómo es posible que a ella la llamemos *Rapaz* y tú tengas un mote tan penoso?

—Supongo que me llamáis así por mis habilidades como nadador. Me muevo como un pez en el agua.

—Algo que jamás habríamos sabido si no te hubieras estrellado dos veces en el puerto con tu primer aparato. Y encima, te quejaste de que era poco maniobrable.

—¿Qué tal si dejamos de hablar y acabamos con esto? —intervino Ahn—. No quiero estar así todo el día.

Ridge sonrió. Ahn siempre era la más pragmática.

—Trece —anunció, e instó al grupo a seguir hasta veinte.

Al final, Pato se quedó tendido en el suelo. Y a Ridge también le apetecía, pero se levantó para salir del pequeño campamento y echar un vistazo a las estepas y las montañas de atrás. Sin embargo, se detuvo en cuanto salió de la zona camuflada. Un dirigible flotaba en el cielo del sur, con su oscuro casco de madera y su gris globo recortados contra el pálido cielo azul.

Retrocedió unos cuantos pasos y lo volvió a mirar; pero esta vez, desde el interior de la red de camuflaje.

—Señor, ¿hay problemas?

Ahn se levantó, se puso a su lado y se contestó a sí misma con un «oh».

—Están a más de tres kilómetros de distancia, y no creo que puedan distinguir nuestra red entre los árboles.

—¿Pero? —dijo ella, dando por sentado que iba a decir algo más.

—Pero lo recogeremos todo y prepararemos los aparatos. Según los últimos informes de nuestro servicio de inteligencia, esta no es zona de paso de sus aeronaves… ni militares ni comerciales.

—¿Cree que nos están buscando?

Ridge asintió, recordando el artilugio que él había derribado y el que la espada de Sardelle había destrozado por completo.

—Es posible que no sepan a qué atenerse, pero saben que un enemigo ha cruzado su espacio aéreo.

—Entonces, ¿trasladaremos el campamento esta noche?

—Ya veremos.

Cuanto más se movieran, más posibilidades había de que los vieran volando. Y no solo las posibles patrullas de la Cofah, sino cualquiera de los pastores que iban de aquí para allá con sus cabras. En aquel lugar, todo el mundo era un enemigo en potencia.

El dirigible viró hacia las montañas. No se dirigía hacia ellos, pero su nuevo rumbo le haría pasar a menos de un kilómetro del campamento. La red blanca y caqui camuflaba muy bien a grandes distancias; pero, cuanto más se acercaban menos natural parecería.

Ridge se giró hacia Ahn y los dos hombres, porque Ápex y Pato también se habían acercado a mirar.

—Prepárense para despegar. Espero que no nos descubran, pero tenemos que estar preparados por si acaso.

—¿Preparados para huir, señor? ¿O para combatir? —preguntó Ahn.

Ridge se metió la mano en el bolsillo y frotó la espalda de su amuleto de dragón. A ninguno de sus pilotos parecía disgustarle la idea de entablar combate, aunque solo tuvieran cuatro aparatos, pero él tenía que pensar en el bien de la misión.

En ese momento, la Cofah solo tenía sospechas sobre la identidad de los intrusos. El imperio tenía muchos enemigos, y la mayoría contaba con artefactos voladores. Pero si ellos ametrallaban uno de sus dirigibles y algún testigo los identificaba, sus posibilidades de salir con vida del continente se reducirían muchísimo. Y, aunque lograran escapar, Iskandia se arriesgaría a sufrir represalias.

—Si nos ven, huiremos e intentaremos arrastrarlos hacia el interior de las montañas y, si nos siguen, lucharemos allí —dijo Ridge, señalando las escabrosas cumbres que estaban al norte de las estepas—. Si les forzamos a aterrizar en una zona alta o un desfiladero profundo, tardarán bastante en llegar a uno de sus campamentos e informar de nuestra presencia.

—¿No es mejor que se estrellen y mueran todos, señor? —preguntó Ahn.

Ridge sabía que Ahn no estaba deseando la muerte de toda una tripulación, sino planteando la solución más lógica. Si no quedaba nadie que pudiera informar, la Cofah no sabría lo que había pasado y pasarían días o incluso semanas hasta que localizaran el dirigible estrellado.

—Lo mejor es que no nos descubran —afirmó Ridge, sin apartar la vista del dirigible—. En cuanto al resto, ya lo decidiremos si nos siguen y conseguimos derribarlos. Y no será tan fácil si nos lanzan alguno de esos artilugios no tripulados.

—¿Está mal que alguien prefiera disparar a dirigibles de la Cofah en lugar de seguir haciendo flexiones? —dijo Pato a Ápex mientras se alejaban.

—Es algo egoísta, perverso y posiblemente tenga tintes psicopáticos.

—Pero no es mala idea, ¿no?

Ápex frunció el ceño antes de subirse a su aparato.

—Tienes suerte de que te pusieran un mote tan noble como Pato.

Ridge volvió a mirar el dirigible y se sacó la gorra y las gafas del bolsillo de la chaqueta.

Tenía la sensación de que estarían volando en menos de una hora.

Capítulo 9

«Socorro. Me van a llevar aquí».

Los rojos trazos se habían hecho apresuradamente, y las dos últimas palabras casi resultaban ilegibles, en abierto contraste con la precisión de los murales.

—No sé dónde estará ese *aquí*, pero no está en esta zona del imperio —dijo Sardelle, mirando el valle cubierto de nieve a través de la estrecha aspillera.

Tolemek seguía estudiando el dibujo, y no solo con los ojos, sino también con los dedos. ¿En busca de pistas, quizá?

—Podría estar en cualquier sitio. Bueno, no en cualquier sitio; pero, por lo menos, en dos continentes distintos y en un sinfín de islas e islotes perdidos.

Tolemek se apartó el pelo de la cara con brusquedad, como si quisiera arrancárselo.

—No, no en cualquier sitio —dijo ella.

Sardelle señaló unas flores con forma de campana que caían en una vistosa cascada morada a partir de un tallo central.

—Eso es… ¿«*Marsucimum*», Jaxi?

Sí, efectivamente

Como Jaxi era una hoja de alma, había viajado mucho por el mundo; y tenía una memoria que Sardelle nunca dejaba de envidiar.

—*Marsucimum* —dijo Sardelle—. Solo se da en Daguboor y algunas de las islas del cuerno septentrional. De hecho, veo otras plantas que también me resultan familiares. *¿Reconoces esas flores, Jaxi?*

Que haya viajado por el mundo no significa que haya sido la espada de ningún especialista en botánica. Hektor solía comer flores, pero no es lo mismo.

—Bueno, podemos buscarlas —declaró Sardelle.

Tolemek dio un paso atrás.

—Intentaré ser optimista y no pensar que lo único que hemos conseguido es reducir las posibilidades a un continente entero. O a un frondoso invernadero que podría estar en cualquier sitio.

—Eso es poco probable. Pero ya refinaremos la búsqueda después.

Sardelle tocó las otras tres flores que estaban pintadas con todo lujo de detalles, como queriendo enfatizar que eran importantes, y no simple decoración. Intentó memorizarlas. Si la *Marsucimum* era real, las otras también debían de serlo.

—No obstante, quiero mirar los historiales —dijo Tolemek—. Puede que descubramos adónde se la han llevado.

En el pasillo se oyó un ruido, recordándole a Sardelle que no estaban solos... y que habían dejado inconsciente a un hombre que se podía despertar en cualquier momento. Los causantes del ruido eran los dos guardias, que iban avanzando a medida que daban el desayuno a los pacientes (o presos, en opinión de Sardelle). Un hombre de una celda cercana empezó a cantar a gritos. Las frases que oían a través de las paredes eran ininteligibles, aunque la palabra *desayuno* estaba en todas. A juzgar por la indiferencia de los guardias, aquello debía de ser lo habitual. Sardelle intentó escarbar en sus pensamientos, por si les podía sacar el paradero de Tylie; pero, si no estaban pensando en ella, era prácticamente imposible y, además, cabía la posibilidad de que no supieran nada.

Tolemek apretó una oreja contra la puerta.

—Se acaban de meter en una habitación. Lo digo por si quieres aprovechar la oportunidad —declaró Sardelle.

Desde su punto de vista, era mejor que esperaran a que los guardias terminaran de servir el desayuno; pero, si esperaban, se arriesgaban a que el guardia del cuarto de las escobas recuperara la conciencia.

—Salgamos —dijo él, que sacó una bola de cuero del bolsillo y salió al corredor.

Ella le siguió. Tolemek avanzó hasta la siguiente puerta abierta, de la que procedía la espantosa canción, y miró a Sardelle.

—¿Por qué no podrá comer sin montar una escandalera todos los días? —protestó uno de los guardias.

Los guardias estaban de pie, dando de comer a un paciente que llevaba una camisa de fuerza. Sardelle hizo un gesto a Tolemek, y los dos pasaron por delante de la puerta.

No habían dado más de tres pasos cuando uno de los guardias dijo:

—¿Quiénes son esos?

Maldita sea. Al parecer, los habían visto por el rabillo del ojo.

Rápidamente, Sardelle sacudió una mano y desató la camisa de fuerza con su magia. El liberado paciente tiró la bandeja que sostenía uno de los guardias y saltó sobre la espalda del otro. Entonces, ella provocó una ráfaga de viento que cerró la puerta y, acto seguido, inutilizó la cerradura como había hecho con la de abajo.

—Vamos —dijo Sardelle, empujando a Tolemek hacia las escaleras.

Tolemek estaba muy serio. Sabía que ya no podrían estar mucho tiempo en la sala de los historiales.

Mientras corrían, ella añadió:

—Si no quieres que descubran a quiénes se ha colado en el sanatorio, entra en esa sala y busca el historial de tu hermana. Yo te cubriré las espaldas.

Tolemek giró al llegar al pie de la escalera, pero no se dirigió hacia las cocinas, sino hacia la parte delantera del edificio. Sardelle sacudió los brazos, relajando los músculos como si estuviera a punto de entrar en combate, y preparó su mente para lo que se podía convertir en una confrontación a gran escala.

El pasillo principal seguía vacío, pero cuatro empleados estaban trabajando en la sala de administración. Tolemek irrumpió en ella, lanzó su bola de cuero en mitad de las cuatro personas y retrocedió. Sardelle estuvo a punto de chocarse con él; pero, como ya había visto cómo funcionaban esas bolas y sabía lo que lo que iba a pasar, se alejó a toda prisa. Si estaban demasiado cerca, el humo también les afectaría a ellos.

—¿Quiénes andan por ahí? —gritó alguien.

—¡Detenedlos!

A pesar de la orden y de las subsiguientes pisadas, nadie llegó al pasillo. Se oyó un golpe cuando uno de los cuatro tropezó con una mesa, se tambaleó y cayó al suelo. Los otros tres perdieron la conciencia antes de poder levantarse de sus asientos.

Sardelle aprovechó para destrozar las cerraduras del resto de las puertas del pasillo. Estaban en una planta de despachos, salas de calderas y cuartos de almacenamiento, así que no había tantas habitaciones como en el segundo piso; pero tardó unos minutos en estropear todas las cerraduras, y Tolemek ya había entrado en la sala en cuestión cuando ella terminó. Era obvio que sabía cómo desactivar su dispositivo, porque el humo ya se había disipado para entonces.

Alguien que estaba en otra estancia y que había oído los gritos de sus compañeros descubrió que se había quedado encerrado, y empezó a golpear la puerta. Pero había más gente con él. No pasaría mucho tiempo antes de que cogieran un hacha o algún instrumento pesado para abrirse paso a la fuerza.

Sardelle siguió a Tolemek al interior de una habitación llena de estanterías y cajas, adjunta a la sala de los desmayados. Él ya había encontrado un farol, y estaba mirando las etiquetas de los historiales. La habitación no tenía otra salida, así que se arriesgaban a quedarse atrapados en ella.

—Aquí está.

Tolemek alcanzó una caja que no estaba tan polvorienta como las otras y le arrancó la tapa. Después, buscó entre los expedientes y sacó uno. Segundos después de empezar a leer, ya estaba sacudiendo la cabeza.

—Transferida por orden del emperador. Hace dos días.

—¿Del emperador?

Sardelle jamás había imaginado que el emperador supiera nada de Tolemek o de su familia. Sus dominios tenían una población cien veces más grande que la de Iskandia y, según contaban las historias, los emperadores siempre habían sido unos gobernantes más distantes que los reyes de Iskandia.

—Eso no significa que diera la orden en persona —dijo Tolemek, devolviendo el historial a su caja—. Puede haber sido cualquiera de los miles de peones que están autorizados a imponer la ley en su nombre. Pero no hay nada sobre el sitio adonde la han enviado.

Tolemek dio la impresión de querer liarse a patadas con una de las columnas de cajas. Sin embargo, se limitó a pegar un puñetazo a la pared y girarse hacia la salida.

En ese instante, oyeron un disparo y el estruendo de una puerta de madera al chocar contra una pared.

—Parece que alguien ha encontrado la forma de reventar las cerraduras que he bloqueado —comentó Sardelle, pensando que ni siquiera habían necesitado un hacha.

Tolemek se asomó al pasillo. No estaban lejos de la puerta principal.

—Si salimos corriendo, quizá lo consigamos —dijo ella.

Tolemek retrocedió en el preciso momento en que alguien volvió a disparar. Una bala se incrustó en el marco de la puerta, justo por donde él había asomado la cabeza.

—O quizá no —se corrigió Sardelle.

—Vigila la puerta.

Tolemek cerró, echó el cerrojo, bloqueó la puerta con una pesada mesa, corrió a la habitación de los expedientes y metió una mano en su morral.

Preocupada con lo que pudiera estar planeando (hasta entonces, había demostrado que prefería enfrentarse a sus enemigos con métodos no letales, pero estaba muy enfadada), Sardelle rozó la superficie de sus pensamientos y vio una imagen: una explosión.

—Hum —dijo ella, fijándose en los cuatro empleados inconscientes. El único delito que habían cometido era el de trabajar en un sanatorio poco hospitalario—. No tendrás intención de volar el edificio, ¿verdad?

—Solo una parte.

Se oyeron pasos y más pasos en el pasillo, y todos se detuvieron delante de la puerta. Había cuatro personas en el exterior, y estaban pidiendo más ayuda. Alguien intentó girar el pomo.

Tolemek salió del cuarto de los historiales y cerró de golpe.

—¿Puedes hacer algo para que nadie salga por la puerta delantera o por la de la cocina durante los próximos diez minutos?

—Lo puedo intentar… pero con la condición de que no vueles nada de forma que la gente se quede atrapada o enterrada bajo los escombros.

Él ladeó la cabeza.

—No voy a volar el edificio. Solo voy a abrir un boquete en el muro exterior.

Ah. Eso no era lo que ella acababa de ver en su mente.

—Pero si estabas pensando en volarlo…

—Sí, es posible que esa fantasía haya cruzado mi cabeza, pero no voy a provocar ninguna explosión. Esas cosas se le dan mejor a tu espada —replicó—. Por cierto, ¿debería molestarme que leas mis pensamientos?

La expresión de Tolemek se volvió triste, como si pensara que Sardelle desconfiaba de él. Y a Sardelle se le ocurrió una docena de excusas para negarlo (una cosa era fisgar en los pensamientos de alguien y otra, que la pillaran), pero admitió que no se había portado bien.

—Sí, debería molestarte. Y yo debería sentirme avergonzada.

Se oyeron más disparos, y Sardelle se agachó rápidamente, esperando que las balas traspasaran la puerta. Pero la madera de roble era más ancha de lo que había pensado, y se plantó junto a Tolemek sin haber sufrido ni un rasguño.

—¿Y lo estás? —preguntó él.

—¿Qué quieres decir? —replicó, concentrada en los hombres del pasillo. Uno había encontrado un hacha.

—Que si te sientes avergonzada.

—Sí, lo estoy. Hay, o al menos había, un montón de normas sobre el respeto a la intimidad de las personas y la inmoralidad de husmear en su mente. Desde luego, las hechiceras recibimos muchos pensamientos ajenos en cuanto nos abrimos un poco, pero la mayoría aprenden pronto a bloquearlos. Es curioso lo tentada que te sientes de romper las normas cuando no hay nadie cerca que las pueda hacer cumplir —le confesó Sardelle, cuya nariz captó un hedor punzante—. ¿Eso es lo que has hecho?

—Sí —contestó Tolemek—. ¿Y las puertas?

Ella alzó una mano, hizo caso omiso de los hombres que golpeaban las bisagras y el pomo con su recién conseguida hacha, empujó sus pensamientos hacia la entrada principal y rompió el mecanismo del cerrojo para que no se pudiera abrir. Ese tipo de sutilezas eran tanto más difíciles cuanto más lejos estuviera el objeto, y notó una punzada de dolor entre los ojos; pero, a pesar de ello, se las arregló para atascar también el cierre de la puerta de las cocinas. Se acababa de ganar una jaqueca que le duraría todo el día. Indudablemente, necesitaba practicar un poco la telequinesis.

—Hecho —dijo—. Menos mal que las ventanas son tan pequeñas que no pueden salir por ellas.

La simple idea de tener que estropear los cierres de cien ventanas hizo que se agudizara su dolor de cabeza.

Tolemek la llevó a la habitación de los historiales, donde notó una brisa fría y una sorprendente cantidad de luz. En la pared del fondo, que tenía más de quince centímetros de anchura, había aparecido un ancho agujero circular por el que se veía el nevado paisaje. Sus bordes echaban humo.

—¿Has hecho eso con una ampolla y un cuentagotas? —preguntó, siguiéndolo hasta la nueva salida.

—No, ha sido con un matraz y un cepillo de alambre especialmente tratado.

Tolemek comprobó que no había nadie en el exterior, se metió por el agujero y saltó a la nieve.

—Será mejor que corramos —añadió.

Sardelle se encaramó al agujero con suma cautela, porque no quería tocar los humeantes bordes con las manos, pero empezó a correr en cuanto salió. Esta vez, bajaron por la empinada pendiente, sin molestarse en tomar la calle.

—Tendremos que robar caballos —dijo Tolemek, echando un vistazo por encima del hombro para ver si Sardelle estaba bien y para escudriñar las amenazadoras torres del sanatorio—. No hay trenes en la estación y, por si eso fuera poco, los guardias de abajo estarán alerta permanente, buscando polizones.

Tolemek señaló los vacíos raíles que pasaban por el centro de la localidad.

—No me sorprende —dijo Sardelle, que ya estaba jadeando. Andar por la nieve no era fácil, y ya se había tropezado un par de veces—. Pero, en lugar de robar caballos, deberíamos quitar esquíes o un trineo con tiro de perros.

—Han quitado la nieve de la carretera principal —dijo él—. Y de las vías del tren.

—¿Y adónde vamos a ir con los caballos robados?

Sardelle ardía en deseos de volver al campamento de Ridge, pero cabía la posibilidad de que él quisiera ir a la biblioteca más cercana para buscar las flores que había pintado Tylie.

Tolemek dudó antes de contestar.

—Esté donde esté mi hermana, sospecho que necesitaremos un barco, un dirigible o ciertos aparatos de Iskandia para llegar a ella.

Puede que esos aparatos no estén disponibles.

¿Cómo?

El campamento tiene visitas.

Ridge estaba en la carlinga de su aparato, siguiendo los movimientos del dirigible a través de los agujeros de la red de camuflaje y con ayuda de un catalejo. La aeronave de la Cofah seguía su rumbo hacia las montañas, pero había mucha actividad en cubierta. A pesar de estar a trescientos metros de altura, el suave runrún de sus hélices se oía desde el campamento. Su gigantesco globo tapaba el sol y gran parte del cielo.

—Creo que saben que estamos aquí —musitó Ahn.

Todos los aparatos estaban preparados, y lo habían recogido todo menos la red de camuflaje y los postes donde se apoyaba, que tendrían que abandonar. Aún no habían encendido los motores, porque el ruido los habría delatado, pero los podían encender con rapidez. Además, los brillantes cristales de energía estaban tapados, así que el enemigo no vería su luz. Teóricamente, eran indetectables a tanta distancia y en pleno día, pero no se podían arriesgar. Un simple destello o reflejo, y la Cofah sabría que bajo aquel montículo al pie de las montañas pasaba algo sospechoso.

—Puede que no. No se han parado —susurró Pato—. Siguen hacia las montañas.

No, no se habían detenido, pero tampoco avanzaban a toda velocidad, ni mucho menos. Y la frenética actividad de su cubierta incomodaba a Ridge.

Se sentó, se abrochó el arnés y puso los dedos sobre el botón de ignición del motor. En otras circunstancias, ya habría dado la orden de disparar, pero se estaba refrenando porque lo importante era la misión, y corría el riesgo de fracasar si los descubrían. Y peor aún: Nowon y Kaika correrían un grave peligro si alguien alertaba a los soldados que vigilaban la instalación científica.

Pero, por otra parte, su instinto le decía que iban a tener un buen problema si no despegaban de inmediato.

—Bueno, ya está —dijo—: en marcha.

—¿Está seguro, señor? —preguntó Ápex.

Tendré que estarlo, pensó Ridge. Pulsó el botón de ignición y la hélice empezó a girar.

—Síganme.

Ridge tocó el cristal de comunicación para activarlo, porque el ruido de los motores impediría que los demás le oyeran. Después, rodó hacia la parte trasera del campamento, donde habían dejado una abertura lo suficientemente grande en la red de camuflaje para que los aparatos pudieran pasar. Estuvo a punto de derribar un poste, pero lo esquivó sin tirar la red. Lo último que necesitaba era que se le enredara en la hélice.

—Han lanzado algo —gritó Ahn.

—¿Una aeronave? —preguntó Ridge, pensando en los artilugios sin piloto.

Tras salir de la zona cubierta, que daba paso a una pendiente muy pronunciada, pulsó el interruptor de los propulsores para despegar en vertical. No tenían tiempo para despegar rodando.

Explosivos, dijo una voz en su cabeza. *Sal de ahí.*

—¡Rápido! —exclamó Ridge, sin poner en duda la advertencia de la espada—. ¡Es una bomba! ¡Despegad!

Él ya estaba en el aire, y se alejó del dirigible de la Cofah. Le habría gustado ganar velocidad para atacarles por arriba, pero giró el cuello e intentó localizar la bomba.

—He golpeado el maldito poste —se quejó Pato.

—No te preocupes por la red. Despega directamente —dijo Ahn.

El frío viento azotó la cara de Ridge y sacudió su pañuelo, pero localizó su objetivo, la bomba.

Viró hacia el cilindro que caía, disparando y cruzando los dedos. Si el dirigible no hubiera estado a una altura tan grande, no habrían tenido tiempo de escapar; pero, si conseguía acertar a la bomba antes de que alcanzara su objetivo…

No supo si la había dado hasta que vio y oyó el ensordecedor estallido. Una feroz llamarada iluminó el cielo por encima del campamento, y la metralla salió disparada en todas las direcciones. De hecho, Ridge se tuvo que agachar al pasar por la zona de la explosión, pero no pudo evitar que algunos restos impactaran en la carlinga e hicieran una grieta en el cristal. La bomba había estallado tan cerca de la red de camuflaje que estaba ardiendo en algunos sitios, y salían llamas de lo que hasta entonces parecía ser un montículo de tierra.

Se preguntó si el éxito había sido suyo o si la espada le había ayudado.

Has sido tú, héroe. Nuestro aparato ya había despegado, y yo estaba más preocupada por lo que está pasando ahí arriba.

«Nuestro aparato». A Ridge le hizo gracia que Jaxi se creyera en la misma situación que él, teniendo en cuenta que estaba atada debajo del asiento trasero y que seguramente habría sobrevivido a una explosión.

¿Seguramente?

Ridge no perdió el tiempo contestando, porque seguía debajo del dirigible y era un blanco fácil, de modo que volvió a virar y tomó un rumbo zigzagueante, aprovechando las maniobras para echar un vistazo a los suyos.

—¿Han despegado todos? —preguntó, escudriñando los cielos. Solo vio a Ahn y a Ápex—. ¿Pato?

—Estoy aquí, señor.

Pato sonaba abochornado, pero al menos estaba vivo.

Ridge lo divisó por fin. No estaba volando, sino rodando por la nevada estepa, con un trozo de red enganchada en la hélice.

—Resuelva el problema y despegue —le ordenó, comprendiendo su bochorno.

—Sí, señor.

Ridge aceleró, consciente de que tenía que distraer un rato al dirigible para que su grupo pudiera formar y volar hacia el norte, como había planeado. Su falta de reflejos le avergonzó. Tendría que haber sabido desde el principio que la Cofah los vería. Qué desastre.

Una bala de cañón pasó junto a una de sus alas, obligándole a concentrarse en el vuelo y dejar sus lamentaciones para después.

Jaxi, ¿qué has querido decir antes con eso de lo que está pasando ahí arriba?

No obtuvo respuesta. Tendría que descubrirlo solo.

Mientras ascendía, Ridge esquivó tres cañonazos más con su imprevisible zigzag y ametralló el enorme globo gris. Incluso pudo escudriñar su cubierta, intentando descubrir el motivo de la preocupación de Jaxi. Atisbó algo en la parte de atrás, cerca del puente: varios objetos metálicos de tamaño considerable, pero el globo se interpuso en su campo de visión antes de que los pudiera identificar.

Entre tanto, Pato se había liberado de la red y había despegado. Estaba sobre las estepas, a unos dos kilómetros de distancia, y tardaría un par de minutos en dar la vuelta y sumarse a la batalla. Sin embargo, Ahn y Ápex ya estaban a la cola de Ridge, tan ocupados como él con los cañonazos que les disparaban.

—Mantengan ocupados a los hombres de cubierta —les ordenó—. Recuerden que no queremos derribarlos hasta qué lleguemos a las montañas. En cuanto a usted, Pato, termínese el café y únase a nosotros.

—Muy gracioso, señor.

—Si no fuera tan gracioso, no le caería tan bien al general.

Ridge abrió unos cuantos agujeros en el globo del dirigible e hizo un picado para seguir sus propias instrucciones. Apuntó a los artilleros que manejaban los antiaéreos, aunque su verdadero objetivo era echar un vistazo a los objetos metálicos. ¿Sería algún tipo de arma nueva?

Una lanzadera de popa le disparó una especie de disco. Ridge lo evitó con facilidad, pero se quedó sorprendido al ver que estallaba en el aire, a unos veinte metros de él. La onda expansiva sacudió su aparato y, aunque pudo mantener el control, un cable empezó a gemir peligrosamente.

—Cuidado con los discos —les advirtió—, son bombas.

Ridge hizo un rizo ascendente y volvió a descender. Esta vez, apuntó al hombre que manejaba los discos. Sus balas barrieron la cubierta del dirigible, pero el hombre se escondió detrás de la enorme lanzadera, que se convirtió en el nuevo objetivo del coronel. Con un poco de suerte, conseguiría que uno de los discos estallara.

—La Cofah ha estado muy ocupada este año, mejorando sus armas —comentó Ápex.

—Puede que tengan esa tecnología desde hace tiempo —replicó Ridge, sin dejar de disparar a la lanzadera—. Supongo que prueban las cosas en su país antes de revelárnoslas a nosotros.

—O quizá nos crean tan poco importantes que no se molestan en llevar sus mejores equipos cuando atacan Iskandia —intervino Ahn.

—Pues me parece perfecto que no se molesten —dijo Pato—. Ya tengo bastantes problemas con nuestro propio equipamiento.

—Sí, ya lo vemos.

Una de las balas incendiarias de Ridge alcanzó el depósito de municiones. La explosión reventó la lanzadera y voló un pedazo de la cubierta y la barandilla.

Antes de que se pudiera congratular de ello, una preocupada Ahn dijo:

—Eso son aeronaves. Y esta vez, tripuladas.

—Son cuatro —declaró Ápex.

Ridge ladeó su aparato, alejándolo del fuego y el humo que había provocado; pero quería ver lo que habían visto sus pilotos, así que voló a lo largo del dirigible, más cerca de lo que habría sido deseable. Sí, los artefactos metálicos que había visto antes tenían alas, fuselajes y hélices. Debían de ser los nuevos aparatos de la Cofah de los que había oído hablar. También se habían puesto en movimiento, y rodaban por la cubierta hacia una zona sin barandilla.

Estaban ganando velocidad para despegar, usando el dirigible como plataforma de lanzamiento.

Varios soldados armados con fusiles corrieron hacia el lado donde estaba Ridge, que les enseñó la panza de su aparato y descendió alejándose. No le iban a pillar embobado. Le dispararon unas cuantas veces, pero él esquivó las balas con sus alabeos y cabeceos.

—Es el momento —dijo Ridge—. Vamos hacia el norte. Que crean que nos dan miedo.

—¿Miedo? —dijo Pato—. Yo estoy deseando ver lo que pueden hacer.

—Y eso lo dice el hombre que ha conseguido enredar la red de camuflaje en su hélice —intervino Ápex.

—Bueno, no pretendía desafiarles solo. Únicamente pretendo virar y distraerles un rato para que Rapaz los destroce con sus ametralladoras.

—¿Y qué vas a hacer para tenerlos tan distraídos? —preguntó Ahn con humor.

—¿No me has visto nunca en el Festival Anual de la Cosecha? El año pasado, exprimí calabazas con el pie mientras volaba.

—Sí, esa fue la tercera vez que terminó en el puerto —recordó Ridge. Los otros aparatos formaron detrás y le siguieron—. Decidimos que no constara en su historial porque volaba en un aparato viejo y para un empresario privado, que por lo visto tiene intención de seguir financiando los festivales.

—El aparato terminó en perfectas condiciones —se defendió Pato—. Además, no se puede decir que me estrellara… aterrizar en el agua es una opción legítima. Las aeronaves de pasajeros que llevan a los médicos por el país hacen lo mismo todos los días.

—Pero tienen flotadores, en lugar de ruedas —dijo Ridge, girándose para mirar hacia atrás.

Los cuatro aparatos de la Cofah habían adoptado una formación en punta de flecha, prácticamente igual a la de su escuadrilla. Ridge se preguntó si el imperio habría estudiado las tácticas iskandianas. Fuera como fuera, los estaban siguiendo, y el dirigible también parecía intentar darles caza.

—Eso es un detalle menor —dijo Pato.

—No son tan rápidos como nosotros —dijo Ápex—. Se están quedando atrás.

—Pues aflojemos un poco. Hagámosles creer que pueden alcanzarnos. De hecho…

Ridge metió una mano en el botiquín de urgencias que estaba en el lateral del asiento, sacó una bengala, la encendió y la tiró al suelo del asiento trasero. Se caería en cuanto pusiera boca abajo el aparato; pero, de momento, empezó a soltar una nube de humo azul grisáceo.

Sacudió las alas, bajó el morro un par de veces y lo volvió a subir, como si tuviera problemas para controlar el aparato.

—Está fingiendo, ¿verdad, señor? —dijo Pato.

—Sí, intento hacerme el herido.

Para entonces, las estepas cubiertas de nieve habían dado paso a las montañas cubiertas de nieve, con grandes masas de árboles adornando sus laderas. Pasaron sobre una cumbre escarpada, y divisaron otros picos parecidos, con montones de precipicios y fisuras.

—Creo que voy a tener tantos problemas que voy a estar a punto de estrellarme en ese desfiladero —añadió.

—¿Quiere que le acompañemos, señor? —preguntó Ahn.

—Sigan adelante y vean cuántos pican el anzuelo. Si todos van a por mí, agradeceré su ayuda.

Ridge quería ver de cerca los aparatos tripulados de la Cofah. En el informe de inteligencia que había llegado a sus oídos se afirmaba que utilizaban algún tipo de combustible fósil, y necesitaba saber si era cierto o si su fuente de energía estaba relacionada con la dichosa sangre de dragón. No era la información que el rey les había enviado a buscar, pero era la que le importaba a él. Y al general también le importaría.

—Si solo le siguen tres, ¿estará bien solo? —preguntó Ahn, muy seria.

—Haga lo que considere oportuno, teniente —Ridge se estaba acercando al desfiladero, y ya no tenía tiempo de seguir hablando—. Y no pierdan de vista el dirigible. Las balas son irritantes, pero un cañonazo nos puede derribar.

«Comprendido, señor», dijo Ahn, y los demás respondieron: «sí, señor».

—Bueno, es hora de dar el pego —musitó Ridge.

Ridge empujó la palanca de mando un par de veces, descendiendo y ascendiendo, como esforzándose por mantener la horizontal. Al final, fingió perder la batalla y entró en barrena, dejando una estela de humo a sus espaldas. Uno de los aparatos del enemigo rompió la formación para seguirle.

Al ver a su solitario perseguidor, se sintió indignado. Por muy tocado que estuviera, no podía creer que la Cofah no considerara peligroso al infame coronel Ridgewalker Zirkander. Quizá no supieran que el piloto era él. A fin de cuentas, no volaba en su aparato habitual.

¿A Sardelle le resulta atractiva esa arrogancia?

Aunque la espada ya se había metido varias veces en sus pensamientos, Ridge se sobresaltó de tal manera que estuvo en un tris de rozar la pared de un precipicio con un ala.

Lo siento.

—No te preocupes —replicó Ridge, recuperando la concentración y alejándose de las rocas.

—¿Ha dicho algo, señor? —preguntó Ahn.

—Nada.

Ridge salió de la barrena y niveló su aparato, recordándose que podía hablar mentalmente con la espada. Luego, regresó por donde había venido, esperando que el aparato de la Cofah se internara un poco más en el desfiladero. Se dirigió hacia un oscuro saliente libre de nieve, que parecía lo suficientemente oscuro como para ocultar el color bronce de su aparato a un piloto que volara por encima; sobre todo, si no estaba mirando el saliente, sino el desfiladero. Redujo la velocidad, activó los propulsores y aterrizó en él.

Mantengo mi arrogancia en mi cabeza, donde no puede molestar a casi nadie, dijo Ridge a la espada, mirando la pequeña franja de cielo azul que se veía en lo alto del cañón. Le incomodaba no poder divisar a sus pilotos, pero quería activar su trampa, y confiaba en que los demás sabrían cuidar de sí mismos durante unos momentos.

Pues deberías vigilar tus pensamientos, porque ahora hay más gente en tu cabeza.

Te doy las gracias por el consejo.

Aquí tienes otro: no soy experta en ingeniería, pero sus motores parecen réplicas de los vuestros.

Serán canallas. Ridge estuvo a punto de decirlo en voz alta.

Y se mueven con pequeñas ampollas de sangre de dragón.

Maldita sea. ¿Estás segura? ¿De dónde ha sacado la Cofah toda esa sangre?

Solo puedo hacer conjeturas, pero imagino que un dragón trabaja para ellos. O que han apresado a uno, aunque me cuesta creer que unos humanos puedan mantener encerrado a un dragón contra su voluntad. Su fuerza física y mágica es tan...

Calla, pensó Ridge.

El aparato de la Cofah acababa de aparecer. Ah, y venía con un amigo. Pero no avanzaban por el cañón alocadamente, sino con cautela. Evidentemente, era una suerte que desconfiaran de él. Así sería más divertido.

Para divertidas, las consecuencias de mandar callar a una hoja de alma, como ya descubrirás, gruñó Jaxi.

Ridge, que estaba concentrado en los aparatos de la Cofah, casi no registró el comentario de Jaxi. La primera de las aeronaves se internó en el desfiladero, volando hacia donde él se dirigía cuando había desaparecido de su vista. Iban a buscar detrás de él, pero él también iba a tener problemas, porque vigilar a un enemigo situado detrás era difícil; sobre todo, si volaba más bajo.

Cuando las dos aeronaves de la Cofah se pusieron a buscar, volando en paralelo por el estrecho cañón, Ridge encendió los propulsores y salió en su persecución. Se situó en su punto ciego, suponiendo que la falta de experiencia del enemigo le permitiría acercarse sigilosamente. Por supuesto, los suponía inexpertos porque los aparatos voladores eran algo nuevo para la Cofah. Pero no debía pecar de arrogante, ni dar demasiadas cosas por sentadas.

Sus nervios se tensaron mientras se acercaba (entrando a matar, como habría dicho su antiguo instructor de vuelo). Pero no se enfrentaba a los lentos dirigibles, sino a máquinas con mucha más maniobrabilidad, como estaban demostrando por cómo fluían alrededor de los contornos del nevado desfiladero, de sus giros y formaciones rocosas, bajando a veces hasta el helado río que serpenteaba abajo, cuyas orillas apenas resultaban visibles bajo las capas y capas de nieve. Verlos era surrealista: si los aparatos de la Cofah no hubieran estado pintados de negro, sino de color bronce, le habrían parecido de su propio hangar.

Su pulgar acarició el gatillo de las ametralladoras. Casi había llegado el momento.

El zumbido de las hélices resonaba en las paredes del cañón, mezclando las suyas con las de ellos. Uno de los pilotos enemigos miró hacia atrás. Ridge no tuvo la impresión de que le hubiera visto, pero debió de intuir que estaba pegado a su cola.

Ridge levantó el morro de su aparato hacia lo que parecía ser el motor de una de las dos aeronaves y disparó. Ametralló varias veces su parte trasera, antes de que los pilotos de la Cofah tuvieran tiempo de reaccionar. Su objetivo ascendió con la evidente intención de ponerse bocabajo, hacer un rizo y situarse detrás de él. Ridge conocía bien esa maniobra, que había ejecutado en incontables ocasiones, y le siguió; pero, entre tanto, aprovechó para disparar al otro.

Las gafas y una especie de gorro oscurecían el rostro del piloto de la Cofah, pero Ridge supo lo que significaba el enfadado movimiento de su puño. El hombre sacó una pistola al ver que le seguía a toda velocidad y se situaba a su lado. Sería mejor que se concentrara en pilotar, o acabaría estrellándose contra la formación rocosa que se alzaba entre ellos. Pero eso no era problema de Ridge, que ascendió en espiral, voló durante unos instantes en paralelo a la pared del cañón y se alejó de ella a tiempo de disparar al primer aparato. Las balas impactaron en el fuselaje, cerca de la carlinga. El piloto enemigo se agachó, y su cabeza desapareció de la vista.

Al ver la hilera de humo que soltaba la aeronave, Ridge supo que su oponente estaba acabado; pero trazó un círculo para asegurarse de ello y para asegurarse también de que el otro piloto no hubiera encontrado una forma eficaz de atacarle a él.

Sin embargo, su preocupación carecía de fundamento, porque el distraído piloto se había estrellado contra la formación rocosa, aunque también era posible que las balas de Ridge hubieran dañado su aparato hasta el punto de impedirle virar. Fuera como fuera, ya solo quedaba un enemigo, y se lanzó hacia él de forma implacable, apuntando otra vez al motor. El chorro de humo que soltaba aumentó considerablemente. El piloto estaba intentando aterrizar, pero no había ningún espacio en el escabroso desfiladero. Una de sus alas rozó la pared de piedra, y el piloto perdió el control, volvió a golpear la pared y se estrelló contra el nevado suelo.

—Señor, el dirigible se está alejando, pero tenemos problemas con… —Ahn gruñó, soltó una maldición y volvió a hablar, tensa—. Si tiene alguna sugerencia sobre cómo derribar esos cohetes, le quedaríamos agradecidos. Pato está…

El chillido de un proyectil pasando junto a su carlinga ahogó el resto de sus palabras, y la teniente no volvió a hablar.

—¿Ahn?

Ridge salió disparado hacia la parte superior del cañón, porque necesitaba ver lo que estaba pasando. ¿Cohetes? ¿De qué tipo de cohetes se tratará?

—Ahn, infórmeme de la situación en cuanto pueda; o Pato; o Ápex —dijo, intentando mantener la calma, aunque el silencio de su escuadrilla aumentó su ansiedad.

Mientras se acercaba a la salida del desfiladero, miró en todas las direcciones. Él ya se había ocupado de dos aparatos enemigos y, si los demás estaban teniendo problemas con otro, solo quedaba el cuarto.

Lo divisó en cuanto salió del cañón. Volaba por el borde del acantilado, y pasó tan cerca que casi se chocaron. El otro piloto se giró en su asiento, tan sorprendido de ver a Ridge como este de verle a él. Ahora iban en direcciones contrarias, y Ridge giró sin dudarlo un momento, suponiendo que el piloto de la Cofah haría lo mismo para poder atacarle; sobre todo, si no había visto lo que les había pasado a sus camaradas del desfiladero. Pero siguió en la misma dirección, sin cambiar su rumbo.

Por delante de Ridge, los tres aparatos iskandianos jugaban al gato y al ratón con el otro aparato de la Cofah, volando alrededor de un par de escarpadas cumbres. Ridge ni siquiera supo cómo era posible que el solitario enemigo les estuviera causando tantos problemas, pero aceleró para ganar terreno al que se le había escapado. Al menos, ahora sabía que su escuadrilla seguía en el aire. Ya se enteraría después de lo sucedido.

El piloto enemigo tiró de algo y disparó un objeto grande, mucho más grande que una bala de ametralladora o incluso de cañón. El elegante y alargado proyectil salió volando con tanta potencia que el aparato de la Cofah tembló y dio unas cuantas sacudidas, obligando al piloto a hacer verdaderos esfuerzos por recuperar el control. Ridge no sabía a quién había disparado (los cuatro aparatos de las cumbres estaban demasiado lejos), pero se abalanzó sobre él con la esperanza de aprovecharse de su momentáneo problema. Unos segundos más, y lo tendría a tiro.

Y entonces, el proyectil hizo lo imposible: cambiar de trayectoria en pleno vuelo, como si fuera una aeronave.

Para entonces, Ridge ya esperaba cualquier cosa de aquellos artefactos impulsados por sangre de dragón, pero se quedó boquiabierto de todos modos; por lo menos, hasta que el proyectil —el cohete— culminó un giro de ciento ochenta grados y se dirigió hacia él.

—¿Alguien me puede instruir sobre esas armas nuevas de la Cofah? —preguntó Ridge, cambiando de rumbo.

—Si aún no ha visto ninguna, alégrese —dijo Pato con voz acelerada, casi sin aliento.

—Estoy viendo una ahora mismo. Se dirige hacia mí…

El cohete ajustó el rumbo para volver a tenerlo en su punto de mira (si es que los cohetes tenían punto de mira) y, para empeorar las cosas, ya había reducido la distancia que los separaba a la mitad.

Consciente de que necesitaba estar completamente concentrado, Ridge añadió:

—Hablaremos después.

—De acuerdo —dijo Pato, en un tono tan serio como cargado de comprensión.

Esta vez, Ridge cambió de rumbo de forma más brusca, haciendo un picado. Aún tenía el desfiladero a su lado, pero no conocía bien la zona, y no se quería arriesgar a meterse en él con un cohete pegado a su culo, así que se dirigió directamente hacia el suelo, como si quisiera estrellarse. Tenía un ojo en el terreno y otro, en el cohete, que imitó sus movimientos.

Alzó el morro antes de llegar a las copas de los árboles, aunque pasó tan cerca de ellos que limpió la nieve de sus ramas. El cohete seguía ganando terreno, con la punta hacia la parte delantera de su aparato. Los árboles desaparecieron, y Ridge descendió un poco más, rozando ahora las rocas y la nieve. El cohete llenaba su campo de visión, y su negra nariz le pareció tan atractiva como los colmillos de una serpiente.

Ridge esperó hasta el último segundo. Esperó, esperó… y empujó la palanca hacia un lado.

El cohete también intentó virar *in extremis*, pero no fue lo suficientemente rápido. Pasó junto a Ridge como un rayo, tan cerca de una de sus alas que habría podido ver el número del modelo si no hubiera ido tan deprisa. Por supuesto, Ridge esperaba que se estrellara contra el suelo (esa era la idea), pero no esperaba la cacofónica explosión que se produjo, y que aporreó sus oídos al mismo tiempo en que la onda expansiva aporreaba su aparato.

Ridge perdió el control. El aparato dio dos volteretas en al aire, y una de las alas rozó el suelo mientras él se sacudía dentro de la carlinga como una marioneta. Su cabeza impactó en el lateral, sin que su gorro de cuero le pudiera proteger mucho. De no haber sido por el arnés, habría salido despedido, y casi lo deseó. Intentó recuperar la calma, recuperarse de algún modo y recobrar el control del aparato o, por lo menos, detenerlo antes de que se destruyera, pero el borde del acantilado estaba cada vez más cerca. Estaba volando muy cerca del desfiladero y, encima, la explosión le había lanzado hacia él… si no lograba detener el aparato, se precipitaría al vacío. Y sería una larga caída.

De repente, el aparato perdió velocidad, dejó de golpear el suelo, se enderezó y se alzó en el aire como si alguien lo hubiera sacado de sus demenciales volteretas. Ridge supo que él no había tenido nada que ver, pero estaba tan desorientado que no alcanzaba a adivinar lo sucedido. Ni siquiera estaba seguro de seguir con vida.

El aparato se detuvo y flotó sobre el borde del cañón, con el suelo a un lado y una caída de sesenta metros al otro. Y se quedó así. Pero él no había activado los propulsores, ¿verdad?

Te pido disculpas. Pensé que tu maniobra sería suficiente. No esperaba que el proyectil estallara.

¿Jaxi?

Ridge se tocó la cabeza, y se estremeció de dolor al sentir el chichón que ya crecía bajo su gorro. Tenía sangre en un lado de la cara.

¿Se meten otras espadas en tus pensamientos?

No lo creo. Pero ahora mismo no me acuerdo ni de mi nombre, así que no soy una fuente fiable.

Ridge se giró, buscando el sitio donde se había estrellado el cohete. No fue difícil de encontrar. Había formado un enorme y negruzco cráter, con árboles caídos y arrancados por toda la circular depresión. Tenía suerte de seguir vivo.

Entonces, se acordó de que no había derribado a la aeronave que había lanzado el proyectil, e intentó localizarla.

¿Dónde está el otro piloto? ¿El de la Cofah?

Ha caído al cañón.

Ridge, que aún estaba sumido en la confusión, solo pudo decir:

¿Cómo ha sucedido?

Supongo que su motor ha estallado y se ha precipitado al desfiladero como consecuencia de ello. Yo no estaba segura de poder provocar eso, porque he descubierto que la sangre de dragón no es combustible… pero esa sustancia oleaginosa que ponéis en los motores (¿cómo se llama…?), esa sí que es inflamable, muy inflamable.

La llamamos aceite.

Ridge se desplomó en su asiento. Le dolía el cuerpo y la cabeza, y no estaba vivo por ni por sus habilidades ni por su astucia ni por nada por el estilo, sino gracias a una espada mágica. Pero se acordó de que sus pilotos también se estaban enfrentando a esos cohetes y se enderezó al instante. Ya se flagelaría después.

¿Puedes ayudar a los demás?

Una segunda detonación resonó en las montañas antes de que Jaxi pudiera responder, y un destello naranja iluminó el cielo como un pequeño sol. Dos aparatos iskandianos surgieron de entre la explosión, dirigiéndose hacia él. Estupendo, Ridge apretó un puño. Pero ¿el tercero? ¿Dónde estaba el tercero? Tampoco veía el otro aparato de la Cofah. Mal consuelo si había perdido a un piloto.

—Buen disparo, Rapaz —dijo Ápex.

—Gracias —replicó Ahn.

Los dos parecían exhaustos, preocupados.

—¿Pato? —preguntó Ridge.

—Estoy aquí, señor. Acabo de escoltar al aparato de la Cofah hasta una preciosa ladera. Esa pintura negra hace que el fuselaje quede realmente bien contra la nieve…, aunque no estoy seguro de que ese chivo haya apreciado nuestra visita.

—Visita —dijo Ápex—. No hay ningún motivo gramatical para añadir letras o sílabas a la palabra.

—¿Me estás echando la bronca por mi forma de hablar? ¿Después de lo que hemos pasado?

El aparato de Pato apareció por fin, saliendo de las montañas.

—El chivo me lo ha pedido.

Jaxi, ¿puedes bajarme al suelo? Tengo que ver si mi aparato puede volar de nuevo. Supongo que perdería sustentación y me caería al cañón si no fuera por ti, dijo Ridge, a quien también le preocupaba su súbita capacidad de flotar sin propulsores, difícil de explicar a los otros.

Supones bien.

Gracias por la ayuda.

Su machacado aparato flotó hasta una zona lisa y se posó de lado sobre las ruedas..

Sardelle lloraría desconsoladamente si tú murieras. Debería haberte ayudado antes, pero esos artilugios mecánicos están más allá de mi experiencia. Además, es posible que a tus camaradas les hubiera parecido sospechoso que el aparato enemigo ardiera espontáneamente ante sus ojos.

Sí, es posible.

—Su aparato no tiene buen aspecto, señor —dijo Pato—. Yo también he sufrido daños, y estoy un poco mareado. ¿Quiere que aterricemos? ¿O que persigamos al dirigible?

—¿Sigue en el aire? —preguntó Ridge, que no podía ver por culpa de los árboles—. Estaba tan ocupado estrellándome que no me he enterado de lo que pasaba.

—La última vez que le vi, estaba detrás de aquella cumbre. Supongo que habrá seguido su rumbo. Gran idea la de intentar que se estrellara en las montañas.

Ridge suspiró. Efectivamente, toda la misión había sido una magnífica idea. Pero había cometido un error al subestimar el papel de su escuadrilla, ¿cómo iba a imaginar lo que podían hacer los nuevos aparatos y las armas de la Cofah?

—Lo siento, señor —dijo Ahn—. Tendríamos que habernos dividido y haber salido alguno en su ayuda cuando vimos que solo nos perseguía uno, pero entonces lanzó ese espanto de proyectil y...

—Cada aparato de la Cofah lleva dos cohetes —declaró Ápex—. Ahn ha descubierto que su fusil de francotiradora no sirve de nada contra ellos, a diferencia de la ametralladora. Pato y yo hemos descubierto lo mismo, aunque nos ha faltado puntería.

—A mi puntería no le pasa nada —protestó Pato—. No es culpa mía que el cohete se apartara todo el tiempo del sitio al que yo apuntaba.

—Encuentren un sitio donde aterrizar —ordenó Ridge—. Comprobaremos los aparatos y veremos quién ha sufrido daños y qué importancia tienen. Me temo que el mío ya no puede volar, no sin un ingeniero y una caja de repuestos.

Ridge sabía que no tenían ni lo uno ni lo otro, y se maldijo en voz baja. ¿Cómo iba a sacar a su gente de allí, si habían perdido un aparato?

—Sí, señor.

Se desabrochó el arnés y saltó a tierra. Aún le temblaban las piernas, y se alegró de tener tiempo para recuperarse antes de que llegaran los demás. Se quitó el gorro y las gafas y se apoyó en el fuselaje. El gélido viento que soplaba desde las cumbres de las montañas azotó su pañuelo. Se estremeció. Su cuerpo estaba empapado de un sudor frío, como si hubiera estado corriendo una maratón en lugar de haber estado sentado en su asiento.

Cuando el resto aterrizó, el zumbido de las hélices dejó de sonar en la cordillera. Ridge miró el sol, esperando que se pusiera rápidamente, para que se pudieran ocultar en la oscuridad de la noche mientras hacían las reparaciones. No pasaría mucho tiempo antes de que el dirigible de la Cofah volviera; probablemente, en compañía de unos cuantos amigos.

El dirigible no se ha ido del todo.

Ridge se puso recto al instante.

¿Cómo? ¿Dónde está? ¿Viene hacia aquí?

Ridge abrió la boca, a punto de ordenar a los suyos que volvieran a despegar, angustiado por no poder acompañarlos.

Se dirige al oeste, pero ha dejado un mensaje.

¿Un mensaje?

Ridge pensó en los cohetes. ¿También estaría equipado con ellos? Que no los hubieran usado en la primera pasada no significaba que no los tuvieran.

Es un mensaje literal. A Ridge le pareció interesante que las palabras telepáticas de una espada pudieran sonar tan secas como las de una voz normal. *Deberías subirte a un árbol.*

Ridge no tenía ganas de subirse nada (salvo quizá, a una cama), pero tampoco quería perderse el encantador mensaje que le había dejado la Cofah. Localizó un álamo de tronco prácticamente desnudo, cuyas nevadas ramas superiores tapaban el cielo, aunque creando una especie de celosía que dejaba ver a través. Se desabrochó el cinturón, lo pasó alrededor del tronco, le dio una vuelta por encima de las muñecas y lo agarró. Después, apoyó las botas en el tronco, subió el cinturón unos cuantos centímetros y empezó a subir. Mientras ascendía, sus movimientos provocaron sacudidas en las ramas de arriba, y un montón de nieve cayó sobre sus hombros y su cabeza.

Me habrías ahorrado esto si me hubieras dicho lo que dice el mensaje, pensó Ridge, aunque no sabía si la espada estaría escuchando.

Sí, y podría hacer que levitaras y ascendieras quince metros, pero ¿qué dirías a los tuyos cuando preguntaran cómo lo has conseguido?

Aún no están aquí. Ridge no sabía dónde habían aterrizado, pero no había muchos claros entre los árboles.

Sí que están.

—¿Qué está haciendo, señor? —gritó Pato desde abajo.

Ridge ya estaba tan arriba que podía ver el cielo del oeste. El dirigible era una pequeña mota en el horizonte, y el viento empezaba a disipar el mensaje de humo que había dejado. Pero aún se podía leer, e hizo que bajara la cabeza, dominado por un inmenso cansancio:

Vuestros espías han muerto. Marchaos o seréis los siguientes.

Capítulo 10

Sardelle y Tolemek avanzaban por la nieve a duras penas, con las capas tensamente cerradas alrededor de sus cuerpos y las capuchas, bien caladas. La noche abrazaba las montañas y, tras todo un día de viaje, necesitaban dormir. Tras recibir la advertencia de Jaxi, Sardelle quiso volver al campamento de Ridge tan rápidamente como fuera posible, pero no tenían más remedio que regresar sobre sus pasos; primero, en tren; después, a caballo y, por último, cuando la capa de nieve empezó a ser demasiado profunda para sus monturas, sobre raquetas robadas.

Jaxi los dirigía hacia el nuevo campamento, donde los pilotos hacían reparaciones a marchas forzadas para poder partir antes de que la Cofah volviera. Sardelle tenía miedo de que ella y Tolemek, quien no había pronunciado ni tres palabras desde que abandonaron el sanatorio, llegaran tarde a su destino y descubrieran que los demás se habían ido.

Siguen aquí. Estoy ayudando al señor Gruñón a arreglar su aparato.

¿El señor Gruñón? Sardelle pensó que no podía ser Ridge.

No es gruñón con sus tropas, pero lo es conmigo. No estoy seguro de que agradezca tenerme en su cabeza, aunque ayer le salvé de caerse al cañón.

¿Y qué crees que no agradece? ¿Tus comentarios? ¿O el hecho de que sean sarcásticos y frecuentemente exasperantes?

Sardelle se empezaba a arrepentir de haber iniciado la comunicación telepática con Ridge. No había previsto que Jaxi se la tomaría como una invitación para charlar con él a la menor oportunidad.

Oh, por favor, solo soy exasperante de higos a brevas. No imaginas lo mucho que me contengo. Podría hacer comentarios

180

sobre todo lo que hacéis. Y, por lo demás, si no querías que hablara con él, no deberías haberme dejado en su artefacto volador.

—¿Estás segura de que vamos en la dirección correcta?

Tolemek se detuvo en la nevada ladera, contemplando las montañas que se alzaban ante ellos. Durante un rato, habían ido por un sendero, pero Jaxi le había asegurado a Sardelle que aquello era un atajo.

—Estamos más cerca de su campamento —replicó ella.

—Eso no contesta exactamente a mi pregunta.

—Jaxi está segura de que vamos bien.

Tolemek gruñó y siguió andando ladera arriba. Sardelle notó el olor a madera quemada que arrastraba la brisa, y deseó que significara que se estaban acercando; pero se preguntó si Ridge permitiría que sus pilotos hicieran fuego cuando podía haber aeronaves enemigas en la zona.

Están usando las llamas para derretir resina de pino y usarla en sus reparaciones. Es extremadamente primitivo, pero a Ridge no le ha parecido útil mi opinión. Es posible que el científico pirata les pueda ayudar con un pegamento mejor.

Sardelle empezaba a entender que Ridge estuviera enojado con Jaxi.

Tolemek y ella llegaron a lo alto de una loma, desde donde Sardelle esperaba ver el fuego, pero solo vio árboles, un desfiladero en la distancia y un extraño cráter. Ah, no era solo eso, había un aire de magia en el ambiente.

Los estoy ocultando de posibles miradas indiscretas.

¿Ridge lo sabe?

Por eso se ha arriesgado a encender fuego, según creo. Estoy siendo extremadamente útil. Le he dicho que, si me lo hubiera pedido, también podría haber camuflado su campamento anterior. La red que usaban les causó problemas al despegar... El resultado ha sido muy inferior a lo que una hechicera puede crear con su mente.

Ridge no conoce tus habilidades, le recordó Sardelle. *Además, está siendo cuidadoso con nuestro secreto.*

Solo hay dos pilotos que no sepan lo tuyo. Quizá sería mejor que se lo dijeras. Así, podríamos usar nuestro poder abiertamente.

Quizá. Hablaré con él.

Sardelle pensó que Ridge confiaba en todos sus pilotos, pero ella no conocía bien ni a Pato ni a Ápex, y no le atraía la idea de plantarse ante ellos e informarles sin más de que era una hechicera.

Tolemek se detuvo.

—Noto… algo ahí abajo —dijo, mirándola con curiosidad.

—Es el campamento. Me alegra que hayas detectado el truco de Jaxi.

Pues a mí no me alegra nada, porque me hace dudar de mi sutileza. ¿Me estaré haciendo vieja?

Anciana. Pero no debería sorprenderte. Tú misma dijiste que Tolemek tiene un talento innato. Es una pena que no encontráramos a su hermana. Siento curiosidad por conocerla.

¿No la vais a seguir buscando?

Sí, pero creo que necesitaremos ayuda de Ridge y su equipo.

Además de darle el mensaje que el dirigible había dejado en el cielo, Jaxi le había resumido la batalla aérea. El hecho de que la Cofah tuviera tanta sangre de dragón y la estuviera usando para crear armas que se utilizarían inevitablemente contra los iskandianos era… inquietante. No se trataba solo de ayudar a Ridge. Todo su continente estaba en peligro.

Entre un paso y otro, el paisaje cambió. Lo que parecía ser una arboleda se transformó en un claro con dos aparatos (los otros estaban detrás de unos álamos, más al fondo). Parecían estar en buenas condiciones, pero los dos más cercanos tenían parches en las alas y resinosas manchas negruzcas en sus broncíneos cuerpos. Docenas de abolladuras y arañazos decoraban el fuselaje de uno, y la cantidad de ramas rotas y acículas de pino que cubrían su superficie sugerían que la hélice se había usado recientemente como trituradora de madera.

La teniente Ahn montaba guardia entre las sombras, con un fusil en la mano, apoyada en un tronco. Sardelle no la había visto al principio, pero tuvo la impresión de que ella la había divisado a cientos de metros de distancia. Los otros dos tenientes estaban junto a una enorme hoguera, donde uno se dedicaba a echar ramas y el otro, a remover el contenido de una cacerola improvisada (¿qué era eso? ¿Un casco de la Cofah?). Ridge se encontraba en el más dañado de los aparatos, y sacudió un palo lleno de resina cuando Sardelle le miró.

—¡Tolemek! —gritó el coronel—. ¿Tiene algún producto interesante que pueda servir para las reparaciones?

—Es posible. Lo miraré dentro de un momento —replicó.

Antes de ponerse a ello, Tolemek se acercó a Ahn, le dio un abrazo y charló con ella en voz baja. Ápex, que iba en busca de otro cargamento de madera, los miró fijamente, pero no dijo nada.

Sardelle sabía que no debía distraer a Ridge con conversaciones secretas, pero se acordó de cómo le había tomado el pelo por ayudar a Tolemek antes que a él cuando los dos acabaron en el suelo y tocó su mente con una pregunta:

¿Debería sentir celos de que te alegres más de verle a él que de verme a mí?

No, porque no es el caso. Sencillamente, no quiero saltar del aparato y cubrirte a besos mientras todo el mundo mira. Además, te mancharía el pelo de resina si lo intentara.

Su humor sonó cansado y forzado. Estaba agotado, pero llevaba una carga mayor, la pérdida de los dos capitanes. ¿Se sentiría culpable de algún modo?

—¿No han encontrado lo que buscaban? —dijo Ápex, que regresaba al campamento con un par de leños grandes. No se lo preguntó a Tolemek, sino a Sardelle.

—Lo que buscábamos ha cambiado de sitio —le informó ella.

Ridge se bajó del aparato, habiendo terminado su trabajo; al menos, temporalmente.

—Ápex, ya tenemos leña suficiente. Acérquense todos. Reunámonos junto al fuego.

Tras su larga caminata por las montañas, Sardelle ardía en deseos de sentarse; pero el campamento carecía de asientos, excepción hecha de los de las carlingas.

Tolemek y los pilotos se reunieron alrededor de la llamas. Sardelle refrenó el impulso de apoyarse en el brazo de Ridge y se quedó a sus espaldas, a un metro de distancia.

—Si la Cofah dice la verdad, los capitanes Nowon y Kaika están muertos —declaró el coronel.

—¿Si dice la verdad? —intervino Ahn—. ¿Cree que mienten, señor?

—Era un mensaje preciso. Hablaba de dos espías —replicó Ridge—. Creo que han encontrado a los nuestros, pero… puede que los estén interrogando, y que aún sigan con vida.

Ahn asintió, muy seria.

—Si existe la posibilidad de que sigan vivos, me niego a dejarlos atrás —dijo Ridge, que miró un momento a Sardelle.

¿Pensaría que le podía ayudar con ese problema? Sus sentidos no iban mucho más allá de unos cuantos kilómetros, y hasta era posible que ni el alcance de la propia Jaxi pudiera llegar a la ciudad o cuartel donde los tuvieran presos.

—Y luego está la misión original —prosiguió él—. Si nos vamos ahora y volvemos a casa sin el cargamento que vinimos a buscar… —Ridge se abstuvo de mencionar al coronel que había dejado en una cuneta, aunque también debía considerarlo—. Si nos vamos ahora, la misión no habrá servido de nada.

—Pero hemos conseguido una información importante, señor —dijo Pato—. Todo eso sobre la sangre de dragón y lo que puede hacer.

Ridge gruñó, claramente poco impresionado por ese pequeño detalle.

—Si seguimos con la misión, cabe la posibilidad de que encontremos un dragón —comentó Sardelle—. Esa sangre tiene que salir de alguna parte.

—Puede que Tolemek lleve una poción matadragones en su morral —dijo Ridge.

Tolemek resopló.

—Matalagartos, quizá.

—Lo que quiero saber —dijo Ápex lentamente, girándose hacia Tolemek— es cómo es posible que no le haya sorprendido lo de Nowon y Kaika, lo de su muerte o captura, sea lo que sea.

Sardelle conocía la razón. No le había pillado por sorpresa porque Jaxi se lo había dicho a ella el día anterior y ella se lo había dicho a Tolemek. Pero no se lo podía explicar a los pilotos, que no sabían nada de sus poderes. No, al menos, de una forma racional y creíble.

Tolemek frunció el ceño.

—Tras tres días de viaje, estoy tan cansado que no reacciono ante nada.

Ahn, que estaba pegada a Tolemek, miró a Ápex con ojos entrecerrados.

Nos lo contó Jaxi, dijo Sardelle a Ridge. Ella tampoco había reaccionado ante la noticia, pero Ápex no se había dado cuenta porque solo vigilaba a Tolemek.

Lo suponía.

Ridge alzó una tranquilizadora mano.

—Eso ya no importa. Lo que importa es lo que hagamos a partir de ahora —afirmó.

—Espere un momento, señor —intervino Ápex, que también alzó una mano—. Claro que importa. No hemos hablado de ello, pero ¿no le parece sospechoso que esas aeronaves de la Cofah nos estuvieran esperando cuando llegamos al continente? ¿Ni que esa torre de vigilancia supiera dónde estábamos?

Pato chasqueó los dedos.

—Es cierto. Desde que llegamos, han estado sobre nosotros como abejas sobre la miel. ¿Cómo sabían que veníamos?

—Ya he sopesado la posibilidad de que alguien haya filtrado información sobre nuestra misión —dijo Ridge—, pero es imposible que fuera Tolemek, porque no supo nada de ella hasta el día anterior a que nos marcháramos. Las noticias no pueden haber llegado más deprisa que nosotros, lo cual significa que alguien que conocía los planes del rey la filtró a la Cofah con antelación.

—Salvo que la noticia viajara por medios mágicos —observó Ápex.

Varias personas fruncieron el ceño y cambiaron de posición, intranquilas. Hasta Sardelle se puso nerviosa, y esperó a ver si Ápex la miraba. ¿Habría adivinado lo que era? Se suponía que solo era un estudioso. ¿Sería tan observador? ¿Habría deducido que no era la arqueóloga que decía Ridge?

Y Ápex la miró, sí; pero, cuando apuntó con el dedo, no la señaló a ella, sino a Tolemek.

—He estado leyendo algunas de sus fórmulas alquímicas y, aunque no ha publicado los ingredientes ni sus métodos… —Ápex frunció el ceño de nuevo, como si eso fuera un delito, y quizá lo fuera desde un punto de vista académico—, me resulta difícil de creer que algunas de sus pociones puedan funcionar sin algún tipo de influencia sobrenatural.

Ahn apretó los puños como si estuviera sopesando la idea de pegarle un puñetazo en la nariz, pero guardó silencio; tal vez, porque sabía que Ápex estaba en lo cierto. Sardelle había sospechado desde el principio que Tolemek tenía sangre de dragón, y Jaxi había confirmado sus sospechas. Extrañamente, Tolemek no lo había sospechado hasta que Jaxi se lo dijo.

—Pensaba que su especialidad es la arqueología, Ápex —dijo Ridge con tranquilidad—, no la alquimia.

—No hace falta ser un experto para saber que su ciencia huele mal.

—¿Estás insinuando que Tolemek es una bruja? —dijo Pato.

—Las brujas son mujeres, ¿no? —susurró Tolemek a Ahn.

Lejos de preocuparle, la acusación de Ápex le había parecido graciosa. Seguramente, porque pensaba que en cualquier caso podía con él.

—¿Me lo preguntas a mí? —musitó Ahn—. Como si yo lo supiera.

Sardelle podría haberles dado la terminología correcta, pero no quería dar la nota, no con ese tema de conversación.

—Estaremos atentos a todo —dijo Ridge. A todo, no a Tolemek. Por lo visto, creía en la inocencia del pirata científico. Su razonamiento había sido lógico, pero era posible que sospechara de otra persona—. Mientras tanto, quiero saber lo que opinan sobre la misión. Me siento en la obligación de seguir adelante; pero, si ya han caído nuestros dos capitanes de élite, nosotros podríamos correr la misma suerte. Necesito voluntarios. Si alguien no se siente cómodo, puede esperar aquí o volver a casa con la información que tenemos. Pato tiene razón. El general debe saber lo que hemos descubierto.

—Iré yo —dijo Pato—. Supongo que estaba pensando en esa posibilidad cuando nos eligió.

—En efecto —replicó Ridge.

—Entonces, ¿por qué pide voluntarios, señor? Ya sabe que estamos con usted —dijo Pato, abriendo una mano hacia Ahn y Ápex.

Ahn asintió. Ápex seguía mirando a Tolemek.

—¿El también vendrá? —preguntó Ápex.

—Sardelle y él tienen habilidades únicas que nos serán de gran ayuda si nos conseguimos colar en un complejo muy vigilado; sobre todo, si dicho lugar está en alerta tras el fracaso de nuestro primer equipo. La Cofah sabe que estamos aquí. Estarán preparados.

Sardelle se alegró de que Ridge no hubiera pedido detalles sobre su incursión en el sanatorio. Habían entrado y habían salido, pero no se podía decir que hubiera sido una operación fina. En su cabeza apareció la imagen de un guardia corriendo por un pasillo con un cubo de fregona esposado a la muñeca.

—Señor, ¿posee habilidades únicas? ¿Como cuáles? —se interesó Ápex.

Ridge miró a Sardelle a los ojos, formulando una pregunta que, sin embargo, no formuló en su mente. Y, como ella sabía cuál era, se le adelantó.

¿Quieres que se lo diga?

¿Tienes alguna objeción?

Creo que, si vamos a entrar juntos en esa instalación, se enterarán de todas formas. Y estaré renqueante si tengo que preocuparme por guardarlo en secreto.

—La magia —contestó Ridge.

Ápex miró a su coronel como si se sintiera vindicado y traicionado a la vez.

—¿Lo sabía, señor? —dijo, extendiendo una mano hacia Tolemek.

—¿Que si sabía que los inventos de Tolemek son mágicos? No, pensé que solo era ciencia e ingeniería —declaró Ridge—. Me refiero a Sardelle. No la he traído porque sea una buena estudiante de Historia.

Sardelle se sintió incómoda al convertirse en el objetivo de todas las miradas, pero mantuvo la barbilla alta e intentó parecer sabia, útil y no particularmente brujeril, puesto que todos pensaban que la brujería era algo terrible.

—Pensé que estaba aquí porque calienta mejor su tranca por las noches que el coronel Therrik —dijo Pato, frotándose la cabeza—. ¿Está diciendo que es una… bruja?

—Una hechicera —puntualizó Sardelle—. Las brujas suelen tener mala formación. En general, aprenden por su cuenta y, a veces, carecen por completo de verdadera aptitud para la magia. Yo recibí formación académica.

Sardelle prefirió no decir dónde y cuándo la había recibido, porque eso sería más largo de explicar.

—¿Lo sabía, señor? —dijo Pato en voz baja—. ¿Y aun así…? —Pato movió la mano como intentando coger aire, y Sardelle esperó a que volviera a decir *tranca*. Era la primera vez que lo oía. Lo que podía cambiar el argot de esas cosas en trescientos años—. ¿O están fingiendo? ¿Simulan ser pareja cuando en realidad…?

El pobre chico volvió a abrir y cerrar los dedos. No encontraba la pieza del rompecabezas que le faltaba.

—¿Lo sabe el rey? ¿Son espías? —sentenció.

—Si el coronel Zirkander es un espía, yo soy un tiburón tigre moteado —dijo Ápex.

—Su confianza en mi capacidad de filtrar información sibilinamente es decepcionante, Ápex —dijo Ridge.

—No desconfío de su capacidad de filtrar información, señor, sino de que se pueda abstener de hablar y hacer chistes sobre lo filtrado —replicó Ápex, arrugando la frente—. Esto no tiene ni pies ni cabeza. Ahora mismo, estoy tan perplejo como lo suele estar Pato —añadió, antes de mirar a Tolemek y a Ahn—. Pero veo que soy el único… Una vez más, parece que Ejecutor ya tenía esa información. Y tú tampoco pareces sorprendida, Rapaz.

—Estuve extremadamente sorprendida hace unas cuantas semanas —declaró Ahn.

Ápex sacudió la cabeza y se apartó de la hoguera, mascullando algo sobre ir a buscar leña.

—Te ayudaré —dijo Pato, y le siguió.

Sardelle tocó el dorso de la mano de Ridge.

¿Vas a permitir que se vayan juntos? ¿Te parece una buena idea?

—Llegarán a una conclusión y decidirán si quieren venir con nosotros. Los dos pueden ser útiles, pero antes no he mentido. Alguien tiene que llevar esa información a Iskandia, por si...

—¿Fracasamos miserablemente? —dijo Tolemek.

Ridge se encogió de hombros.

—Yo no voy a fracasar hasta que encuentre a mi hermana —continuó el pirata—. No sé a dónde se la han llevado; pero, si el mensaje que me dejó es cierto, sé que no se limitarán a llevarla a la casa de mi padre. Está en peligro por mi culpa, y no pienso morir en un paraje olvidado cuando ella está esperando a que la ayude.

—¿Significa eso que no quiere sumarse a esta misión? —preguntó Ridge—. Sus herramientas y usted nos resultarían útiles, pero no es su problema. Lo comprendo.

Tolemek miró a Ahn. La teniente no le susurró nada al oído ni puso ninguna expresión facial que sugiriera que se sentiría decepcionada si no iba con ellos, pero Tolemek debió de ver algo que Sardelle no vio, porque dijo:

—Iré.

—Bien. ¿Y usted, Ahn?

—Sí, señor. Cuente conmigo.

Ridge sonrió a Sardelle con cansancio.

—Espero que tú también vengas.

—Sí, pero ¿podríamos hablar un momento?

Sardelle le cogió la mano, y se topó con parte de la resina que él había mencionado antes. La sonrisa de Ridge adquirió un irónico fondo de *te lo dije*.

Tolemek y Ahn ya se habían alejado de la hoguera, y los dos tenientes seguían hablando en otro sitio, alzando a veces la voz con enfado o desesperación. Sardelle no tuvo que llevar muy lejos a Ridge para encontrar un lugar donde no los molestaran.

Limpió la nieve de un tronco caído, se sentó de cara al fuego y se desabrochó las raquetas. Desde las cumbres de las montañas bajaba un viento helado que lamía su piel y la empujó a cerrarse el manto. Conocía un truco para calentar mantas (generalmente reservado a pacientes enfermos), y pensó en utilizarlo la próxima vez que pudieran dormir un rato, fuera cuando fuera. Solo faltaba una hora para el amanecer, y Ridge querría ponerse en marcha antes de que el cielo se aclarara. Una aeronave de la Cofah sabía dónde estaban, y ya habría tenido tiempo de llegar a una de sus bases y conseguir refuerzos.

Ridge se sentó en el tronco y pasó un brazo alrededor de su cuerpo. Durante unos instantes, Sardelle se rio de la idea de que Pato pensara que su relación con Ridge era una farsa. Todo lo demás sí que lo era. Aquello era lo único real. ¿O no? Si era cierto que él le importaba, ¿se habría planteado de verdad la posibilidad de abandonarlo?

Sardelle volvió a capturar su mano libre. Sí, si estaba pensando en la posibilidad de abandonarlo era precisamente porque le importaba.

¿En serio? Yo creía que es porque eres una cobarde y no te quieres enfrentar a esa organización secreta.

No tengo ningún problema con enfrentarme a ninguna organización. Es que no quiero arruinar su carrera, su vida.

Ya, ya, ¿y por qué no le preguntas a él sobre los lamentables efectos de tu presencia y permites que decida por sí mismo?

Vaya, eso es… un argumento bastante lógico, Jaxi.

No sé por qué te sorprende. He sido testigo de miles de relaciones amorosas.

¿Miles? O tus antiguos dueños eran extremadamente lujuriosos o tienes una veta voyerista.

Si las espadas podían sonreír, Jaxi sonrió.

Ridge lanzó una mirada a su aparato. Quizá fuera mejor que volviera a las reparaciones.

—¿Es verdad que querías hablar conmigo? ¿O es que tu aventura con un aburrido e introspectivo pirata te ha dejado deseosa de acurrucarte contra alguien divertido?

Sardelle estuvo a punto de defender a Tolemek, pero no se podía decir que hubiera sido un acompañante muy parlanchín. Podía comprender que Ahn no le encontrara aburrido (tampoco era muy habladora, así que cabía la posibilidad de que disfrutaran estando en silencio), pero ella prefería el juguetón coqueteo de Ridge.

—¿Podemos confiar en ellos? —dijo Sardelle, ladeando la cabeza hacia Pato y Ápex, que seguían discutiendo—. Bueno, la pregunta debería ser si yo puedo confiar en ellos, porque sé que no harían nada contra ti.

—No, su adoctrinamiento militar les impediría tramar chiquilladas contra un oficial superior.

—No son las trastadas lo que me preocupa.

—Estando aquí, no creo que se arriesguen a despertar mi ira. Pero cuando volvamos… en fin, supongo que ese será el menor de mis problemas cuando volvamos. Si no me hacen un consejo de guerra por dejar a Therrik en tierra, me degradarán por cargarme la misión.

—Tú no tienes la culpa de lo que ha salido mal —dijo Sardelle—. ¿O crees que los capitanes habrían sido más eficaces bajo el mando de Therrik?

—Por lo que yo sé, no. Pero él está en Iskandia, calentándole la oreja al rey, y yo estoy aquí, subestimando a los pilotos de la Cofah y a punto de estrellarme en desfiladeros —replicó Ridge, que bajó la voz—. Tu espada me ha salvado la vida.

—Lo sé. Está muy satisfecha de sí misma.

—Me siento como un idiota. He pecado de exceso de confianza. No se me ocurrió pensar en el potencial de esas armas de sangre de dragón cuando vi los aparatos de la Cofah. Di por sentado que sus pilotos estarían bastante verdes comparados con los míos… y conmigo —Ridge apretó un puño e hizo un sonido de disgusto—. Ápex tiene razón al afirmar que la Cofah está sorprendentemente bien informada sobre nuestro paradero. No sé si tenemos un soplón o si pueden hacer más cosas con esa sangre, pero no tengo motivos para estar tranquilo —añadió, barriendo la nieve con una bota—. Lo siento, se suponía que íbamos a hablar de tus preocupaciones, no de mis… Normalmente es el dragón quien se traga mis discursos.

Sardelle parpadeó.

—¿Qué dragón?

—Ya sabes, mi amuleto.

—Ah, oh… ¿es que hablas con él?

—Con él, no —dijo Ridge—, pero ando en círculos y hablo solo.

—Mientras lo agarras.

—Sí —replicó, entrecerrando los ojos—. Te lo he dicho varias veces… No es tan raro, no más extraño de lo que hacen otros pilotos. Este trabajo nos desquicia a todos un poco.

—Por supuesto, lo comprendo. Y no me estoy burlando de ti —Sardelle le apretó la mano, pero no se pudo resistir a la tentación de tomarle el pelo—. Por cierto, ¿tienen sanatorios mentales en Iskandia? ¿O solo hay en Cofahre?

—Creo que sí tienen, pero solo me podrías encerrar en uno si fueras mi esposa. E incluso en ese caso, tendría que hacer algo peor que hablar solo.

Si fuera su esposa… Sardelle sabía que Ridge estaba bromeando, pero sus palabras la dejaron pensativa. ¿Querría casarse con ella? ¿Querría ella casarse con él? Sacudió la cabeza y se dijo que sería mejor que volvieran al tema de conversación original, pero comentar sus bromas era más fácil.

—¿Aunque te frotes tu dragón mientras hablas solo?

—Sí, bueno… —Ridge frunció el ceño—. Seguimos hablando de mi amuleto, ¿verdad?

—Yo sí, por supuesto.

—Bien, me parece perfecto. Yo, también.

Ella soltó una risita, y él se acercó y le dio un beso en la mejilla, calentando su helada piel con sus labios.

—Gracias. No sé si era tu intención, pero me has sacado de mis sombríos pensamientos.

—Me alegro, pero… —esta vez fue Sardelle quien empujó la nieve con sus botas—. Eso que has dicho antes del consejo de guerra… Últimamente, has tomado decisiones que otros pueden considerar cuestionables, y te has puesto en situaciones comprometidas… por mi culpa, por conocerme a mí y tenerme en tu vida.

Ridge la miró con desconfianza.

—¿Alguien te ha contado lo de la parra de palacio?

—¿La qué…?

Es una historia muy divertida. Que te la cuente.

—Nada —dijo él—, puedes seguir hablando.

Hum.

—Ridge, disfruto mucho de tu compañía…

Ridge la miró con asombro. ¿Qué iba a decir? Parecía el principio del típico discurso de tenemos que separarnos.

—… y podría vivir contigo muchos años, o para siempre. Pero creo que te estoy causando demasiados problemas —continuó ella—. Tomas decisiones que no tomarías si no intentaras protegerme, y me estaba preguntando si… —Sardelle no supo interpretar la nueva expresión de Ridge. No se atrevía a mirarle a los ojos—. Quizá debería marcharme una temporada, hasta que me haya encargado de la gente que me espía y tu vida vuelva a la normalidad. Cuentas con el respeto de los tuyos, de tus oficiales superiores, de tu rey, de tus pilotos… no quiero que lo pierdas por mi culpa.

—Sardelle.

Sardelle se arriesgó a mirarle a los ojos. No parecía ni enfadado ni deprimido ni fuera de sí. Solo daba la impresión de estar intentando averiguar lo que pasaba o, más bien, de qué le pasaba a ella.

Bien jugado, genia.

Calla.

—¿Esto no está prohibido? —preguntó él—. Me refiero a lo de amenazar con marcharte después de haberme enseñado a hablar por telepatía y de haber invitado a tu espada a bailar por mi cabeza cada vez que le apetece.

—Hum.

Sardelle no supo cómo tomarse el humor de Ridge, no esta vez. ¿Sería un mecanismo de defensa? ¿Un síntoma de que no entendía las ramificaciones de lo que le estaba diciendo? No, no era ningún estúpido, aunque se ocultara detrás de esa fachada de piloto que solo sabía volar y disparar.

—Supuse que ese asunto de la telepatía implicaba una propuesta de matrimonio inminente —dijo Ridge— o, como mínimo, que me considerabas merecedor de compartir conmigo tus habilidades y secretos más profundos.

—¿Una propuesta de matrimonio? ¿Ahora es cosa de las mujeres? En mi época, eran los hombres quienes las hacían.

Sardelle dejó de hablar, por miedo a que aquello se convirtiera en una batalla. Era un tema que la incomodaba. No estaba diciendo en serio que quisiera casarse con ella, ¿verdad? No, tenía que ser una broma.

—Las puede hacer un sexo o el otro.

—Pues yo esperaba que me lo propusieras tú. Al fin y al cabo, fuiste el instigador de la primera noche que pasamos juntos, cuando apenas habían pasado tres días desde nuestro primer encuentro.

—¿Que yo fui el instigador? Fuiste tú la que se apoyó en mi pecho. Si eso no es instigar, no sé qué es.

—Te estaba vendando las heridas.

—¿Tenía heridas? Ah, lo había olvidado. Qué curiosa es la memoria de las personas, ¿eh? Cada uno recuerda detalles distintos.

Sardelle le dio un golpecito con el hombro, pero sonrió de todas formas; al parecer, aquella era la única respuesta que iban a tener sus preocupaciones. Sin embargo, Ridge se puso serio y volvió a bajar la voz, porque los demás los habían mirado al oír la palabra *sexo*, aunque no en el contexto de las relaciones sexuales.

—Mira, Sardelle… Mi vida nunca ha sido normal, y tomo decisiones dudosas todo el tiempo. Ya me sucedía antes de conocerte. Pregunta a quien quieras. No, pregúntaselo al general Ort. Estará encantado de hacerte una lista o de enseñarte mi historial, que tiene seis centímetros de ancho. Soy un hombre impulsivo y poco disciplinado, nada más. No hay muchas ramas del ejército donde hubiera podido estar más de cinco años sin que me echaran con una patada en el… en el pompis, como dices tú. Lo sé desde el principio. Me alisté porque quería volar, solo por eso. Es lo que siempre he querido hacer. He aguantado todo eso de la disciplina, la cadena de mando y la mier… espera, ¿conoces alguna expresión fina para referirte a las deposiciones fecales?

—Creo que ya has encontrado una.

—Ya, pero no suena muy potente... En fin, lo que quiero decir es que he aguantado todo eso porque el ejército me deja volar. De hecho, el ejército solo me aguanta a mí porque soy muy bueno en lo que hago. Normalmente —declaró—. Supongo que el favor del rey me importa menos de lo que debería. Le considero un hombre como los demás, ni más ni menos. Pienso lo mismo de todo el mundo. No me gusta fracasar, lo detesto y, si temo un consejo de guerra, es porque sé que en este caso estaría justificado. Pero lo que me molesta es el fracaso, no las opiniones del resto de la gente.

Ridge se inclinó hacia delante, apoyó los codos en las rodillas y se miró las manos, pensativo. Sardelle estuvo a punto de pasarle un brazo por detrás, pero optó por apoyar la cabeza en su hombro.

—Mientras pueda volar, seguiré soportando los madrugones, la espantosa comida, las pruebas físicas y mentales, las largas semanas de trabajo y la ausencia de días libres, que solo te dan cuando al ejército le parece conveniente, es decir, nunca. Volar es lo que lo hace soportable. Pero si hubiera otro modo… He estado pensando mucho desde que dijiste que quizá podrías fabricar un cristal de energía.

Él la miró, y ella asintió. No lo había intentado todavía, pero se creía capaz.

—Podría tener una aeronave sin necesidad de estar en el ejército —dijo Ridge—. Tengo amigos ingenieros, y podrían diseñar una completamente nueva. Y, si no pudieras fabricar ese cristal o fuera demasiado peligroso, también está la sangre de dragón… de repente, hay varias posibilidades. Hasta he sopesado la posibilidad de acompañar a mi padre en una de sus locas aventuras por el mundo, mientras siga vivo. A decir verdad, me he preguntado cómo sería volar por todo el mundo, y verlo todo desde el cielo… Bueno, quizá evitaría el imperio, teniendo en cuenta que está lleno de carteles que ponen precio a mi cabeza; pero, si no estuviéramos en guerra con la Cofah y hubiera otra forma de seguir volando, es posible que ya me hubiera retirado. Te confieso que me lo planteé cuando me enviaron a la fortaleza de las minas, pero me pareció que sería una cobardía mientras la Cofah suponga una amenaza y yo pueda luchar.

Ridge frunció el ceño.

—Ahora bien, si el ejército me expulsara… no me sentiría tan mal. Y, si pasa algo que me obligue a marcharme para poder proteger a cierta dama particularmente fina, tampoco me molestaría mucho. Sé que no necesitas que te proteja; pero, al menos, me gustaría poder quitarme la capa y ponerla en un charco para que puedas pasar, para sentirme útil… algo que por cierto haría si alguna vez estamos en un sitio sin nieve y llevas sandalias en lugar de botas.

—Lo recordaré.

Sardelle podría haber dicho algo más significativo tras los sueños que Ridge acababa de compartir con ella, pero tuvo la sensación de que no había sido completamente sincero. Le molestaban algunos aspectos de la vida castrense, pero adoraba su trabajo y a los oficiales que tenía al mando. No estaba preparado para dejar el ejército, salvo que le obligaran a elegir entre eso y un despacho; y no quería ni fracasar ni perder la admiración de las personas a las que quería. Le importaba. Le gustaba ser un héroe de guerra, aunque rechazara los aplausos y fingiera despreciarlos; aunque ni él mismo lo supiera.

Por lo visto, se había topado con uno de esos casos en los que ella notaba cosas de Ridge que él mismo no se atrevía a admitir; pero se hundiría por completo si le quitaban su carrera y le condenaban al ostracismo. Seguro que, en el fondo, lo sabía; tenía que saberlo. Y el hecho de que la quisiera lo suficiente como para enterrar esos pensamientos… bueno, Sardelle lo apreciaba, pero tenía miedo de que se resintiera con ella algún día si era ella quien arruinaba su existencia, aunque fuera involuntariamente.

Sardelle se quedó con la vista clavada en el suelo, desolada.

—De todas formas —dijo Ridge, que estiró sus tensas manos y se las volvió a mirar—, yo no puedo leerte como tú me lees a mí, así que no sé qué sientes de verdad; pero quiero que sepas que, si estás buscando una excusa para abandonarme, no necesitas inventarte una historia. Dilo directamente y lo comprenderé. Beberé hasta perder el sentido y me mortificaré horriblemente durante días, pero lo comprenderé. Eres como un águila, y yo soy un cuervo, y ya es bastante raro que nos sintiéramos tan atraídos en aquella cueva… aunque estoy seguro de que fue porque tú me acariciaste el pecho. Pero he disfrutado volando contigo y, si es cierto que te preocupa la posibilidad de dañar mi carrera o mi reputación, deja de preocuparte, por favor. No puedo decir que esas cosas no me importen nada; pero, en ese momento de mi vida, estoy preparado para que me importe algo… alguien más.

Eso sí era la verdad, toda la verdad.

Sardelle se secó una lágrima del rabillo del ojo. Se le había hecho un nudo en la garganta mientras Ridge hablaba; de lo contrario, habría protestado ante la idea de que ella fuera un águila u otro tipo de animal, por magnífico que fuera. Sin embargo, no confiaba en su propia voz y, cuando él la miró de nuevo, ella le puso las manos en las mejillas y le besó.

No le parecía justo que ella pudiera leer sus pensamientos y él se tuviera que contentar con adivinar los suyos. Era posible que Ridge se asustara; pero, en el preciso momento en que sus labios entraron en contacto, intentó compartir sus emociones y sentimientos con él, cosas demasiado difíciles para expresarlas con palabras: que no quería abandonarlo, pero que no se perdonaría nunca a sí misma si le arruinaba la vida. También admitió que a veces tenía miedo de haberse encariñado de él demasiado pronto y con excesivo entusiasmo porque era la primera persona decente que se había cruzado en su nueva vida, una vida que aún no había aceptado del todo. Ridge había sido un salvavidas en mitad de un agitado mar, y se había aferrado a él con más fervor del que demostraba normalmente cuando conocía a un hombre. Pero, al mismo tiempo, sabía que, si se hubieran conocido trescientos años antes, también habría querido explorar la posibilidad de tener una relación con él.

Sardelle cambió de posición para poder meterle las manos por debajo de la chaqueta, y le acarició la cintura y la espalda, disfrutando del contorno de sus duros músculos, deseando sentarse sobre su regazo y sentirle mucho más. Sí, enamorarse de Ridge habría sido fácil en cualquier época. Era atractivo, encantador, juguetón…

Y hace esa cosa con la lengua.

¡Jaxi!

Solo te interrumpo porque algunas personas se han dado cuenta de que estáis usando ese tronco para algo más que para sentaros, y está a punto de amanecer.

¿Hay alguna aeronave de la Cofah en camino?

Ninguna tan cerca como para que yo pueda notarla todavía.
Bien. Entonces, lárgate.

Sardelle habría seguido besando a Ridge durante varios minutos o varias horas más sin importarle quién estuviera mirando; pero, por muy indiferente que se mostrara él ante el futuro de su carrera, tenía un sentido de la responsabilidad más acusado que el suyo, y fue él quien rompió el contacto de sus labios, aunque no el visual. Y había tanto calor, tanta intensidad en sus miradas que Sardelle pensó que estaba a punto de sugerir que olvidaran sus deberes y huyeran a los bosques. Pero, al final, Ridge suspiró, se apartó un poco más y dijo, con voz ronca:

—Ha sido… emocionante.

—¿Significa eso que… que me has sentido?

Sardelle no fue precisamente elocuente, pero no quería decir que había intentado proyectar sus emociones en él si no había funcionado. El hecho de que Ridge entendiera sus palabras cuando le hablaba con la mente no significaba que también pudiera notar sus sentimientos.

—He sentido algunos temores, preocupaciones, algo sobre un salvavidas, pero me he quedado particularmente prendado de lo último, de que tengas pensamientos lascivos sobre mi... cuerpo.

Ella se ruborizó, porque eso no estaba entre las emociones que había querido compartir.

Sardelle sacó la mano de debajo de su chaqueta, y él se la agarró y le dio un beso antes de soltarla, prometiéndole con los ojos que seguirían más tarde. Después, miró el cielo, que ya no estaba tan oscuro y miró el campamento… contrariamente a lo que Jaxi había dicho, los demás estaban haciendo verdaderos esfuerzos por no mirarlos.

—Supongo que es hora de partir. ¿Estás preparada para asaltar una instalación secreta de la Cofah?

Capítulo 11

Ridge se metió el catalejo en el bolsillo mientras descendía del abeto que había utilizado como plataforma de observación. Las afiladas acículas le arañaron las mejillas, y las ramas le aporrearon la parte posterior del cráneo, donde aún tenía un chichón desde que se había estrellado. Seguramente, tendría que haber ordenado a otro que se subiera al árbol, pero la escuadrilla había estado caminando toda la tarde, después de mover los aparatos y, como se estaban acercando a las coordenadas del complejo de la Cofah, Ridge había querido ver en persona lo que les esperaba.

Desde el suelo, daba la impresión de que había un incendio tras el nevado risco que tenían delante, porque numerosas columnas de humo blanquecino se alzaban contra el claro cielo de la tarde. Pero, gracias al catalejo y al alto abeto, Ridge había descubierto su verdadero origen.

Cuando llegó al suelo, todos los ojos se clavaron en él. El grupo se estaba tomando un descanso, esperando a que cayera la noche.

—¿Es un incendio? —preguntó Ápex, que estaba sentado en un tronco y había sacado su pistola y su juego de limpieza de armas.

—No es un incendio —replicó Pato, con un pie en el extremo del tronco. Estaban discutiendo de lo mismo desde que Ridge se había subido al árbol—. El olor del aire tiene un fondo de azufre.

—Como tu jergón por la noche, y eso no descarta que haya fuego en la estufa.

Pato no pareció entender la broma, pero eso carecía de importancia. Ridge quería compartir lo que había visto, no empezar una pelea.

—Es vapor, no humo —anunció—. Son un montón de géiseres y fuentes termales. Una de las pozas empezó a soltar una columna de vapor de veinte o treinta metros de altura mientras yo estaba mirando. Hay una enorme cantidad. Y, en mitad de todo, se ve una gran elevación que casi parece una montaña... Yo diría que es artificial; pero, en cualquier caso, alguien la ha horadado, porque tiene unas puertas de metal tan grandes como las de un hangar. No sé si sería fácil llegar hasta ellas. No he visto ningún camino, y hay charcas humeantes por todas partes.

Tolemek, que estaba apoyado en un árbol, junto a Sardelle y Ahn, asintió.

—Es lo que he pensado al notar el olor y ver las columnas de vapor. Hemos avanzado mucho hacia el oeste. Deberíamos estar cerca de la taiga de la Muerte Hirviente.

—¿La muerte hirviente? —preguntó Pato.

—Yo no la he visto nunca, pero dicen que nadar ahí no es muy recomendable, porque los géiseres y las charcas termales te cocerían y arrancarían la piel. La temperatura de algunos arroyos es tan alta que no pueden albergar ningún tipo de vida. Hasta el simple hecho de viajar por los bosques cercanos puede ser peligroso, porque en algunos puntos no hay nada más que una fina corteza de tierra sobre agua hirviendo. Si la corteza se rompe y te caes, te cueces hasta morir.

—¿Cocerse hasta morir? —dijo Ahn—. ¿No tienes ningún mejunje que impida eso?

—He traído un poco de mi pomada curativa, pero no es tan potente.

—La Muerte Hirviente, ¿eh? —intervino Ridge—. Parece un buen sitio para una base secreta.

—Hay gente en la montaña, unas cincuenta o sesenta personas —dijo Sardelle—. Jaxi no está segura, pero cree que algunos son guardias y otros, trabajadores... investigadores o ingenieros. Lo que percibe es que hay mucha sangre de dragón en ese sitio.

«Gracias», dijo Ridge, que agradeció el aviso. Sin embargo, se dio cuenta de que Pato y Ápex se miraban con preocupación, y pensó que los debería haber enviado a casa en uno de los aparatos, para que informaran al general de lo que habían descubierto. Desgraciadamente, se habrían quedado con un piloto menos de los que necesitaban y, por otra parte, los dos querían seguir con la misión. Pero no lo tenía claro, porque sabía que alguien debía sobrevivir y que aquella información tenía que llegar a Iskandia.

Sobreviviremos, susurró Sardelle en su mente, convencida.

Ridge se había acostumbrado a la telepatía más deprisa de lo que habría imaginado; quizá, porque se trataba de ella, y porque era la única persona con quien no le importaba tener conversaciones secretas. La de la espada era otra historia.

—Esto… ¿quién es Jaxi? —preguntó Pato, que al parecer seguía pensando en el informe de Sardelle.

—Mi espada —replicó Sardelle, desenvainándola.

—¿Habla con usted?

El piloto se pasó las lengua con los labios, la miró con ojos muy abiertos y echó un vistazo a su alrededor, como si estuviera a punto de salir corriendo hacia los bosques.

—Habla con casi cualquiera que esté dispuesto a escuchar —contestó Sardelle.

—Y con algunos que no lo están —intervino Ridge—. Pato, ¿le importaría ir a reconocer el terreno? Averigüe si hay un modo de llegar a esas puertas. Usted es el único que puede corretear por los bosques y evitar esas pozas de muerte hirviente.

La expresión de Pato fue de lo más dubitativa, pero dijo:

—Sí, señor.

—¿Quiere que le acompañe, señor? —preguntó Ahn—, para cubrirle las espaldas. O para sacar su trasero del agua cuando se caiga.

Pato bufó.

—No necesito que nadie me ayude. Estaré mejor solo. La gente de la ciudad hacéis demasiado ruido cuando camináis por los bosques.

—El ruidoso serás tú cuando te caigas a un géiser y empieces a gritar —musitó Ahn.

Pato hizo un gesto de desdén, alcanzó su fusil y se fue hacia los árboles. A explorar, pensó Ridge, no huyendo de Sardelle; pero la velocidad de Pato y sus encogidos hombros parecieron indicar lo segundo.

—¿Qué significa eso de que hay mucha sangre de dragón? —preguntó Tolemek—. ¿Es posible que tengan un dragón de verdad en la base?

—Jaxi no lo cree —contestó Sardelle—. A esta distancia, hasta yo notaría su presencia si hubiera uno.

—Hum.

Tolemek apretó los labios, como si se sintiera decepcionado. Ridge no compartía esa emoción, porque prefería no tener que enfrentarse a un dragón.

—Los demás, descansen. Llevamos demasiado tiempo despiertos. Conviene que durmamos un par de horas antes de infiltrarnos.

Un par de horas, o un par de días, pero no se podían permitir ese lujo. Ridge sabía que la Cofah les estaría buscando y, además, le preocupaban sus aparatos. Con ayuda de Jaxi, habían encontrado una cueva con el tamaño necesario para ocultarlos dentro e impedir que las patrullas aéreas los vieran, pero no le agradaba la idea de dejarlos allí sin vigilancia.

—Esperaremos hasta la medianoche e intentaremos entrar —continuó—. Con suerte, casi todos los guardias estarán roncando en sus camastros.

Ridge se sentó en el tronco de Ápex y flexionó los tobillos, preguntándose si podría descansar en esas circunstancias, preocupado por la necesidad de atravesar la Muerte Hirviente y por el destino que hubieran corrido Kaika y Nowon. Mientras se acercaban a las coordenadas, había aprovechado para buscar rastros de pisadas en la nieve, pero no había visto nada, salvo signos de actividad animal.

Los demás ya habían extendido sus sacos, y no tardaron en tumbarse en ellos. Habían bajado de las montañas, así que allí había menos nieve, pero el viaje había sido agotador. Ridge no sabía si habrían conseguido llegar sin Sardelle, quien les señaló las rutas menos peligrosas y derritió la nieve de varias cañadas para que pudieran pasar. Había sido una buena forma de acostumbrar a Pato y a Ápex a su magia, una forma sencilla y útil para el grupo. Ápex no parecía sorprendido por lo que Sardelle era ni por lo que podía hacer (quizá lo había deducido tiempo atrás), pero Pato no dejaba de mirarla con ojos desorbitados ni de hacer gestos supersticiosos para alejar a las brujas malas.

—Ahn —dijo Ridge—, ya que está tan dispuesta a ofrecerse voluntaria, ¿por qué no monta guardia mientras Pato explora?

—Sí, señor.

Ahn alcanzó su fusil de francotiradora y desapareció entre los árboles. No era un montaraz experto como Pato, pero podía valerse en cualquier terreno sin que la vieran.

Pronto, todos encontraron su posición de descanso en el pequeño claro y el campamento quedó en silencio, sin más excepción que el suave roce de una varilla en el cañón de una pistola. Era Ápex, que limpiaba su arma y miraba de vez en cuando a Tolemek, que no parecía precisamente peligroso: El pirata había doblado su saco contra un árbol, de tal manera que la parte inferior le protegía de la nieve, y estaba apoyado en él. Quizá fuera consciente de las amenazadoras miradas de Ápex, pero no le hacía caso.

Ridge pensó que había llegado el afrontar el asunto, aunque no creía que pudiera cambiar los sentimientos del teniente.

—¿Vamos a tener algún problema antes de que termine la misión? —preguntó con suavidad.

Ápex se estremeció, tal vez sorprendido de que el coronel le hubiera pillado en una de sus miradas de odio.

—¿Antes de que termine? No, señor.

—¿Y después?

Ápex miró su desmontada pistola.

—No.

—¿Me avisaría si estuviera pensando en hacer algo tan estúpido como las cosas que yo hago de cuando en cuando?

Ápex dudó un momento y dijo:

—No.

—Ese tipo tampoco cuenta con mi afecto; pero, por lo que he visto hasta ahora, el rey hizo lo correcto al reclutarlo en lugar de pegarle un tiro —declaró Ridge—. No podemos permitir que la Cofah nos saque ventaja, ni en aeronaves ni en armas ni en descubrimientos científicos. Ya tienen ventaja en población y recursos. Tolemek nos puede ayudar.

—Ya tenemos científicos buenos, señor. Hombres que nunca han asesinado a personas inocentes —dijo Ápex, que sacudió la cabeza—. Aunque eliminar un pueblo entero no es un asesinato, sino un genocidio. Un crimen que no se puede olvidar.

Ápex no estaba hablando en voz tan baja, y Sardelle le miró. Tolemek les dio la espalda, pero Ridge supo que eso no significaba que no estuviera escuchando; además, debía de saber que Ápex tenía una pistola en las manos y que no dejaba de mirarle.

—¿A quién perdió, Ápex? —preguntó Ridge, aunque había leído su historial y lo sabía.

—Mis hermanas y hermanos se habían mudado, pero mis padres seguían allí, y yo supe que… —Ápex volvió a meter la varilla en el cañón, aunque ya no podía tener ni una mota de hollín—. Era una localidad pequeña. Conocía a todo el mundo. Los Krayton acababan de tener un bebé, y la niña de los Pargrat… Todos eran buenas personas.

—No voy a ejercer de abogado suyo; para eso, tendrá que hablar con Ahn. Pero tengo entendido que, aunque el arma la fabricó él, nunca la habría usado de ese modo. Alguien le traicionó y la usó en Tanglewood y en una ciudad de la Cofah.

—¿Y por eso es menos delito? Aunque sea cierto, la creó él. Eligió fabricarla. No hay motivo que justifique hacer algo tan terrible. Salvo que seas un monstruo.

Ápex sacó la varilla y volvió a montar la pistola.

Ridge no estaba en desacuerdo con él, pero dijo:

—Puede que no fuera una decisión sabia, pero ahora le estamos dando la oportunidad de hacer algo bueno con sus inventos. Nos puede ayudar y, al ayudarnos, puede que salve vidas que, de otro modo, se perderían.

Ápex se quedó mirando su pistola.

—Eso no me devolverá a mis padres, ni a mis vecinos del pueblo, señor.

—Lo sé.

—¿Conoce la fábula del tigre solitario, señor?

Ridge estuvo a punto de gemir, consciente de que le iba a contar una historia. Ápex se había ganado su mote mientras llevaba a un general a una reunión. Volaban por la costa cuando los piratas les atacaron y, en mitad de una batalla aérea a mil quinientos metros de altura, el piloto se puso a ilustrar cierto asunto con datos históricos y un mito poco conocido. La noticia se extendió y se sumó a las de otros pasajeros, que también habían mencionado experiencias similares (aunque, a veces, sin piratas de por medio). Aquello le hizo ganar a pulso el sobrenombre de Cuentista del Ápex. Y, desde que habían instalado los cristales de comunicaciones, toda la escuadrilla había tenido que soportar algunas de sus historias aéreas.

—No, adelante.

—El tigre sabía que había furtivos en el bosque, que eran peligrosos porque tenían fusiles. Mataron a los elefantes, pero el tigre no hizo nada, porque estos paquidermos van de aquí para allá y no suelen molestarse en hablar con los tigres. Después, los furtivos mataron a los lobos y, aunque el tigre podría haber hecho algo, tampoco se llevaba muy bien con los lobos, porque competían por la caza. Los furtivos volvieron después y mataron a un búfalo, pero el tigre no hizo nada porque hacía una mañana preciosa y no quería levantarse del saliente donde estaba tomando el sol. Luego, un día, volvió a casa y vio que los furtivos habían matado a su pareja. Se puso furioso, e intentó convencer a las criaturas del bosque para que le ayudaran a echar del mundo a los furtivos, pero ya no quedaba nadie y, como sabía que no podía derrotarles solo, se fue sin ser visto. Nadie volvió a saber nada de él.

A veces, las historias de Ápex aclaraban las cosas que pretendía ilustrar y, a veces, hacían que Ridge se rascara la cabeza.

—Entonces, ¿Tolemek es el furtivo y usted es el tigre?

Ápex bajó la pistola.

—Yo no soy nada, señor. Solo tengo miedo de que, si no hago nada porque es inconveniente o me preocupan las consecuencias, y si los demás tampoco hacen nada… el mal campará a sus anchas por la tierra.

Ridge suspiró. Había intentado convencerle de que Tolemek no era el mal absoluto, y no sabía qué añadir.

—No es súbdito de Iskandia, ¿verdad? —dijo Ápex tras unos instantes de silencio—. Solo es un expatriado que vive en nuestro país, ¿no? Lo podrían juzgar por crímenes de guerra —añadió, clavando la vista en la espalda de Tolemek y bajando un poco la voz—. Si le doy un tiro, ¿me condenarían a muerte? ¿Me meterían en la cárcel? ¿Pondrían fin a mi carrera? He estudiado los sistemas legales de varias culturas históricas, pero nunca he prestado demasiada atención al nuestro. Es curioso, ¿no cree?

Ridge ya sospechaba que Ápex estaba considerando la posibilidad de vengarse, pero le preocupó que el teniente estuviera pensando seriamente en las consecuencias, aunque fuera lógico. Un hombre más joven e intrépido habría actuado sin pararse a pensarlo, pero Ápex tenía la sensatez de la edad. Aun así, había algo perturbador en el hecho de que uno de sus hombres se estuviera planteando si debía o no debía asesinar a alguien, y optó por restar seriedad a la conversación.

—No, las legislaciones modernas son complicadas, y los libros de derecho son aburridísimos. Los de derecho militar lo son especialmente. Le ahorraré la historia de por qué me encargaron una vez que leyera varios capítulos y escribiera sobre ellos.

Ápex no sonrió. El intento de rebajar la tensión había fracasado.

—Ni es súbdito de Iskandia ni el rey le ha concedido la ciudadanía provisional, pero tiene estatus de protegido. Y no quiero perderle, Anders —dijo Ridge, usando por una vez el nombre de pila de su piloto—, así que espero que no esté pensando en asesinarle.

Ápex se volvió a estremecer. Era posible que ni él mismo creyera que estuviera pensando semejante cosa, y que solo le pareciera aceptable porque no se le ocurría otra forma de vengarse o hacer justicia. Sí, eso era lo que más le molestaba, que Tolemek fuera responsable de tantas muertes y caminara libremente por el mismo país en el que había matado a cientos de personas. Y, como nadie hacía nada al respecto, se sentía obligado a actuar.

—Si no encuentra otra solución en su corazón, desafíelo a un duelo —dijo Ridge.

—Los duelos son ilegales, señor —afirmó Ápex, taciturno.

Ridge sabía que los duelos llevaban dos décadas pasados de moda, porque los iskandianos estaban ocupados luchando contra los invasores, y les disgustaba que los jóvenes se mataran estúpidamente entre ellos cuando podían estar defendiendo a su país; pero, a pesar de ello, replicó:

—Entre soldados y oficiales, sí, pero no entre civiles.

Ápex alzó la barbilla y miró el bosque.

—Sí, puede que lo haga.

Como su piloto no dijo nada más, Ridge le dio una palmada en el hombro y se alejó. No sabía si había resuelto algo o si solo había retrasado lo inevitable, pero esperaba que al menos se abstuviera de pegar un tiro a Tolemek por la espalda en plena misión, que no era otra que la suya propia.

Ridge bufó y caminó hacia Sardelle para ver cómo estaba. ¿Su misión? Quizá, su encomienda autoimpuesta, porque se suponía que solo iba a ser el transportista. ¿Cómo se las había arreglado para acabar así?

Creo que todo empezó cuando drogaste a ese oficial y le echaste de tu aparato.

Jaxi. Ridge frunció el ceño por la intrusión y por el hecho de que Sardelle no fuera la única que se paseaba por sus pensamientos. *Todos están descansando. ¿Tú no duermes nunca?*

Nunca. Pero Sardelle está dormida, así que tengo que informarte a ti.

¿Informarme de qué?

Del hombre que está en un globo, sobre la base de la montaña.

Ridge se detuvo con un pie a medio camino entre un paso y otro. *¿Cómo dices?*

Está sentado en una barquilla, bajo un globo, y escudriña el paisaje con un catalejo enorme.

Ridge suspiró. No quería subirse a un árbol, sino tumbarse junto a Sardelle, acurrucarse contra ella y darle uno de esos besos tan interesantes donde ella lo deseaba, porque ahora lo sabía, y también sabía que le imaginaba desnudo. Pero alcanzó su fusil y salió del campamento.

—¿Algún problema, señor? —susurró Ahn, al abrigo de unos helechos cubiertos de nieve. Estaba tan oscuro que Ridge no pudo verla.

—Tal vez. ¿Quiere venir conmigo?

Ahn se levantó y le siguió. En lugar de encaramarse a un árbol, Ridge optó por subir a la cima de la colina que estaba entre ellos y el principio de las humeantes charcas, porque pensó que el hombre del globo se fijaría en unas extrañas ramas que se movían; sobre todo, si estaba alerta y buscando espías. La aeronave de la Cofah le había recomendado que se marchara, pero eso no implicaba que creyeran que se había ido.

Ridge y Ahn tardaron quince minutos en llegar a la cima (por lo visto, no tenían que preocuparse por el examen físico del mes siguiente). Estaba lleno de árboles achicharrados, supervivientes quizá de un incendio, y Ridge no tuvo problemas para escudriñar el cielo y ver la oscura silueta de la montaña, un cono casi perfecto que se alzaba unos treinta metros por encima del terreno circundante.

—Parece artificial —dijo Ahn.

—Puede que lo sea. Pongámonos tras ese arbusto, para que no nos vean. ¿Distingue algo en el cielo, teniente?

Un frente nuboso había hecho acto de presencia, impidiendo que se vieran las estrellas. Ridge buscó el globo que Jaxi había mencionado, y lo localizó un instante antes de que Ahn hablara y lo señalara.

—Mira allí, hay un globo de observación.

—Buena vista. Hum… se dirige al norte, pero no me sorprendería que virara hacia nuestro campamento.

Ridge se chupó un dedo y calculó el viento. Ese tipo de globos tenían cierta capacidad direccional, pero no eran tan maniobrables como una aeronave con motores y hélices. Sin los aparatos, quizá pudieran pasar desapercibidos, sobre todo de noche; pero…

—Bueno, quizá nos convenga que visite nuestro campamento.

—¿Para pegar un tiro al observador? —dijo Ahn.

—No estoy pensando en el observador. Venga, tengo que hablar con Sardelle.

Ridge empezó a bajar por la colina.

Sardelle se despertó cuando el teniente Pato volvió al campamento. Lo hizo sin hacer ruido, pero se puso a hablar con Ápex de inmediato.

—¿Dónde está el coronel?

—Rapaz y él se han ido a mirar algo.

Sardelle se incorporó un poco. No creía haber dormido mucho, pero ya se había hecho de noche. El duro suelo no era una cama muy cómoda, pero estaba tan cansada tras todo un día de caminar por la nieve (y usar su magia para quitarla) que se había quedado dormida antes de que su cabeza tocara el saco.

Al ver que Ridge se había marchado, extendió sus sentidos. Ah, allí estaba, corriendo hacia ellos.

—No he podido encontrar un camino que nos lleve a esa montaña —dijo Pato—. Hay charcas por todas partes, y están más calientes que la lava. He buscado algún sitio por donde se pueda pasar, pero Ejecutor tiene razón. La caliza o el calcio o lo que sea que contenga ese pringue blancuzco forma una capa fina encima del agua, y se rompe si intentas pasar por ella. No he visto ninguna plataforma de aterrizaje en esa montaña, pero supongo que tendréis que ir volando.

—Tendremos —puntualizó Ridge desde los árboles—. Sardelle, necesito que me ayudes de nuevo. ¿Puedes convencer a ese globo de que pase a visitarnos?

—¿A qué globo te refieres?

Sardelle bostezó y se levantó. Estaba tan oscuro que no veía a nadie, pero notó sus posiciones. Tolemek y Ápex no se habían movido, y tampoco se habían matado. Menos mal.

Arriba, al noroeste, dijo Jaxi.

Gracias.

—Ah, ya lo veo.

—Si es posible, me gustaría que tenga un problema con el aire caliente y se vea obligado a descender —dijo Ridge, que se acercó y le pasó un brazo alrededor del cuerpo—. Lo siento, despertarte y pedirte favores sin darte un abrazo es de mala educación.

Ridge también le dio un beso en la mejilla. Ella se apretó contra él, encantada de sentir su calor, y apoyó la mejilla en su pecho mientras examinaba el globo aerostático con más detenimiento.

—¿Por qué no nos abraza a nosotros cuando nos pide un favor? —preguntó Pato.

—Creo que el reglamento prohíbe que los oficiales abracen a otros oficiales —dijo Ahn.

—No, prohíbe las relaciones físicas y las demostraciones de afecto —puntualizó Ápex—, pero creo que no dice nada sobre los abrazos amistosos.

—Eso es más que un abrazo amistoso. Estoy casi seguro de que le está tocando el culo.

Sardelle, que estaba concentrada en el globo, intentó hacer caso omiso, pero se ruborizó de todas formas.

—No es cierto —dijo Ridge—. Esto es su cadera. O eso creo, porque la noche no puede ser más oscura.

—No es ninguna de las dos cosas —declaró Sardelle, que prefirió seguirles el juego en lugar de protestar.

Ridge pellizcó algo más suave que su cadera, y Sardelle notó su sonrisa, aunque no la pudo ver.

—Vaya, es cierto.

—¿Tengo razón al suponer que no quieres que dañe el globo? —preguntó ella.

—Efectivamente. Si fuera necesario, le podríamos poner un parche, pero será nuestro medio para llegar a la montaña.

—¿Y el piloto?

Sardelle empezó a arrastrar el globo hacia el campamento, provocando ráfagas de aire como las que había provocado para ahuyentar al búho gigante en la montaña de Galmok.

—No está invitado —contestó Ridge.

—Lo que quiero decir es que no me apetece traerlo al campamento para que le peguéis un tiro delante de mí.

—Podemos amordazarlo y atarlo a un árbol. Estaría inmovilizado unas cuantas horas. En principio, no necesitamos más.

—De acuerdo, el globo estará abajo en pocos minutos. Lo digo por si os queréis esconder para tenderle una emboscada.

Justo en el momento en el que el globo se acercara un poco más, Sardelle podría convencer a su piloto de que se quedara dormido, con lo que evitaría una emboscada violenta. Además, ya debía de haber notado que el globo se le estaba resistiendo más de lo normal, y se pondría en alerta cuando ella expulsara parte del aire caliente, obligándolo a aterrizar.

—Yo me ocuparé de eso —dijo Tolemek desde su árbol.

Tolemek se levantó con algo en la mano. Una de esas pequeñas bolas de cuero.

El globo apareció entre las copas de los árboles. Sardelle apagó la llama del quemador, desencadenando una protesta por parte de su piloto. Después, expulsó aire caliente, y el globo empezó a descender con rapidez; pero se levantó viento, y Sardelle tuvo que hacer un esfuerzo para impedir que se quedara atorada entre los árboles. Por desgracia, la rebelde aeronave se le resistió, y terminó enganchada en las esqueléticas ramas de un abedul.

Se oyeron varios chasquidos, y Sardelle tuvo miedo de que el globo se estrellara contra el suelo; pero el árbol tenía suficientes ramas gruesas como para aguantar el peso del piloto y la barquilla.

—Lo siento —susurró, avergonzada por su falta de precisión.

Tolemek dio su bola a Ahn.

—Tengo la sensación de que tú acertarás con más facilidad que yo. Pulsa ese botón antes de lanzarla.

—De acuerdo.

Ahn avanzó un par de pasos y lanzó la bola, que ascendió hacia el árbol y cayó en la barquilla.

El piloto, que alternaba entre intentar encender el quemador y apartar las ramas del globo, no vio el objeto que acababa de caer a sus pies. Un minuto después, toda su actividad se había detenido.

—Buen trabajo —dijo Ridge—. Ahora, ¿quién va a subir ahí, sacar al piloto y bajar el globo sin rasgarlo en mil pedazos?

Nadie se prestó voluntario. Y no tuvo nada de particular, porque estaba a más de seis metros de altura.

—Eso depende, señor —dijo Pato—. ¿Nos darán abrazos?

—Teniente, si un abrazo mío es la motivación que necesita, supongo que, en estas circunstancias, lo consideraré un intercambio justo.

—Quizá quiera un abrazo de Sardelle —comentó Tolemek.

—Yo...

Pato cambió su peso de un pie a otro, y la nieve crujió bajo sus botas.

Sardelle tuvo la sensación de que un abrazo suyo habría sido una recompensa aceptable antes de que Pato supiera lo que era, pero ahora le incomodaba la idea de acercarse a ella. A Ridge también le había incomodado en su día.

Lo haré yo, a cambio de que me lubriquen la hoja.

¿De que te la lubrique quién?

Cualquiera que tenga tacto. Ese Ápex es bastante atractivo cuando no está enfurruñado con el pirata.

—Lo haremos Jaxi y yo —dijo Sardelle.

No has mencionado lo de mi lubricación.

No estoy segura de que este grupo esté preparado para tus extravagantes necesidades.

No son extravagantes. A ti también te gusta que te lubriquen de vez en cuando. He sido testigo.

Sardelle refrenó el impulso de explicarle la diferencia entre un masaje y proteger una espada contra la humedad. Estaba ocupada levantando al piloto inconsciente para sacarlo de la barquilla y bajarlo al suelo. Ahn se mantuvo a su lado, armada con su fusil, por si se despertaba; pero el humo de Tolemek había vuelto a funcionar, y el piloto siguió dormido.

Jaxi se encargó de las ramas y el globo y, de paso, remendó los desgarrones. Sardelle volvió a prender el carbón del quemador y, cuando la barquilla llegó al suelo, casi estaba preparada para despegar; pero, para entonces, tenía un buen dolor de cabeza. Sus treinta minutos de sueño no habían sido tan reparadores como creía.

—Ápex, Pato… aten al prisionero, por favor —dijo Ridge, que se acercó a la barquilla y la inspeccionó tanto con las manos como con los ojos, por la oscuridad—. No es muy grande. Estaremos pegados y tocándonos los culos. Al menos, no es un viaje muy largo.

Ridge sacó una cuerda y ató la barquilla a un árbol. Como el quemador estaba encendido, el globo intentaba ascender.

—¿Descansaremos un poco antes de subir? —preguntó Sardelle, deseando dormir unas cuantas horas antes de colarse en un ultramoderno y seguro laboratorio de la Cofah.

—Eso —dijo Pato, bostezando—. Lo de los culos me gustaría más después de una siesta.

—Es una perspectiva tentadora —dijo Ridge, sin dejar claro si se refería a la siesta o los culos—, pero puede que echen de menos a ese paisano. Será mejor que nos pongamos en marcha. Puede que terminemos la misión en treinta minutos y podamos celebrarlo descansando junto a una poza de aguas templadas.

Nadie hizo nada más optimista que resoplar. Si las cosas hubieran sido tan fáciles, la Cofah no habría capturado (o matado) a dos capitanes de las tropas de élite.

—Cojan sus cosas —ordenó Ridge, con voz más seria—. Es hora de partir.

Capítulo 12

El borde de la barquilla se le estaba clavando en las costillas y, para empeorar las cosas, alguien le clavaba un codo en la espalda. Ridge no supo de quién era el codo; pero, desde luego, no era de Sardelle, porque estaba aplastada contra la esquina, a su lado.

Todos habían conseguido un sitio en el cesto, aunque no estuvieran precisamente cómodos. Y el globo no se cayó, pero se limitó a oscilar con plácida indiferencia cuando la soltaron la cuerda que lo anclaba al árbol.

—No tendríamos que haber hecho esas flexiones —dijo Pato—. Ahora, nuestros músculos pesan más.

—Es más probable que lo que pese sea tu estómago, por culpa de toda la cerveza que te bebes —masculló Ápex.

Por suerte, Sardelle —o quizá, Jaxi— hizo algo, y el globo se hinchó hasta que pareció a punto de estallar y el cesto flotó libre. Poco después, se deslizaron suavemente hacia la montaña, pasando sobre las humeantes charcas y cruzando bolsas de aire que olían a azufre y a cosas en descomposición. La luna se asomó entre las nubes, una mejora que no entusiasmó a Ridge, porque cualquiera que estuviera vigilando podría ver el globo… y la anormal cantidad de gente que llevaba.

Desde abajo, llegaban torbellinos calientes que creaban corrientes extrañas que azotaban el globo. Las charcas y los depósitos de barro burbujeaban a su paso y, como Ridge había oído la advertencia de Tolemek, supo que no se quería estrellar. La barquilla era de mimbre, y no impediría que las hirvientes aguas se filtraran dentro.

Un géiser surgió súbitamente ante ellos. Volaban a más de quince metros de altura, pero la columna de agua sobrepasó el globo, y la brisa empujó gotas y vapor hacia los ocupantes de la barquilla, que osciló peligrosamente cuando todos intentaron apartarse de la pulverizada y ardiente lluvia.

—Quietos —ordenó Ridge, sin moverse de su sitio—. Hay que equilibrar el peso.

Ridge alzó una mano para protegerse la cara. Las gotas eran tan finas que parecía niebla, pero quemaban de todas formas.

—Sardelle, aléjanos de aquí, por favor —añadió.

Ridge no sabía cuánto duraría el géiser, pero el globo se dirigía directamente hacia él.

—Estoy en ello —replicó Sardelle, tensa.

—Gracias.

Él se preguntó si debía pedirle disculpas. Aunque fuera una hechicera, los globos aerostáticos eran difíciles de manejar. Pero, si no los apartaba enseguida, atravesarían el géiser y descubrirían la potencia de su chorro.

Ridge apretó los puños, imaginándose lo que pasaría: que saldrían disparados de la barquilla y caerían quince metros como muñecos de trapo hasta precipitarse en las burbujeantes charcas.

—¿Tienes algún invento que pueda desactivar esa cosa? —preguntó Ahn.

—No —dijo Tolemek—. Si alguien me hubiera informado de que íbamos a venir aquí, habría traído herramientas más útiles.

—Ya, instrumentos para recoger muestras de esa cosa verde que crece junto a las charcas.

—¿Alguien le ha dicho ya que tiene una vista extrañísimamente buena, Ahn? —preguntó Ridge, sin dejar de mirar el géiser a través de los guantes. Le estaba cayendo más agua en la ropa y, cada vez que una gota le daba en la piel, se sentía como si le hubieran tirado ácido.

Alguien se apartó de lo que habría sido un chapuzón y maldijo en voz alta.

—Sí, ya me lo habían dicho —replicó Ahn—. Y me gustaría aprovechar este momento para dar las gracias a todos los presentes, por ser tan altos que me protegen del agua.

La brisa se había vuelto más fuerte, y Ridge comprendió que Sardelle tuviera problemas para alejarlos del géiser. Empujaba el globo en dirección contraria, intentando flanquear la rociada. Si hubieran seguido por donde el viento los quería llevar, es decir, hacia donde arrastraba el agua, habrían tenido un viaje de lo más desagradable.

Al final, pasaron junto al géiser por los pelos, y de la tensión de los hombros de Ridge menguó. Mientras Sardelle no perdiera la concentración y el viento no se saliera con la suya, estarían bien.

Segundos después de que sobrepasaran el géiser, su chorro se volvió más débil y, al cabo de unos instantes, desapareció por completo. Si no hubiera sido por la humeante charca de abajo, cualquiera habría dicho que nunca había existido.

—Y ahora, desaparece —bufó Pato.

—Qué casualidad, ¿no? —dijo Tolemek.

Ridge frunció el ceño sobre la cabeza de Ahn, que estaba pegada a él.

—¿Insinúa que los suyos pueden controlar esas cosas? —dijo, preguntándose si eso significaba que sabían que estaban allí, acercándose en un globo robado.

—No sé lo que pueden hacer esos científicos. No creo que sea posible sin intervención mágica, pero no es mi especialidad —replicó Tolemek con resentimiento, como si le hubiera molestado le asociara a esa gente.

Ridge pensó que ya le consolaría después. Quizá se hicieran amigos con otra batalla de bolas de nieve.

—Controlar un géiser sería difícil, por no decir imposible; incluso con magia —comentó Sardelle—. Tratándose de la naturaleza, no hay mucho que hacer.

Ridge se acordó de la avalancha de la que Sardelle le había sacado. Más tarde, le confesó que había intentado desviar el desprendimiento de nieve, sin conseguirlo.

—Ni Jaxi ni yo hemos notado magia alguna —añadió ella.

Uno de los depósitos de barro eructó ruidosamente, y el hedor del aire se intensificó.

—Lleguemos a esa montaña tan deprisa como podamos —dijo Ridge.

Al darse cuenta de que sus palabras habían sonado a orden, tocó a Sardelle para hacerle saber que apreciaba sus esfuerzos. Tendía a olvidar que ni Tolemek ni ella formaban parte de su tropa, y que ni estaban al servicio del rey ni habían jurado obedecer a los oficiales superiores. Se habían presentado voluntarios, nada más.

Sardelle se apoyó en su hombro. Ridge no supo si fue un gesto de comprensión o aceptación o si solo significaba que estaba cansada. En ese momento, no estaba hablando en su cabeza.

Cerró la mano sobre sus dedos y, al ver que se estaban acercando a la montaña, buscó luces o algún tipo de signo que indicara la presencia de una persona, quizá esperando a tener noticias del observador del globo. No en vano, había un farol y un juego de espejos en el fondo de la barquilla; presumiblemente, para hacer señales. Pero no vio a nadie.

—¿Hay alguien ahí? —preguntó a Sardelle, en voz baja.

—Noto gente dentro, pero ningún ser vivo fuera.

—¿Tampoco hay dragones?

Ridge sonrió, como queriendo decir que era una broma, pero no bromeaba del todo. Si habían estado a punto de morir por culpa de un géiser, no quería ni imaginar lo vulnerables que estarían ante un ser que podía volar y echar fuego por la boca.

—Confía en mí… si capto la presencia de una criatura que se cree extinta desde hace mil años, te lo haré saber.

Ridge se giró hacia la cordillera que se alzaba al norte, la que habían sobrevolado cuando terminó su travesía sobre el mar. Al concentrarse en la montaña que se alzaba entre los géiseres, se había olvidado de las torres de vigilancia o puestos de avanzada que podía haber en sus cumbres, quizá oteando la zona. Se acordó de las leyendas donde siempre había dragones que vivían en cuevas de las montañas. Pero, si Sardelle no había captado nada, sería que no había nada.

—Será mejor que descendamos pronto, o pasaremos por encima de esa elevación y acabaremos sobre un géiser —dijo Pato.

—¿Nos puedes bajar con tu magia? —preguntó Ridge a Sardelle.

Sardelle pasó junto a Ahn y echó las brasas en el bote de las cenizas, para apagar las llamas que calentaban el aire del globo.

—Bueno, también se puede hacer de esa forma —dijo Ridge.

—Intentaré que aterricemos en esa lengua de grava que está junto a las puertas —declaró Sardelle.

Ahora estaban encima de la montaña, y Ridge pudo ver un saliente de unos dos metros de ancho que circunvalaba la base del cono, ya fuera un fuerte o un laboratorio (no sabría cómo llamarlo hasta que estuvieran dentro). También divisó un par de chimeneas cerca de la parte superior, de las que salían bocanadas de humo; pero no vio ninguna ventana o claraboya, y se preguntó si esperar que no los vieran sería pecar de inocente.

—No hay mucho sitio —observó Tolemek.

—Tendrá que servir.

Sardelle no abrió los ojos durante el descenso del globo, y Ridge decidió no alarmarse. Al fin y al cabo, las hechiceras veían con la mente, ¿verdad?

—Si aterrizas sin que la barquilla se caiga a esa poza, te nombraremos piloto honorario de la escuadrilla Lobo.

De repente, brotó otro géiser, pero lejos de ellos y menos estrepitoso que el primero. Quizá fueran simples sucesos naturales.

Ridge no alcanzó a ver ningún camino o carretera que llevara a las metálicas puertas dobles; pero, si hubiera habido alguno, tampoco habría creído que alguien se atreviera a cruzar esos parajes a pie.

La esquina del cesto rozó el pétreo lateral de la montaña en miniatura, haciendo que todos se chocaran. Sardelle se había pasado de precavida, y Ridge lo comprendió perfectamente, aunque cruzó los dedos para que ninguno de los que estuvieran al otro lado de la pared oyeran los golpes y chirridos.

—Veo que, cuando el coronel prometió que nos tocaríamos los culos, no estaba bromeando —dijo Pato—. Pero cuidado con Rapaz, sus pistolas pinchan.

—Como oficial al mando y, presumiblemente, la persona más madura de los que estamos aquí, me voy a abstener de hacer un comentario lascivo —dijo Ridge.

Volvieron a rozar la pared, pero ya solo estaban a un par de metros del suelo. Por lo menos, del vuelo en globo, estaban casi a salvo.

—¿Quién dice que sea un hombre maduro, Zirkander? —preguntó Tolemek.

—Quizá debería haber dicho «la persona con más edad».

—Puede ser.

Tras otro chirrido, el globo tocó tierra. Una de las esquinas se había quedado apoyada en el lateral de la montaña, pero Ridge no tuvo ninguna queja sobre la precisión de Sardelle, porque estaban a menos de treinta centímetros de una burbujeante y gorgoteante poza.

Se bajó el primero, y aterrizó sobre la grava. Sardelle había dicho que no había nadie en el exterior, pero desenfundó la pistola de todas formas.

—¿Cómo podemos desinflar el globo sin que se caiga sobre la barquilla y la tire al agua? —dijo Tolemek, mirando su gris y negro material. Aún no había perdido la forma, pero no tardaría mucho—. ¿Dejaremos a alguien aquí, para asegurarnos de que siga estando cuando nos queramos marchar?

—Tiene que haber algo dentro, algo con lo que se puedan ir los trabajadores en caso de urgencia. A fin de cuentas, el globo tiene que haber salido de ahí —dijo Ridge, que no quería dividir al grupo y empezar a dejar personas atrás.

Tolemek no insistió.

Mientras los demás salían de la barquilla, Ridge avanzó por la base de la montaña, hacia el hueco donde estaban las puertas. Era lo suficientemente alto y ancho como para que cupiera uno de sus aparatos de dos plazas, pero no supo cómo podían aterrizar o despegar sin una pista, salvo que hubiera una en el interior.

En cuanto asomó la cabeza por el hueco, se quedó helado. Ahora entendía lo que había querido decir Sardelle al afirmar que no había ningún ser vivo fuera. Dos cadáveres adornaban los laterales de las cerradas puertas, colgados de ganchos.

Ridge no estuvo seguro de querer verlos mejor, pero tenía que saber quiénes eran o, más bien, quiénes habían sido. Hurgó en su bolsa, buscando su caja de cerillas. Encendió una, y la llama reveló los grandes remaches de las puertas de acero y los dos cuerpos.

Les habían arrancado la piel, y sus rasgos eran irreconocibles, pero los destrozados restos grises y azules de los uniformes del ejército de Iskandia le resultaron demasiado familiares. Habían perdido casi todo el pelo, quizá quemado o derretido; pero, por los tamaños y las formas (una, claramente femenina), Ridge tuvo la seguridad de que estaba mirando los cuerpos de los capitanes Nowon y Kaika.

Soltó la cerrilla y se llevó un puño al mentón, dominado por la tristeza y un intenso sentimiento de culpabilidad. ¿Habría ido mejor la misión si él no hubiera dejado atrás a ese coronel de pega? ¿Seguirían vivos los capitanes?

—Oh, maldita sea… —susurró Pato, que se detuvo a su lado.

Los demás llegaron enseguida, y también se detuvieron.

Tolemek sacudió la cabeza lentamente. Sardelle cerró los ojos y apartó la vista. Era una imagen de lo más perturbadora, y Ridge se alegró de que el hedor sulfúreo de la zona tapara el olor a carnicería que debían de desprender los cadáveres.

—¿Los bajamos, señor? —preguntó Ahn.

—Si podemos bajarlos cuando salgamos, los bajaremos.

Ridge deseaba darles sepultura en algún sitio; pero, cuanto antes terminaran lo que habían ido a hacer, antes podrían escapar con sus restos mortales. No quería que el resto del equipo compartiera su destino.

Respiró hondo y se acercó a la puerta doble. No había ni pomo ni pasador ni ojo de cerradura, así que miró a Sardelle.

—Tolemek tiene la habilidad de abrir puertas o hacerlas donde no las hay —dijo con cansancio, como si prefiriera dejar esa tarea a otro.

—Sí, es cierto —intervino Ahn.

Habiendo una alternativa, Ridge prefirió reservar los poderes de Sardelle para cuando los necesitaran de verdad.

—¿Tolemek?

—Tardaré un par de minutos.

Tolemek dio un paso adelante, y el morral que siempre llevaba encima hizo un ruido metálico cuando metió la mano dentro.

Mientras esperaba, Ridge probó a empujar las puertas y tirar de ellas. No esperaba que se abrieran (y no se abrieron), pero debía intentarlo. Como estaba muy oscuro, no supo lo que Tolemek estaba haciendo, pero le pareció que dibujaba un círculo en una de las puertas.

Al cabo de unos momentos, Tolemek retrocedió. Ridge cambió su peso de un pie a otro, resistiéndose al deseo de interesarse por lo que iba a pasar. Después, Tolemek plantó un pie en mitad del círculo y empujó. Para sorpresa de Ridge, el metal cedió y cayó sobre el suelo de piedra del otro lado con un estruendo que le estremeció. Del interior, surgió un chorro de luz. Ridge alzó su pistola y clavó una rodilla junto al agujero recién abierto, preparándose para el tiroteo que se produciría si una legión de guardias corría hacia las puertas.

Pero la cámara interior, un espacio cavernoso de techos tan altos que no podía verlos desde la entrada, estaba en silencio. Negras losetas de mármol se extendían en todas las direcciones. Al fondo, se veían las puertas de lo que parecía ser un ascensor. Se vislumbraban huecos y umbrales en las paredes laterales, pero también a bastante distancia de donde estaba. Todo estaba lejos. La cámara parecía ocupar la mayor parte de la planta baja de la montaña. Quizá fuera un hangar de verdad. Muchas losetas estaban partidas o tenían grietas, y alcanzó a ver un par de antiguas manchas de aceite.

La única señal de presencia humana era el guardia de la Cofah que estaba tendido en el suelo, a un metro de la enorme circunferencia de metal. Cuando vio su rojo uniforme, Ridge pensó que habría muerto aplastado por el gigantesco disco, pero ninguna parte de su cuerpo estaba bajo él.

—Parece vacío, señor —susurró Ahn, que se había arrodillado junto a él, fusil en mano.

Ridge entró sin apartar los ojos de la sala. La luz procedía del techo, de varias docenas de redondas lámparas de papel colgadas a diferentes alturas. Algunas se movían, y le pareció extraño. Ah, no, es que no estaban colgadas, sino flotando. Las velas o el combustible que tuvieran debían de calentar el aire del interior de las lámparas, como el quemador del globo de afuera. Interesante, sin duda, aunque no era precisamente la tecnología ultramoderna que habían ido a investigar.

Ridge se apartó para dejar paso a los otros y para echar un vistazo al guardia. Ver colgados a dos enemigos de la Cofah era una cosa, pero no esperaba que los guardias también estuvieran muertos.

Le habían rebanado el cuello. No había necesidad de tomarle el pulso. Pero Ridge tocó su piel de todos modos, intentando hacerse una idea de lo que le había pasado y de quién se lo había hecho. No podían haber sido los capitanes, porque estaban muertos. ¿Significaba eso que tenían un aliado en aquel lugar? Cabía la posibilidad de que la Cofah tuviera otros enemigos preocupados por sus bases secretas y la sangre de dragón. La piel del guardia no se había enfriado del todo.

—Ha pasado hace poco —dijo, y se fustigó a sí mismo por decir semejante obviedad.

Claro que había pasado hace poco. Tenía que haber pasado después de que despegara el globo del observador; de lo contrario, el hombre no habría salido a hacer su ronda habitual. Pero, por otra parte, no estaba seguro de que el globo hubiera salido de allí. Aunque pareciera el sitio más probable, no había más globos en la cámara.

Para entonces, todos los demás habían entrado, y todos le estaban mirando. Era normal, teniendo en cuenta que era el oficial al mando, pero no sabía por dónde empezar a buscar. Giró trescientos sesenta grados, pidiendo inspiración a la cámara. Se detuvo a contemplar la notable decoración, que no había notado en su inspección preliminar porque eran cosas tan grandes que parecían formar parte de la estructura.

—Hum…

Ridge dio un paso atrás, y estuvo a punto de desequilibrarse al echar el cuello hacia atrás para escudriñar las sombras de la zona superior, por encima de las lámparas.

Lo que al principio le habían parecido columnas eran en realidad enormes estatuas de cuerpos de bronce, acero y otras aleaciones que no pudo identificar. Estaban hechas de planchas, como si las hubiera fabricado un niño con restos de un desguace, salvo que un chiquillo no habría hecho nada tan descomunal. Tenían forma humanoide, con torsos cuadrados y cabezas cuadradas que descansaban directamente sobre unos anchos y lisos hombros, sin nada parecido a un cuello. Las caras no podían ser más sencillas: agujeros rectangulares para las bocas, agujeros circulares para la nariz y triángulos invertidos para los ojos, que parecían haber cerrado sus párpados de metal para poder dormir.

—Creo que son representaciones de la Tangula Tarath, de la mitología de la Cofah —comentó Ápex—. Eran estatuas ambulantes que protegían los palacios aéreos de los dioses contra los dragones, cuando los seres humanos vivían en cuevas y cazaban mamuts con lanzas de punta de piedra.

—Sean lo que sean, espero que no cobren vida —dijo Pato.

Ridge estuvo a punto de reír. ¿Cobrar vida? ¿Cómo iba a suceder tal cosa? Pero se detuvo a tiempo, porque si había artilugios voladores sin piloto que funcionaban con sangre de dragón, también era posible que unas estatuas gigantes cobraran vida.

—Pongámonos en marcha antes de que decidan despertarse —dijo Ridge—. Sardelle, ¿tienes idea de dónde puede estar esa reserva de sangre de dragón?

Sardelle se quedó con la mirada perdida, pero Ridge ya conocía esa expresión: era la que ponía cuando estaba hablando con su espada. Con Jaxi, se corrigió a sí mismo. Por algún motivo, su pequeña y mundana mente llevaba mal lo de pensar en ella como si fuera un objeto puntiagudo. Prefería llamarla Jaxi, como si fuera una persona.

Mejor para tu mente, tiendo a incordiar menos a la gente cuando me llama por mi nombre.

Antes de que Ridge pudiera contestar, o decidir si debía ruborizarse de vergüenza, Sardelle respondió a su pregunta:

—La mayor concentración está ahí —dijo, señalando el techo.

—Pues probemos por ahí —replicó Ridge, señalando las puertas metálicas del fondo, porque el resto de las salidas eran simples puertas—. Parece un ascensor.

Nadie puso ninguna objeción. O pensaban que tenía alguna pista, o no se les ocurría nada mejor. Qué estimulante.

Ahn, Pato, Ápex y él se colocaron a izquierda y derecha del grupo y avanzaron fusil en mano, escudriñando el perímetro por si salían guardias por las puertas. Ahn parecía alerta y tranquila, y caminaba fijándose en todo. Pato y Ápex no parecían tan profesionales: llevaban el dedo en el gatillo y, además de hacer más ruido con sus botas, sus hombros estaban tensos. Ridge intentó no pensar en Kaika y Nowon, porque les habían descubierto a pesar de ser verdaderos profesionales del arte de la infiltración. Al fin y al cabo, él contaba con Sardelle y Tolemek, una ventaja que ellos no habían tenido, por muy expertos que hubieran sido en sigilo, ataque y evasión. Sin embargo, la falta de columnas u otros obstáculos que les pudieran servir de parapeto en un tiroteo le puso nervioso mientras cruzaban la gigantesca y despejada cámara.

Ya estaban a medio camino del ascensor cuando oyeron un suave trink, trink, trink, trink a sus espaldas. A Ridge le recordó el puente levadizo del castillo del rey, aunque también se parecía al sonido de un reloj al que estuvieran dando cuerda.

Sus pilotos y él se giraron hacia el ruido, con sus fusiles preparados. Sardelle y Tolemek hicieron lo propio, pero sin intentar desenfundar ningún arma, como si supieran que las balas no harían daño a su posible atacante, fuera lo que fuera.

No vieron nada que se moviera, excepto las lámparas que flotaban perezosamente en las corrientes de aire, pero los sonidos metálicos continuaron. Y entonces, Ridge cayó en la cuenta de lo que había cambiado: los ojos de las dos estatuas estaban abiertos, y brillaban con una intensa luz roja.

—¿Captas algún tipo de magia, Sardelle? —preguntó Ridge, señalando los ojos.

—En el sentido tradicional de la palabra, no. Pero hay sangre de dragón en esas estatuas.

—¿Y no te ha parecido tan importante como para decírmelo? —Ridge se arrepintió inmediatamente de su sarcasmo, pero no había tiempo para disculpas—. Atrás, todos, sigamos hacia el ascensor. A ver si podemos llegar antes de que esas cosas nos hagan una demostración de lo que son capaces de hacer.

—Sí, señor.

La orden de Ridge sobraba, porque nadie cargó con intención de atacar a las estatuas. La mitad de su equipo se giró y salió corriendo hacia el ascensor. Ridge retrocedió más despacio, sin apartar la vista de esos monstruos. ¿Qué había dicho Ápex? ¿Que eran ambulantes? Parecían demasiado pesados para moverse, pero no habría apostado contra ello.

El tono de los sonidos metálicos cambió como si se hubieran puesto en marcha unos mecanismos más pequeños que los de antes, y los brazos izquierdos de las estatuas se empezaron a levantar. ¿El paso siguiente antes de que empezaran a caminar?

—Estas puertas también están cerradas —dijo Pato, el primero en llegar al ascensor.

—¿Tolemek? —dijo Ridge.

—Si es realmente un ascensor, podríamos inutilizarlo si fundimos las puertas.

—¿Sardelle?

Los brazos de las dos estatuas, que habían subido hasta la línea de los cuarenta y cinco grados, se detuvieron. A Ridge no le gustó que parecieran estar apuntando a su grupo. Si pasaba algo inconcebible, aún tendrían la posibilidad de escapar por las puertas delanteras, pero se verían obligados a correr cien metros.

—Efectivamente, es un ascensor —dijo Sardelle—. Noto un hueco vertical al otro lado, pero sin cabina ni caja ni nada por el estilo. Puede que esté arriba.

Ridge esperaba que Sardelle abriera rápidamente las puertas, pero también le pareció útil aquella información.

—Entonces, no pasará nada si hacemos un agujero, ¿no? Mientras Tolemek se encarga de ello, que otro busque la forma de llamar al ascensor, por si hay un botón o palanca. Yo voy a ver si…

De repente, se oyó un clic, clac en la parte delantera de la cámara, y algo salió disparado desde la punta de uno de esos brazos. Ridge saltó a un lado, aunque no se salvó por su habilidad, sino por pura suerte. Un objeto impactó en el suelo de mármol con tanta fuerza que quebró la loseta e hizo un agujero antes de rebotar y acabar en otro punto de la estancia.

—… sigo vivo —sentenció con una mueca.

Ridge echó un vistazo a su alrededor, pero ya había estudiado la cámara y sabía que no había ningún sitio donde se pudieran ocultar, ninguno donde parapetarse. El clic, clac se repitió, y Ridge volvió a echarse a un lado, como habría hecho en un combate aéreo, pero ni siquiera sabía si el objetivo era él.

Esta vez, el proyectil se estrelló a su espalda, y se giró con el corazón en un puño. Si había golpeado a Sardelle o a alguno de sus pilotos...

Sin embargo, el arma se había clavado en la puerta del ascensor, atravesando la capa de metal, y aún temblaba un poco. ¿Sería un cuchillo? No, tenía varias puntas. Era una versión aumentada de las estrellas voladoras de la Cofah, tan grande que parecía la hoja de una sierra.

—Deprisa, deprisa —dijo Pato en voz baja.

—Me sumo a la petición.

Ridge apuntó a la cabeza de una de las estatuas, pero no disparó para no hacer ruido. Las estatuas no eran tan estruendosas como cabía imaginar; pero, si ellos disparaban, alguien oiría los disparos y saldría en busca de los intrusos.

Sardelle se plantó a su lado, aferrando su brillante espada en mano.

—Jaxi y yo os protegeremos —dijo.

Se oyó otro clic y, a pesar de lo que Sardelle acababa de decir, Ridge se echó al suelo para ser una diana más pequeña.

La estrella voladora cruzó las sombras y estalló en llamas a unos tres metros de distancia. Esta vez, el lanzamiento había sido más preciso. Podría haber partido a alguno por la mitad.

—¿Cómo van esas puertas, Tolemek? —preguntó Ridge, deseando no sentirse tan inútil.

Mientras hablaba, tocó el gatillo de su fusil. ¿Haría algo una bala contra una estatua de metal? Tal vez, si disparaba a uno de los agujeros por donde salían las estrellas; pero estando tan lejos, tendría que ser Ahn quien disparara.

—Ya he puesto el disolvente.

—Está saliendo humo —dijo Pato, esperanzado.

—No veo ninguna palanca —intervino Ápex, menos esperanzado.

Ridge quiso preguntar a Sardelle si sería capaz de llamar al ascensor, estuviera donde estuviera; pero las estatuas volvieron a disparar y la mantuvieron ocupada. Además, él odiaba tener que pedirle ayuda para todo, así que abrió su macuto y sacó un rollo de cuerda. Con un poco de suerte, podrían atarla a algún saliente del hueco del ascensor y escalar hasta el siguiente piso o, por lo menos, hasta estar fuera del alcance de las estatuas.

Tras la siguiente ronda de proyectiles, sonó un crujido y un gemido. Esta vez no movían los brazos, sino las piernas, y el suelo se estremeció con los primeros pasos de las estatuas.

—Agradezco que Jaxi y tú nos estéis librando de las estrellas —dijo Ridge—, pero ¿también podréis impedir que quedemos aplastados bajo diez toneladas de metal?

La expresión dubitativa de su cara fue de lo más elocuente. Nada que quisiera oír en voz alta.

—Ahn y cualquiera que no esté ayudando con las puertas… Vengan aquí —ordenó Ridge, alzando el fusil de nuevo—. Supongo que el sigilo perdió su valor en cuanto hicimos ese agujero para poder entrar. Veamos si esas estatuas tienen algún punto vulnerable.

—Os tendréis que poner allí para disparar —dijo Sardelle, señalando a un lado—. He alzado una barrera delante de las puertas y el grupo y, si disparáis aquí, las balas rebotarían en ella.

—Menos mal que lo has dicho antes de que empecemos.

Ridge y Ahn se pusieron en el sitio que les había señalado, y Sardelle asintió.

—Imagino que aquí estaremos en peligro —dijo Ahn.

—Estaré atenta, pero os recomiendo que os agachéis cada vez que lancen.

—Comprendido.

Ridge disparó la primera bala, apuntando a los rojos ojos. Esas creaciones eran espeluznantes.

Por desgracia, las dos estatuas seguían a cien metros de distancia, con sus cabezas ocultas en la oscuridad que había por encima de las lámparas, y su bala no acabó en un ojo, sino en un agujero de nariz. Se oyó un ruido metálico (¿la bala, rebotando dentro de su cabeza?). Bueno, era posible que eso también les hiciera daño.

Ahn debió de adivinar la intención original de Ridge, porque disparó en la misma dirección. Su bala acertó en un ojo derecho, y el destello rojo parpadeó un par de veces, pero volvió a su estado anterior.

—Parece que los ojos no son la parte más vulnerable de estas estatuas —dijo él.

Ridge sopesó la idea de disparar a su entrepierna, más por fastidiar que porque lo considerara un punto vulnerable, pero le pareció que habría sido un detalle de inmadurez. Además, estaba ocupado saltando a la esfera de protección de Sardelle, porque los monstruos disparaban de nuevo. Tiroteaban y avanzaban, acercándose cada vez más con sus pasos pesados y lentos.

A sus espaldas, sonó un suave clac.

—He hecho un agujero —anunció Tolemek.

—Pato, ocupa mi sitio.

Ridge se acercó a la puerta del ascensor con su rollo de cuerda. Seguramente, la idea de intentar engancharla a algo era una tontería, pero no se perdía nada por probarlo. Además, llevaba un garfio plegable en el macuto.

—Estamos en la planta más baja —dijo Tolemek, sacando la cabeza del aún humeante agujero. Sorprendentemente, sus rastas no se habían chamuscado en el proceso—. No sé hasta dónde llega el hueco, porque está demasiado oscuro; pero puedo afirmar que no hay ninguna escalera o algo que se le parezca en la pared.

—No creo que iluminar los huecos de los ascensores sea una prioridad en ningún sitio.

Ridge hizo caso omiso de los ruidos que sonaban a su espalda, aunque los destellos que veía cuando Sardelle detenía una estrella voladora eran tan brillantes como espectaculares. Concentró su atención en una de las lámparas más cercanas, y se dio cuenta de que, en aquella zona, algunas flotaban a poca altura. Después, hizo un lazo a la cuerda y, como necesitaba espacio para lanzarla, se apartó un poco.

—Sardelle está ocupada en este momento, pero, si pudo sacar volando al observador del globo, puede que también nos pueda hacer volar a nosotros. O, por lo menos, que pueda llamar al ascensor —continuó Ridge, pensando que la segunda opción le resultaría menos agotadora.

—Ya, pero necesitamos que siga con lo que está haciendo —replicó Tolemek—. Las estatuas llegarán pronto a nuestra altura. Puede que tengamos que abandonar este lugar y salir disparados hacia la entrada.

Ridge apretó los dientes. Retirarse era mejor que morir; pero, si salían corriendo, ¿tendrían otra oportunidad de colarse en la instalación? De hecho, le sorprendía que nadie hubiera bajado a ver lo que pasaba. Aunque era posible que la Cofah fuera consciente de su presencia y confiara en que sus estatuas sabrían solventar el problema.

El lazo de Ridge se cerró sobre la lámpara a la que había apuntado, y la arrastró hacia ellos con delicadeza, porque eran tan finas como ligeras. Cuando por fin llegó, se la dio a Tolemek y dijo:

—Póngale más aceite, y vea si está lo suficientemente caliente como para flotar por el hueco del ascensor. Intentaré conseguir otra.

—Su puntería es sorprendentemente buena. ¿Capturaba reses antes de convertirse en piloto?

Ridge entrecerró los ojos, sin saber si aquello era un halago o el principio de una broma de la que sería víctima.

—En la ciudad hay un *pub* que tiene un circuito por donde corren unos conejos mecánicos. Si capturas cinco seguidos, te dan una cerveza gratis. Naturalmente, tengo mucha práctica.

Ridge volvió a echar el lazo, y atrapó otra lámpara. El suelo temblaba más que antes, porque las dos estatuas se estaban acercando. Veinte pasos más, y estarían sobre ellos. Sardelle, Pato y Ahn tendrían que retirarse pronto.

Si hubiera creído que el grupo se podía salvar por el sencillo procedimiento de meterse en el agujero de Tolemek y empezar a escalar, habría dado la orden; pero ¿qué pasaría si alguno de los que estaban arriba bajaba el ascensor en ese momento? ¿Y qué pasaría si las estatuas destrozaban las puertas con sus colosales piernas?

Ridge entregó la segunda lámpara a Tolemek y metió la cabeza por el agujero. La primera ya estaba dentro, ascendiendo por el hueco. Las lisas paredes no tenían gancho alguno, y no se veían más puertas en los quince metros que podía ver (algo lógico, teniendo en cuenta la increíble altura de la cámara). Subir por ahí sería imposible, sin mencionar el hecho de que su cuerda no se podía enganchar a nada. Pero pudo ver lo que había en la parte inferior del ascensor.

—Sardelle, ¿podrías bajar esto? —preguntó Ridge, que salió del agujero y alcanzó su fusil. Las estatuas estaban tan cerca que ya se cernían sobre el grupo, con sus cabezas casi rozando el techo y las lámparas de papel de arroz, rebotando en sus torsos—. Ahn y yo intentaremos distraer a esos monstruos.

—¿Ah, sí…? —dijo Ahn.

—Será como evitar los cañonazos cuando estamos volando.

Ridge dio un paso hacia ella, pero el suelo se estremeció. Al principio, pensó que sería otra reverberación provocada por los colosales pasos de las estatuas, pero las losetas que estaban bajo sus pies se empezaron a separar.

Ridge se giró e intentó agarrarse a las puertas del ascensor, pero estaba demasiado lejos, y el espacio que se había abierto era demasiado grande. Era una puerta de algún tipo, una trampilla. Y él estaba en el lugar equivocado.

Cayó a la oscuridad, sin poder hacer otra cosa que gritar: «¡Sardelle!», mientras caía. Ni él mismo supo si fue una petición de ayuda o una protesta ante el hecho de que los separaran, pero fue lo último que hizo antes de que las tinieblas se lo tragaran.

CAPÍTULO 13

—¡RIDGE! —EXCLAMÓ SARDELLE, perdiendo la concentración.

Como no estaba mirando hacia atrás cuando la trampilla se abrió, no vio lo sucedido; pero Ridge, Ápex y Tolemek habían desaparecido, engullidos por el negro pozo.

—¡Sardelle! —bramó Ahn—. ¡Cuidado con…!

Sardelle se echó a un lado. Una de las enormes estrellas le pasó rozando la oreja y se clavó en el suelo, quebrando el mármol.

—Sí, lo siento, gracias —acertó a decir.

Sardelle recuperó su concentración. Ya se preocuparía por Ridge cuando estuvieran fuera de peligro, aunque ardiera en deseos de gritar y saltar tras él. Y quizá no fuera una mala idea. Al menos, se librarían de aquellos mastodontes.

¿Has averiguado cómo derretir el mecanismo que les permite moverse y disparar, Jaxi?

Estoy en ello. Ya sabes que las máquinas no son mi fuerte.

Jaxi sonó tensa y a la defensiva, algo raro en ella. Eso no contribuyó a calmar los nervios de Sardelle cuando restableció la barrera que protegía al grupo de los proyectiles. Bueno, no al grupo, porque solo quedaban Ahn, Pato y ella.

¡Clac!

La trampilla se cerró sola. El hueco había desaparecido. Ridge había desaparecido.

Sardelle se negó a dejarse dominar por su sentimiento de desolación, que le habría robado su ya menguante energía.

—Pato, venga aquí. No está en mi esfera de protección.

—Deberíamos volver a la entrada —dijo Pato, uniéndose a ellas—. Quizá podamos destruirlas desde allí.

—Si es que no nos siguen —dijo Ahn—. Esas puertas son enormes. ¿Las estatuas se pueden agachar? Es mejor que nos metamos en el hueco del ascensor… Sardelle sacó volando al observador del globo. ¿Podría hacernos levitar hasta el siguiente piso?

Sardelle estaba tan cansada por culpa de las estatuas que no se sentía con fuerzas ni para hacer volar un lápiz y posarlo en una mesa.

—Es posible, pero no mientras lucho. Necesito un momento. Jaxi está intentando averiguar cómo derretir el mecanismo que las mueve. Ya ha intentado destruir la sangre de dragón que tienen dentro, pero no es fácil de quemar, vaporizar o eliminar. Y su casco de metal es tan ancho que tampoco conseguimos derretirlo.

Lo podría derretir con un chorro de fuego continuado, puntualizó Jaxi. *Pero no tenemos tanto tiempo.*

Jaxi tenía razón, como se demostró cuando Sardelle tuvo que saltar a un lado para esquivar un tremendo pisotón. Las monstruosidades de metal habían llegado al ascensor, y estaban haciendo lo posible por aplastarlos. Además, su barrera mágica podía detener los proyectiles, pero no estaba dispuesta a comprobar si también podía soportar diez toneladas de peso. Al fin y al cabo, los suyos no habían podido impedir que una montaña se derrumbara sobre ellos. Hasta la magia tenía sus límites. Y ya había intentado derribar las dos estatuas, sin éxito.

—¿Son imaginaciones mías? ¿O nos están arreando hacia el ascensor… hacia la trampilla del suelo? —dijo Pato.

—Nos están arreando —dijo Sardelle.

—¿Hay alguna posibilidad de que no sea una sentencia de muerte? ¿Sabe si el coronel sigue vivo?

Pato la miró con desesperación. Seguramente, no tenía ni idea de lo que una hechicera podía hacer, y esperaba que tuviera todas las respuestas.

—Yo… —Sardelle extendió sus sentidos, intentando localizar a Ridge—. No, no lo sé.

Sardelle se quedó perpleja. ¿Habría caído tan deprisa y hasta un lugar tan distante como para estar fuera de su alcance?

¿Jaxi? ¿Sabes qué le ha pasado a Ridge?

No, y ahora estoy ocupada con el otro problema.

Ya, pero ¿podrías comprobarlo? ¿Notas su presencia?

Jaxi guardó silencio. Sardelle y los otros saltaron de nuevo, esquivando más pisotones. Ahn se salió de la barrera mágica y disparó un par de veces. Su puntería era muy buena, pero ninguna de sus balas logró que las estatuas se tambalearan o frenaran.

—No puede vaporizar la sangre de dragón, ¿verdad? Pero quizá pueda vaporizar el cristal que la contiene —dijo Ahn.

—¿Cómo dice?

Sardelle estaba tan angustiada por su incapacidad para localizar a Ridge que casi no la oyó.

¿Jaxi? ¿Sigues ocupada o...?

No lo capto, Sardelle. Ni a él ni a los demás. Lo siento.

¿Porque están fuera de alcance? A Sardelle no le pareció posible. El alcance de Jaxi era de treinta o cincuenta kilómetros, por lo menos.

No lo creo.

Solo había otra explicación: que ya estuvieran muertos. Pero no, Sardelle no estaba dispuesta a aceptarlo.

—Si la sangre está en algún panel de control, como en esos artilugios sin piloto, ¿no podría quemarlo? ¿O quemar el cristal que la contiene? —insistió Ahn.

Ah. Tal vez... sí, lo intentaré.

Sardelle, que aún estaba paralizada por las implicaciones de las anteriores palabras de Jaxi, no dijo nada. Apenas fue capaz de mantener la barrera cuando las estatuas les lanzaron otra estrella. ¿Cuánta munición tendrían esas estúpidas máquinas, por cierto? Se puso tan furiosa que deseó correr hacia ellas y cortarles las piernas como si fueran simples árboles.

Pero un momento, quizá fuera posible que Jaxi se las cortara. Ella estaba demasiado distraída protegiendo al grupo (y tal vez, algo intimidada por el tamaño de las estatuas), pero una hoja de alma podía cortar cosas que una espada corriente no podía.

Agarró el arma con las dos manos, y ya se disponía a abalanzarse hacia los monstruos cuando la pierna que se alzaba ante ella se detuvo. Sardelle echó la cabeza hacia atrás, intentando ver sus brillantes ojos, pero era tan alta y estaba tan cerca que no veía más allá de su torso. Sin embargo, había dejado de moverse. Y no solo la pierna, sino todo lo demás. Habían bajado los brazos, y ya no les lanzaban nada.

La segunda estatua, que estaba a una docena de metros, también se detuvo.

Alguien debería haber sugerido eso antes, dijo Jaxi con debilidad, en un tono apenas audible para la mente de Sardelle. *Por ejemplo, cuando empezaron a moverse. Nos habría ahorrado... bastante.*

Lo siento, se me tendría que haber ocurrido a mí.

—Bien pensado, Ahn —se obligó a decir, aunque se sentía como si tuviera un peso en el pecho. Le dolía todo, incluso hasta el aliento.

Y a mí también, pero... Sardelle, este ya no es mi mundo. A esos artefactos mecánicos... no los entiendo. No sé qué hacer cuando son una amenaza.

La declaración de Jaxi fue la más insegura y pesarosa que Sardelle le había oído en mucho tiempo, por no decir nunca.

Lo sé. No te culpo.

Sardelle no estuvo segura de poder decir lo mismo de ella. Ridge no había muerto, ¿verdad? Así, tan deprisa, de un modo tan absurdo.

—¿Están ahí abajo, en algún sitio? —preguntó Ahn, señalando la trampilla—. ¿No deberíamos ir a buscarlos? Sardelle, ¿notas algo? ¿Se encontrarán bien?

—No noto nada. Es posible que la caída... que ellos... no hayan sobrevivido.

Ahn se limitó a decir: «oh».

Pato bajó su fusil, comprendiendo por fin que las estatuas habían dejado de ser una amenaza. Miró la trampilla durante unos instantes y, a continuación, se giró hacia Ahn.

—Rapaz, me sacas dos meses de antigüedad, por los servicios que prestaste antes de entrar en la academia de oficiales.

Sardelle miró varias veces a los tenientes antes de darse cuenta de lo que pasaba. Pato estaba cediendo a Ahn el mando de la misión, y eso hizo que la muerte de Ridge le pareciera más real, mucho más de lo que ya estaba dispuesta a aceptar.

Ahn era una mujer tan pragmática como la que más, y Sardelle casi esperó que adoptara inmediatamente el papel de líder, pero se quedó mirando la trampilla y parpadeó rápidamente, con ojos brillantes por las lágrimas que no había derramado. Había perdido a Tolemek y a su coronel, al hombre que ya era un hermano mayor para ella mucho antes de que Sardelle y Ridge se conocieran.

Sardelle no supo si apreciaría el gesto, pero se acercó a Ahn y le dio un abrazo. Tal vez, porque ella necesitaba uno.

Ahn no se apartó, aunque tampoco se lo devolvió. Era comprensible.

Tras unos momentos, Sardelle dio un paso atrás. De todas formas, era mejor que no la abrazara demasiado, porque se derrumbaría y rompería a llorar. Su luto tendría que esperar.

—¿Qué órdenes tienes? —preguntó Pato tras unos segundos de silencio—. ¿Intentamos subir? —añadió, señalando el oscuro agujero de la puerta del ascensor.

—Sí —susurró Ahn, que alzó la barbilla y miró con dureza—. Sí —repitió en voz más alta—, subimos. No saldremos de aquí con las manos vacías. No después de…

La teniente sacudió la cabeza y dijo, mirando a Sardelle:

—¿Puede hacernos pasar por encima de la trampilla y subirnos por el hueco?

Sardelle intentó mantener una fachada de calma, porque los dos jóvenes la estaban mirando, expectantes. Afortunadamente, ya sabían que era una hechicera, pero les tendría que explicar en algún momento que la magia tenía sus limitaciones o, por lo menos, que ella las tenía. La tensión mental que causaba desaparecía tras una noche de descanso, siempre que no se llevara una vida demasiado estresante, pero ahora… No podía hacer otra cosa que mirar la trampilla.

Sé cómo se abre. Puedo impedir que caigáis cuando paséis por encima. ¿Me puedes ayudar a averiguar el funcionamiento del ascensor? Sería más fácil que hacer levitar a tres personas por el hueco. Y, además, os arriesgaríais a estrellaros contra su parte inferior, o a que alguien lo baje mientras subís.

En la mente Sardelle se formó una imagen espeluznante.

—Un momento, por favor —dijo—, puede que bajarlo sea más fácil.

De acuerdo, Jaxi, intentémoslo. Debería ser relativamente sencillo, bastante más que la maquinaria de las estatuas.

Si tú lo dices… No has visto la enorme máquina de vapor que está arriba, en una sala, sobre la parte superior del hueco.

Sardelle cerró los ojos y dejó que su mente ascendiera por el oscuro y vertical pasaje que estaba detrás del agujero de Tolemek. Tenían cuatro plantas por encima. El cubículo del ascensor estaba en la última, pero captó los cables que le hacían subir y bajar. No parecía ser automático. En las otras plantas, había palancas que presumiblemente servían para moverlo. También había palancas dentro del cubículo. La sala de máquinas que Jaxi había mencionado se encontraba encima del ascensor, pero tenía un agujero para que pasaran los cables. Parecía complicado; aunque, en principio, solo tenían que bajar la palanca correcta, ¿no? Fuera cual fuera.

En cualquier caso, tuvo la impresión de que la planta baja no se utilizaba con frecuencia. Quizá hubiera otra forma de acceder a la montaña. Cabía la posibilidad de que la puerta principal estuviera reservada a invitados con ganzúas o mejunjes corrosivos.

Al final del todo hay una sala llena de globos aerostáticos. Creo que el pico de la montaña se abre.

Eso explicaba que la lengua exterior de grava fuera tan estrecha. No estaba pensada para que aterrizaran en ella.

Mientras la mente de Sardelle estudiaba concienzudamente las palancas e intentaba distinguir los cables que desaparecían en el interior de la sala de máquinas, Jaxi empezó a empujar cosas de forma aleatoria.

¿Qué estás haciendo?

El sistema de cables se puso en marcha, y el ascensor comenzó a descender.

Claro. Jaxi lo dijo con arrogancia, pero el ascensor se detuvo en el primer piso. *Vaya.* Jaxi empujó otra palanca.

Se oyeron unos ruidos metálicos, y los tenientes clavaron la vista en las puertas, ansiosos. Sardelle se alegró de que no pudieran ver lo que ella podía observar: un ascensor subiendo y bajando. Había números o instrucciones junto a las distintas palancas, pero no distinguía las cosas con tanto detalle. Jaxi podría haber tenido más suerte (no en vano, afirmaba haber leído libros de una biblioteca que se encontraba a cientos de metros de distancia mientras estuvo enterrada bajo una montaña), pero no la estaba teniendo con la maquinaria.

No tienen etiquetas. Las habría visto. Seguro que te lo explican cuando te contratan. Ah, creo que ya está bajando.

Sardelle se habría reído de la escasa profesionalidad de su estrategia de infiltración y de su incapacidad para dirigir a un grupo de personas en aquel caos tecnológico, pero su alma había perdido el sentido del humor. Se sintió más triste que contenta cuando el ascensor se detuvo por fin en la planta baja.

—¿Ya podemos pasar? ¿Es seguro? —Ahn señaló la trampilla, cuyo contorno apenas se notaba en las juntas de las baldosas.

Creo que he atascado el mecanismo que la abre, pero comprobadlo antes, por favor.

Si hubiera sabido que las máquinas te vuelven educada, te habría encerrado hace varios siglos en el laboratorio de algún ingeniero.

Sardelle localizó los mecanismos y el sistema de poleas que había bajo el suelo, junto a la trampilla. Si no hubiera estado tan ocupada con las gigantescas estatuas, los habría notado antes. O quizá no, porque no sabía que tuviera que buscarlos. Se prometió que comprobaría todas las puertas, rellanos y hasta armarios durante el tiempo que siguieran en la montaña.

—Es seguro.

Sardelle atravesó el traicionero suelo de baldosas y se asomó por el agujero de Tolemek. El cubículo del ascensor estaba abierto por los lados, y una de las lámparas flotantes había acabado dentro. No vio nada más, salvo las sólidas paredes de piedra; pero ahora podía distinguir el trazado de la instalación de la Cofah, y captó los pasajes de arriba. Le habría gustado que hubiera un mapa en alguna parte, pero supuso que no serían tan afortunados.

Hay gente en el piso al que queremos ir, anunció Jaxi cuando todos entraron.

Entonces, deberíamos ir a otro.

La mayor concentración de sangre de dragón está ahí arriba, en un pequeño trastero, creo.

Sardelle imaginó un dragón dormido en un armario, con un montón de jeringuillas clavadas en el costado.

Si hubiera un dragón aquí, lo sabría. Tienen conciencia, y un alma que puedo sentir. Además, no caben en un armario.

Lo sé. Solo estaba... Olvídalo. ¿Cuántas presencias notas?

Ahora mismo, unas seis. Se han reunido por algo, y se están preparando.

¿Para enfrentarse a nosotros?

Es posible. Veamos si puedo llevar el ascensor al piso correcto.

—Cuando salgamos, nos toparemos con unas cuantas personas —declaró Sardelle.

—Magnífico —dijo Ahn, que ya había cargado su fusil, aunque lo volvió a comprobar.

Pato asintió una vez, sombrío.

El ascensor chirrió, tembló y empezó a subir.

—¿Cuántas personas? —preguntó la teniente.

—Al menos, son seis.

—Saldré hacia la izquierda. Pato, tú irás a la derecha. Sardelle, ¿podríais tu espada y tú atraer su atención?

—Claro.

Encárgate de que sigamos vivas, Jaxi. Somos el cebo.

A mí no me importa que me disparen.

En ese caso, deberíamos limitarnos a tirarte a esa sala y dejar que brilles.

Estamos a punto de llegar.

¿Nos están esperando?

Están mirando las puertas del ascensor, preguntándose quién será. Estaban a punto de bajar para saber si las estatuas habían acabado con nosotros.

—Preparados —dijo Sardelle cuando el ascensor se detuvo.

Las puertas no se abrieron, y Sardelle suspiró. ¿Tendrían que esperar a que los guardias les dejaran salir?

Ahn pulsó un botón del lateral de las puertas, que se abrieron.

La gente de este siglo es listísima.

Sardelle estaba tan ocupada levantando un escudo mágico que no contestó. Tendría que tener cuidado para cubrir a Ahn y Pato cuando salieran, pero sin bloquear su línea de tiro. Si una de sus balas rebotaba y le daba en el pecho… Jaxi no era una sanadora como ella, y podría ser su sentencia de muerte.

Salieron del ascensor, pero no a una sala o a un pasillo, sino a una niebla de humo marrón que escocía en los ojos y la garganta y limitaba la visibilidad a medio metro. Sardelle mantuvo el escudo levantado, y fue una suerte, porque las balas de varias armas atravesaron el humo.

Parece que sabían quién venía.

Jaxi añadió un destello plateado al escudo de Sardelle, haciendo que sus bordes fueran visibles para cualquiera que estuviera cerca. Al principio, Sardelle no entendió por qué (también sería visible para sus enemigos), pero lo comprendió cuando Pato y Ahn empezaron a disparar por sus extremos, parapetando sus cuerpos tras el escudo.

Avanzó lentamente, hacia la lluvia de balas que les disparaban. Las seis personas se habían dividido en dos grupos, y estaban arrodillados o de pie tras unas columnas. Los tenientes no podían verlos a través del humo, y Sardelle intentó encontrar la forma de darles su localización exacta. Podría haber atacado ella, pero no sin bajar el escudo y, además, el mordaz humo la distraía tanto que le costaba mantener la concentración. Se le metía por la nariz y le hacía llorar constantemente.

Oyeron un grito de dolor. Una bala había alcanzado a uno de los miembros de la Cofah, a pesar del humo.

Sardelle siguió andando, y ya estaba a medio camino de la columna más cercana cuando Ahn se echó a un lado, rodó por el suelo y desapareció entre la neblina. Sardelle se quedó sorprendida, pero no dejó de andar. Se secó los ojos y, casi al instante, distinguió la silueta de una de las anchas columnas.

Cuatro disparos rápidos sonaron a su izquierda, junto a una pared. Ahn había desaparecido en esa dirección, pero Sardelle pensó que la Cofah los había flanqueado y estaba disparando desde un lateral, por donde no había escudo que les protegiera. Sin embargo, notó que sus enemigos seguían delante, y que la persona que había disparado era la teniente. Unos gritos y gruñidos de dolor demostraron que sus balas habían encontrado carne. Dos de los miembros de la Cofah que estaban detrás de la cercana columna cayeron al suelo, y el tercero se giró y salió corriendo, agarrándose una pierna.

Sardelle se dirigió entonces a la otra columna. Las balas seguían rebotando en su escudo, pero la Cofah había deducido que los intrusos se habían dividido, y también empezaron a disparar a Ahn. Como Sardelle no podía extender su escudo para protegerla sin bloquear su línea de fuego, se lanzó hacia la columna. Por qué andar cuando podía correr.

Cierra los ojos, le advirtió Jaxi.

Sardelle los cerró, y un destello tan intenso como un sol surgió delante de sus párpados. Los miembros de la Cofah retrocedieron, y el humo desapareció.

Aprovechando la momentánea ceguera de sus enemigos, Sardelle cargó contra ellos, bajó el escudo y blandió a Jaxi como la espada que era. Los hombres supieron que se acercaba, y empezaron a usar sus rifles como si fueran garrotes, intentando mantenerla a distancia, pero Jaxi atravesó sus líneas más deprisa de lo que el disolvente de Tolemek tardaba en derretir una puerta. Se hundió en el pecho de uno en el preciso momento en que la bala de alguien impactó en la frente de otro. Los dos guardias se derrumbaron. Pato se sumó a la lucha y apresó al tercero por detrás, poniéndole un cuchillo en la garganta. En cuanto a Ahn, corrió hacia el pasillo de la parte trasera de la estancia, siguiendo un rastro de sangre.

—Cuidado —dijo Sardelle, que estuvo a punto de correr tras ella, imaginando trampillas en todas las baldosas del suelo.

Pero el prisionero de Pato se estaba resistiendo, a pesar de tener un cuchillo en el cuello. Abrió la mano, soltó algo y el ambiente se volvió a llenar de humo. Debió de sorprender a Pato, porque pudo subir los brazos, apartar el cuchillo y girarse hacia el teniente con un puñal. Pato retrocedió, pero su hombro chocó contra la columna. El guardia embistió, y Sardelle alzó una mano con intención de levantar un escudo entre los dos hombres, pero Jaxi atacó primero: soltó un resplandor y achicharró al guardia de la Cofah con un chorro de fuego.

Pato se apartó del calor, sin haber sufrido ninguna herida. Jaxi brilló nuevamente y disipó el humo.

Sospecho que quería mantener a ese hombre con vida, para interrogarlo, dijo Sardelle.

Le habría resultado difícil estando muerto, ¿no crees?

Pato se quedó mirando a Sardelle y la espada, atónito. El brillo de Jaxi no se había extinguido del todo, y su expresión estaba más cerca del terror que de la gratitud.

—Será mejor que alcancemos a Ahn —dijo Sardelle—. Se ha ido hacia…

Sonó un disparo, procedente del sitio por donde había desaparecido.

Pato asintió.

—Ya me encargo yo.

En ese momento, oyeron un sonido como de maquinaria. Venía de la zona del ascensor, y Sardelle se giró a tiempo de ver que una enorme pared de metal se cerraba contra el suelo con un estruendo. Se quedó boquiabierta. Era algo más que una puerta. El ancho bloque había salido de un hueco del techo y había tapado no solo el ascensor, sino toda la pared del fondo.

Fusil en mano, Pato saltó sobre el achicharrado guardia de la Cofah y corrió hacia el pasillo por donde se había ido Ahn. Quizá no fuera ella quien había disparado. Cabía la posibilidad de que el miembro de la Cofah hubiera escapado y activado aquella nueva trampa.

Pato estaba a punto de entrar en el pasillo en cuestión cuando apareció Ahn, con expresión sombría.

—¿Te encuentras bien? —preguntó él, deteniéndose—. ¿Has acabado con el de la Cofah?

—Sí. Pero antes, ha entrado en una habitación y ha bajado una palanca. Supongo que eso es lo que la ha activado —respondió Ahn, que señaló la pared de metal con evidente disgusto.

—Bueno, de todas formas, no teníamos intención de marcharnos de inmediato —comentó Pato.

Ahn apretó los labios, pero no para formar una sonrisa.

—Encontremos esa sangre.

La teniente volvió al pasillo, con Sardelle y Pato a sus espaldas. Había puertas a ambos lados; algunas, abiertas y otras, cerradas. Daban a pequeñas y oscuras habitaciones con paredes de cristal en el extremo opuesto. Pero llegaron a una que tenía luz.

—Un momento —dijo Sardelle.

Quería ver lo que había detrás del cristal, así que entró. Era una sala de observación, que daba a un laboratorio del piso inferior. No había nadie en él; pero, por las mesas llenas de herramientas y maquinaria, supo que lo habían usado recientemente.

Golpeó el cristal con una uña, preguntándose si podrían romperlo y escapar por ahí cuando llegara el momento. Parecía ancho.

Tiene más de quince centímetros. Con tiempo suficiente, podría derretirlo; pero hay algo ahí dentro.

¿Qué será?

Como en respuesta a su pregunta, algo se movió entre las sombras de una esquina distante. Sardelle se dispuso a extender sus sentidos para captarlo mejor, pero se volvió a mover. De hecho, salió volando.

Un artefacto de tamaño parecido a los artilugios sin piloto flotó al otro lado del cristal de la sala de observación. Pero este era distinto: en lugar de tener una hélice en el morro, tenía un propulsor que le permitía mantener la posición en el aire. Y también tenía unos cohetes pequeños bajo su compacta estructura.

Se parecen a los que persiguieron al aparato de Ridge y estallaron, comentó Jaxi.

Será mejor que busquemos otra salida.

Sí, será mejor.

Cuando volvió al pasillo, Pato y Ahn habían llegado al final y estaban plantados delante de otra puerta de metal. Ocupaba toda la pared del fondo, y parecía tan recia como la que bloqueaba el ascensor. Mientras Sardelle se acercaba, notó la energía que emitía. No, no la emitía la puerta, sino algo que estaba detrás.

—Está aquí —anunció.

—¿Cómo lo sabe? —se interesó Pato.

—Sencillamente, lo sé.

A Sardelle le sorprendió que los tenientes no lo notaran. Estaba en el ambiente, como si fuera electricidad.

—¿Alguna idea sobre cómo entrar? —dijo Ahn, tocando las tres hendiduras poco profundas que había en uno de los lados. Eran las únicas marcas que tenía—. ¿Esto será para una llave, o…?

—Intentaré averiguarlo.

Sardelle se acercó, tocó el frío y liso metal y estuvo a punto de apartar la mano. La energía se extendió por su piel como un ejército de hormigas coloradas, hormigas que le mordían los dedos.

Buena suerte. Ya he echado un vistazo al mecanismo de cierre. Es bastante más complicado que el de la trampilla y, si lo derrito, se quedará atascado para siempre y no podremos entrar.

Puede que los laterales de la sala o cámara acorazada de atrás no estén tan blindados, y podamos abrirnos paso por otro sitio.

Todo es de metal. Aquí les encanta el metal. Con lo que debe de pesar esta montaña, me sorprende que no se hunda en las fuentes termales de afuera.

Era cierto que el complejo de la Cofah tenía una enorme cantidad de metal; pero, por suerte, ni los suelos ni las paredes eran metálicos, porque el hierro del acero habría interferido en la capacidad sensorial de Sardelle, cuyos pensamientos pegaron un súbito respingo. ¿Sería ese el motivo de que no pudiera sentir a Ridge ni a los demás? Quizá no estaban muertos; quizá, solo estaban bajo tantas capas de metal que no los podía sentir.

Sardelle miró a Ahn y abrió la boca.

Ni los suelos ni las paredes son de metal, le recordó Jaxi. *Te has dado cuenta hace un momento.*

Sardelle cerró la boca. No diría nada a Ahn hasta que tuviera alguna prueba; pero, si encontraban un mapa, podría ver lo que había debajo de la cámara de la entrada. Luego, cuando tuvieran la sangre, buscaría a Ridge y los demás. No se marcharía de allí sin saber a ciencia cierta que estaban muertos.

Aún no sabemos ni cómo conseguir la sangre ni cómo salir de esta planta.

Entonces, tenemos un problema.

Pues será mejor que nos demos prisa. Hay mucha actividad en el resto de la instalación. Huelga decir que el resto de los guardias sabe dónde estamos, y dudo que nos dejen aquí y permitan que entremos en su cámara acorazada sin oposición.

Tu encantador optimismo es un sempiterno bálsamo para los oídos.

—¿Ha descubierto algo? —preguntó Ahn.

—Solo estaba pensando —dijo Sardelle—. Me encargaré de la puerta, pero tendremos que defendernos si aparecen más guardias.

—Es improbable, teniendo en cuenta que el ascensor está bloqueado —dijo Pato.

—Si hay otras formas de entrar, las conocerán.

—Estaremos preparados —afirmó Ahn, levantando el fusil.

Sardelle se giró hacia la puerta de metal y cerró su mente al resto del mundo para concentrarse en el mecanismo de cierre. Intentó no sentirse intimidada por el complejo sistema, pero fracasó. Tal como había dicho Jaxi, la puerta se quedaría atascada si derretían o fundían la cerradura; algo deseable cuando había guardias armados al otro lado, pero no ahora.

Tendremos que hacer unos cuantos cursos de ingeniería, Jaxi.

Yo ya he leído las Teorías de Denhoft sobre aerodinámica y vuelo aerostático *y otros dos libros técnicos extremadamente aburridos de la biblioteca de aquella prisión, pero no me han servido de nada.*

Sardelle localizó el pasador e intentó quitarlo, pero se podía mover sin desconectar antes el mecanismo de atrás, así que cambió de zona y probó con las otras paredes, intentando determinar si también eran de metal. Lamentablemente, eran tan anchas y metálicas como la puerta. Y como el suelo y el techo.

Aquello le pareció interesante. El acero tenía mucho hierro, y este bloqueaba la magia. De cualquier forma, percibía la sangre de dragón. Por lo visto, la sangre tenía tanto poder que hasta atravesaba las superficies de metal.

Tendría que haber pedido a Tolemek uno de sus tarros de disolvente, pensó Sardelle. *O que me enseñara a fabricarlo.*

Es posible que pueda hacer un agujero en la puerta. Es más ancho que el cristal de antes, y me llevará un rato; pero no será la primera vez que derrita hierro.

¿Un agujero? ¿Por qué no derrites la puerta entera?

Porque no es necesario derretirlo todo, ¿no?

O hacemos eso, o nos volvemos especialistas en cerraduras.

Pues derretiré la puerta.

CAPÍTULO 14

RIDGE CAYÓ DANDO volteretas en la oscuridad y, mientras caía, se golpeaba la espalda, los hombros y la cabeza contra los laterales de lo que parecía ser un túnel que bajaba en diagonal. Intentó agarrarse a las frías paredes para reducir su velocidad, consciente de que, si seguía así, se rompería todos los huesos del cuerpo cuando llegara al fondo, si es que llegaba; pero eran tan lisas y estaban tan alejadas que no pudo. Y entonces, desaparecieron. Y Ridge cayó en vertical, precipitándose a un oscuro vacío, sin poder prepararse para el aterrizaje.

Terminó en una sorprendentemente suave pila de polvo, que se extendió por todas partes y se le metió en los ojos y la boca. El golpe fue duro de todas formas, pero no tanto como lo habría sido si se hubiera estrellado contra una superficie de piedra o tierra.

Algo pesado cayó sobre su pecho, y él soltó un doloroso «uf».

Aquello le dolió más que la caída y, cuando intentó apartarlo, se dio cuenta de que era el brazo de alguien. ¿Se habría caído todo el grupo por el agujero? No por el agujero, sino por la trampilla —se corrigió, pegándose una patada mental en su propio culo—. Había permitido que las estatuas los arrearan hacia una trampa. Y él que creía que todo sería más fácil con una hechicera, que tendrían éxito donde Kaika y Nowon habían fracasado… Menudo idiota.

A juzgar por el estruendo posterior y la nueva nube de polvo, alguien más acababa de caer.

—¿Sardelle?

Ridge esperaba que fuera ella; porque, si no lo era, se habría quedado arriba, con las estatuas.

—No —dijo Tolemek, apartando un brazo de la mano de Ridge—. Sardelle, Cas y el otro teniente estaban más lejos.

—¿Se refiere a Pato?

—Sí.

—Ápex, ¿también estás aquí?

Alguien gimió a un par de metros de distancia.

—Supongo que eso es un sí —dijo Ridge, porque el gemido había sonado indiscutiblemente masculino—. Creo que tengo un botiquín de primeros auxilios en alguna parte —añadió, consciente de que aún llevaba el macuto a la espalda—. ¿Está herido?

—Sí —dijo Ápex con tono de dolor—, pero si usted es el único servicio médico que tenemos, prefiero dejar mi salud en manos del destino.

—Mis habilidades médicas no tienen nada de malo —replicó Ridge, avanzando a tientas.

—¿No fue usted quien se ofreció el otoño pasado a grapar la nariz del general Paltimer, para curarle una sinusitis?

—No tuvo nada que ver con ninguna sinusitis. Se la quería grapar para que no le ofendiera el hedor del fracaso de la escuadrilla Tigre en la misión de la bahía de Dasikar. Y lo del hedor fueron palabras suyas, no mías… Solo intentaba ser educado —dijo Ridge, que habría dado cualquier cosa por ver la cara que se le quedaba a aquel cretino pomposo, aunque le sancionaran después.

—Ah, discúlpeme —dijo Ápex con debilidad.

Ridge se quitó el macuto.

—Encenderé una cerilla y le echaré un vistazo. Bueno, a usted y al sitio donde estamos.

—Estamos bajo tierra —dijo Tolemek.

—Eso es obvio. Pero ¿dónde? ¿En el depósito de basuras? ¿En la prisión para intrusos idiotas?

Ridge se frotó los ojos. Fuera lo que fuera ese polvo, se metía por todas partes. Además, aquel sitio era extrañamente cálido y húmedo, como una sala de calderas. Y debía serlo. Quizá habían aterrizado sobre un montón de cenizas.

—Es obvio porque hemos caído, pero confuso desde que hemos dejado de caer —declaró Tolemek—. ¿Cómo es posible que haya un sótano, cuando todo el terreno que rodea la montaña está lleno de manantiales calientes? Si intentaran cavar, el espacio se inundaría. Hasta la propia montaña es extraña.

—Daré su afirmación por buena. Yo estaba tan ocupado haciendo aeroplanos de papel en el colegio que no presté atención en las clases de geología.

Ridge encontró dos velas en el macuto. La primera estaba rota, pero la segunda seguía intacta.

—Tampoco aprendí mucho en las otras clases de ciencia —prosiguió—. Y cuando llegué a tercero y me topé con un profesor de matemáticas extremadamente aburrido, me tiré un mes perfeccionando una catapulta para lanzar mi aparato. ¿O fue un fundíbulo? Siempre los confundo.

—Me alegra saber que nuestro oficial en jefe es un hombre instruido.

—Conozco mis debilidades. Por eso está aquí, Tolemek. ¿Nadie le ha dicho que usted es el cerebro de la operación?

Ápex gruñó.

—Oh, vamos.

—Yo pensaba que estaba aquí en calidad de cabeza de turco, por si las cosas salían mal... Bueno, peor que mal —añadió Tolemek, tras sopesar un instante la subterránea oscuridad.

Ridge encendió la vela.

—Solo será cabeza de turco si no lleva una botella de disolvente que nos ayude a volver con los demás.

La débil llama no reveló mucho más que las mugrientas caras de los dos hombres que estaban con él, sentados sobre el montón de polvo. No, era ceniza. Había acertado. Pero, si había una caldera, debía de estar en las sombras, lejos del alcance de la vela.

Ridge tuvo la sensación de que estaban en otra sala grande; quizá, no tan grande como la cámara de la entrada, pero de unos seis metros de altura (alcanzó a ver el agujero por el que habían caído). Tenían suerte de no haberse matado.

Ápex estaba tumbado de espaldas. Había perdido el gorro, y la fina ceniza daba un tono blancuzco a su pelo. Su cara también estaba pálida.

Ridge le examinó rápidamente. No encontró sangre, pero la forma en que se agarraba las costillas y su dificultad para respirar decían bastante.

—Le vendaré las costillas sin grapas —dijo Ridge—.

Ápex logró sonreír, pero con miedo en los ojos. Ridge reconoció la mirada: el pánico de un hombre que era consciente por primera vez de su propia muerte, de saber que aquella podía ser la última misión. Y, si tenía una hemorragia interna, su temor podía estar justificado; pero no había forma de saberlo. Mejor que creyera que se pondría bien.

—Seguro que solo son un par de costillas rotas —dijo Ridge—. Podrá caminar, disparar a los de la Cofah y escapar con nosotros.

Ridge deseó que su vela les hubiera mostrado una escalera por donde huir. Tolemek estaba mirando en su morral. Con un poco de suerte, tendría más velas y podrían empezar a buscar.

—Encontraremos a Sardelle —añadió—. Ella le curará.

—¿Puede curar a la gente? —preguntó Ápex, con un destello de esperanza en los ojos.

—Sí. Es lo que le enseñaron a hacer cuando… en fin, es una larga historia. Y debería contársela ella, no yo.

—¿Es la historia de cómo llegó a nuestro mundo, es decir, a nuestra época? Porque no encaja en esta.

Vaya, Ridge jamás habría imaginado que Ápex fuera tan observador, ni que hubiera llegado a tamaña conclusión.

—¿Cómo lo ha sabido?

—Sardelle pronuncia algunas palabras como se pronunciaban hace siglos. Y las instrucciones que puso en la caja donde estaban los cristales de comunicación tenían diéresis en la mitad de las vocales… las leí después de enfrentarnos a los piratas —respondió Ápex—. Nuestro idioma dejó de utilizar diéresis hace doscientos años; por lo menos, en Iskandia, porque la Cofah las sigue usando. Pero Sardelle no es de la Cofah.

Ridge no estaba seguro de que animarle a hablar fuera bueno, teniendo en cuenta su estado, pero parecía distraerle de su dolor. Debía de ser el único miembro de la escuadrilla que se divertía con la lingüística, en lugar de odiarla.

—¿Desde cuándo lo sabe? Siéntese, por favor. Para que pueda vendarle —dijo Ridge, alzando un rollo de venda—. Tenga, sostenga la vela.

Ridge le ayudó a sentarse, estremecido por sus gemidos de dolor.

—¿Sabe que es un médico muy exigente? —protestó Ápex.

—Un médico exigente que está de mal humor porque tiene la nariz llena de ceniza —dijo, pensando que también lo estaba porque no tenía manos para hacer todo lo que quería hacer.

—Quizá se las debería grapar.

—Tal vez sea necesario.

Tolemek se levantó con un pequeño y redondeado farol en la mano.

—Voy a echar un vistazo.

—Bien. Encuentre una salida, ¿quiere? —dijo Ridge.

Ápex fulminó a Tolemek con la mirada, pero guardó silencio. Caramba, aquello iba a ser de lo más divertido. Ridge se había quedado atrapado en el depósito de basuras de una fortaleza enemiga y con dos hombres que se odiaban.

Tolemek pasó junto a él, y le puso algo en la mano. Ápex estaba mirando en otra dirección, así que no se dio cuenta. Era un tarrito de cerámica, etiquetado como pomada curativa. Ah, sí, era una noticia excelente. Ridge había oído hablar de ella, y sabía que era muy eficaz.

En cualquier caso, no era cierto que los dos hombres se odiaran. Era Ápex el que odiaba a Tolemek, no al revés. Pero ¿qué haría el antiguo pirata si el piloto le desafiaba a un duelo?

—He visto su historial académico, señor —dijo Ápex en voz baja, cuando Tolemek ya no los podía oír—. Sé que prestó atención algunas veces.

—¿Ha visto mi historial académico?

Ridge escudriñó el tarrito. La vela de Ápex no daba mucha luz; pero no vio nada parecido a unas instrucciones, así que quitó la tapa y añadió:

—Si se exhibe en algún lugar, además de la nevera de mi madre, me quedaré espantado.

—No, no está en ningún sitio público. Es que estuve husmeando —dijo Ápex—. Cuando me invitaron a unirme a las escuadrillas Lobo y Águila, tuve que decidir cuál me convenía más. Como la

Águila está estacionada en el norte, habría estado más cerca de mi casa, aunque tampoco se puede decir que me siga interesando.

Esta vez, Ápex no se molestó en fulminar a Tolemek con la mirada. Se limitó a observarle mientras el pirata recorría el perímetro de la cámara, buscando salidas con su pequeño farol.

—El coronel Kensingbar es todo un maestro de la ingeniería y la matemática, ¿verdad? Sé que estuvo dando clases en la academia hasta hace un par de años, cuando su nombre apareció en la lista de discapacitados.

Ridge no podía creer que Ápex le hubiera elegido a él por sus notas. No eran tan impresionantes. Tenía que haber otra explicación. Pero, fuera como fuera, metió una esquina de la venda en el tarro y le frotó la pomada en las costillas.

Kensingbar suspendió dos clases de historia y aprobó literatura iskandiana por los pelos. Eso es inaceptable.

—Y yo que pensaba que había elegido mi escuadrilla porque le invité a una cerveza…

Ápex frunció el ceño al ver lo que le estaba poniendo.

—¿Qué es eso?

—Un antiséptico.

—Pero no es el del ejército.

—No, no lo es.

Ridge dejó la pomada a un lado, para empezar a vendarle antes de que Ápex hiciera algo pueril, como quitársela. Ápex frunció el ceño a Tolemek, que estaba inspeccionando una esquina y, a continuación, se lo frunció a su coronel.

—Me ha puesto una de sus malditas pociones de bruja. No quiero que…

—Pues se tendrá que aguantar —lo interrumpió Ridge—. Y ahora, estese quieto.

Ápex intentó apartarse, pero el súbito movimiento le provocó una punzada de dolor.

—Siéntese, teniente.

Ridge odiaba imponer disciplina (precisamente él, que no dejaba de soltar impertinencias a sus oficiales superiores), pero no iba a permitir que esos dos pusieran en peligro la misión, o la vida de un hombre.

—Ni le he pedido su opinión sobre la pomada ni me importa un bledo, francamente. Puede presentar una queja cuando volvamos a Iskandia. Mi disposición a usar un producto curativo no aprobado será un delito menor en la lista de delitos que me pueden llevar ante un consejo de guerra, pero es posible que su reclamación obtenga respuesta.

Ridge se apresuró de vendarle las costillas, aprovechando que seguía quieto.

—Mi queja no es contra usted, señor —dijo Ápex con expresión de dolor, un desconsuelo que esta vez no estaba relacionado con sus heridas.

—Lo sé, y puede retarle a un duelo más tarde, pero no quiero problemas hasta que salgamos de aquí.

A decir verdad, Ridge tampoco los quería después, pero ya encontraría la forma de solucionar el asunto.

Ápex suspiró dramáticamente, pero no protestó.

—Las paredes son de hierro —dijo Tolemek desde el punto más alejado de la estancia—, y creo que el techo, también. El suelo y las paredes de esta zona tienen tubos… quizá, para tomar muestras.

—¿Para asegurarse de que la cámara del magma no se caliente demasiado y reviente la montaña? —dijo Ridge.

Tolemek le miró.

—Vaya, parece que no se quedó dormido en todas las clases de geología.

—No, los volcanes son interesantes. Cualquier chaval se animaría a aprender sobre las cosas que estallan, entran en erupción o provocan explosiones en general. Y, si hay alguna forma de volar la montaña cuando tengamos las muestras que queremos y saquemos a nuestra gente de aquí, estaré encantado de oírla.

—Teniendo en cuenta el tamaño de la taiga de la Muerte Hirviente, no habría ningún sitio seguro a muchos cientos de kilómetros a la redonda si un volcán entrara en erupción.

Tolemek se detuvo delante de un par de máquinas (armas, a juzgar por sus enormes protuberancias, parecidas a un cañón). Y apuntaban hacia la pila de cenizas… y los que estaban sobre ella.

Ridge deseó que fueran simples piezas de artillería, nada que tuviera sangre de dragón o fuera como aquellas endemoniadas estatuas de ojos rojos. Miró el techo, pensando otra vez en Sardelle. Esperaba que ella y los demás estuvieran bien. Si no habían conseguido llegar al ascensor, Sardelle habría encontrado la forma de sacarlos de allí. Pero, si habían huido, las únicas personas que podían completar la misión eran Tolemek, Ápex y él.

—Resulta interesante —dijo Tolemek—. Esas máquinas están unidas a las cañerías de las paredes, y hay una especie de… —Tolemek caminó alrededor de unas cajas de metal que estaban en el suelo—. ¿Motor? ¿Generador? Tendré que quitar la tapa para salir de dudas. La ingeniería no es mi especialidad, pero parece que los científicos de aquí están experimentando con el calor de las fuentes termales, para usarlo como fuente de energía para esas armas.

—Y yo que creía que estábamos en un depósito de basuras —dijo Ridge.

—Puede ser una sala de pruebas. Y eso podrían ser los restos de lo que utilicen como diana —dijo Tolemek, señalando la pila de cenizas.

—¿Las últimas personas que cayeron en esta trampa, quizá? —preguntó Ridge, contemplando la gris ceniza que se había pegado a sus manos—. Parece reconfortante.

—No, hay demasiada ceniza. Es imposible que unos seres humanos hayan sido los únicos contribuyentes —dijo Ápex.

El joven piloto se bajó la camisa. Ridge ya había terminado de vendarlo.

—También hay ceniza por aquí. Está por todas partes —dijo Tolemek.

—Ya, pero quiero saber si hay una puerta.

Ridge recuperó su vela y bajó por la pendiente de cenizas hasta llegar al suelo, que limpió con un pie. Efectivamente, también parecía de hierro.

—¿Estoy en lo cierto al suponer que el punto de fusión del hierro es superior a la temperatura de la lava? —continuó.

—Sí —dijeron Ápex y Tolemek al unísono.

—Pero no sé cómo es posible que mi gente haya construido esto —añadió Tolemek—. No sabía que… Este complejo es mucho más avanzado de lo que cabría esperar. Siempre pensé… bueno, no es algo que sea de conocimiento público, pero todos los que tienen alguna idea de cuestiones internacionales saben que vamos con retraso en el campo de los avances tecnológicos porque nos hemos centrado en los recursos militares.

—Pues a mí me parece que esas armas son recursos militares —dijo Ridge, señalando el par de monstruosidades que estaban junto a la pared. Y justo entonces, vio una puerta entre las sombras.

—Sí… habrán construido la instalación aquí para ver si pueden usar el magma o los géiseres como arma. Y, cuando descubrieron la sangre de dragón, decidieron traerla a este lugar, porque está en un sitio verdaderamente inhóspito —comentó Tolemek.

—Bueno, ya nos interesaremos después por los detalles históricos. Los demás estarán preocupados por nosotros.

Ridge intentó girar el pomo de la puerta que acababa de encontrar. Estaba cerrada, por supuesto. Y era de un material demasiado recio como para tirarla de una patada.

—Tolemek, ¿puede abrir esta puerta?

Tolemek se plantó a su lado y hurgó nuevamente en su morral, buscando el disolvente. Cada vez quedaba menos.

—¿Cuántas puertas más podrá abrir? —preguntó Ridge, mientras Tolemek untaba la sustancia.

—La verdad es que no muchas. Este es el último vial. Gasté bastante en el sanatorio, aunque no sirvió para nada —admitió, bajando la voz.

—Tengo entendido que encontró algunas pistas.

El gruñido de Tolemek no fue precisamente de entusiasmo.

—No se va a rendir, ¿verdad? —insistió Ridge.

—Eso nunca.

Un ronco sonido metálico surgió de la pared de las armas. Tras el sonido, se oyeron varios clics en las cajas metálicas que Tolemek había estado mirando. Las cajas estaban conectadas a las armas por varias tuberías anchas, también conectadas con las paredes.

Un segundo después, las armas soltaron un zumbido profundo que reverberó por toda la cámara.

—¿Y ahora qué? —gruñó Ápex, que se las había arreglado para unirse a ellos.

—Ahora, abrimos la puerta a toda velocidad —contestó Ridge—. ¿Necesita ayuda con eso, Tol?

—No —dijo, mirándolo a través de sus rastas—. ¿Tol?

—Su nombre es demasiado largo, y aún no se me ha ocurrido ningún mote apropiado.

—¿Aún? Pensaba que ese honor estaba reservado a sus pilotos.

—Cualquier persona es un objetivo válido —dijo Ridge, que miró las armas mientras daba golpecitos a la puerta. El mejunje ya había empezado a humear—. Apuntan a la pila de cenizas, no a nosotros. Supongo que estamos a salvo, ¿no?

—Puede que sí y puede que no —dijo Ápex—. Hemos terminado en el interior de un sistema de seguridad. Dudo que nos salvemos de morir incinerados por el sencillo procedimiento de apartarnos.

—Desde luego, hay cenizas por todas partes —dijo Tolemek.

Tolemek se apartó de la puerta. Aparentemente, ya había hecho todo lo que estaba en su mano. Solo quedaba esperar a que su producto disolviera el metal, pero Ridge cruzó los dedos para que no fuera demasiado ancho.

—Cada vez hace más calor. Son las armas. Calientan como si fueran hornos —dijo Ridge.

El zumbido también se había vuelto más alto, aunque menos profundo.

—No hay duda de que esto es un crematorio —declaró Ápex, señalando las capas de ceniza—. Todo lo que cae aquí, acaba incinerado; no solo lo que está en la pila. Hay una pila porque caen más cosas ahí —Ápex retrocedió hasta pegarse a la pared de la humeante puerta—. Y si seguimos aquí cuando las armas se activen, también nos incinerarán a nosotros.

—Una hipótesis razonable —dijo Tolemek.

Ridge pensó en el cuerpo de Nowon, en el hecho de que su piel pareciera derretida. ¿Habría terminado en aquel lugar? ¿O habría caído en otra trampa, también activada por el calor de la tierra?

—¿Cuánto falta? —preguntó Ridge, que solo se abstuvo de pegar una patada a la puerta por miedo a interrumpir el proceso del disolvente.

—Poco —dijo Tolemek.

El zumbido era cada vez más agudo.

—No hay duda de que va a pasar algo. ¿Estaremos a salvo cuando salgamos? —preguntó Ridge.

—Supongo que sí, pero no sé cuánto nos tenemos que alejar. Puede que el calor se filtre por el agujero y, si al otro lado hay un simple túnel o una escalera, la temperatura puede subir mucho.

Tolemek empujó la puerta.

—Vamos, vamos —urgió Ridge.

Aunque ardía en deseos de entrar, Ridge empujó a Ápex hacia el agujero. Como estaba herido, sería el más lento de los tres, y necesitaba toda la ventaja que le pudieran dar.

Por suerte, Ápex no se resistió; soltó un grito al rozar los bordes con las costillas, pero se metió por el agujero sin dudarlo. Tolemek entró después, tras alcanzar su morral. Y Ridge les siguió a toda prisa, cuando el zumbido ya era tan potente y desagradable que le perforaba los oídos.

Su vela se había apagado, pero Tolemek les guio por lo que resultó ser una escalera de cemento con ayuda de su pequeño farol. El increíblemente largo tramo de escalones desaparecía en la oscuridad del fondo. Ridge los alcanzó enseguida, y los podría haber adelantado con facilidad; pero, en lugar de eso, les arreó unas palmadas en la espalda, aunque más que palmadas fueron empujones. No dejaba de pensar en la expresión *al rojo vivo*.

El zumbido culminó en un gemido extraño y un destello tan intenso que atravesó el agujero y subió por las escaleras, iluminándolo todo con la potencia del sol. Una ola de calor le golpeó la espalda, envolviendo su cuerpo como si fuera agua, agua caliente. Le quemó la piel, y tuvo miedo de que le hubiera separado la carne de los huesos. No, eso debía de doler más. Seguro que dolía más, ¿verdad? El calor era molesto, aunque todavía se podía soportar.

Ridge siguió corriendo, subiendo la escalera toda pastilla a pesar del dolor de sus muslos y del aire que le abrasaba los pulmones y la garganta. Le ardía una mano, y maldijo su suerte en voz alta, pensando que se le estaba cayendo la piel; pero el farol de Tolemek no daba tanta luz, y no pudo ver la herida. Quizá fuera lo mejor.

Tras una eternidad o dos, el calor se esfumó. ¿Habrían apagado esas máquinas? Tal vez, aunque también era posible que estuvieran fuera de su alcance.

Ápex tropezó y cayó al suelo, agarrándose las costillas.

—Un momento, por favor; solo necesito…

—Tranquilo.

Ridge se detuvo y le puso una mano en el hombro. La oscuridad se había tragado la puerta por donde habían escapado, y ya no la podían ver.

—Estamos a punto de llegar arriba —anunció Tolemek—. Hay otra puerta.

Ridge se sentía como si hubieran subido tantos tramos de escalera como para llegar no solo a la cumbre de la montaña, sino al propio cielo. Alzó una mano y la apoyó en la pared. Tenía algo grumoso en ella, pero ya no le molestaba. Tragó saliva, recordando el dolor que había sentido hasta unos momentos antes, y acercó la mano a la luz de Tolemek, asustado.

Y entonces, soltó una carcajada.

—Me alegra que la noticia le anime tanto —dijo Tolemek.

—Mi mano está llena de cera —dijo Ridge.

Los dos hombres le miraron.

—La vela se ha derretido —les explicó—, pero yo creía que… En fin, olvídenlo. ¿Una puerta, dice? ¿Existe la posibilidad de que no esté cerrada? —añadió, dudándolo seriamente.

Ápex cambió de posición, y Ridge le ayudó a levantarse.

—Estoy bien, señor.

—Magnífico.

—Pues no está cerrada —anunció Tolemek.

—Esperemos que al otro lado haga fresco —dijo Ridge—. Mi piel está como… ni yo mismo lo sé. Como si hubiera tomado demasiado sol.

—Podría haber sido peor —Tolemek apretó una oreja contra la puerta y, acto seguido, sacudió la cabeza—. No oigo nada.

Ridge pasó por delante de Ápex, desenfundó la pistola e hizo un gesto a Tolemek para indicarle que abriera.

—Preparado.

Tras sobrepasar a Tolemek, Ridge salió a un pasillo de cemento, dispuesto a disparar en cualquier dirección. Tardó uno o dos segundos en darse cuenta de que había un guardia muerto en el suelo. Le habían rebanado el pescuezo, como al de la cámara.

—Bueno, las cosas no están saliendo como queríamos, pero tampoco como quiere el enemigo —comentó.

¿Ridge?

Ridge se sobresaltó al oír la voz en su mente, aunque la reconoció un instante después.

¿Sardelle?

¡Estás vivo!

El alivio que Ridge sintió a través de la conexión mental fue tan intenso que las lágrimas estuvieron a punto de brotar de sus ojos. Él también se alegró de que Sardelle estuviera viva, pero la emoción de ella fue más intensa.

¿Creías que había muerto?

No te podía sentir. Y Jaxi, tampoco.

Ah. Es que estábamos en un… crematorio. Supongo que se puede llamar así. Y las paredes eran de metal, de hierro, dijo, recordando que Sardelle le había confesado que el hierro bloqueaba su percepción.

Cuánto lo siento.

¿Dónde estás ahora? ¿Ahn y Pato siguen contigo? ¿Habéis tenido que abandonar el complejo?

Seguimos aquí. Desactivamos las estatuas y subimos, pero tenemos… un pequeño problema. Espero que nos encontréis, porque nos vendría bien la ayuda de Tolemek.

¿Únicamente la suya? ¿No la mía?

Bueno, tú puedes sostenerle el morral.

Muy gracioso. Pero no sé dónde estamos. No habrás encontrado un mapa, ¿verdad?

—¿Señor?

—¿Sí...?

—Preguntaba si tiene alguna preferencia sobre la dirección a tomar.

—Un momento, estoy esperando indicaciones.

Una mano sorprendentemente fuerte se cerró sobre su brazo. Era Tolemek, que dijo:

—¿Caslin? ¿Se encuentra bien?

Ridge asintió.

—Sí, han subido.

Jaxi dice que toméis el pasillo ancho, subáis dos tramos de escaleras y busquéis el ascensor del piso donde están todos los laboratorios. Al parecer, hay unas escaleras en el extremo opuesto, que os deberían llevar a la planta de arriba, donde nosotros nos hallamos. Pero estamos al otro lado del ascensor, y tendréis que derretir una pared de metal para alcanzarnos... Ah, hay gente por el camino. Y, si es como la gente que se topó con nosotros, estarán preparados.

Llegados a este punto, estaré encantado de enfrentarme a algo tan normal como la 'gente'. Ridge señaló el pasillo ancho y empezó a caminar. «Por aquí. Estén alerta». *¿Dónde estás ahora? ¿Dices que necesitas ayuda?*

Hemos encontrado la cámara, pero nos han cortado el paso. Sardelle sonó avergonzada. *Estamos encerrados.*

¿La cámara? ¿La cámara llena de sangre de dragón?

Sí, pero si Jaxi no puede hacer un agujero en la puerta, necesitaremos a Tolemek. Jaxi se cree capaz de conseguirlo, pero siempre ha tenido una alta estima de sus habilidades.

Jamás lo habría adivinado.

Por cierto, Jaxi ha tenido ocasión de inspeccionar la montaña, y afirma que la cumbre se abre y que tiene una habitación llena de globos aerostáticos. Puede ser nuestra vía de escape.

Comprendido. Os sacaremos de ahí. Pero no probéis suerte hasta que volvamos a estar juntos, ¿de acuerdo?

Hasta entonces, habían estado hablando tan deprisa que Ridge esperaba una respuesta inmediata. Siguió a Ápex por el primer tramo de escaleras (como estaba distraído, había permitido que el teniente pasara delante), y llegó al segundo antes de intentar comunicar de nuevo con Sardelle.

¿Estás de acuerdo?

No hubo respuesta, y Ridge se maldijo en voz baja.

—¿Señor? —dijo Ápex.

—Me temo que los demás están… probando suerte.

Capítulo 15

La suave voz de Ahn sonó en la parte delantera del corredor:

—¿Sardelle?

—¿Qué ocurre?

Sardelle estaba a punto de concluir su conversación con Ridge y volver con los dos tenientes. Jaxi se estaba calentando, preparándose para su intento de derretir la puerta, que aumentaría la temperatura hasta el punto de que ningún ser humano podría estar cerca.

Acababa de alcanzar a Ahn y Pato cuando oyeron un chirrido procedente del techo, de uno de los rincones de la enorme sala del ascensor. Había un agujero cuadrado que Sardelle no había visto antes. Parecía una especie de conducto de ventilación, pero sin rejilla. Ah, no, el respiradero estaba allí, en el suelo. Y los dos tenientes alzaron sus fusiles y apuntaron al hueco.

Ridge le estaba diciendo algo, pero Sardelle no tuvo ocasión de responder porque un bote cayó en ese momento desde el agujero. Pato disparó.

—Espera —dijo Ahn—, no sabemos qué es.

La advertencia llegó demasiado tarde. La bala impactó en el lateral del bote, que empezó a echar humo por el agujero. Pero no tenía el mismo color que el de la anterior arma de humo: era de un rosa rojizo, y a Sardelle se le revolvió el estómago en cuanto llegó a su nariz.

—No respiréis —dijo Pato.

El teniente mantuvo la posición, como si tuviera intención de aguantar la respiración y disparar a cualquiera que apareciera por el conducto, pero los sentidos de Sardelle gritaron a viva voz que ese humo era más peligroso que el anterior, que tenía propiedades tóxicas.

—Atrás, los dos —dijo Sardelle.

Podría haber levantado un escudo, una burbuja de aire a su alrededor; pero no podía atacar a través de él, así que adelantó a los tenientes, se concentró en el bote y empujó el aire de la parte trasera hacia la esquina donde estaba el artefacto. Tenía el estómago tan revuelto que le costaba concentrarse, pero consiguió su objetivo; por lo menos, temporalmente: contener el humo en una zona pequeña.

Se estaba debatiendo entre destruir el bote o el aire contaminado cuando el primer guardia se dejó caer por el agujero. Aterrizó de cuclillas, bien armado y con una máscara antigás.

Sardelle sacudió una mano y le arrancó la máscara en el preciso instante en que aterrizó el segundo guardia, que le apuntó con su arma. Antes de que pudiera alzar un escudo protector, sonó un disparo; pero venía de más atrás de aquel hombre. Ahn se había asomado por la esquina, arriesgándose a respirar el humo. El guardia de la máscara cayó al suelo.

Mientras tanto, el primero se había puesto de rodillas y se había agarrado el cuello. Tenía los ojos desorbitados, e intentó alcanzar la máscara que Sardelle le había quitado, pero se desplomó antes de poder alcanzarla. Sardelle no supo si estaba muerto o inconsciente. En cualquier caso, las consecuencias le horrorizaron.

«Atrás», repitió a Ahn, concentrándose otra vez en confinar el humo. Devolverlo al bote era imposible, pero hizo lo que tendría que haber hecho al principio: empujar el humo hacia el conducto del techo y, como ahora se estaba concentrando en él, notó la presencia de varias personas en su interior.

Sardelle intentó arrastrar el gas hacia ellos. Era como lanzar granitos de arena a un agujero, pero si lograba que casi todos acabaran en su espacio…

Su estómago interrumpió sus esfuerzos. Se llevó las manos al vientre y salió rápidamente de la estancia. Podría haber vomitado allí, pero no quería que los de la Cofah la oyeran y se dieran cuenta de que tenía problemas, de modo que corrió hacia la primera sala de observación. Acababa de cruzar el umbral cuando echó todo lo que llevaba dentro. Se tuvo que apoyar en la pared. Le dolía el pecho y un costado y era incapaz de controlar los espasmos. ¿Qué era aquel gas? Se acordó del que había fabricado Tolemek.

No podía ser parecido, ¿verdad? Y si lo era, ¿moriría en cuestión de segundos?

No te mueras. Estoy haciendo progresos con la puerta. La empiezo a atravesar.

Sardelle terminó de vomitar, pero no encontró la energía mental necesaria para responder a Jaxi. Su cara estaba empapada de sudor, y su cuerpo no dejaba de temblar. Ardía en deseos de sentarse en el suelo, pero lo había dejado hecho un desastre, y su sentido de la dignidad pudo más que su debilidad física. Se arrastró hacia el pasillo, con la esperanza de encontrar un sitio limpio, sentarse y apoyarse en una pared. También tenía intención de cerrar la puerta, para que nadie viera el vómito.

Sin embargo, Pato estaba en el exterior, rojo como un tomate y tan bañado en sudor como ella. Al parecer, ella no era la única que había vomitado.

El joven piloto sonrió con debilidad y dijo:

—Vaya, es humana.

Sí, las hechiceras podían vomitar tanto como el que más.

—Eso parece.

—Pero esa ella no lo es… —dijo Pato, que se apartó y señaló el fondo del pasillo.

Jaxi estaba donde Sardelle la había dejado, en el suelo. Un anaranjado chorro de energía de unos cinco centímetros de ancho surgía de la punta de la espada, con llamas a su alrededor. Sardelle pensó que las llamas eran innecesarias, y que Jaxi las habría añadido para darle un punto sobrecogedor.

—No, esa es un alma muy especial —dijo Sardelle, antes de girarse hacia el extremo abierto del pasillo—. ¿Ahn?

—Estoy aquí —respondió en voz baja—. Hay más conductos de ventilación en esa sala. Los estoy vigilando, pero también deberíamos mirar las habitaciones pequeñas.

Ahn estaba tan ruborizada como ellos, y le temblaban las manos. Pero no había soltado su fusil, y daba la impresión de estar dispuesta a morir antes que abandonar la posición que se había asignado a sí misma.

—Ridge y Tolemek están vivos —anunció Sardelle.

Ahn la miró.

—Ápex también. Me ha parecido que debía saberlo antes de ponerse en clave suicida con tal de defendernos.

—Está bien.

Ahn no negó lo de la clave suicida. Uf.

—Vigilaremos juntas —dijo Sardelle—. Ahora sé lo que debo hacer. Devolver el bote al agujero, antes de que explote.

—O de que alguna idiota le pegue otro tiro —masculló Pato desde atrás.

—Habría expulsado el humo de todas formas —dijo Ahn.

Sardelle sintió otro pinchazo en el estómago. No estaba segura de haber expulsado tanto gas de la habitación como para impedir que volvieran a sufrir sus efectos, pero esperaba que sí. El guardia sin máscara seguía inmóvil. El otro había muerto por el disparo, pero se sintió en la necesidad de examinar a su compañero. Si seguía vivo, cabía la posibilidad de que pudiera hacer algo por él. Pero estaba muerto. O sus pulmones se habían llenado de gas o su cuerpo no lo había tolerado tan bien como los suyos.

Entonces, se acordó de que estaba hablando con Ridge cuando el bote cayó e intentó recuperar la comunicación.

¿Ridge?

¿Estás bien, Sardelle?

Sardelle decidió no mencionar el vómito, ni el hecho de que su estómago siguiera estremecido por las secuelas del vil producto. Obviamente, Tolemek tenía un imitador en aquel lugar. No le agradaba la idea de tener que enfrentarse a semejante persona.

De momento estamos bien. Atrapados, pero bien.

Excelente. Estamos intentando llegar a esa sala. Estamos...

¿Ocupados?

Ridge no contestó, y Sardelle intentó localizarlo en el laberinto de la montaña, pero se topó antes con los de la Cofah. Había más gente en el conducto de la sala principal, y dos guardias avanzaban a gatas hacia la zona de los laboratorios, quizá con intención de salir por una de las salas de observación.

Estaba tan concentrada en ellos que casi no oyó la respuesta del coronel.

Sí, estoy bien.

Aquí han surgido más problemas, le informó. *Ten cuidado. Volveré a contactar en cuanto pueda.*

Espera. ¿Tienes idea de cómo volaron vuestra montaña hace trescientos años?

¿Cómo? Es decir, ¿por qué quieres saberlo?

Por si podemos hacer lo mismo con esta. Cuando hayamos salido.

Sardelle se estremeció ante la perspectiva de hundir la montaña con tanta gente dentro, aunque fueran soldados y científicos de la Cofah que fabricaban armas mortíferas para usarlas contra su patria; pero, de todas formas, no conocía la respuesta.

No sé qué hicieron exactamente. Todo fue muy rápido. Corrimos hacia el punto de encuentro, dando por sentado que los demás harían lo mismo. No vi las detonaciones, así que no sé si usaron algún tipo de magia o no... aunque me parece extraño que la utilizaran para destruir a los usuarios de la magia que tanto temían.

Comprendo.

La voz de Ridge sonó particularmente firme, como si estuviera decidido a llevar a cabo su plan, de un modo u otro. Sardelle esperaba que la avisara con tiempo, pero ahora se tenía que concentrar en el problema más inmediato.

—Ahn, dos guardias intentan flanquearnos —dijo en voz baja—. Vuelvo enseguida.

Ahn le dedicó un saludo militar. No implicaba nada raro, era un simple reconocimiento de sus palabras; pero Sardelle sonrió de todas formas. Se sintió como si la acabaran de aceptar en la escuadrilla. ¿Quién habría imaginado que solo tenía que vomitar un poco?

Caminó hacia Jaxi. El calor de la puerta de la cámara era tan tremendo como nocivo el humo que despedía (después de aquello, sus pulmones iban a necesitar todo tipo de cuidados), pero Sardelle no supo si su hoja de alma la había conseguido atravesar. Le pediría un informe cuando acabara con los dos guardias.

Entró en una de las salas de observación, tan oscura que no distinguía lo que había detrás del cristal. En cualquier caso, le preocupaba más lo que había encima del techo. Pero la escasa luz que se filtraba desde el pasillo le permitió ver el conducto de ventilación.

Sardelle cerró los ojos y localizó a los dos guardias. Luego, inspirada por la ola de calor de Jaxi, aplicó su propia energía sobre la parte inferior del conducto, junto a la salida. Le dolía la cabeza, y tenía los ojos tan cargados como si necesitara dormir varias horas seguidas o, a ser posible, varios días. Había gastado demasiadas fuerzas, y tenía miedo de que sus músculos no estuvieran temblando por culpa del gas venenoso, sino de pura debilidad. Aun así, consiguió que el fino conducto de metal se pusiera al rojo, y obtuvo su recompensa cuando el primer hombre llegó a esa zona, plantó una mano y soltó un grito de dolor.

El guardia retrocedió a toda prisa y se tropezó con el que venía detrás. Estaban justo encima de Sardelle, con las herramientas necesarias para quitar la rejilla del conducto. Pero ella no se lo iba a permitir. De hecho, los examinó con más detenimiento hasta encontrar lo que buscaba, otro bote de humo. Lo llevaba el segundo de los guardias, metido en una bolsa.

Si ya hubieran quitado la rejilla, Sardelle habría empujado el bote para que cayera en la sala, y lo habría metido en algún armario, asegurándose así de que la Cofah no lo pudiera usar; pero, en lugar de eso, lo empujó hacia la parte trasera del conducto. Justo entonces, notó la presencia de más guardias, que alzaron la cabeza con horror al oír el bote que rodaba hacia ellos. Por supuesto, consideró la posibilidad de hacerle un agujero para liberar el gas, pero ahora sabía que era mortal, y no podía hacer eso, ni siquiera a sus enemigos. Con suerte, el simple hecho de oír el tintineo del bote distraería un rato a los guardias. Se preguntarían si se había activado y, estando en la oscuridad, tardarían en averiguarlo.

Buen plan. Jaxi sonaba cansada, agotada. Las hojas de alma no tenían cuerpo, así que no requerían comida ni descanso, pero su energía no era inagotable. Ella también necesitaba un receso para recargarse.

Cuando Sardelle volvió al corredor, que estaba como una sauna, no tuvo que mirar hacia la cámara para saber que Jaxi había conseguido atravesarla: lo supo por la eléctrica tensión del ambiente.

Era tan intensa que, al combinarse con su propia debilidad, casi la obligó a ponerse de rodillas. Se tuvo que apoyar en el pomo de la puerta. No era una energía malévola. Tampoco se trataba de una energía benévola. Simplemente se trataba de un cúmulo de energía.

Ya está. Jaxi cortó el chorro.

La luz se apagó, pero había suficientes faroles encendidos en las habitaciones cercanas, y Sardelle pudo ver el final del pasillo y el gigantesco agujero de la puerta. Sus bordes se habían derretido como si fueran de cera, y el suelo estaba lleno de gotas de acero.

—Impresionante —dijo.

Gracias.

—¿Qué está pasando arriba, Sardelle? —preguntó Ahn desde la parte delantera del corredor.

La teniente señaló el techo. Pato, que estaba a su lado, lo miró con el ceño fruncido.

—Creo que están ligeramente confundidos. Pasará un rato antes de que intenten algo más.

Sardelle se acercó a Jaxi con intención de enfundarla, pero la hoja emitía tanto calor que tuvo miedo de que la empuñadura le quemara la mano.

Espera a que me enfríe. Estoy que chisporroteo. No me podrías agarrar.

No me sorprende. Estás tan caliente que solo te podría blandir un dragón.

Jaxi bufó.

Pues ese dragón no está aquí. Solo está su sangre. Y, teniendo en cuenta la enorme cantidad que han almacenado los de la Cofah, dudo que se encuentre en buenas condiciones, esté donde esté.

—¿Ya podemos entrar? —dijo Ahn, que se le había acercado.

Pato seguía montando guardia. Aunque también era posible que le incomodara la idea de pasar junto a una hoja de alma y meterse en una cámara llena de sangre mágica.

—Supongo que sí —respondió Sardelle, que ya había examinado la zona de alrededor de la puerta, para asegurarse de que no había ninguna trampa—. Pero cuidado con el acero fundido, que aún gotea.

Las gotas ya se estaban endureciendo, y habían creado una escena extraña, casi como el techo de una cueva con montones de estalactitas. Sin duda alguna, la Cofah se preguntaría qué le había pasado a su puerta tecnológicamente avanzada.

Ahn no parecía tener prisa por entrar, de modo que Sardelle alcanzó un farol y entró la primera. Meterse por el agujero fue como intentar caminar debajo del agua, avanzando contra la corriente de energía. Por lo menos, para ella; porque Ahn pasó con soltura, como si no hubiera nada extraño en aquel lugar.

La cámara era tan pequeña que no habría cabido nadie más. La caja de madera que estaba en el centro ocupaba casi todo el espacio, y estaba cubierta de etiquetas de embarque y advertencias de «FRÁGIL». En las negras paredes había estantes, casi todos vacíos; en uno de ellos, se veía una caja con tubos de ensayo llenos de sangre de dragón, pero el resto de las cajas no tenían nada.

—¿Significa eso que estaban a punto de quedarse sin existencias? —preguntó Ahn, señalándolas.

—Lo dudo —Sardelle tocó la caja—. Aquí hay más energía.

—¿Energía?

—Sí, la puedo sentir. Es muy intensa.

—¿La abrimos?

Sardelle se arrodilló y examinó las etiquetas. La caja había pasado por Port Krunlow y la bahía de Bekany, que estaban en la costa de la Cofah; pero alguien había arrancado el sello de su lugar de origen.

Ahn levantó una esquina.

—Pesa bastante, pero la podemos cargar entre dos. Quizá deberíamos llevárnosla.

—¿Adónde? Aún no hemos encontrado la forma de escapar de este piso.

—La Cofah está utilizando los conductos de ventilación.

Sí, eso era cierto. Y también que debería haber informado a Ridge sobre la posibilidad de acceder por ahí y sobre los botes de humo. Pero le espantaba la idea de que se topara con el gas venenoso.

—Aunque, pensándolo bien, no podríamos llevar la caja por un conducto de ventilación —añadió Ahn.

—No —dijo Sardelle—, abrámosla.

Ahn se colgó el fusil a la espalda y sacó un cuchillo de campaña. La caja parecía de lo más normal, pero Sardelle intentó captar lo que había dentro antes de que la teniente la abriera. Si tenía algún tipo de trampa, no la notó. Tuvo la vaga sensación de que estaba llena de tubos de sangre, pero su energía distorsionaba sus percepciones. En ese momento, Sardelle habría tenido problemas hasta para reconocerse como mujer.

Afortunadamente, es improbable que eso haya cambiado en cinco minutos.

Espero que no.

Salvo que ese humo tenga efectos colaterales de los más extraños.

Veo que ya te estás recuperando del esfuerzo, Jaxi.

Estoy agotada. Voy a necesitar que me saques de aquí.

Sardelle bufó.

Ahn, que estaba metiendo el cuchillo bajo la tapa de la caja, oyó el bufido, se detuvo y la miró.

—Solo es… humor de hojas de alma —se excusó Sardelle.

—Ah, vale.

Ahn abrió la caja y apartó la tapa. En su interior, envueltas en capas de hojas secas, había un montón de tubos de ensayo. Debía de haber unos doscientos cincuenta, y todos estaban llenos de sangre.

—Vaya. Yo esperaba que brillaran o algo así —dijo Ahn.

—La energía no brilla. Es lo que es.

Ahn olió la caja.

—Pero huele bien. Aunque supongo que es su contenido, no la sangre —declaro Ahn, sacando un puñado de hojas y flores secas.

Sardelle se quedó mirando las hojas. Era obvio que las usaban como aislamiento, para impedir que los tubos se rompieran, pero esas flores moradas…

Le quitó una a Ahn, que preguntó:

—¿Pasa algo?

—Las he visto hace poco —dijo en voz baja.

—¿Dónde? Parecen tropicales.

—A trescientos kilómetros de aquí, en la habitación de un sanatorio.

Encontraron a un tercer muerto de la Cofah en lo alto de la último tramo de escalera. Le habían matado como a los otros, degollándolo.

Para entonces, Ridge, Tolemek y Ápex se habían abierto camino entre unos que no tenían ganas de luchar. El grupo de hombres y mujeres les lanzó unos cuantos botes de compuestos humeantes, pero fue como si los hubieran pillado haciendo las maletas. En cualquier caso, carecían de formación militar, y pusieron pies en polvorosa en cuanto Ridge y los suyos demostraron su capacidad combativa. Como no quería disparar contra civiles, Ridge les dejó escapar. Esperaba no tener que arrepentirse.

Al pasar sobre el cadáver, Ridge se volvió a preguntar quién les estaba ayudando inadvertidamente a asaltar la montaña. Todas las ejecuciones eran recientes.

—¿Nos tropezaremos pronto con nuestro aliado? —dijo Ápex.

—Prefiero tropezarme antes con el resto de la escuadrilla.

Ridge los llevó por un ancho corredor de paredes de cristal, que daban a los laboratorios. Eran parecidos a los de la planta de abajo y, aunque no vio a nadie, también había cajas y bolsas medio llenas de cuadernos y equipos.

—¿Estarían recogiendo por nosotros? —se preguntó—. ¿O saben algo que nosotros no sabemos?

Algo sonó en el techo, y Ridge alzó su fusil. Aquella planta no tenía faroles flotantes, y los techos estaban a oscuras. Pasaron unos segundos, y no notó ningún movimiento. Bajó el fusil, pero decidió mirar arriba con más frecuencia. Les habían pasado tantas cosas que todo le parecía posible.

Además de los laboratorios, pasaron frente a salas llenas de artilugios no tripulados y aeronaves medio montadas y habitaciones abarrotadas de dispositivos para contener y estudiar el vapor y el agua caliente del campo de géiseres.

Tolemek entró en un laboratorio lleno de vasos de precipitación, con un complicado laberinto de tubos de cristal. Ridge no sabía lo que era, pero se fijó en el líquido verde del objeto esférico que tenía en el centro. En cambio, Tolemek solo se interesó por el cuaderno abierto de la mesa: se quedó mirando una página, pasó a la primera y, a continuación, clavó la vista en el aparato de cristal.

—¿Hay algo importante?

Ridge quería seguir adelante, encontrar a los otros, localizar la sangre de dragón y buscar la forma de escapar; preferiblemente, mientras destruían el trabajo de los científicos.

—Creo que sí —gruñó Tolemek, sonando más parecido a un oso enfadado que a un hombre.

—¿El qué? —preguntó Ridge.

—La fórmula con la que nos han atacado abajo me resultaba familiar. Es mi trabajo. Bueno, se han basado en él. Por lo visto, alguien me robó las notas hace unos años y las envió a esta instalación —contestó, cerrando el cuaderno—. Si fue Goroth, le volveré a matar.

—Sus aparatos se basan descaradamente en nuestros diseños —intervino Ápex—. Parece que la Cofah tiene un problema con la originalidad.

Tolemek miró a Ápex y tiró el aparato de cristal al suelo, provocando un ruido estrepitoso. Luego, siguió adelante.

—Buena idea —ironizó Ridge tras el estruendo—. Asegurémonos de que el enemigo sepa exactamente dónde estamos.

Tolemek estaba tan ocupado con su enfado que no dijo nada. Ridge se volvió a poner en vanguardia. El ascensor estaba al fondo, al final de la zona de laboratorios. Ahora, solo tenían que encontrar la forma de pasar al otro lado, es decir, de llegar hasta Sardelle y los demás. Pero, por desgracia, el otro lado estaba bloqueado.

Ridge alzó la mirada. Sardelle había mencionado que había una habitación en la última planta, llena de globos aerostáticos. Quizá pudieran subir y abrirse paso desde allí.

¿Ridge?

Sí, ya estamos cerca.

Nos han estado atacando por el sistema de ventilación. Es posible que nos podáis alcanzar del mismo modo.

Ridge puso mala cara, imaginando un tiroteo en una maraña de conductos.

Han dejado de atacar, prosiguió Sardelle. *Creo que se están retirando para probar otra cosa. Si te topas con ellos, ten cuidado. Tienen botes de gas que ya han matado a una persona y nos han enfermado a nosotros. Si se respira demasiado tiempo, es mortal.*

Sardelle envió sus palabras con una imagen: la de un recipiente que soltaba un humo rojizo.

Maravilloso.

Pero tengo una buena noticia. Hemos entrado en la cámara, y ya tenemos la sangre de dragón.

Ridge alzó la cabeza. Eso sí que era una buena noticia.

¿Cuánta hay?

Una caja llena. Sacarla será problemático; pero, si repartimos la carga entre todos, se puede hacer.

Desde luego, el rey quería esas muestras; pero la verdadera misión era dejar a la Cofah sin dicho recurso.

Supongo que no habéis visto ningún dragón, ¿verdad?

No. La caja procede de una región tropical, aunque no sé de cuál. Viajó bastante antes de llegar aquí.

Vaya, no me digas que la Cofah solo tiene que… pedir más.

Me temo que nuestra siguiente misión será encontrar la fuente. Si el rey te sigue dirigiendo la palabra cuando volvamos.

Ridge resopló. Su preocupación estaba más que justificada.

Hay algo más. Dile a Tolemek que… Oh, espera, Jaxi se está comunicando con él.

Tolemek se detuvo en ese mismo instante, y su expresión pasó del enfado a la confusión.

Ya te lo explicaré después, continuó Sardelle. *Es posible que su hermana esté involucrada de algún modo. Puede que la hayan utilizado para llegar a Tolemek o… por otros motivos. Hasta es posible que esté en el mismo sitio del que proceden estos viales.*

Qué extraño. ¿Crees que…?

Las puertas del ascensor se abrieron, revelando un grupo de guardias de uniforme rojo, todos con petos de protección, fusiles y…

Ridge soltó una maldición. ¿Qué eran esos artilugios? ¿Dos lanzacohetes?

Por suerte, aún estaban a unos veinte metros del ascensor, y Ridge tuvo tiempo de gritar «¡a cubierto!» y de lanzarse a la izquierda, hacia una mesa llena de libros y equipos. Ápex y Tolemek optaron por la derecha y se parapetaron detrás de una columna ancha.

Los de la Cofah los vieron al instante, y la lluvia de balas ya estaba rebotando en el suelo de mármol antes de que Ridge estuviera totalmente a resguardo. Una de ellas impactó en la pila de libros, y un tomo le cayó en la cabeza.

—Como si no me hubieran dado suficientes golpes esta semana —protestó.

Ya oculto tras la mesa, se asomó y disparó dos ráfagas, intentando cargarse a unos cuantos sin darles tiempo a cruzar la sala y ponerse a cubierto, pero volvió a oír otro ruido en el techo; este, más fuerte que el anterior.

La rejilla de un conducto de ventilación cayó al suelo, detrás de Ápex y Tolemek. Tras la rejilla, se precipitó un bote, que empezó a soltar humo por un agujero.

Ridge disparó a la sombra que se movía en el conducto. No supo si le había dado, pero ningún guardia se descolgó por ahí.

Al ver el humo —o quizá, al olerlo—, Tolemek puso los ojos como platos, agarró a Ápex y dijo:

—Tenemos que movernos.

Ápex le apartó, negándose a abandonar la protectora columna.

—¡Nos están disparando!

Una ráfaga, procedente de la zona del ascensor, enfatizó las palabras del piloto. Algunos hombres seguían dentro, y habían conseguido atascar las puertas. Los demás se habían apostado detrás de dos columnas.

—Aléjense del humo —ordenó Ridge—. Sardelle dice que es mortal.

Una bala se hundió en la tablero de la mesa, y Ridge tuvo que esconderse otra vez, sin poder comprobar si habían obedecido la orden. El impacto hizo que uno de los cajones cayera al suelo, y le obligó a reconsiderar el parapeto que había elegido. Las balas rebotaban una y otra vez a su alrededor. No sabía si podría cambiar de posición. Ni siquiera podía levantar la cabeza para mirar a sus camaradas.

Otra ráfaga impactó en la mesa, abriendo un agujero. Si hubiera estado más cerca de ella, también le habría hecho un agujero a él.

Ridge retrocedió y se topó con el cajón caído, que sonó con un tintineo de cristales. Contenía varios frascos y ampollas con líquidos de colores. Cogió unos pocos y los lanzó por encima de la mesa, hacia el ascensor. Desconocía su efecto, pero supuso que a los guardias les pasaría lo mismo. Cabía la posibilidad de que se preocuparan y volvieran al ascensor o, con un poco de suerte, de que la mezcla de productos químicos empezara a sisear y soltar humo de forma aterradora.

El tufillo del humo rojo que habían soltado por el conducto de ventilación llegó a su nariz, y el estómago se le revolvió, recordándole la advertencia de Sardelle. Ya no tenía más remedio que cambiar de posición. Pero los guardias disparaban menos que antes. ¿Habría servido de algo su cóctel de productos químicos? Aunque también era posible que estuvieran preparando un ataque más mortífero; por ejemplo, con los dos lanzacohetes que había visto.

Ridge recargó el fusil a toda prisa, lanzó el resto del contenido del cajón y salió corriendo, liándose a tiros. La fortuna quiso que una de las balas alcanzara a uno de los hombres de los lanzacohetes, que acababa de salir del ascensor. La bala le dio en el cuello, pero demasiado tarde. Ya había disparado.

La mesa tras la que había estado escondido saltó por los aires con un estallido estruendoso. El cohete destruyó la estructura de metal y todo su contenido, y la onda expansiva alcanzó a Ridge en la espalda y lo arrojó contra una columna.

Tras caer al suelo, se escondió detrás de una estantería, tan deprisa que los guardias no supieron dónde se había metido. El aire estaba lleno de trocitos de papel, que flotaban por todas partes. Eran los restos de los libros y cuadernos de la mesa.

Ridge aprovechó el momento de confusión. Rodó hacia un extremo de su nuevo parapeto y disparó varias ráfagas. Ahora estaba más cerca del ascensor, y podía ver a los hombres de las columnas. Se habían quedado mirando la explosión (o quizá estaban ocupados con Ápex y Tolemek), y fueron un blanco fácil. Como tenían chalecos antibalas, Ridge les disparó a las piernas, y acertó las dos veces. Después, el resto de los guardias de la Cofah cambiaron de posición y devolvieron el fuego.

Ridge regresó al amparo de la estantería. Había dos muebles a su espalda, y cruzó los dedos para que fueran tan anchos como para detener las balas. Se sentía enfermo, y tuvo que hacer un esfuerzo para no vomitar.

Retrocede hasta la pared. Tan lejos como puedas, lejos del ascensor y esos tipos.

Era la voz de Jaxi, no la de Sardelle; pero Ridge obedeció de todos modos.

Parapetándose en las estanterías, se arrastró entre dos mesas y alrededor de una columna, hasta llegar a la pared. Justo entonces, una segunda explosión estremeció el laboratorio. Ridge no estaba tan cerca del impacto como antes, pero le aplastó contra el muro. Los muebles salieron volando, y todo se llenó de cristales que caían al suelo entre libros, cajones y otros objetos.

Él se apretujó contra la pared y contuvo la respiración. No sabía si los frascos rotos habían liberado algún producto tóxico, y tampoco sabía si podía respirar el humo del aire. Parte del techo se había derrumbado, y vio grietas en la columna que tenía más cerca.

Ya no hay peligro. También me estaba comunicando con Tolemek. Ha sido él quien ha lanzado ese explosivo.

—Zirkander —dijo Tolemek, con voz de cansancio y dolor—, será mejor que esté vivo. Necesito que alguien me ayude a encontrar mi morral maldito, o su hombre morirá.

Se oyó otro estruendo. Era Tolemek, que había pegado una patada a una mesa. Luego, maldijo su suerte y golpeó las cosas que se le iban poniendo en medio.

Ridge se puso en pie para andar, pero volvió a sentir náuseas. Se llevó las manos al estómago e intentó recuperarse, sin éxito. Soltó el fusil y vomitó en el suelo antes de poder apartarse de la pared.

A pesar de ello, se obligó a seguir adelante entre los cadáveres y trozos de cadáveres esparcidos por la sala. Su atribulado estómago le amenazó con otra ronda de espasmos. En el suelo, detrás de una columna, yacía un hombre que no llevaba el uniforme carmesí de la Cofah, sino el gris y azul de Iskandia.

Ridge contuvo las náuseas y corrió hacia Ápex, temiendo que ya estuviera muerto. La chaqueta del joven piloto estaba llena de vómito, pero seguía vivo. Estaba temblando, con la cara empapada de sudor y espuma en la comisura de los labios. Tenía la vista clavada en el techo, y respiraba con dificultad, con bocanadas que resonaban en su garganta.

Ridge se arrodilló ante él y le agarró un brazo.

—Ápex —dijo, inútilmente. ¿Qué podía decir que no fuera mentira? Sabía reconocer a un moribundo cuando lo veía.

—No sé por qué están todos vomitando. La Cofah habrá estado trasteando con la fórmula.

Tolemek estaba junto a una estantería caída, que levantó. Su morral estaba debajo.

—¿Podemos dejar eso para más tarde? —bramó Ridge, molesto con su análisis científico. A Ápex no le quedaba ni un minuto de vida. Necesitaba… algo, pero no sabía qué—. ¿Sabe qué es esta porquería? ¿Puede hacer algo al respecto?

Ápex parpadeó y miró a Ridge con lágrimas en los ojos.

—Debería… debería haber hecho caso.

Ápex respiró hondo o, por lo menos, lo intentó. No parecía que el aire llegara a sus pulmones.

Tolemek se arrodilló al otro lado del piloto caído y sacó un frasquito y una jeringuilla de su morral. Ridge contuvo la respiración, esperando que fuera algún tipo de cura, que se la aplicara de inmediato y que funcionara. ¿Qué significaba eso de que la Cofah había estado trasteando con la fórmula? ¿Era un invento de Tolemek? ¿La toxina mortal que habían estado a punto de lanzar sobre la capital?

Tolemek metió la jeringuilla en el frasquito y la llenó con rápidos y eficaces movimientos.

—No pretendo hacer un trato con usted, Zirkander, pero le quedaría agradecido si me mantiene a salvo de esta piraña a cambio de lo que estoy a punto de hacer.

Tolemek sacó un cuchillo, cortó una de las perneras del pantalón de Ápex y le clavó la jeringuilla en el muslo.

Ápex no reaccionó. Ya ni parecía consciente de su presencia.

—¿Qué es eso? —se interesó Ridge sin apartar la vista del teniente, esperando una cura milagrosa.

—Atropina. La fabrico en mi laboratorio, con belladona.

—¿Belladona? —Ridge pasó al otro lado y agarró a Tolemek de la camisa—. Creía que le iba a inyectar una cura, no un veneno.

¿Le estaría envenenando para poner fin a sus sufrimientos? Por los siete dioses… de ser así, lo habría hecho él con su cuchillo.

—Tranquilícese, Zirkander. No le he inyectado tanto como para envenenarlo.

Tolemek cerró una mano sobre la muñeca de Ápex y le tomó el pulso. Miraba al teniente, haciendo caso omiso de Ridge, que no le había soltado.

—Aunque la Cofah haya alterado la fórmula, sigue siendo un organofosfato. Los síntomas coinciden. Lo sé porque yo también he inhalado un poco.

—No sé de qué diablos me está hablando —dijo Ridge, pero le soltó.

Ápex abrió los ojos de golpe, y su respiración se volvió menos débil.

—Eso le pasa por hacer aviones de papel durante las clases de ciencia.

—Yo…

Tolemek notó un movimiento por el rabillo del ojo. Un hombre de uniforme carmesí se estaba descolgando del techo, a no más de tres metros de distancia.

Ridge se acordó de su fusil, pero seguía donde lo había dejado cuando empezó a vomitar y a preocuparse por Ápex, en el suelo. Echó mano a su pistola, pero el guardia ya le estaba apuntando, así que se echó a un lado y desenfundó.

Sonó un disparo.

Ridge creyó que la bala acabaría en su pecho, pero fue el guardia quien trastabilló hacia delante y se giró.

Sonó un segundo disparo, y el hombre cayó al suelo.

Ridge alzó su pistola y apuntó a un segundo guardia, que intentaba descolgarse por el mismo sitio. Entonces, se oyeron más tiros. El guardia intentó retroceder, pero Ridge fue más rápido y le acertó en el costado, haciendo que cayera como un peso muerto. Alguien —no él— disparó dos veces más, alcanzando a los dos hombres del suelo, que no se volvieron a mover.

Ridge se levantó pistola en mano, preguntándose si estaba a punto de encontrarse con su misterioso aliado... o con algo distinto.

Una figura de desgarrado uniforme rojo apareció por detrás de una columna, con una escopeta de la Cofah en una mano y una pistola en la otra. Ridge se puso en tensión, pero reconoció su voz al mismo tiempo que reconocía su hinchada y magullada cara.

—No esperaba verle aquí, coronel —dijo Kaika.

Ridge tragó saliva.

—Ni yo a usted.

Kaika tenía un aspecto tan feroz como terrorífico, pero parecía agotada, y la habían golpeado tanto que casi era irreconocible.

—Pensamos que... Los de la Cofah dijeron que habían muerto. Y luego vimos los cadáveres colgados, con sus uniformes.

—Ya —dijo Kaika, que cerró los ojos un momento y respiró hondo—. Nowon ha muerto. Yo no conseguía encontrar la forma de entrar en la cámara. Interrogué a un par de soldados y científicos, pero no lo sabían. Insistían una y otra vez en que la mujer que lo sabe no está aquí. Me he estado ocultando... creo que me habían dado por muerta después de lo de aquella trampa de ácido... o lo que fuera. Pero no fui yo quien cayó en ella. Engañé a la científica que la activó, le puse mi uniforme y la tiré dentro.

Mientras hablaba, Kaika caminaba hacia ellos con pasos cortos y hombros hundidos, como si disparar aquellas ráfagas hubiera agotado ya sus escasas fuerzas.

Ridge alzó una mano. No sabía si la capitana quería un abrazo, pero daba la impresión de necesitarlo. Y Ápex también, cuando tuviera la energía necesaria para sentarse y recibir uno.

Kaika se derrumbó sobre él, aceptando el brazo que le pasó sobre los hombros.

—Llevo varios días merodeando por aquí, usando lo que podía encontrar o, por lo menos, lo que yo reconocía para fabricar explosivos.

—¿Explosivos? —preguntó. Por lo visto, Kaika había tenido la misma idea que él.

—Pensé que, si no encontraba la sangre de dragón, podía volar la montaña para impedir que otros la encuentren —dijo, mirándolo con inseguridad—. El rey… bueno, yo no hablé con él directamente, pero Nowon me contó que no quiere que se salve nada que puedan usar contra nosotros —Kaika señaló los laboratorios—. Y dudo que el rey esté informado de la mitad de las cosas que tienen aquí… ni de una décima parte. ¿Quiere que siga adelante, o tiene otros planes? Estaba a punto de encender la mecha, pero he oído disparos y he pensado que… en fin, me ha parecido que podían ser ustedes. ¿Quién más podía ser? No quería volarles por los aires.

—Ese es el tipo de palabras que quiero oír en boca de mis oficiales, y supongo que mis enemigos opinan lo mismo —dijo Ridge, antes de señalar el ascensor—. Sardelle y los demás están ahí, y tienen la sangre de dragón. Si conseguimos llegar hasta ellos, podremos llevar las muestras al rey y a nuestros propios científicos. Ya volaremos después este sitio.

Ridge ladeó la cabeza hacia Tolemek, que estaba ayudando a Ápex a sentarse. Ápex tenía tan mal aspecto que parecía algo escupido por un gato callejero, pero empezaba a recuperar el color.

—Antes de volar nada, tenemos que averiguar cómo salir de aquí —observó Tolemek.

—Bienvenida, capitana —dijo Ápex—. Tiene una pinta horrorosa.

Kaika miró a Ridge y señaló a Ápex con el pulgar.

—Ese tipo sabe que está sentado sobre su propia mierda, orina y vómito, ¿verdad? Mi aspecto no puede ser peor que el suyo.

Ápex se miró y palideció un poco. Ridge se alegró de no haber tragado demasiado humo y de haber potado casi todo en el suelo. Fantaseaba con un encuentro romántico con Sardelle, y esas cosas eran más fáciles sin vómito en la camisa.

—No lo sabía, pero ahora lo sabe —replicó Ridge, dando una patadita a la bota de Ápex—. Espero que tenga una muda de ropa, teniente. De lo contrario, no le dejaré subir a nuestro globo.

La expresión de Ápex fue la de un hombre profundamente mortificado. Era magnífico. Si parecía mortificado, no se debía de sentir tan mal.

¿Ridge?

Ya estamos aquí. Nos hemos topado con varias de vuestras ratas de techo. Y con sus bombas de humo.

¿Estáis todos bien?

Sí, gracias a Tolemek.

Eso es una noticia espléndida. Hemos dividido los viales en varias bolsas, para llevarlas entre todos. ¿Intentamos llegar hasta vosotros? ¿O esperamos a que nos rescatéis?

Ridge suspiró.

Dudo que las personas que encontraron la forma de acceder a esa cámara necesiten que nosotros las rescatemos.

Eso depende. ¿Te quieres arriesgar a que Jaxi se ponga a derretir paredes?

Por mí, puede fundir todo el complejo. Ah, espera...

—¿Dónde están los explosivos, Kaika? —preguntó.

La capitana señaló el suelo.

—En la planta baja, en los muros de carga. Nunca he demolido un edificio con forma de cono —dijo, trazando la forma de la montaña con las manos—, pero encontré los planos del edificio, y creo que se derrumbará bastante bien.

Ridge se preguntó cómo era posible que hubieran estado luchando contra las estatuas de aquella cámara sin reparar en los explosivos que estaban contra las paredes, entre las sombras.

—¿Cómo conseguirá que estallen a la vez? —preguntó Tolemek.

El antiguo pirata, que había recogido sus cosas y se había colgado el morral al hombro, parecía preparado para partir.

—Encontré unos temporizadores y los modifiqué. Aún no los he puesto. El ascensor estaba vigilado, así que no lo podía usar. He estado escalando por todo este sitio, y no he dormido desde... ni siquiera sé qué día es hoy.

Ridge le dio una palmada en el hombro.

—El día en que saldremos de aquí y volveremos a casa. ¿Se sentirá terriblemente ofendida si la envío a abajo, para colocar esos temporizadores?

Kaika no pareció alegrarse, pero dijo:

—No, señor.

—¿Nos puede dar… tres horas?

Ridge estaba seguro de que podían reunirse con los demás y escapar por donde decía Sardelle en menos de dos, pero tampoco había necesidad de apurar demasiado. Salvo por el hecho de que la Cofah podía encontrar los explosivos si contaban con el tiempo suficiente.

—Con esos temporizadores, lo más que puedo darle es una hora —contestó Kaika.

—Oh.

Pues sí que iban a apurar.

¿Sardelle?

Ridge esperaba que Sardelle estuviera monitorizando su mente, o haciendo lo que hicieran los telépatas para comunicarse con los no telépatas, pero no contestó. No debía de estar tan obsesionada con él como para prestar atención a todos sus pensamientos. En principio, eso era bueno para su salud mental; y para la de ella.

—¿Señor? Esta es la razón de mi presencia aquí. Nowon debía conseguir la sangre y yo, destruir las instalaciones —dijo Kaika, con la vista clavada a lo lejos, en los muebles destrozados y el destruido laboratorio o quizá, en nada—. Puedo quedarme atrás, y darles más tiempo para escapar.

Y morir si no lograba salir a tiempo, pensó él. Con la explosión o intentando encontrar un camino entre los géiseres.

—No, nos marcharemos juntos —dijo Ridge—. Conecte los temporizadores y reúnase con nosotros en la última planta. Huiremos en los globos aerostáticos que están allí.

O eso le habían dicho. Y sería mejor que la afirmación de Jaxi fuera correcta; porque, de lo contrario, tendrían un buen problema.

—De acuerdo, señor.

—Si quiere, le puedo dar compañía. Para que le cubra las espaldas mientras trabaja.

En cuanto lo dijo, Ridge se dio cuenta de que la única persona que la podía acompañar era él. Tolemek tenía que abrir un agujero para liberar a los demás, y Ápex tendría suerte si conseguía salir de allí por su propio pie; o eso pensó Ridge, porque Ápex se levantó en ese momento, apoyándose en su fusil.

—Yo la puedo ayudar, señor. Me pondré uno de los uniformes de la Cofah, ya que el mío está… en mal estado. Además, será menos probable que nos disparen si tenemos su aspecto.

Ridge arqueó las cejas, preguntándose si Kaika querría ir con alguien que había estado a punto de morir diez minutos antes. No le quedaban demasiadas fuerzas.

Por la forma en que arrugó los labios (con expresión pensativa o tal vez, dubitativa), Kaika estaba pensando lo mismo; pero, después de todo lo que había sufrido, debía de estar tan ansiosa de tener compañía como para aceptar a Ápex. A Ridge le disgustaba la idea de enviarla otra vez a las entrañas de la montaña, pero era la experta en demolición. Él no sabía nada de cargas y temporizadores.

Al cabo de unos segundos, Kaika dio una palmada a Ápex en el hombro.

—Muy bien —dijo la capitana—, me sostendrás el fusil mientras yo hago nudos. Vamos.

Sorprendentemente, Ápex se animó al instante; pero quizá no fuera tan sorprendente, porque Ridge se acordó de que Kaika le había dado un beso la última vez que se habían visto. Pato, que se la había estado comiendo con los ojos, no recibió un tratamiento similar.

Antes de marcharse, Ápex miró a Tolemek y dijo:

—Gracias por ayudarme.

No fue exactamente una oferta de paz ni una disculpa por todas sus ofensas, pero quizá fuera un principio. Al menos, era lo que Ridge deseaba. No quería tener que trasladar a Ápex al otro lado del continente para que no se volviera a encontrar con su archienemigo.

—De nada —replicó Tolemek.

—Bueno, *Tol* —dijo Ridge mientras la pareja se alejaba—, ¿buscamos a nuestras damas?

Tolemek miró el conducto de ventilación abierto.

—Sí, cometimos una estupidez al perderlas de vista.

—Desde luego.

CAPÍTULO 16

SARDELLE ESPERÓ DEBAJO de un conducto de ventilación mientras Pato llenaba la última bolsa de viales. Habían hecho lo posible por separarlos, pero tintinearon de todas formas cuando los dejó en el suelo. Sardelle odiaba la idea de que se rompieran y derramaran su precioso contenido, pero siempre sería mejor que permitir que la Cofah lo utilizara para fabricar armas que utilizarían contra Iskandia.

Ahn ya estaba en el conducto de ventilación, buscando una ruta que los llevara al otro lado del ascensor.

Se oyeron un par de tiros en la distancia. ¿Sería ella, disparando a la Cofah? ¿O era la Cofah quien disparaba?

—Tendría que haberla acompañado —dijo Pato.

Sardelle miró su esbelto cuerpo.

—Dudo que quepa en esos conductos. Ella es la elección más lógica.

—Lo sé, pero…

Se oyeron gruñidos y golpes en lo alto. Pero Ahn se había metido en el conducto sin hacer el menor ruido… Ah, eran gruñidos de hombre.

Sardelle retrocedió, y Pato la imitó, apuntando hacia el agujero. Temiendo que aparecieran más guardias con más botes de humo, Sardelle extendió sus sentidos para inspeccionar a los intrusos. Eran dos hombres, y le resultaron de lo más familiar.

—Son Ridge y Tolemek —dijo, poniéndole una mano en el brazo para que bajara el fusil.

Una cabeza bocabajo y un pañuelo lleno de mugre aparecieron por el hueco del conducto. La cara estaba tan sucia como el pañuelo, como se pudo ver cuando la giró para escudriñar la sala.

—Aquí —dijo Sardelle, sonriendo a Ridge—. ¿No os habéis cruzado con Ahn?

—Todavía no. Nos hemos tenido que encargar de un par de guardias que andaban por ahí —respondió—. Hemos descubierto la forma de subir a la planta de arriba. ¿Quieres darme esas bolsas? Os subiremos después.

—¿No vas a bajar a darme un abrazo? Te creía muerto, ¿sabes?

Sardelle estaba de broma, pero notó su expresión de urgencia —casi no le había devuelto la sonrisa— y alcanzó una bolsa.

—Solo tenemos una hora para salir de aquí. Después, la montaña estallará.

Sardelle le lanzó la primera bolsa con sumo cuidado, y él la cogió, la metió dentro y volvió a sacar la cabeza y los brazos, para que le tirara otra.

—Pero, si saltas mucho, supongo que podría darte un beso rápido —añadió él.

—Qué romántico.

Sardelle se abstuvo de ejecutar el salto besucón y le lanzó la segunda bolsa. Pato se acercó y alcanzó otra.

—Me alegro de verle, señor. He cuidado de su dama en su ausencia.

—¿Ah, sí…?

Ridge desapareció de la vista, porque estaba empujando las bolsas por el conducto. Tolemek gruñó y dijo algo que no pudieron oír.

—¿Por eso tiene pinta de haber sufrido una paliza, mientras ella no tiene un rasguño? —añadió Ridge cuando volvió a por la siguiente bolsa.

—Sí, señor —contestó Pato, guiñando un ojo a Sardelle.

Sardelle seguía sorprendida de que el simple hecho de compartir una vomitona con el piloto hubiera provocado que la aceptara en el grupo.

Ridge desapareció una vez más, y tardó más que antes en volver a asomarse por el agujero.

—¿Algún problema, señor? —preguntó Pato.

Una tercera persona se les había unido en el conducto. Ah, era Ahn. Qué suerte.

—No, es que he perdido momentáneamente a mi ayudante. A juzgar por los ruidos, está en plena sesión de besos —respondió Ridge, que pegó un manotazo al lateral—. ¡Eh, que tenemos prisa!

—Observo que Tolemek está versado en el arte de los reencuentros románticos —comentó Sardelle.

Se oyó un rápido intercambio de palabras, y Ridge regresó al agujero para que le tiraran otra bolsa.

—De hecho, creo que ha sido Ahn quien se ha abalanzado sobre él —dijo, arqueando una ceja.

Antes de que a Sardelle se le ocurriera una réplica, un intenso y ronco gong sonó en las entrañas de la montaña y reverberó en las paredes. La insinuante expresión de Ridge se convirtió en una mueca.

—¿Eso es el sistema de alarma? —dijo Sardelle.

—No lo sé, pero ahora tenemos más razones para darnos prisa.

Pato lanzó la última bolsa a Ridge y, acto seguido, el coronel se apartó para que el teniente pudiera coger carrerilla, saltar y agarrarse al borde del conducto, cosa que consiguió por los pelos, aunque no estaba demasiado alto.

Ridge tiró de él y lo metió dentro, pero Pato debió de perder la mitad de la piel del pecho durante el proceso.

Como el conducto era muy estrecho, tardaron un poco en colocarse de tal manera que dejaran sitio a Sardelle. La alarma dejó de sonar al tercer gong, y ella pudo oír los golpes de arriba. Por lo visto, Pato estaba intentando empujar a alguien para que Ridge pudiera volver y echarle una mano.

Sardelle sacó fuerzas de flaqueza para darse un empujón mágico que duplicara la hazaña atlética del joven piloto. Se agarró al borde del conducto en el mismo momento en que Ridge reapareció. Él se quedó sorprendido, pero la tomó de la mano y tiró de ella. Como Sardelle pesaba bastante menos que Pato, el proceso resultó más sencillo: solo perdió un cuarto de la piel de su pecho mientras la arrastraba conducto adentro.

Sardelle se dio un golpe en la cabeza, descubriendo que solo la podía subir unos cuantos centímetros. No alcanzó a imaginar cómo era posible que hombres tan grandes como ellos pudieran moverse por aquel sitio.

—Por aquí —dijo Ridge, y se empezó a alejar.

Estaba oscuro, pero Sardelle no tuvo problemas para seguir los gruñidos y quejas de los hombres. Llegaron a una intersección, y Ridge pudo girar y seguir adelante. Sardelle se mantuvo pegada a sus botas. Nadie le había dado ninguna bolsa, pero oía el tintineo de los viales de cristal y tuvo que refrenarse para no pedirles que tuvieran cuidado. Eran conscientes de la importancia de la carga que llevaban.

—Ridge, ¿Ápex no está contigo? —preguntó con suavidad, al darse cuenta de que era el único que no iba por delante.

Sardelle esperaba que no lo hubieran perdido; pero, si había resultado herido y existía alguna posibilidad de que siguiera con vida, ella podía ayudar.

—Está con Kaika, en la planta baja.

—¿Kaika? ¿Pero no...?

—Por lo visto, se cambió de uniforme e hizo creer a la Cofah que era uno de los achicharrados y desfigurados cadáveres de la entrada. Pero, por desgracia, me temo que Nowon era el otro.

Ridge lo dijo con un evidente sentimiento de culpa y fracaso, y Sardelle deseó animarle y recordarle que al menos habían conseguido la sangre de dragón que tanto quería su rey, pero tendría que esperar hasta que salieran de la montaña. Ahora sabía que no tenían mucho tiempo y, además, el grupo se había dividido. ¿Significaba eso que tendrían que reunirse con ellos antes de subirse a los globos? Pero un momento... Ridge no había dicho por qué no tenían mucho tiempo.

—¿Por qué no están con vosotros? ¿Y por qué tenemos menos de una hora?

—Están preparando las cargas explosivas —dijo Ridge, inseguro.

Sardelle se había alegrado de no poder darle una respuesta cuando él le preguntó por la demolición de la montaña de Galmok, y se preguntó cuántos soldados y científicos seguirían en el complejo.

La Cofah había hecho todo lo posible por matarlos, así que no tenía motivos para querer que se salvaran, pero aquello no era Iskandia. Su grupo había invadido una nación extranjera para robar los recursos y destruir el trabajo de otros. Aunque lo hubieran hecho con intención de proteger a los suyos, eso no justificaba el asesinato.

—¿Tanto importa lo que les quede? ¿Tanto como para hundir la montaña? —preguntó Sardelle.

—No lo sé, pero es la especialidad de Kaika y, si hay alguna forma de conseguirlo, lo hará.

—Comprendo.

¿Por eso estaba Kaika con ellos? ¿Siempre habían tenido la intención de volar las instalaciones?

Tenemos un problema, anunció Jaxi.

¿Te refieres al gong?

El gong no había vuelto a sonar, pero había hecho tanto ruido que se habría oído en toda la montaña.

Creo que únicamente era una advertencia, para que los científicos huyan o se pongan a salvo en algún sitio. Ese no es el problema. La cuestión es que varios dirigibles de la Cofah se dirigen hacia aquí.

¿Cómo? ¿Cuántos?

Sardelle se golpeó los nudillos contra una de las botas de Ridge, que se había detenido.

—Subiremos por aquí —dijo él.

Por los chirridos y golpes que se oían, los demás ya estaban subiendo por el conducto vertical.

—Espera —dijo ella, agarrándole del tobillo—. Los dirigibles de la Cofah se acercan.

—¿Los has captado? ¿Cuántos son?

—Aún no están dentro de mi alcance, pero… ¿Jaxi?

Están a unos quince kilómetros de distancia, y son por lo menos cuatro. Enormes aeronaves militares, fuertemente armadas. No tardarán mucho en cubrir esa distancia.

—Jaxi dice que son cuatro por lo menos, y que vienen deprisa.

—De acuerdo —dijo Ridge—. Analizaremos la situación cuando lleguemos arriba.

Sardelle le soltó la bota para que pudiera subir. No parecía tan preocupado como ella por la nueva información; tal vez, porque desconocía que Jaxi estaba agotada, y que a ella no le quedaba la energía mental necesaria para hacer proezas mágicas. Tendría que habérselo dicho.

En cuanto intentó escalar por el conducto vertical, descubrió que tampoco le quedaban muchas fuerzas físicas; pero pedir ayuda a Ridge la habría puesto en una situación embarazosa y, además, no veía cómo se la podía dar. Apretó la espalda contra el lateral y se empujó con las piernas, centímetro a centímetro. Oyó un ruido procedente de arriba, y un atisbo de luz se filtró por el pozo. Alzó un brazo, esperando encontrar el final. Una mano se cerró sobre la suya y tiró de ella hasta que otra la agarró por el cinturón y la metió en un conducto horizontal, con su espada arañando y golpeando todo el tiempo las paredes.

No era muy decoroso; pero, al menos, estaba tan oscuro que nadie la podía ver.

—Supongo que hice bien poniéndome una camisa y unos pantalones en lugar de un vestido —dijo en voz baja.

—Nos habrían venido bien unos asideros —dijo Ridge, que se giró y bloqueó la luz durante unos instantes—. Estamos debajo de la habitación de la última planta. La salida está justo delante.

Sus palabras sonaron alentadoras. Debía de haber notado su fatiga —o haber oído sus gruñidos de aflicción—, y sabía que necesitaba ánimos. Sardelle gateó tras él hasta que pudo sacar la cabeza por una salida que daba a la parte inferior de una enorme sala de techo triangular. Habían llegado a la cumbre de la montaña. En el centro de la estancia había cuatro cestos de globos aerostáticos, pero aún no tenían ni idea de cómo escapar de allí.

Alguien había encendido unos faroles, y Ahn y Pato ya estaban desdoblando uno de los globos. Sin embargo, tardarían un rato en llenar los globos de aire caliente, y no andaban sobrados de tiempo.

—Preparen los cuatro —ordenó Ridge, que recorría el perímetro de la sala, examinando las paredes y tocando cosas. No había ventanas, así que no había más luz que la procedente de las débiles llamas de los faroles—. Tol, acerque su cerebro a este lado, ¿quiere?

Tiene que haber algún tipo de compuerta, o alguna forma de abrir el tejado. Algo que permita salir a los globos.

Sardelle se puso las manos en las caderas e intentó ver los contornos y hendiduras del techo con algo más que sus ojos.

—¿Para qué necesitamos los cuatro? —preguntó Pato desde el interior de una de las barquillas, donde intentaba encender el quemador con una cerilla—. Me atrevo a afirmar que nunca he lanzado un globo aerostático, y que no tengo ni la menor idea de qué hay que hacer para que una masa tirada en el suelo se hinche y flote sobre una barquilla.

—Normalmente, se inflan con unos fuelles grandes —dijo Ridge, que detuvo su búsqueda y miró a su alrededor.

—Jaxi los inflará lo suficiente para que los quemadores hagan su trabajo —intervino Sardelle.

¿En serio?

Estoy cansada. Tengo que ahorrar energías para enfrentarme a esas aeronaves de la Cofah.

En realidad, no creía que pudiera enfrentarse a todas. Habría sido difícil incluso estando en perfectas condiciones. Si Ridge y sus pilotos hubieran tenido sus aparatos, habrían podido atacar; pero, ¿que podían hacer desde unos globos? No podían ser otra cosa que dianas.

Yo también estoy cansada. Acabo de derretir una pared, ¿recuerdas?

Ya, pero tú tienes más fuerza y aguante.

Eres una aduladora.

Sardelle sonrió.

¿Quién, yo?

Inflar globos está en la lista de las cosas que me parecían indignas para un ser con mis capacidades.

Por suerte, has cambiado de opinión, ¿no?

Me temo que no.

Entonces, nos quedaremos aquí cuando la montaña se derrumbe, como la última vez. Y tú tendrás que esperar otros trescientos años a que alguien te saque de los escombros.

Vale, los inflaré.

Eres buena chica.

A Sardelle le pareció increíble que sentir el enfado de una hoja de alma fuera tan fácil. Incluso estando envainada.

—He encontrado algo —dijo Ridge.

Sardelle hizo ademán de acercarse, pero se dio cuenta de que nadie estaba trabajando en el cuarto globo. No sabía si Ridge quería globos de sobra para distraer a la Cofah o si pretendía dividir el grupo, pero había ordenado que se inflaran todos, y él estaba ocupado.

Un estruendoso sonido metálico interrumpió sus pensamientos. Ridge había encontrado una palanca tan larga como un brazo y la había subido.

Unos engranajes giraron en el interior de la pared, y unas cadenas tintinearon sobre sus cabezas. Un soplo de cálido y sulfúrico aire se filtró por las grietas que se acababan de abrir. Sardelle había supuesto que la parte superior de la montaña se abriría sobre algún tipo de bisagras, pero el techo se dividió en cuatro direcciones, y las cuatro retrocedieron, abriéndose como los pétalos de una flor. Varias estrellas brillaron tras la vaporosa neblina del oscuro cielo: al parecer, el ciclo de los géiseres no se detenía ni en plena noche.

Ridge corrió hacia el globo que Sardelle había empezado a extender, porque estaba enrollado como un saco de dormir. Trabajaron juntos y lo extendieron como una manta de pícnic. Ella le dedicó una sonrisa a través del fino material, e imaginó que no estaban huyendo de una explosión inminente, sino preparándose para un día de campo en algún lugar tranquilo y silencioso.

Ridge, que estaba tenso e intentaba darse prisa, no notó su expresión. Sardelle sacó fuerzas de flaqueza y aceleró. En cuanto el globo estuvo extendido, usó su magia y lo infló lo suficiente. Ridge giró el quemador hacia arriba, hacia la boca del globo inflado parcialmente. Sardelle metió más aire y, cuando el globo empezó a ascender, dejó el resto del trabajo al quemador.

Las aeronaves están a diez kilómetros.

Sardelle echó un vistazo a su alrededor para ver cómo iban los demás. ¿Podrían escapar antes de que los dirigibles los divisaran?

Si la Cofah los veía, los alcanzaría y derribaría con suma facilidad. Probablemente, justo encima de los géiseres y las hirvientes pozas.

Jaxi, ayuda a Ahn, por favor. Su globo está preparado.

Sardelle se giró hacia Tolemek, que ya había extendido el suyo. Pato aún no había llegado tan lejos.

—Rápido, Kaika —dijo Ridge, en voz baja—, vuelvo enseguida. Tengo que encontrar algo para anclar esta cosa hasta que nos podamos marchar. Aunque, ahora que lo pienso… —Ridge se dio unos golpecitos en el muslo—, quizá deberíamos soltarlo cuando esté hinchado. Que la Cofah persiga un simulacro. ¿A qué distancia están? ¿Ya están a la vista?

—No, aunque lo estarán pronto. Están a diez kilómetros.

La capitana y el teniente están llegando.

Gracias, Jaxi.

—Acabo de caer en la cuenta —dijo Ridge mientras corría hacia Pato para echarle una mano con el globo— de que la Cofah no ha enviado tropas de refuerzo al laboratorio o, por lo menos, no demasiadas. Puede que aquella aeronave dejara unos cuantos soldados, pero se debió de ir al sur en busca de refuerzos, y ahora vuelve con amigos… amigos que tienen orden de aniquilarnos.

—Tenemos toda su sangre de dragón —le recordó Tolemek—. ¿No la podríamos usar contra ellos?

—Si sabe cómo programarla para hacer algo especial, como volar esas aeronaves, no seré yo quien se oponga.

Sardelle se apoyó en una barquilla cercana y encauzó aire hacia el globo de Pato. Le dolía la cabeza, y sentía pinchazos detrás de los ojos cada vez que su corazón latía. Tenía miedo de no poder hacer nada contra la Cofah cuando por fin apareciera.

—La sangre no puede hacer eso por sí misma. Tendría que encontrar unos cuantos cohetes y descubrir la forma de reprogramarlos.

Tolemek miró el conducto de ventilación por donde habían llegado.

—No tenemos tiempo para bajar y husmear por ahí —declaró Ridge—. No tenemos más remedio que huir antes de que la Cofah aparezca.

Ridge se acercó al siguiente globo, se pegó un puñetazo en el muslo y añadió:

—Y antes de que la montaña estalle. Kaika, Ápex... ¿dónde se han metido? Sardelle, ¿sabes si han encontrado resistencia?

—Jaxi dice que ya vienen.

—Entonces...

En ese momento, se oyeron unos golpes en mitad de la sala. Y una trampilla se abrió.

—No es culpa mía que el ascensor no llegue a este piso —estaba diciendo Kaika cuando asomó la cabeza.

—Yo no he dicho que lo sea, pero me podrías haber informado de que íbamos a tomar una ruta distinta antes de que me topara con esos dos guardias —protestó Ápex.

—No te ha pasado nada. Estaban tan ocupados huyendo del edificio que ni se han fijado en ti.

—¿Que no se han fijado en mí? Uno me ha pegado un puñetazo en el ojo.

Kaika escudriñó la sala, divisó a Ridge y, tras correr hacia él, se le cuadró, un gesto algo extraño en alguien que llevaba uniforme de la Cofah. Por el aspecto que tenía, ella también había recibido unos cuantos puñetazos en un ojo.

—Los explosivos están preparados, señor. Por cierto, ¿es consciente de que algunos de sus pilotos son unos lloricas?

Ápex, que estaba a pocos pasos de distancia, se cruzó dramáticamente de brazos. Él también se había puesto un uniforme de la Cofah en algún momento.

—¿Solo algunos? —dijo Ridge, que guiñó un ojo a Ápex—. Tiene mejor aspecto, teniente. Se ve que discutir con una mujer le sienta bien.

Ápex bufó.

—Venga ya, señor.

La barquilla en la que Sardelle estaba apoyada empezó a saltar por el suelo. El globo se había llenado por completo, y estaba preparado para salir por la gran apertura del techo.

—Ridge, ¿nos vamos a ir en este? ¿O lo soltamos?

La barquilla intentaba alzar el vuelo, y Sardelle se apoyó en ella para impedirlo.

Ridge miró los otros globos, inflados desde un cuarto hasta tres cuartos de su capacidad.

—¿Cuánto tiempo nos queda, Kaika?

Ella consultó un reloj de bolsillo.

—Diez minutos y treinta y siete segundos.

Sardelle se apoyó un poco más en la barquilla. En unos instantes, alzaría el vuelo por mucho que ella empujara.

—¿Ya se ven las naves de la Cofah, Sardelle? —preguntó Ridge—. Recojan sus cosas, todos. Kaika, Ápex, cojan un par de esas bolsas.

Sí... están... en el horizonte.

—Están en el horizonte —informó Sardelle.

Kaika frunció el ceño. Ella no había estado presente cuando Ridge decidió desvelar el secreto de Sardelle. Pero ella no podía explicárselo ahora.

—Ya es tarde para huir sin que nos vean —dijo Ridge, que hizo un gesto a Sardelle para que se apartara del globo—. Suéltalo. Con un poco de suerte, lo seguirán. Nosotros nos marcharemos en… aquel, que es más grande.

—¿No deberíamos dividirnos, señor? —preguntó Ahn.

—Sardelle, ¿Jaxi y tú seréis capaces de proporcionarnos una defensa mágica? Y si lo sois, ¿os resultará más fácil si estamos juntos?

—Nuestra defensa está aquí mismo —intervino Ahn, dando una palmadita a su fusil, que había conseguido arrastrar por todos los conductos.

—También cuento con eso —dijo Ridge.

—Mejor que estemos juntos —afirmó Sardelle.

Sardelle no se quería comprometer demasiado con lo de la «defensa mágica». Su principal preocupación era llevarlos por encima de los géiseres para desembarcar en tierra donde, con suerte, los árboles le darían protección frente a un ataque aéreo. Solo esperaba que la Cofah no contara con más cohetes de los que habían atacado a Ridge, porque tenían la capacidad de localizar mágicamente su objetivo.

—En teoría, Jaxi podría defender una barquilla y yo, otra —añadió.

Sardelle abrió la boca de nuevo, pensando que había llegado el momento de confesarle que no le quedaba mucha energía, pero él habló antes.

—¿A Jaxi no le molesta que la ofrezcas como voluntaria para trabajar? —preguntó Ridge, quien hizo un gesto a los demás para que cargaran las cosas en las dos barquillas más grandes.

—Le ha molestado que le encargara inflar globos. Lo lleva mejor cuando le pido que lance chorros de fuego contra la Cofah.

Eso es cierto.

Te conozco muy bien.

Tolemek, Ahn y Pato se subieron a una barquilla y Ridge, Sardelle, Kaika y Ápex, a otra. Sardelle quiso saltar con tanta facilidad como los hombres, pero sus piernas estaban tan cansadas como su mente. Intentó pasar una pierna por encima del borde, pero fracasó y, cuando lo volvió a intentar de nuevo, Ridge la agarró de la cintura y la metió dentro.

Ridge había dado más bolsas de su valiosa carga a los ocupantes del otro globo, y Sardelle se preguntó si era porque llevaba menos gente o porque en ese momento confiaba más en la puntería de Ahn que en sus habilidades mágicas.

Puede que haya notado lo agotada que estás, aunque no te hayas quejado.

Tú también estás cansada.

No he dicho que no lo esté. Pero Ridge no me observa con tanta atención como te mira a ti.

Un cañonazo sonó en la distancia.

Las dos primeras aeronaves han virado hacia ese globo, dijo Jaxi. Una ha hecho un disparo de advertencia.

¿No se les ha ocurrido que podrían estar disparando a su propia gente?

No, porque no ven a nadie, y creen que la tripulación se está ocultando.

Bueno, esperemos que estén cansados de vigilar cuando despeguemos nosotros.

—¿Cuánto tiempo queda, Kaika?

Ridge miró las estrellas, atento a los cañonazos que sonaban, pero sin parecer preocupado. A Sardelle le habría gustado emular su calma.

Mientras Kaika volvía a comprobar su reloj, el segundo globo, que no llevaba ningún peso, despegó.

—Seis minutos y cuarenta y tres segundos.

—Uf —dijo Ridge.

—Deberíamos despegar con algo de margen —dijo Sardelle—. No estoy segura de poder proteger el globo de la metralla y de lo que pueda salir despedido de la montaña cuando estalle.

Kaika frunció el ceño.

—Será una explosión controlada, y la gravedad hará que la montaña se colapse sobre sí misma. No habría encontrado explosivos suficientes para lanzar metralla, aunque se lo hubiéramos puesto en bandeja.

—Lo siento —dijo Sardelle, mirando el segundo globo, que chocó contra el empinado techo antes de liberarse y salir—. Los explosivos no son mi especialidad.

Sardelle fue sincera. Los explosivos eran poco comunes en su época, excepción hecha de los fuegos artificiales que lanzaban en las fiestas.

—Pues a mí, no me habría importado que hubiera metralla —admitió Ridge—, algo que dañara a unos cuantos dirigibles con la fuerza de la explosión. Pero así estaremos más seguros.

La barquilla osciló bajo los pies de Sardelle.

—Ya estamos subiendo —dijo Ápex, que no parecía seguro de que eso fuera bueno.

—Agáchense todos en cuanto salgan —ordenó Ridge—. Esperemos que, después de haber soltado dos globos vacíos, la Cofah desconfíe menos de los dos últimos.

La barquilla se inclinó y, luego, se despegó del suelo. Sardelle se sentó antes de que salieran del edificio, y sus piernas se lo agradecieron. Ridge la miró con cariño y preocupación; después, apagó su farol, se acurrucó a su lado y la tomó de la mano. Su cara había desaparecido entre las sombras.

—¿Cómo te sientes? Estás pálida, y pareces cansada.

—¿No sexy e interesantemente lánguida? Recuerdo un cuento de hadas sobre una atribulada hechicera que llevaba treinta días y treinta noches combatiendo a la Cofah y, a pesar de ello, consiguió parecer interesantemente lánguida y llamar la atención de un dragón.

—Tu gente tenía unos cuentos muy extraños.

Ápex y Kaika se arrodillaron para que sus cabezas quedaran por debajo del borde de la barquilla. Alguien golpeó una de las rodillas de Sardelle, pero estaba demasiado cansada para cambiar de posición.

Desde abajo, no distinguía ni la apertura superior del cesto, porque el enorme e hinchado globo tapaba la vista; pero, por las sacudidas que daba, supo que ya les arrastraba el viento.

Sardelle se agarró al brazo de Ridge y apoyó la cabeza en su hombro, aunque era consciente de que solo tendrían un minuto de paz. Notaba las aeronaves de la Cofah. Las que habían salido en persecución del primer globo ya lo habían derribado, y estaban virando hacia la montaña; las otras dos habían disparado al segundo y destruido su barquilla, sin molestarse en cambiar de rumbo para seguirlo en su caída. Algo se desplomó en el agua y estalló en las cercanías, y el sulfuroso hedor del ambiente aumentó.

Puede que muramos en los próximos veinte minutos, Jaxi.

Habla por ti. Yo viviré eternamente.

¿Crees que no te fundirías si cayeras en uno de esos géiseres?

Por supuesto que no. Jaxi se quedó pensativa. *Pero puede que me oxide, y eso sería desagradable.*

Pues, si nos derriban, nos irá mal a todos.

La barquilla se alejó de la montaña, pero Sardelle no veía casi nada desde el fondo. Unas cuantas estrellas. Vapor.

Ridge seguía de cuchillas, como preparado para saltar en su defensa.

—Has pasado por lo mismo que yo —susurró Sardelle, dándole una palmadita en el muslo—, pero das la impresión de poder marchar treinta kilómetros más con tu dragón volador a la espalda. Si hubiera dragonas por aquí, tendría que preocuparme que le gustaras a una.

—Esta noche no dejas de pensar en dragones.

—Me pregunto por qué.

Dos vienen hacia nosotros.

—Jaxi dice que dos dirigibles se dirigen hacia nosotros —dijo Sardelle. No se apartó de Ridge, pero respiró hondo e intentó concentrarse—. Haré lo que pueda. Puedo rechazar las balas, pero no estoy segura de poder también con los cañonazos, no en mi estado.

—¿Y qué me dices de los cohetes? —preguntó Ridge.

—Que mi seguridad es aún menor.

Al principio, Sardelle intentó alzar un escudo mágico alrededor de todo el globo, barquilla incluida; pero fue como intentar estirar un papel. Sus esfuerzos solo sirvieron para rasgarlo, dejando enormes agujeros en él.

Concéntrate en la barquilla. El globo puede aguantar unos cuantos agujeros.

Sardelle asintió al oír el consejo de Jaxi.

Qué remedio.

Yo protegeré el otro. Por desgracia, no creo que pueda soltar bocanadas de fuego al mismo tiempo.

Solo tenemos que escapar.

—¿De qué están hablando Sardelle y usted, señor? —preguntó Kaika—. Aunque… ¿quiero saberlo?

—Pues no le puedo decir nada, capitana. Ya se lo explicaré después.

El viento azotó el globo, alejándolo un poco más de la montaña y arrastrándolo hacia el norte, hacia las montañas de verdad.

—¿Cuánto tiempo queda, capitana?

Ridge alzó una mano hacia el borde de la barquilla, pero se refrenó. Indudablemente, ardía en deseos de asomar la cabeza para ver qué tal le iba al otro grupo; pero no se atrevió, porque aún existía la posibilidad de que la Cofah pasara de ellos.

—Un minuto y treinta y siete segundos.

Por primera vez, Ridge cambió de posición, en un gesto de inquietud que rebatió su, por lo demás, tranquila fachada. Sardelle estaba concentrada en mantener el escudo, así que no se dio cuenta. Abajo sonaban gorgoteos, y un géiser entró en erupción a veinte metros de distancia. ¿Por qué no surgía alguno bajo las aeronaves de la Cofah? Aunque volaban a tanta altura que, seguramente, no les afectaría.

En el dirigible más cercano se oyó un ruidoso siseo, y fue tan inesperado que rompió la concentración de Sardelle. No se parecía nada al ruido de los cañones.

—¿Eso es…?

Ridge se levantó, fusil en mano.

—Un cohete.

Sardelle extendió sus sentidos. Se dirigía hacia ellos.

Jaxi…

Antes de que pudiera formular su petición, otro siseo surgió de la misma aeronave. El segundo cohete se dirigió hacia el globo de Ahn y Tolemek.

Ocúpate de ellos, pensó, y echó mano de sus últimas energías para apuntalar el escudo mágico en el lado más cercano al cohete. Intentó extender la zona protegida e incluir también el globo, pero estaba al límite, y su etérea construcción se podía derrumbar en cualquier momento.

El cohete impactó en su escudo y estalló. El naranja y amarillo fulgor fue tan intenso que hizo daño a sus ojos, incluso estando en el fondo de la barquilla. Esperaba que la fuerza de la explosión hubiera reducido el globo a un montón de jirones, condenándoles a caer a las escaldantes pozas, pero la barquilla se movió muy poco.

Gracias, dijo a Jaxi, sabiendo que había echado una mano.

No obtuvo respuesta. Se arrodilló para mirar por encima del borde y tocó la empuñadura de Jaxi. Estaba tan caliente que casi le quemó.

Otro destello de luz horadó el cielo nocturno, casi cegándola. Era el globo de Ahn y Tolemek. ¿Sería posible que Jaxi los hubiera dejado indefensos para protegerla a ella? No lo sabía, pero el miedo y el sentimiento de culpabilidad golpeó duramente su equilibrio mental.

No, he volado el segundo cohete antes de que les alcanzara. Es mejor que amortiguar la explosión. Pero no sé cuántos cohetes más podré rechazar... Esas aeronaves se están preparando para atacarnos con todo su arsenal.

Sardelle ya podía ver una de las aeronaves, y ni estaba tan lejos como le habría gustado ni el exánime viento empujaba el globo tan deprisa. ¡Por los siete dioses! En lugar de levantar un escudo, tendría que haber empujado los globos. Pero no, no se atrevía a levantarlo.

Se frotó su sudada cara y sus secos ojos. No sabía si las motitas negras que flotaban en su campo de visión eran consecuencia de la explosión o un efecto colateral de su agotamiento. En cualquier caso, el aire le parecía más fino que nunca, sin la sustancia necesaria para alimentar sus pulmones.

En el otro globo, que había ascendido hasta alcanzar la misma altura que el de Sardelle, Ahn alzó su fusil y apuntó a uno de los artilleros de la Cofah.

—No —dijo Sardelle, sintiendo el escudo mágico que Jaxi había levantado en el otro globo—. Estáis protegidos.

Sardelle no supo si su voz llegó a oídos de Tolemek, pero puso una mano en el brazo de Ahn, la obligó a bajar el arma y señaló algo con un dedo.

—Están disparando más armas —dijo Kaika, mirando a Ridge y a Sardelle.

—Muchas más —replicó Ridge, que apretó un puño—. Si tuviera mi dragón volador...

El otro globo fue el objetivo de las primeras descargas.

Algo parecido a un gemido sonó en la mente de Sardelle cuando Jaxi usó todos sus poderes para lograr que los explosivos estallaran antes de que alcanzaran al grupo de Ahn. Sardelle fue consciente de que la siguiente descarga sería para ellos, pero no supo si tendría fuerzas para volar nada. O para mantener el escudo.

Ápex miró hacia abajo, como si supiera que su hechicera estaba a punto de fallarles.

Estaba tan oscuro que no podían ver los géiseres ni las charcas de barro ni las pozas de agua casi hirviendo que gorgoteaban y burbujeaban, pero seguían allí. Tardarían unos minutos más en llegar al bosque y encontrar un claro donde aterrizar... o en chocar contra los árboles y descender por ellos.

—Ahora —dijo Ridge.

El coronel se aferró al borde de la barquilla, con una emoción tan intensa que bañó a Sardelle.

De las entrañas de la montaña llegó un estruendo ahogado. Fue un sonido casi débil en comparación con los explosivos de las aeronaves, y Sardelle estuvo a punto de no oírlo. Pero el dirigible de la Cofah dejó de disparar durante unos momentos. Los artilleros se miraron entre ellos y, a continuación, se asomaron por la barandilla de la aeronave.

Kaika se puso junto a Ridge, se apoyó en el borde de la barquilla y miró hacia abajo. Por lo que Sardelle sabía, no había pasado gran cosa.

—¿Ha funcionado? —preguntó Ridge.

—Espere un momento —respondió Kaika, que no parecía muy segura—. Los muros de carga se han desmoronado, y las plantas superiores se hundirán sobre sí mismas por la fuerza de la gravedad.

—Bueno, si destruimos la montaña después de habernos llevado la sangre… será una gran victoria, aunque acabemos en una de esas charcas —dijo Ridge.

—Pero no quedará nadie con vida para decírselo al rey —se quejó Ápex.

Se oyeron más explosiones sordas en la montaña. La oscuridad les impedía ver lo que estaba pasando, pero no parecía que sus laderas se estuvieran hundiendo o inclinándose hacia dentro.

—Esto es un géiser —advirtió Ridge.

—¿Debajo de nosotros?

Sardelle se inclinó para mirar, pero las motas negras de sus ojos se convirtieron en discos negros, oscureciendo su visión. Y con los discos negros, llegó también un mareo. Definitivamente, había sobrepasado su límite de resistencia.

Ridge la agarró del brazo y señaló hacia abajo.

—Parece que va a ser grande —comentó.

No había terminado de hablar cuando el chorro de agua aumentó de tamaño y pasó de unos cuantos metros de altura a más de cincuenta o quizá, de cien. El fenómeno era tan descomunal que era visible hasta en plena noche. El vapor y la rociada ocultaron la montaña y dos de los dirigibles.

Sin embargo, su globo seguía a la vista de una de las aeronaves más alejadas y, por las explosiones y destellos de color naranja, supieron que acababan de disparar. Sardelle se había distraído momentáneamente y había bajado el escudo, así que tuvo que apresurarse a levantarlo de nuevo.

Una bala de cañón atravesó el globo a unos seis metros por encima de ellos. Sardelle no pudo impedirlo, porque tenía que concentrarse en la barquilla.

—¡Caemos! —gritó Kaika.

Un cohete rasgó el cielo nocturno, apuntando directamente al cesto.

No puedo hacer nada, dijo Jaxi. *Los otros…*

Ya me encargo yo.

Sardelle movió una mano hacia el cohete, pero no tenía la energía de Jaxi, y no fue suficiente. En el último momento, decidió probar la única solución que se le ocurría: dirigir su energía hacia las cuerdas de las que colgaba la barquilla y cortarlas.

Cayeron a saco. Alguien gritó. El cohete pasó por encima, sin alcanzar su objetivo; pero, mientras caían, Sardelle vio que viraba hacia ellos y empezaba a bajar.

Se acordó del cohete que había seguido a Ridge y volvió a alzar la mano; pero, esta vez, no con intención de destruir el artilugio, sino de encontrar y destruir la ampolla de sangre de dragón. Y funcionó. El cristal se rompió y la sangre se desparramó por el interior del proyectil.

Esperaba que fuera suficiente, porque la oscuridad contra la que había estado luchando ganó por fin la batalla. Notó que la barquilla caía a una poza, que la barquilla se llenaba de agua, que el agua le quemaba la piel y que alguien gritaba de dolor. Luego, perdió la consciencia.

La sacudida de la barquilla fue tan tremenda que estuvieron a punto de caer por la borda. Ridge intentó agarrar a todos sus camaradas y proteger a Sardelle al mismo tiempo. El agua hirviendo empezó a entrar, y Kaika soltó un grito de dolor que se transformó en uno de furia, como si estuviera harta de aquella misión y ansiara estrangular a un enemigo.

—¿Sardelle? —dijo Ridge.

La barquilla se estabilizó. De momento, flotaba. Y Ridge rezó a los dragones antiguos para que fuera impermeable.

Sardelle no respondió. Ridge le tocó la mejilla, y la encontró húmeda y fría. Pero respiraba y, de momento, eso era suficiente. Tenía que encontrar la forma de llevar a su grupo a un lugar seguro y averiguar qué le había pasado al otro.

A pocos metros de distancia sonó un plof. Ridge entrecerró los ojos, preguntándose qué habría caído al agua; y estuvo a punto de soltar una carcajada cuando se dio cuenta de que era el cohete. No tenía ni idea de lo que Sardelle había hecho al final, pero lo había desactivado. Sin embargo, su humor duró poco, porque sabía que la Cofah lanzaría más. Incluso era posible que les estuviera apuntando en ese mismo momento.

Se giró y casi se chocó con Ápex, que estaba de pie, mirando la montaña con asombro o, más bien, lo que quedaba de ella. La erupción del géiser había terminado, y los restos del complejo quedaron a la vista: solo tenía un tercio de la altura que había tenido antes. Por desgracia, los dirigibles de la Cofah seguían sobre él. Tres de los dirigibles, porque el cuarto volaba hacia ellos.

—¿Hay alguna posibilidad de salir remando de aquí? —preguntó Ridge, girándose en dirección opuesta.

Ridge vio dos cosas que le dieron esperanzas: los árboles de la falda de las montañas, que no estaban tan lejos y la silueta del otro globo. Si el grupo de Tolemek llegaba hasta ellos, podrían subirse a su cesto y salir de allí. Pero la Cofah ahora solo tenía un objetivo, y Sardelle no les podría defender estando inconsciente.

Ridge alzó el fusil. Tendrían que defenderse como pudieran. Lástima que nadie hubiera instalado cañones o lanzacohetes en los globos aerostáticos.

Unas olas azotaron la barquilla. Ridge pensó que el globo de Tolemek se habría estrellado, pero seguía en lo alto, unos veinte metros por encima de sus cabezas. Parecían tener problemas para virar.

Tres géiseres surgieron a la vez. Las charcas de barro se hincharon, y un hedor más potente que nunca contaminó el ambiente. Las olas cruzaron la poza donde flotaban.

—Vaya —dijo Kaika—, la montaña echa humo. Bueno, lo que queda de ella.

El montón de escombros soltaba tanto humo que Ridge lo vio de inmediato, a pesar de ser de noche. Tapaba las estrellas y oscurecía las aeronaves de tal manera que parecían nubes.

—¿Eso no es cosa suya? —preguntó a la capitana.

—¡Zirkander! —gritó Tolemek desde arriba, con voz casi ahogada por el ruido de las burbujas y las gorgoteantes charcas—. Si aterrizamos, tendremos problemas. ¿Puede alcanzar esta cuerda?

—Sí —gritó Ridge.

No veía la cuerda, pero encontraría la forma de alcanzarla y, a continuación, la de escalar por ella con Sardelle al hombro. ¿De dónde se habría sacado que tenía fuerzas suficientes para caminar treinta kilómetros?

—Aquí está —Ápex se inclinó sobre el borde de la barquilla y alargó un brazo—, ya la tengo.

—Kaika y usted irán primero.

Ridge cogió a Sardelle en brazos, asegurándose de que la espada seguía en su vaina. Jaxi se había ganado el derecho a no terminar en el fondo de una charca.

Eso espero.

Caramba, me alegra que alguien esté consciente.

A pesar de todo, sois un grupo agotador.

Ápex tomó una de las bolsas de sangre de dragón y empezó a subir por la cuerda. Kaika hizo lo propio. le siguió cuando él ya estaba a medio camino. Ridge no supo lo que estaba pasando, pero las aguas estaban agitadas contra todo pronóstico. Era posible que bajo las pozas y géiseres hubiera una falla, y que la explosión de la capitana la hubiera abierto. Fuera como fuera, no le apetecía estar en primera línea de un terremoto o una erupción volcánica.

—¡Rápido, Zirkander! —exclamó Tolemek, con tal tono de urgencia que se oyó con toda claridad.

Aparentemente, Tolemek sabía algo que él solo sospechaba.

—Buena suerte —susurró a Sardelle.

Tras darle un beso, se pasó la cuerda por el brazo y le dio varias vueltas antes de agarrarla, esperando que fuera suficiente. No podía escalar sin arriesgarse a soltar a Sardelle, así que dijo:

—¡Arriba! ¡Estoy bien agarrado!

Ridge pensó que tendría que dar más explicaciones, pero Tolemek lo entendió a la primera. El globo se puso en marcha, y Ridge dobló las piernas, dejando que los arrastrara fuera de la barquilla.

Lamentablemente, ahora pesaba tanto que no conseguía ganar altura. Iba en la dirección correcta, hacia los árboles; pero las irritadas y burbujeantes aguas escupían y salpicaban justo debajo del trasero de Ridge. Estaba tan ocupado subiendo las piernas o moviéndolas de un lado a otro (cualquier cosa con tal de no quemarse) que casi pasó por alto los primeros borbotones del enfadado y naranja magma que empezó a brotar del montón de escombros; o quizá no fuera del cúmulo de cascotes, sino de algo que estaba detrás, un volcán nuevo oculto a la vista. Estando tan oscuro, no había forma de saberlo. Pero había alarmado a los tripulantes de los dirigibles de la Cofah, y ya no había ninguno que disparara o volara hacia el globo.

«¡Ay!», gritó Ridge. Sus pantalones no le protegían lo suficiente del agua caliente. Ya solo faltaba que le alcanzara un géiser. «¡Agradecería un poco más de actitud!».

En ese momento, se golpeó muy fuerte contra algo.

—¿Qué demonios…?

Había dado tantas vueltas a la cuerda que su brazo no se soltó de inmediato, sino que le hizo girar y girar. Y entonces, se pegó otro golpe. Algo grande y tupido le dio en la cara. Y esta vez, se soltó.

—¡Noooo…! —gritó mientras caía.

No se precipitó sobre las hirvientes aguas, sino sobre la fría nieve, entrelazados sus miembros con los de Sardelle. Ella gimió, pero siguió inconsciente. Él sonrió, dándose cuenta de que estaban a salvo en el bosque. Bueno, o quizá no. Si el nuevo volcán se tomaba su erupción en serio, cualquiera sabía hasta dónde podía llegar la lava y la ceniza. Era posible que las pozas de la zona se tragaran el magma, pero también era posible que no.

—¡Señor! —gritó Pato desde arriba.

—¡Estoy aquí!

Ridge volvió a coger a Sardelle y avanzó a trompicones por la nieve, intentando alcanzar al globo. Quizá se hubiera quejado de la escasa destreza de su piloto, pero era obvio que los de arriba escaparían con más facilidad del flujo de lava.

—¡Vamos a bajar, señor! ¿Puede llegar a ese claro? —preguntó Pato.

Ridge no tenía ni idea de a qué se refería, pero siguió al globo, zigzagueando entre los árboles con la nieve hasta las rodillas. Al cabo de un rato, casi no se tenía en pie, y lo único que impidió que se derrumbara fue su negativa a dejar caer a Sardelle y hacerle daño.

—¡Los amo! —exclamó cuando por fin divisó la barquilla, que habían atado a un árbol—. Si no me forman consejo de guerra, pediré que les recompensen a todos.

Su entusiasmo se volvió aún más sentido cuando Pato y Ápex los agarraron a Sardelle y a él y los subieron al globo. Estaban pegados los unos a los otros, pero no le importó; ni siquiera cuando las piernas se le doblaron y acabó apoyado en Tolemek.

—¿Qué premio me van a dar a mí, si soy un civil expatriado? —preguntó Tolemek.

—Volaré a Terra Falls y le compraré la mejor tarta de mango que haya probado nunca.

—Se trataría de una recompensa justa. Corte la cuerda, Pato —dijo Tolemek—. Aunque me encantaría contemplar la erupción del largamente teorizado, pero nunca visto volcán de la Muerte Hirviente, no creo que este mirador sea muy seguro.

—No, definitivamente, no —musitó Ridge, pasando un brazo alrededor de Sardelle.

¿Jaxi? ¿Me puedes oír? ¿Se pondrá bien?

Creo que sí. Los humanos son mucho más frágiles que las espadas, ¿sabes? Pero también son resistentes.

—Eso espero —murmuró.

Ridge apoyó la cabeza en la de Sardelle. Y puede que al resto del equipo le pareciera extraño que estuviera hablando solo, pero nadie dijo nada.

Sardelle se despertó con un buen dolor de cabeza. En primer lugar, se preocupó por Ridge; en segundo, se preocupó por ella misma y, en tercero, se preguntó cómo era posible que la sencilla misión de ir a buscar a su primera alumna se hubiera convertido en semejante… aventura.

Ya era de día, pero estaba más oscuro de lo normal, porque el cielo era una polvorienta y grisácea neblina. Más que polvorienta era cenicienta, se dijo. Casi paladeaba la ceniza del gélido y pesado aire. Por suerte, alguien la había envuelto en parkas antes de tumbarla en el helado suelo, y estaba aislado del frío. Tenía el forro de piel de la chaqueta de Ridge sobre la cara, y notó su masculino aroma en ella, aunque era un olor leve en comparación con el del azufre y la ceniza.

Como quería ver dónde estaba, apartó la cálida prenda y preguntó, buscando a los demás con la mirada:

—¿Dónde estamos?

Se encontraba a la sombra de un acantilado, entre árboles cubiertos de nieve. El desinflado globo gris y negro yacía en el suelo, a escasa distancia, pero el cesto estaba vacío. Tendría que haber visto dos globos, pero se acordó de que ella había destruido el suyo en un vano intento por esquivar un cohete, uno que iba directamente hacia ellos. ¿Lo habría conseguido desactivar? ¿Habrían perdido a alguien? El estómago se le revolvió al ver que estaba sola. ¿Quién habría sobrevivido? ¿Quién no? ¿Por qué la habían dejado allí?

Relájate, genia. Están en la cueva, preparando sus aparatos. Casi estoy por asegurar que Ridge tiene intención de venir a buscarte. A fin de cuentas, esa chaqueta es bonita.

Jaxi. Sardelle se sintió inmensamente aliviada. *¿Nos hemos salvado? ¿Todos?*

Sí, todos se han salvado. La Cofah se distrajo con el volcán que entró en erupción bajo sus dirigibles. Ha sido mucho mejor que la tormenta que tú deseabas. Hemos escapado en el otro globo. Jaxi compartió con ella una imagen de Ridge donde aparecía colgado del globo y aferrándola contra su cuerpo. *Tu amorcito merece que le dé una recompensa por haberme sacado de allí.*

Creo que se daría por contento si te abstuvieras de entrar en su mente, emergencias al margen.

¿Quieres que se pierda mis muy perspicaces comentarios? Eso no suena a recompensa, sino a castigo.

Sardelle se obligó a sentarse.

¿Alguien está herido? Debería ayudar, no dormir.

Estabas inconsciente, no durmiendo. Te has forzado demasiado.

Y tú, también.

Sí. Tendríamos que reclutar y formar a más hechiceras, para que acompañen a tu novio en sus desquiciadas misiones.

Ese era uno de mis objetivos. Y había fracasado; por lo menos, de momento. Sardelle esperaba encontrar a la hermana de Tolemek, estuviera donde estuviera. Pero habían conseguido la sangre de dragón. Aún sentía su poder, hormigueando en su piel.

En ese momento, cayó en la cuenta de que se habían llevado la sangre de dragón a la cueva. Se lo habían llevado todo, menos a ella. Era obvio que Ridge quería marcharse tan pronto como fuera posible.

Buena idea. No estamos tan lejos del volcán más joven de Cofahre. A mí no me afecta su ceniza, pero odiaría acabar enterrada bajo la lava.

Y lo mismo me pasa a mí.

Sardelle se levantó, y su nueva posición no mejoró en modo alguno su jaqueca. Se sentía como si volviera a ser la estudiante que se esforzaba demasiado por aprobar los exámenes, sacaba sobresalientes y se despertaba a la mañana siguiente con un dolor de cabeza bastante peor que el que le habría provocado una gratificación alcohólica.

Una piedra cayó por la pendiente. Ridge estaba bajando. Tenía un aspecto asqueroso, todo embadurnado de ceniza y grasa de motor; pero Sardelle le dio la bienvenida con un entusiasmado abrazo cuando llegó al suelo.

Ridge pareció sorprendido, pero se lo devolvió rápidamente.

—¿Esto significa que me has perdonado?

—¿Perdonarte? ¿Qué tengo que perdonarte?

La mugre de su cara dejó entrever una expresión de vergüenza.

—Mientras estaba en la cueva, me he dado cuenta de que me paso la vida dándote órdenes. Haz magia con esto, haz magia con aquello y, ya puestos, llena mágicamente todos los globos. Estoy acostumbrado a ser el oficial superior de todos los que me acompañan, pero no quería que… en fin, no quería que te desmayaras por mi culpa.

Sardelle se apoyó en su pecho, emocionada por su sentimiento de culpabilidad, aunque también molesta. Era absurdo que se sintiera culpable.

—Me he desmayado porque no he calculado bien mis fuerzas. Y, lo creas o no, no es la primera vez que estoy a las órdenes de un militar. Es cierto que, normalmente, eran viejos y gruñones generales, no encantadores y guapos pilotos, aunque algo sucios…

Sardelle le intentó limpiar una mancha de la cara, pero resultó que su pulgar estaba tan sucio como su mejilla. Necesitaban bañarse en alguna poza; preferiblemente, en una poza cálidamente tibia, no en una de aguas hirvientes y burbujeantes que apestaban a azufre.

—Y tú eres menos mandón que ellos —continuó—. Tienes bastante tacto cuando me pides que haga esto o aquello. Incluso has dicho «por favor» una vez.

—Oh. Eso no está mal.

Ridge pareció sinceramente aliviado cuando la volvió a abrazar, añadiendo esta vez un beso que ella decidió encontrar romántico y dulce, a pesar de que sus labios estaban cubiertos de ceniza.

Ridge rompió el contacto y la miró con ironía; quizá, porque había notado lo mismo que Sardelle o quizá, porque ella había compartido inadvertidamente esa emoción con él. Pero no la dejó de abrazar, y ella se preguntó si había tenido miedo de que no se despertara.

—¿Nos vamos a casa? —preguntó.

—Cuando dices *casa*, ¿te refieres a mi casa de Iskandia?

—Sí… No me agrada la perspectiva de enfrentarme a las mujeres que me estaban siguiendo en la capital, pero ardo en deseos de meterme en tu bañera.

—¿Insinúas que has decidido quedarte conmigo? ¿Es lo que quieres?

—Siempre lo he querido, Ridge. Es que… —Sardelle miró el polvoriento cielo—. Es que no quería… no quiero arruinar tu carrera.

—Lo sé, pero ya te dije que mi carrera no me importa.

—Y como yo soy algo más empática que una piedra, supe que eso no es del todo cierto.

Él abrió la boca para protestar, pero ella arqueó una ceja y él se detuvo y la volvió a mirar con expresión de vergüenza.

—Puede que no, pero te quiero a ti y quiero mi carrera. No quiero renunciar a ninguna de las dos. Esa es la razón de que hayamos estado a punto de morir por conseguir esos viales, y la razón de que no volvamos a casa hasta que…

—¡Señor! —gritó Ápex desde arriba—. La capitana y yo ya estamos preparados. ¿Quiere que esperemos a que dejen de besuquearse? ¿O ya nos ha dicho todo lo que nos tenía que decir?

—No la estoy besuqueando —dijo Ridge—. Estoy negociando una… consolidación.

—Si lo dice en el sentido militar del término, es decir, de consolidar una posición organizando a las tropas después de un ataque exitoso, no creo que su novia sea un simple soldado.

—Odio que los oficiales jóvenes tengan mejor vocabulario que yo —murmuró Ridge, que soltó a Sardelle y se giró hacia el acantilado—. Subimos enseguida, pero pueden despegar en cuanto quieran. Tiene mi informe para el rey, ¿verdad?

—¿Ese pergamino lleno de garabatos? Sí, lo tengo.

—¿Lo ha leído?

—No, pero he visto informes suyos, además de peticiones de repuestos y listas de compras. Creo que mi descripción es exacta.

Ápex desapareció en el interior de la cueva.

—Me alegra ver que se siente mejor —dijo Ridge, con cierto sarcasmo.

Recogió las parkas y la chaqueta y empezó a ascender.

Sardelle sonrió y le siguió, contenta de que la pared no fuera demasiado vertical. El cuerpo le dolía casi tanto como la cabeza, pero la perspectiva de descansar en el aparato hizo que la ascensión le resultara más llevadera.

Ridge se detuvo para asegurarse de que no tenía problemas.

—¿No vamos a volver a Iskandia? —preguntó ella.

Sardelle acababa de comprender las implicaciones de la conversación que había oído. Ápex y Kaika se iban solos. ¿Significaba eso que los demás irían a otro sitio?

—Todavía no.

—¿Tienes miedo de enfrentarte al rey antes de que se le haya pasado el enfado?

—No exactamente. Ápex y Kaika le llevarán casi toda la sangre de dragón. Creo que eso y el hecho de que hayamos convertido el laboratorio secreto de la Cofah en un volcán lo apaciguará —replicó Ridge, aunque la expresión de sus labios parecía decir que no estaba tan seguro; por lo menos, en lo tocante a sus indiscreciones—. Pero, como cabe la posibilidad de que me castiguen o releven otra vez del cargo, quiero hacer otra cosa antes de volver a casa, algo que calmará un poco más al rey: eliminar la fuente de la sangre de dragón… o asegurarme de que la Cofah no pueda conseguir más.

Sardelle supo en ese momento que Tolemek y Ahn le habían hablado del dibujo del sanatorio y de las flores de aquella caja.

—¿Quieres decir que nos vamos al trópico? ¿A buscar flores moradas?

Sardelle sabía por experiencia que ni los soldados ni los oficiales de alto rango tenían derecho a asignarse misiones a sí mismos y marcharse tranquilamente sin el permiso de sus superiores, pero no dijo nada.

—Nos vamos a la isla de Malvar, a buscar a mi padre —contestó Ridge—. Se suponía que iba a pasar el invierno allí. Si alguien puede localizar un sitio concreto a partir de su flora, ese alguien es él. Ha estado varias décadas en el ecuador, explorando. Y aunque no pueda localizarlo, estoy seguro de que nos pondrá en la dirección correcta.

—Caramba, Ridge —dijo ella, encaramándose al saliente de la cueva—, si querías presentarme a tus padres, solo tenías que decírmelo.

—Entonces, ¿vendrás con nosotros? Porque, si no quieres —su expresión se volvió sombría—, te podemos dejar en alguna parte.

—Por supuesto que iré. Por lo visto, mi alumna en potencia está en el mismo sitio que la fuente de la sangre de dragón.

El rostro de Ridge se iluminó.

—Ah.

—Y también acepto tu oferta de consolidación, tanto si es militar como si no.

Consciente de que estarían separados en el aparato, Sardelle le cogió las manos y le besó de nuevo.

—Venga ya, señor —dijo Ápex desde la carlinga del aparato más cercano—. No me diga que eso no es besuquearse.

—Teniente, ¿está celoso? —preguntó Kaika desde el asiento de atrás.

Kaika estaba sentada entre varias bolsas de sangre de dragón, y parecía preparada para marcharse. Sardelle deseó que no se cruzaran con más artilugios voladores. Después de tantos esfuerzos, sería una pena que perdieran la sangre de dragón. Con suerte, el volcán habría distraído a todo el mundo a varias cientos de kilómetros a la redonda.

—Por supuesto que no —contestó Ápex.

—Porque, si lo estás, te iba a ofrecer mi mano por el camino.

Ápex parpadeó un par de veces, pero se había quedado tan aturdido que no dijo nada.

Pato apareció entonces y dio una brocheta de carne a Sardelle. ¿Conejo, quizá? Estaba tan achicharrado que no había forma de saberlo.

—Gracias.

Sardelle decidió añadir los restaurantes de la capital a la lista de cosas que añoraba.

—Sabía que necesitaría llenar su vacío estómago —dijo Pato, que se cuadró ante Ridge—. Nosotros también estamos preparados, señor.

Pato se subió a la carlinga de su aparato, y Sardelle se fijó en que Tolemek y Ahn estaban en el fondo de la cueva, cogidos de la mano. Al parecer, ellos también se habían estado besuqueando.

—Si es que el aparato puede despegar con toda esa carga no autorizada —dijo Ahn, mirando a Tolemek con intensidad.

—No he estudiado vulcanología, pero no sé cuándo tendré otra oportunidad de conseguir muestras recientes —se excusó Tolemek.

—¿Cómo esos veinte viales de ceniza?

—Veintiséis. Pero te aseguro que todo el conjunto pesa menos que un rifle de francotiradora.

Las miradas que se echaron no fueron particularmente feroces.

—Bueno, ha llegado el momento de despegar —dijo Ridge.

El aparato de Ápex y Kaika ya rodaba hacia el saliente de la cueva. La capitana se giró y miró el asiento vacío de la aeronave de Pato durante unos instantes.

—Milady —dijo Ridge, ofreciendo una mano a Sardelle para ayudarla a subir a la carlinga—. Su carruaje aguarda.

Ella aceptó la oferta.

—Y mi siesta, espero. Aunque no me parece justo. Necesitas una tanto como yo, si no más.

—¿Quién dice que no me la pienso echar?

—¿Puedes dormir mientras pilotas?

—Lo sabremos si no te despiertas en el trópico, sino en el ártico.

FIN

Podium

DISCOVER MORE

STORIES
UNBOUND

PodiumEntertainment.com